Sabine Friedrich
Das Puppenhaus

Sabine Friedrich

Das Puppenhaus

Ein Roman mit Morden

Piper
München Zürich

ISBN 3-492-03988-X
© Piper Verlag GmbH, München 1997
Gesetzt aus der Sabon-Antiqua
Satz: Uhl + Massopust, Aalen
Druck und Bindung: Graphischer Großbetrieb Pößneck, Pößneck
Printed in Germany

Inhalt

Meiner Tochter Alena
und meiner Cousine Katja gewidmet

1. Kapitel

Lieber Besuch

Henriette und Richard Fahrensdorff hatten ihre Ankunft für Karfreitagnachmittag angekündigt.

»Papa fährt selbst«, hatte Henriette am Telefon betont, »obwohl ich ja finde, daß er eigentlich schon ein bißchen zu alt ist für so weite Strecken. Aber er *besteht* darauf. Mit dem Zug müßte man viel zu häufig umsteigen, sagt er. Weil Neuendorf eben nicht an einer *Hauptstrecke* liegt.« Dann hatte sie aufgelacht, als hätte gerade jemand einen Scherz gemacht.

Doris Bering, geborene Fahrensdorff, hatte keinen Scherz erkennen können. Daß sie, die Hamburgerin, in der allerfinstersten fränkischen Provinz gelandet war, in einer Gegend, die man noch nicht mal bequem mit dem Zug erreichen konnte – war das vielleicht Anlaß zu silberheller Heiterkeit? Mitnichten. Aber entgegnen ließ sich natürlich nichts. Das, dachte Doris erbittert, gehörte zu den unumstrittensten Fertigkeiten ihrer Mutter: Das Messer in der Wunde mit dermaßen großäugiger Unschuld umzudrehen, daß das Opfer sich nicht einmal traute, irgendwas dagegen einzuwenden.

Die Fahrensdorffs jedenfalls saßen jetzt schon im Auto. Wahrscheinlich würden sie unterwegs in mehrere Staus geraten, aber selbst im günstigsten Fall würden sie spätestens gegen drei Uhr ankommen. Und das bedeutete selbstverständlich, daß eine Kaffeetafel gedeckt werden mußte. Eine Kaffee*tafel*, wohlgemerkt. Mit Blumen, Kerzen in Kükenform, kleinen Osterhäschen aus Porzellan, ausgeblasenen Eiern an Birkenzweigen, rankenbesticktem Tischtuch und dazu passenden Osterservietten. Ein einfacher Kaffeetisch reichte keinesfalls. Wenn das Ganze nicht aussah, als hätten die Vorbereitungen mindestens einen halben Tag in Anspruch genommen, fühlte Henriette Fahrensdorff sich nicht geliebt. Und wenn Henriette Fahrensdorff sich nicht geliebt fühlte, dann würde sie das ganze Osterwochenende ruinieren.

Nicht daß es da noch viel zu ruinieren gab. Denn was hatte Bertram gesagt, als sie bei ihm Trost suchte? Hatte er sie erstens bedauert und ihr zweitens vorgeschlagen, über Ostern nach Ischia zu entfliehen? Absolut nicht.

»Deine Eltern kommen – wie nett!« hatte Bertram gesagt, und dann hatte er seine Pfeife ergriffen und war in den Wald gegangen. War es das, was man sich von einem einfühlsamen Partner wünschte? Sie hatte nicht einmal mehr wutschnaubend aus dem Zimmer stürzen können. Und später hatte sie natürlich ihre Migräne bekommen.

Nicht daß dergleichen Bertram beeindruckte. Bertram, das wußte niemand besser als Doris, war so leicht zu beeindrucken wie ein Betonblock. Er war von einer geradezu sagenhaften Dickfelligkeit.

Aber, so konnte Doris ihre Mutter seufzen hören, was ließ sich schließlich auch anderes erwarten von einem Menschen, der gegen Geld anderer Leute Haustiere umbrachte?

»Er bringt sie nicht um, Mama, er schläfert sie ein!«

»Wo ist denn da der Unterschied, Doris? Ich *bitte* dich!«

Henriette hatte es immer erstaunlich gefunden, daß eine ihrer Töchter sich ausgerechnet mit einem Tierarzt verheiraten sollte – Veterinärmediziner, Mama! Es heißt Veterinärmediziner –, einem Tierarzt zudem, der vor vier Jahren plötzlich beschlossen hatte, die Praxis seines Vaters zu übernehmen und von Hamburg fort in dieses fränkische Bauernkaff zu ziehen. Mit Doris. Die doch so *leidenschaftlich* gern ins Theater ging, ins Kino, ins Konzert! Zu Lesungen schwieriger Gedichte! Und die doch außerdem ihren Beruf hatte – nun ja, Bibliothekarin bei der Stadtbücherei, aber es gab schließlich

Aufstiegschancen, nicht wahr? Ach, Henriette wußte doch um die finstere Enge des Landlebens! War sie nicht selbst einst aus einem oberrheinischen Nest gen Hamburg geflohen, mit kaum zwanzig Jahren?

Doris jedenfalls war gar nicht gefragt worden. Das heißt: Natürlich war sie gefragt worden. Aber eben nicht richtig. Nicht so, daß sie hätte nein sagen können.

Nein, Henriette hatte sich Doris gegenüber nie sonderlich freundlich über Bertram geäußert. Aber der Hohn bei der Geschichte war, daß Bertram und sie trotzdem prima miteinander auskamen. Das sagte Bertram. »Ich weiß gar nicht, was du willst. Ich jedenfalls komme mit deiner Mutter immer ganz prima aus.«

Was ihn allerdings nicht daran hinderte, mitten von der familiären Kaffeetafel weg in den nächsten Stall zu rennen und dort einer kalbenden Kuh in der Scheide oder wie immer man das bei Rindern nannte herumzuwühlen, die Ärmel bis zur Schulter hochgekrempelt und das Gesicht rot und verschwitzt. Und hinterher hatte er die Hose voll Rinderblut – zu Henriette Fahrensdorffs fasziniertem Entsetzen.

»Nein, was für ein *Kerl* dein Mann ist, Doris! Also dein *Vater* wurde ja fast ohnmächtig, als Angelas Katze damals unter dem Sofa ihre Jungen bekam, weißt du noch?«

Und Doris' Vater, der Hamburger Gymnasiallehrer für alte Sprachen a.D., nickte und lächelte fein. Und Bertram, der Trottel, lachte laut auf, auf seine gutmütig-tumbe Art, und merkte noch nicht mal, daß seine Schwiegermutter ihn mit ihrer Schmeichelei zum Höhlenmenschen, zum Barbaren, zum Mammutjäger degradierte – obgleich: Warum waren sie überhaupt hier?

Weil Bertram, so war es doch, die Nase voll hatte von seiner netten zivilisierten Hamburger Praxis. Er hatte es satt, Kätzchen die Eier abzuscheiden, kariöse Hundezähne zu ziehen und Kanarienvögel zu trösten, die von all dem liebevoll verabreichten kunstgedüngten Blattsalat Leberschwellung bekommen hatten. Nein, Bertram stand der Sinn nach Größerem. Nach kalbenden Kühen und fohlenden Stuten. Nach Stieren! Nach zu entmannenden Hengsten! Warum also nicht auch nach Mammuts? Mammuts hätten Bertram sicher durchaus inspiriert!

Doris' Blick fiel auf die Uhr. Die Uhr stand auf dem Kaminsims im Speisesaal und war nur etwa einen Zentimeter breit und zwei hoch, aber es war eine richtige Uhr. Und sie zeigte fünf Minuten nach zehn. Wenn sie Kuchen backen wollte, dann wurde es allmählich Zeit.

Sie mußte Kuchen backen.

Sie mußte die Kaffeetafel decken. Und das Besondere-Essen-für-unseren-ersten-Abend-bei-euch vorbereiten. Sie mußte aufräumen. Putzen. Betten im Gästezimmer beziehen. Statt dessen schob sie den neuen Queen-Anne-Tisch einen halben Zentimeter weiter nach rechts, damit er genau mittig unter dem Kronleuchter stand. Tagelang hatte sie an dem Möbel gearbeitet, praktisch in jeder freien Minute, und gestern abend war es endlich fertig geworden. Nun stand es im großen Speisesaal, ein wahres Schmuckstück. Sie hatte vor, Meißener Porzellan und Kristallgläser zu decken.

Doris schob die Ärmel ihrer Strickjacke hoch und schlappte mit den Fersen aus ihren Hausschuhen heraus. Ihr war warm. Die Temperatur in ihrer Werkstatt war schon beinahe sommerlich. Tatsächlich konnte es im Sommer hier oben unter dem Dach fast unerträglich heiß werden. Bertram pflegte zu spötteln, der Raum sei zur Sauna weit eher geeignet als zum Hobbyraum – was aber typischerweise mal wieder völliger Blödsinn war, denn im Winter war es hier oben natürlich eiskalt. Es gab ja keine Heizung.

Bertrams Vater hatte den Dachbodenausbau begonnen, aber er hatte ihn nie beendet. Nachdem seine Frau im Herbst vor fünf Jahren plötzlich an einem Herzinfarkt gestorben war, hatte er Knall auf Fall alles aufgegeben und war nach

Südspanien ausgewandert. Bertram hatte dann Praxis und Haus übernommen und an beidem nie etwas geändert. Deshalb verfügte der Dachboden (den Bertram »den Hobbyraum«, Doris hingegen »meine Werkstatt« zu nennen pflegte), zwar über mehrere Fenstergauben und einen verglasten Giebel, war aber weder beheizbar noch anständig isoliert.

Doris war froh, daß sie das winzige Öfchen, das ihr im Winter warme Luft um die Beine blies, jetzt nicht mehr brauchte. Sie stellte das letzte Glas auf den Tisch, dann trat sie einen Schritt zurück, um den Effekt zu begutachten.

Die gediegenen Mahagonimöbel spiegelten sich im Hochglanz des Parketts. Die schweren Samtvorhänge (Ton in Ton mit der Damasttapete) waren zugezogen, und im Schein der dreiarmigen Leuchter funkelten Weinpokale und Porzellan. Doris' Brust entrang sich ein Seufzer. Der Speisesaal war wirklich prachtvoll geworden.

Das Puppenhaus, das die gesamte Westwand der Werkstatt einnahm, war das perfekte Duplikat eines englischen Landsitzes. Es verfügte über zwanzig Zimmer, über Türmchen, Terrassen, Erker, Balustraden und einen Park. Efeu rankte sich an den Mauern empor. Rosenrabatten umrahmten den Gartenpavillon. Es gab Gemüsegärten, Kaninchenställe und Treibhäuser, und im Schilfrohr des Teichs nisteten tatsächlich Enten. Auch innen sah alles täuschend echt aus: Die Küche mit den winzigen Einmachgläsern, kupfernen Kuchenformen und den Terrakottafliesen, die Doris alle selber verfugt hatte, der Wintergarten mit Palmen, Farnen, Azaleen und Pelargonien aus hauchdünnem bemalten Metall, das Herrenzimmer mit seinen Lederfolianten, alten Stichen und Tabakpfeifen... Natürlich waren die Möbel echten Antiquitäten genauestens nachgebildet. Aber erst die Details ließen die Villa zu einem wirklichen Haus werden: ein Strickzeug, das jemand auf der Ofenbank hatte liegenlassen, Bierkrüge auf einem Eichentisch, ein dünner befranster Seidenschal, nachlässig über die Lehne eines Korbsessels geworfen.

Der Schal gehörte der Dame des Hauses, die jetzt in ihrem rosenfarbenen Salon am Flügel saß. Sie spielte Chopin. Der Lord lehnte am Kaminsims, sah hinaus in den Garten und lauschte. Die Zwillinge tobten mit dem Kindermädchen in ihrem Zimmer herum, oben im zweiten Stock, wo sie niemanden störten, und das Baby schlief brav in der Wiege. Nur das älteste Mädchen fehlte.

Aber Doris aus ihrer überlegenen Perspektive entging nichts. Es hatte sich bei den Kaninchenställen verkrochen, im Nutzgarten, wo sonst nur die Haushälterin hinging oder der Gärtner. Vorsichtig nahm Doris die kleine Puppe in die Hand. Das pastellig bemalte Porzellangesichtchen, die roten Echthaar-Ponyfransen, das Blümchenkleid mit der weißen Schürze, die winzigen Stiefel aus echtem Leder – alles war Handarbeit. Aus der Nähe sah man es. Man sah, daß es nur eine Puppe war, wenn natürlich auch eine Künstlerpuppe. Wenn man sie allerdings in ihre natürliche Umgebung zurückstellte, in ihr Zimmer zum Beispiel, wo auf dem Schreibsekretär ein Poesiealbum lag und auf dem Bett eine Geige und wo es sogar eine winzigkleine Puppenstube gab, dann wurde aus ihr ein Kind: ein Schulmädchen von etwa acht Jahren, mit aufmerksamen, ein wenig scheuen Zügen und einem eigenen Leben. In der Villa waren die Puppen wie richtige Menschen.

Und was sie taten, bestimmte Doris. Die Haushälterin Berta zum Beispiel, eine ältliche, aber adrette Person mit Häubchen und Spitzenschürze und freundlichem Gesicht, fand sich plötzlich aus der Waschküche herausgerissen, durch die Lüfte gewirbelt und im Speisesaal wieder abgestellt, wo sie letzte Hand an die Tischdekoration legen sollte – Doris' Blick fiel erneut auf die Uhr auf dem Kaminsims. Gleich halb elf. Es hatte ja alles keinen Sinn. Sie mußte endlich einkaufen gehen.

Im Vergleich mit Doris' Villa kam Bertrams Haus schlecht weg. Objektiv betrachtet war es allerdings gar nicht so übel: ein weißes Einfamilienhaus aus den fünfziger Jahren, das wahrscheinlich sogar recht hübsch gewesen wäre, wenn irgend jemand von Zeit zu Zeit aufgeräumt, geputzt und vielleicht auch mal ein paar neue Sachen gekauft hätte. Die Möbel nämlich stammten zum großen Teil noch aus Bertrams Junggesellenwohnung und aus der ersten Zeit ihrer Ehe. Sie waren heruntergewohnt und paßten nicht richtig, weder zum Haus noch zueinander. Doris hatte immer wieder geplant, einmal alles ganz neu einzurichten. Aber irgendwie war es bislang nicht dazu gekommen, und inzwischen war es ihr ziemlich egal.

Inzwischen kaufte sie lieber Möbel für die Puppenvilla. Die Villa verschlang viel Geld. Es war ein teures Hobby.

Im Erdgeschoß lagen Küche, Wohn-, Eß- und Gästezimmer, im ersten Stock Schlafzimmer, Bertrams Arbeitszimmer, das Bad und ein weiterer Raum, der aber leerstand. Oder eigentlich nicht leer. Eher schon lebensgefährlich voll. Er enthielt alles, was Bertrams Vater bei seiner überstürzten Abreise nach Südspanien zurückgelassen hatte, und das war eine Menge gewesen, wobei ein nicht unbeträchtlicher Teil aus ausgestopften Mardern, Hirschgeweihen, präparierten Singvögeln mit Glasaugen und luftgetrockneten Fledermäusen bestanden hatte. Doris nannte den Raum die Pathologie.

Wer die Tür zur Pathologie öffnete, riskierte es, von rutschenden Gegenständen erschlagen, aufgeschlitzt oder zu Tode erschreckt zu werden, aber glücklicherweise war dergleichen höchst unwahrscheinlich. Nachdem nämlich der letzte alte Stuhl, das letzte Familienbild, die letzte Fasanenfeder hineingestopft worden war, hatte Doris aufatmend den Schlüssel im Schloß umgedreht und ihn sodann in eine Küchenschublade geworfen, zwischen alte Gummibänder, leere Tesafilmrollen und mit Einkaufszetteln bekritzelte Briefumschläge.

Hinfort blieb die Pathologie sich selbst überlassen.

Manchmal konnte man hören, wie die Dinge dort drinnen versuchten, inmitten der drangvollen Enge eine bequemere Lage zu finden. Manchmal gelang einem schillernden Käferchen die Flucht hinaus auf den Flur, und wenn es zog, pufften kleine Staubwölkchen unter der Tür durch – aber deswegen den Schlüssel aus seinem Exil in der Küchenschublade retten und Tierleichen abstauben gehen? Nein. Doris dachte gar nicht daran.

Und das sagte sie auch.

»Aber keiner erwartet von dir, daß du dort drinnen aufräumst.« Bertram hatte jenen beruhigenden Tonfall, der sie schon immer zur Weißglut gebracht hatte. »Ich wenigstens käme gar nicht auf die Idee, das von dir zu erwarten.«

»Nein, nicht wahr?« schnaubte Doris ihn an. »Du erwartest sowieso nichts, und schon gar nicht von mir! Du gehst nämlich einfach davon aus, daß ich es irgendwann ohnehin tue. Aber ich muß dich enttäuschen, ich tue es nicht. Ich tue es nicht! Es ist der Müll deines Vaters, es ist dein Haus, es sind deine Nachbarn, die über das schmutzige Fenster meckern. – Und spar dir deinen verdammten Onkel-Doktor-Tonfall gefälligst für deine Patienten auf! Ich muß nicht besänftigt werden! Ich bin keine Kuh mit Rinderwahnsinn!« Sie klang in beunruhigendem Ausmaß wie Henriette.

»Nein, Liebling«, sagte Bertram und seufzte. »Das bist du sicherlich nicht. Und natürlich hast du auch vollkommen recht. Selbstverständlich mußt du die Pathologie nicht ausmisten. Ich kümmere mich dieses Wochenende darum, zufrieden? Oder wenn ich es dieses nicht schaffe, dann auf jeden Fall nächstes.« Und er versenkte sich wieder in seine Zeitung oder in das Fernsehprogramm oder das Pfeiferauchen oder in irgendein anderes von den Dingen, in die Ehemänner sich tatsächlich ständig versenkten – ohne Rücksicht darauf, daß sie sich verhielten wie die Klischeegatten einer bestimmten Sorte Frauenroman. Aber Männern war es ja ohnehin völlig egal, ob das, was sie taten, originell war oder nicht, ob ihr Leben einmalig war oder nur aus billigen Wiederholungen bestand, die man sich ebensogut hätte schenken können.

Oder wie sonst ließ es sich erklären, daß sie unverdrossen weiterhin mit ihren Sekretärinnen schliefen, trotz aller Sekretärinnenwitze?

Doris, die ihre Schlüssel suchte, fühlte einen Anflug alter Bitterkeit. Bertram hatte mit seiner Assistentin geschlafen. Seiner tierärztlichen Sprechstundenhilfe, genauer gesagt, aber das war wohl so gut wie mit seiner Sekretärin, nicht wahr? Oder wie ein Humanmediziner mit einer Krankenschwester.

Pfui Teufel, wie abgedroschen!

Das war damals ihr erster Gedanke gewesen.

Bertram hatte sein »Verhältnis« freiwillig gebeichtet. Natürlich, das gehörte zum Drehbuch, wie alles andere auch, was er gesagt hatte: Es habe doch alles nicht lange gedauert, wirklich nicht, nur ein paar Wochen, und das Mädel habe ihm nichts bedeutet, war nie eine Gefahr für die Ehe gewesen und sei inzwischen auch gar nicht mehr in der Praxis... Das *Mädel.*

Doris verzog den Mund.

Das alles war in Hamburg gewesen, es lag Jahre zurück. Macht es das besser: daß du noch nicht mal in sie verliebt warst? hätte sie damals am liebsten geschrien. Macht es das in deinen Augen etwa besser? Aber sie hatte den Mund gehalten. Wozu das Ganze? Das waren doch alles alberne Dialoge. Der ganze Plot sagte ihr nicht zu. Und sollte Bertram vielleicht irgend etwas von sich geben, was er gar nicht meinte? Nur weil sie es gern hören wollte? Nein. Dergleichen verlangte man nur, solange man vom anderen noch besessen war. Doris war, nach einer kurzen Periode des gemäßigt-kalten Krieges, stillschweigend wieder zur Tagesordnung übergegangen.

Ihre Schlüssel lagen neben dem Brotkorb. Wie in aller Welt kamen sie dahin? Wurde sie mit ihren 39 Jahren schon schusselig? Die Antwort konnte nur heißen: ja. Immer häufiger verlegte sie Dinge und fand sie nicht wieder, ging etwas holen und vergaß auf halbem Wege, was sie hatte holen wollen. Es war, als versteckten sich die Dinge vor ihr. Oder vielleicht versteckte sie sie auch vor sich selbst.

Und ohnehin sagte Bertram im allgemeinen nicht, was er meinte. Das lag wahrscheinlich vor allem daran, daß Bertram zu weitaus den meisten Dingen keinerlei Meinung hatte. Er sagte einfach nur irgend etwas. Er *meinte* überhaupt nichts damit.

Es war wie mit dem Streit über die Pathologie.

Dieses Wochenende, sagte Bertram. Und wenn sie insistierte, zog er sich einfach zurück. Oder er sagte, mit dieser nervenzerfetzend ruhigen Stimme, in der nicht der kleinste Vorwurf mitschwang: »Räum doch erst mal die Küche auf, Doris. Was stört dich eigentlich der eine schmutzige Raum, wo doch das ganze Haus ein Schweinestall ist? Ich hab doch schon gesagt, ich kümmere mich am Wochenende um die Pathologie. Was willst du denn sonst noch von mir, um Himmels willen?«

Daß du *meinst*, was du sagst! hätte Henriette geschrien, wenn sie an der Stelle ihrer Tochter gewesen wäre. Daß du sagst, was du meinst, und tust, was du sagst!

Aber ein Streit mit Bertram war wie ein Kampf mit schlechter Knetmasse: Das Zeug nahm keine Form an, es zerlief einem unter den Fingern, Schlägen setzte es nicht den geringsten Widerstand entgegen, und am Ende hatte man die ganzen Finger davon voll und ärgerte sich. Und das war alles. Nichts bedeutete irgend etwas. Also versuchte Doris zu schweigen, und gelegentlich gelang es ihr auch.

Die Wärme unter dem Dach war mal wieder irreführend gewesen. Draußen war es kühler, als Doris angenommen hatte. Fröstelnd zog sie die alte Strickjacke um ihre Schultern. Zu Hause lief sie meist in uralten Kleidern herum, in abgewetzten Jogginganzügen, irreparabel verfleckten T-shirts, an der Ferse heruntergetretenen Turnschuhen. Sie besaß kaum noch andere Sachen. Sie war ja meistens zu Hause.

Die Luft roch nach Erde. Frau Schöpflein nebenan hatte die Kieswege säuberlich gerecht, die Steinplatten frisch entmoost und die Bank vor dem Haus frisch gewaschen. Bei Birchenbachers auf der anderen Seite blühten die Tulpen, Narzissen und Osterglocken, wie es sich gehörte: österlich leuchtend und soldatengleich ausgerichtet, und auch die ersten Gartenzwerge waren schon aus ihren Höhlen gekrochen.

Der Vorgarten der Berings hatte keinen Kiesweg, sondern eine Art Trampelpfad. Er hatte keine Beete, keine Osterglokken und keine Gartenzwerge, und woher die drei, vier Tulpen kamen, die sich mutig durch das braungelbe Unkraut des Vorjahres kämpften, konnte Doris sich auch nicht erklären. Doris machte keine Gartenarbeit. Sie verabscheute Gartenarbeit fast noch mehr als Fensterputzen, Kochen und Bettenmachen. Nur Heizkörper abschrubben war noch schlimmer – aber auf eine solche Idee war sie natürlich schon lange nicht mehr gekommen.

Das einzige Grundstück im Umkreis, das sich in puncto Verwahrlosung mit dem Beringschen messen konnte, war das gegenüber.

Aber dort würde demnächst wohl ein anderer Geist einziehen, so hatte Frau Frühauf vom Laden an der Ecke zu berichten gewußt. Das kleine Fachwerkhäuschen nämlich, das inmitten der Disteln und Maulwurfshaufen lag, war endlich wieder an den Mann gebracht worden, oder genauer gesagt an die Frau: an eine Alleinstehende aus München, so schien es, die nicht mehr ganz jung war und beruflich irgend etwas Sonderbares machte.

Etwas *Freies*. Das hatte der mit der Renovierung betraute Malermeister Frau Frühauf verraten, als er bei ihr seine Frühstücksbrötchen holen kam, und nein, Wände habe die Zugezogene nicht versetzen lassen, nicht daß er wüßte, er hatte lediglich den Auftrag erhalten, alles weiß zu streichen. Inzwischen, bemerkte Doris, waren die Farbtöpfe vor dem Häuschen wieder verschwunden.

Nicht daß die Neue sie sonderlich interessierte. Sie hatte den Kopf voll mit eigenen Sorgen. Aber Gleichgültigkeit hatte noch niemand vor Frau Frühaufs Vertraulichkeiten gerettet.

»Tatsächlich ist sie ja schon dagewesen«, wußte die Chefin des Neuendorfer Lebensmittelladens mitzuteilen, während sie den Schnittkäse für Doris abwog. »Sie hat ihr Auto hier vor der Tür geparkt, so einen alten roten Kombi, umgemeldet hat sie es schon, aber alles, was sie gekauft hat, war Mineralwasser. Drei Kästen Mineralwasser. Und eine Packung Kernseife. Mich täte ja mal interessieren, warum sie ausgerechnet zu uns hier zieht! Neuendorf ist nicht gerade das Nächste von München, nicht wahr? Schlecht sieht sie ja nicht aus, das muß ich sagen, aber ungewöhnlich. Ziemlich ungewöhnlich, für ihr Alter vor allem. Der Gouda ist jetzt ein bißchen mehr, aber wenn Sie Gäste kriegen, Frau Bering, dann kommt der schon weg... Die ist mindestens Ende Dreißig, und dann hat sie knallrote Haare! Gefärbt natürlich. Lange rote Locken, bis hierhin!« Frau Frühauf beschrieb mit dem Käsemesser einen Schnitt um ihre dicke Taille. »Vom Gorgonzola noch ein bißchen, Frau Bering? Ein schönes Scheibchen?« Doris nickte, und Frau Frühauf beugte sich zu ihr über die Theke. »Das wird was geben, wenn die einmal hier ist!« murmelte sie mit glücklicher Besorgnis, »wo manche hier im Dorf doch so spießig sind! Und das sag ich Ihnen, Frau Bering: Die zieht bestimmt noch Ostern ein. Passen Sie mal auf, Sie werden sehen: Spätestens morgen ist die da. Das wird noch was geben, da bin ich sicher!«

So redete Frau Frühauf. So redete sie immer.

Doris ballte die Fäuste und grub die Nägel in die Handinnenseite, nicht besonders fest, nur gerade so, daß ein leichter Schmerz entstand. Sie tat das, um nicht schreiend über Frau Frühauf herzufallen. Es war ein alter Trick aus der Schulzeit, anzuwenden immer dann, wenn man ohne Hoffnung auf Gegenwehr oder Flucht alleräußerster Langweiligkeit ausgesetzt war.

Doris ballte die Fäuste, nahm sich zusammen und nickte. Sie wollte es sich nach Möglichkeit nicht mit Frau Frühauf verderben. Sicher, sie mochte die geschwätzige Chefin des einzigen Lebensmittelladens am Ort nicht besonders.

Alle anderen Einwohner von Neuendorf aber haßte sie wie die Pest.

Als Doris den Laden endlich verließ, war es zehn vor zwölf. Panik überfiel sie. In wenigen Stunden kam Henriette. Henriette und Richard. Es würde nicht gutgehen.

Aber vielleicht doch. Vielleicht wurde diesmal alles anders. Wenn sie ihre Mutter ein wenig verwöhnte – wenn sie sich wirklich Mühe gab, wenn sie einfach alles ganz leichtnahm, wenn Richard sich wohlfühlte – wer konnte wissen! Vielleicht würde es dieses eine Mal *nett* werden!

Sie mußte aufräumen. Und sich anständig anziehen. Kuchen backen. Betten beziehen, Eier färben, Birkenzweige klauen, Abendessen vorbereiten (sie hatte Markklößchensuppe, Bœuf Stroganoff und Zitronencreme geplant, nicht zu einfallslos hausbacken für Henriette, nicht zu unbürgerlich und exotisch für Richard), und die Küche sah jetzt schon aus wie nach einem Bombenangriff.

Aber wie entsetzlich lästig das alles war!

Sie hätte viel früher anfangen müssen. Sie hätte nicht wieder soviel Zeit vertrödeln dürfen. Jetzt kam es darauf an, alles genau zu durchdenken. Strategisches Vorgehen. Perfekte Planung, früher hatte sie das gekonnt. Es kam darauf an, jeden überflüssigen Handgriff zu vermeiden, keine Sekunde Zeit zu verschwenden, es einfach hinter sich zu bringen, wie einen Zahnarzttermin. Hoffentlich kam wenigstens Bertram nicht so bald wieder von seinem Trimm-dich-Pfad zurück! Andererseits mußte er natürlich vor der Ankunft ihrer Eltern noch duschen und sich umziehen. Wie widerwärtig das ganze Leben doch war!

Daß vor dem Fachwerkhäuschen gegenüber ein Möbelwagen von interrent parkte und ein rostiger roter Kombi, nahm Doris nur am Rande zur Kenntnis.

Henriette und Richard Fahrensdorff klingelten um halb vier. Netterweise waren sie tatsächlich in all die Staus hineingefahren, auf die Doris sich verlassen hatte, und kamen eine Stunde später als angekündigt. Aber die Berings waren trotzdem nicht fertig. Doris öffnete ungekämmt. Bertram war noch im Bademantel.

Aber das machte ja nichts! Henriette schüttelte mädchenhaft lachend den frisierten Kopf und ignorierte dabei aufs entschiedenste Bertrams weiße Stachelbeerbeine, die unter dem fleckigen Bademantel herausragten wie etwas, das man über den Winter in den Keller gesperrt hatte. Das machte doch *überhaupt* nichts, man war doch Familie, und Hauptsache war doch, daß man nun heil und wohlbehalten *angekommen* war – Doris nickte. Die Fahrensdorffs waren angekommen, daran gab es keinen Zweifel. Niemand sonst auf der Welt kam dermaßen großflächig an.

Doris sah Bertram nach, der die Treppe hinaufeilte, um sich Hosen anzuziehen, und spürte, wie ihr Optimismus sich verflüchtigte.

Dabei war Henriette ja lediglich froh darüber, jetzt hier zu sein! Und das sagte sie eben, war das denn verkehrt? Sie war froh, wirklich so froh, *endlich* mal wieder wegzukommen aus Hamburg. Schon wegen des Wetters! Denn *natürlich* regnete es in Hamburg und hier war es ja tatsächlich strahlend, und

Papa liebte ja mehr die Marsch und das flache Land, und sie mochte das auch, aber *war* diese fränkische Landschaft nicht ganz zau-ber-haft, diese Hügel, so *lieblich*, so unglaublich *idyllisch*, fast wie im Rheinland – Henriette war enthusiastisch.

Das passierte ihr häufig, und solange Doris denken konnte, hatte sie die entsprechenden Textstellen in Gedanken kursiv gesetzt, *kursiv*. Zu verstehen war das als ein Akt der Notwehr. Henriettes Enthusiasmus erinnerte an die schmerzliche Eindringlichkeit gewisser dentalmedizinischer Geräte.

Heute mußte es besonders schlimm gewesen sein, wie Doris aus einem Blick auf ihren Vater schloß. Entlang Richard Fahrendorffs Scheitel hatten sich merkwürdige Strukturen gebildet, die aussahen wie die nassen Flaumen eines etwas mitgenommenen Huhns. Das kam daher, daß Henriettes Gatte unter Streß die Strähnen seines schon schütteren Haupthaars zu Würmchen zu drehen pflegte, die sich dann (wegen der Haarcreme, mit der er sie morgens am Schädel befestigte) nicht wieder ganz aufdrehten.

Jetzt stand Richard im Flur, versuchte sein Gefieder anzulegen und wartete darauf, daß jemand ihm sagte, wo er die Koffer hintragen sollte. Drei Koffer. Drei Koffer und eine ganze Reihe von kleinen Beuteln unbestimmbaren Inhalts, außerdem Schirme, Schuhe und ein Korb mit Osterdeko-Artikeln – »weil du doch so etwas sicher nicht hast, Kind, und deine *dumme alte Mutter* legt halt so viel Wert auf diese kitschigen Sachen, sie bringen einen doch erst in die richtige Stimmung, weißt du noch, damals Weihnachten, wo ihr uns *eingeladen* hattet, und es gab keinen Baum, nicht einmal einen Weihnachtsstrauß, oh Gott *Doris*, mach nicht so ein Gesicht, du wirst mir das jetzt doch nicht übelnehmen, das ist doch längst vorbei, nein und wie schön du den Tisch gedeckt hast, da soll Papa doch gleich meinen Osterschmuck wieder in den Wagen tragen, ach danke, Bertram, das ist so nett von dir, ich hätte den Korb auch *wirklich* gar nicht mitnehmen sollen, aber jetzt schaut mal, was wir euch mitgebracht haben, wir haben gedacht, dann muß Doris diesmal nicht kochen, und das muß auch alles heute gegessen werden nach der warmen Fahrt« – Doris starrte auf die Kieler Sprotten, den Hamburger Aal, den Norwegerlachs und die in Lake schwimmenden Krabben. Sie dachte an ihre Markklößchensuppe und ihr Bœuf Stroganoff. Sie sah zu, wie Henriette Fahrensdorff in ihre Küche eilte, um alles hübsch anzurichten und *appetitlich* zu machen, und dann setzte sie sich einfach auf einen Stuhl.

Es war ja nicht so, daß sie ihre Eltern nicht mochte. Sie hatte so gute Vorsätze gehabt. Sie hatte sich sogar um Vorfreude bemüht, und beim Zitronenpressen vorhin hatte sie tatsächlich angefangen, leise vor sich hin zu pfeifen.

Langsam stand Doris auf und folgte ihrer Mutter in die Küche. Henriette schob bereits die erste kalte Platte in den Kühlschrank, ordentlich mit Folie überzogen, der Teufel mochte wissen, wo sie die gefunden hatte. Ohne etwas zu sagen, stellte Doris die Suppe mitsamt Kochtopf in die Tiefkühltruhe. Die Plastiktüte mit dem vorgeschnittenen Fleisch warf sie hinterher. Die vorgeschnittenen Zwiebeln kippte sie in den Müll. Die Zitronencreme konnte bleiben. Zitronencreme vertrug sich mit Räucherfisch.

»Und dort mittendurch wollen sie jetzt die ICE-Trasse legen, mitten durch dieses herrliche Stück Natur! Es ist eine Unverschämtheit und eine Dummheit. Plötzlich besinnt man sich darauf, daß Franken und Thüringen in der Mitte Deutschlands liegen, aber anhalten sollen die Züge hier nicht, sie rattern nur durch, und wir dürfen ihnen nachschauen.«

»Bertram denkt schrecklich gern, Neuendorf sei der Nabel der Welt«, sagte Doris. »Er läßt sich nicht einmal von der Bundesbahn eines Besseren belehren.« Aber weder Bertram noch ihre Eltern hörten ihr zu.

»Wir haben die Protestschilder an der Straße gesehen«,

sagte nun Richard, der schon wieder seine Pfeife rauchen mußte. Seine Haare hatte er inzwischen geglättet. Aus seinem Mund sprudelten beim Sprechen kleine graue Wölkchen. »Das klang ja wirklich recht engagiert.«

»Aber wer schert sich schon um Protestschilder!« rief Henriette. »Das ist der Regierung und der Bundesbahn und der Großindustrie doch alles *egal!* Man muß eine richtig große Aktion planen. Eine *Bürgerinitiative,* die –«

Doris ballte die Hände zu Fäusten. Wenn Henriette in Fahrt kam, wurden die kursiven Textanteile ihrer Reden so umfangreich, daß man mit Hervorhebungen nicht mehr nachkam, und bei politischen Themen kam sie immer in Fahrt. Vor allem, wenn es um Bürgerinitiativen ging. Henriette engagierte sich laufend in irgendwelchen Bürgerinitiativen. Nicht tatsächlich, natürlich, mehr in der Theorie: Schließlich mußte sie an Richard Fahrensdorffs gesellschaftliche Stellung denken, an seinen Vorsitz im Kunstverein und im Tennisclub, aber sie *unterstützte innerlich* Bürgerinitiaven.

Sie war Jahrgang 31, und sie bedauerte, so sagte sie gern, im Leben nichts mehr, als daß sie für die Roaring Sixties bereits zu alt gewesen sei. Doris, in deren persönlicher Erinnerung die ausklingenden Sechziger vor allem aus schockfarbenen Mini-Hängerkleidchen mit Reißverschluß, Wildleder-Fransenjacken und Fotos von Mick Jagger mit nacktem Oberkörper bestanden, hatte sich früher manchmal gefragt, was Henriette damit wohl meinte. 1970 war sie 39 gewesen, so alt wie Doris heute.

Hätte sie ihren BH verbrannt, wenn sie zehn Jahre jünger gewesen wäre? Hätte sie sich scheiden lassen, um in eine Berliner WG einzuziehen oder nach Indien zu pilgern? Wäre sie zur Apo gegangen? Die Bilder des barbrüstigen Jagger jedenfalls hatte Doris nicht in ihrem Zimmer aufhängen dürfen. Aber viel ausgemacht hatte ihr das nicht. Ihr Leben hatte ja sowieso erst in den Siebzigern begonnen, und das war ein Jahrzehnt ohne besonderen Glanz gewesen – oder? Doris jedenfalls erinnerte sich nicht an viel Glanz.

Sie erhob sich, um unauffällig den Kaffeetisch abzuräumen. Ihr Vater würde ihr dankbar sein für ein Bier. Er hatte den ganzen Nachmittag fast nichts gesagt, aber das war nicht ungewöhnlich: Si tacuisses... nicht wahr? Wenn Richard Fahrensdorff sprach, dann würzte er seine Rede gern mit lateinischen oder altgriechischen Zitaten, gewohnheitsmäßig. Henriette konnte diese Marotte nicht ausstehen.

Richard, ich bitte dich, verschone uns mit deinen *Fossilien!* Kein Mensch versteht ein *Wort* von dem, was du sagst! – Vor allem verstand Henriette nichts. Wollte Richard ihr vielleicht das Gefühl geben, sie sei dumm, nur weil sie nicht studiert hatte?

Nein, das wollte Richard Fahrensdorff bestimmt nicht. Es war ganz einfach so, daß er die alten Sprachen, die alten Schriftsteller liebte, und deshalb gelang es ihm beim besten Willen nicht, sich das Zitieren gänzlich abzugewöhnen. Folglich hielt er in Henriettes Beisein meistens den Mund. Er haßte Auseinandersetzungen mit seiner Frau. Sie waren ihm über alle Maßen lästig. So war er mit den Jahren immer wortkarger geworden, tatsächlich eine Art Rarität, dachte Doris, ein schweigsamer Lehrer.

Und das einzige, was den Bann brach, war der Alkohol. Wenn Richard Fahrensdorff trank – es mußte nicht einmal viel sein –, dann wuchs ihm der Mut eines römischen Feldherrn zu. Dann scherte er sich nicht mehr um Henriette oder ihre Verbote, dann sprach er, als stünde er auf dem Forum Romanum. *Quamvis sint sub aqua sub aqua maledicere temptant!* hatte er sie einst, nach einer denkenswerten Weihnachtsfeier, angedonnert. An deiner Stelle würde ich mich jetzt mal ein bißchen beherrschen, meine Liebe! Im Altertum hättest du als mein Weib noch nicht mal einen eigenen Vornamen gehabt!

Doris mußte bei der Erinnerung grinsen. Sie öffnete das

Bier, suchte einen Steinkrug, füllte eine Schale mit Erdnüssen – und hielt unschlüssig inne, das Tablett in der Hand. Mußte sie denn sofort wieder reingehen? Vielleicht konnte sie doch für einen Moment in ihre Werkstatt verschwinden, nur ein paar Minuten, nur, um wieder zu Atem zu kommen?

Die Haushälterin im Speisesaal war immer noch nicht mit dem Decken fertig. Aber sie hatte ja Zeit. Das Fest würde erst beginnen, wenn Doris es wünschte, und sie wünschte es noch nicht. Warum Lady Harringdon stören, die am Flügel so glücklich vor sich hin träumte?

Zeit spielte hier oben doch gar keine Rolle. Im Gästezimmer der Villa zum Beispiel standen seit zwei Jahren die halbausgepackten Reisetaschen und Koffer der Großeltern, die Doris damals zu Weihnachten von ihren Eltern bekommen hatte. Tagein, tagaus saß die alte Dame vor dem Kamin in der Bibliothek und stickte an einem Petit-point-Kissen, ohne sich zu langweilen, während ihr Gatte über dem Schachbrett brütete.

Die spätnachmittäglichen Strahlen der Frühlingssonne fielen durch die Spitzenvorhänge der Salons und Säle und zeichneten zarte Muster auf das glänzende Parkett. Der Effekt war wunderbar. Alles sah so wirklich aus!

Auf dem Eisentisch im Wintergarten lag ein Buch. Es war in rotes Leder gebunden und hatte etwa die Größe eines Daumennagels. Doris schlug es auf. Auf vierundzwanzig Seiten waren säuberlich die poetischen Bedeutungen gängiger Wild- und Gartenblumen aufgelistet: Rose – Liebe, Lilie – Reinheit. Die Illustrationen waren so winzig, daß man sie ohne Lupe kaum erkennen konnte. Flüchtig erinnerte sich Doris daran, wie schrecklich Bertram sich damals über den Preis aufgeregt hatte. 185 Mark! hatte er gebrüllt. Ob sie denn verrückt geworden sei? Wie sollten sie jemals zu einem Haus kommen, wenn sie ihr Geld für solchen Schund ausgab?

Doris hatte geheult.

Freilich, es war äußerst befriedigend, Bertram dermaßen außer sich zu sehen, denn im allgemeinen war es Doris, die außer sich geriet, sehr zu ihrem eigenen Mißfallen. Aber ungerecht war es trotzdem von ihm. Schließlich hatte sie das Buch von ihrem Gehalt bezahlt, nicht von seinem. Natürlich sagte Bertram, darum ginge es ja gar nicht. Es ginge überhaupt nicht ums Geld, sondern ums Prinzip.

Nun, inzwischen hatte er sein Haus bekommen, umsonst, wohlgemerkt. Umsonst ist der Tod, und der kostet das Leben. Bertram bezahlte jetzt prinzipiell alles, Doris hatte schließlich kein Gehalt mehr. Von seinem Geld kaufte sie weiterhin für ihr Puppenhaus, was sie wollte, aber sie zeigte ihm nichts mehr.

Wahrscheinlich war er erleichtert. Ihre Begeisterung für die Villa hatte ihn immer genervt.

Liebevoll legte Doris das kleine Buch wieder zurück auf den Tisch.

Vor ihrer Hochzeit hatte die Lady übrigens von Rarenfels geheißen, Luisa von Rarenfels. Sie hatte eine richtige Familiengeschichte, die Doris aufgezeichnet, mit dem Kopierer auf ein unglaublich kleines Format gebracht und in die Bibliothek gestellt hatte. Doris hatte noch nie jemandem davon erzählt, daß sie ihren Puppen Namen gab und sich für sie Lebensläufe ausdachte. Sie hätte sich geniert. Es war schließlich ziemlich kindisch, das wußte sie selbst, und die Geschichten, die ihr einfielen, waren zugegebenermaßen auch nicht sonderlich originell –

»*Doris!* Doris, wo steckst du denn, bist du etwa schon wieder bei deinem Puppenhaus? Komm doch runter, Kind, wir wollen *wenigstens* noch mal raus in den Garten gehen, bevor es kalt wird!«

Henriettes Stimme klang gleichzeitig durchs Treppenhaus und das geöffnete Dachfenster herein. Doris schloß einen Moment die Augen. Sie wußte genau, was jetzt kommen würde. Und sie haßte sich dafür, daß sie das Unvermeidliche fürchtete.

»– aber dann könntet ihr euch doch einen *Gärtner* nehmen«, hörte sie Henriette schon vom Wohnzimmer aus sagen. »Birchenbachers und Schöpfleins legen doch solchen Wert auf ihre Gärten, nun ja, vielleicht übertriebenen Wert, aber alles *dermaßen* runterkommen zu lassen – ach, da bist du ja, Doris. Ich *sagte* gerade. Also – wenn ich an Hamburg denke, an deine Balkonkästen! An die Kletterpflanzen!«

»Doris will nun mal keinen Gärtner«, antwortete Bertram. Doris hätte ihn am liebsten erschlagen. »Sie sagt, sie mag keine fremden Leute im Haus. Deswegen will sie ja auch keine Putzfrau.«

»Dabei könntest du wirklich eine brauchen«, sagte Henriette. »Von allem anderen mal abgesehen, müßten die Küchenschränke wirklich dringend mal innen ausgewischt werden. Ich meine, Unordnung ist ja nicht so schlimm, aber richtiger *Schmutz* –« Sie schüttelte den Kopf. »Wenn ich daran denke, wie es früher bei dir war! Alles immer blitzblank, wie geleckt, man hätte vom Fußboden essen können, ich meine, *Kind*, du mußt doch auch *irgendwann* einmal darüber hinwegkommen –«

»Henriette«, sagte Richard Fahrensdorff leise. Henriette holte Luft. »Nicht, daß es mich etwas angeht«, sagte sie nach einem Moment, »aber –«

»Du hast völlig recht, Mutter«, sagte Doris, ohne die Stimme im geringsten zu erheben. »Es geht dich überhaupt nichts an, wie hier die Schränke aussehen, oder das Bad oder der Garten oder der Kühlschrank, oder was immer du noch zu überprüfen gedenkst.«

Mit Kommentaren zum Garten hatte sie ja gerechnet. Aber die Küchenschränke! Mit welcher Hingabe, in welch furioser Eile hatte sie vor wenigen Stunden die Küchenschränke geschrubbt (aber nicht von innen! Natürlich nicht von innen)!

»Gott Kind, aber warum bist du denn gleich wieder so scharf! Ich habe doch *nur* gesagt, Bertram sollte dir eine Putzfrau zahlen, ich mache dir die Schränke doch sauber, ich mach das doch gern, ich weiß ja genau – oh Gott, warum bist du nur immer gleich so *aggressiv*!« Henriette hatte Tränen der Kränkung in den Augen.

Sie machte es also wieder. Es war wieder alles wie immer. Sie kritisierte einen in Grund und Boden, und wenn man sich wehrte, dann bog sie das Ganze so hin, daß man selbst als hundsgemeiner Übeltäter dastand.

»Ich verstehe wirklich nicht, warum du deine Mutter immer so anschreien mußt«, sagte jetzt Richard Fahrensdorff vorwurfsvoll.

Ausgerechnet Richard fiel ihr in den Rücken. Richard, der doch seit Jahrzehnten selbst unter dieser besonderen Art Gemeinheit litt! Der doch genau gehört hatte, was Henriette gesagt hatte!

»Schließlich meint sie es ja nur gut mit dir, Doris. Und ich muß sagen, es ist wirklich nicht sehr sauber hier. Das Fenster da oben«, und er zeigte an der Hauswand hinauf auf das Fenster der Pathologie, »ist blind vor Dreck. Wahrscheinlich habt ihr da immer noch euer Gerümpel?« Er schüttelte den Kopf.

»Bertram hat gesagt, er mistet aus«, verteidigte sich Doris. »Was kann ich denn dafür, wenn er es immer wieder verschiebt?«

»Bertram«, sagte ihr Vater in jenem milde belehrenden Tonfall, mit dem der Studiendirektor a.D. Dr. Richard Fahrensdorff früher besonders hoffnungslose Schüler zu peinigen pflegte, »ist schließlich ein vielbeschäftigter Mann. Er ist im Gegensatz zu dir berufstätig. Er kann erwarten, daß du sein Haus in Ordnung hältst.«

»Genau. Ich bin ja bloß das blöde Weibchen. Die Haustussi, die noch nicht mal mehr Sauberkeit hinkriegt. Aber warum? Warum habe ich keinen Beruf mehr? Doch nur, weil dein Bertram mich in dieses Nest verschleppt hat! Aber du hältst natürlich zu ihm. Zumindest, seit wir verheiratet sind! – Hast du Bertram mal erzählt, was du vorher so über ihn gesagt hast? Einen ungehobelten Kerl hast du ihn genannt! Und einen Ignoranten!«

Henriette weinte jetzt laut.

Richard sagte zu Bertram: »Du wirst mit Doris genausowenig fertig wie ich mit Henriette.« Er sagte es ernst und nachdenklich.

Er *meinte* es.

Doris war fassungslos.

Bertram sagte nichts.

Er hatte natürlich die ganze Zeit nichts gesagt. Jetzt holte er die Hand aus der Tasche und begann mit seiner Pfeife zu spielen. Gleich würde er sich verdrücken, soviel war klar.

»Ich, äh, denke, ich sollte dann doch noch mal zu Klein rübergehen«, sagte er, legte die Stirn in besorgte Falten und wedelte mit dem Pfeifenstiel durch die Luft. »Wegen seiner beiden Kühe, ich habe ihnen gestern zwar Spritzen gegeben, aber – « Doris gedachte nicht, ihn ausreden zu lassen.

»Ja, unbedingt«, sagte sie eisig. »Unbedingt mußt du zu Klein rübergehen und nach seiner Kuh sehen. Vielleicht solltest du bei der Gelegenheit gleich um ihren Huf anhalten. Wenn Klein ja sagt, kannst du deinen Stall hier aufgeben und ganz zu ihr ziehen, das wäre doch praktisch.«

Bertram sah sie mitleidig an. Er ging ohne ein weiteres Wort.

»Mit deiner spitzen Zunge wirst du es wirklich noch mal zu weit treiben, Kind«, sagte Henriette, noch immer schnupfend und schneuzend, aber mittlerweile hochauf zufrieden. »Bertram hat dir doch nun wirklich *überhaupt* nichts getan! Er hat dich doch sogar *verteidigt*! Mit deiner Aggressivität wirst du noch deine Ehe ruinieren.«

»Ich finde, du solltest dich bei deiner Mutter entschuldigen, Doris«, sagte Richard Fahrensdorff.

Doris starrte Bertram hinterher. Ihr Zorn war verpufft. Sie war geschlagen und wußte es.

Aber sie konnte es einfach nicht glauben, nicht wirklich.

»Entschuldige, Mama«, murmelte sie schließlich. Dann ging sie ins Haus zurück.

»Aber nein, Henriette, wieso denn?« hörte sie hinter sich ihren Vater zu Henriette sagen, nunmehr unverhohlen gereizt. »Nun beruhige dich doch, noch ist gar nichts verdorben. Wir haben doch noch das ganze Osterfest vor uns.«

Das ganze Osterfest.

Doris fühlte sich hundeelend.

Die Lady war jetzt allein im Salon. Ihr Gatte, Lord Harringdon, hatte sich in die Bibliothek begeben, zu seinen Schwiegereltern. Doris wußte, daß er die ganze Zeit nur vorgegeben hatte, das Klavierspiel zu genießen: In Wirklichkeit interessierte er sich überhaupt nicht für Musik. Schon gar nicht, wenn es seine Gattin war, die herumklimperte.

Für die Kinder war es jetzt aber Schlafenszeit. Doris legte sie in ihre Betten, dann schickte sie die Lady hinauf, um ihnen einen Gutenacht-Kuß zu geben. Aber wo war jetzt wieder das älteste Mädchen?

Sie saß natürlich in der Küche, aß Kekse und Äpfel, die Berta, die Haushälterin, ihr hingestellt hatte, und kraulte das Kätzchen dabei. Sie hieß Marlene. Marlene spielte die Geige und liebte Tiere. Sie war der Liebling aller Villenbewohner. Aber dabei war sie natürlich überhaupt nicht verwöhnt, ganz im Gegenteil. Sie war ein entzückendes Kind, fand Doris.

Und warum sollte Marlene nicht noch ein wenig in der Küche sitzen bleiben? Warum sollte nicht sogar ihre Oma herabkommen, hinab in die Küche, um nach ihr zu sehen und ihre kindlich-kluge Gesellschaft zu genießen? Frau von Rarenfels, die Mutter der Lady, war ja eigentlich eine eher kühle Person, die es ihrer Tochter nicht immer leichtgemacht hatte. Aber der kleinen Marlene konnte auch sie nicht widerstehen.

Diese ihre Enkelin liebte sie zärtlich. Nie hätte sie sie verletzt oder ihre Gefühle mißachtet.

Doris stellte die Großmutter neben die kleine Marlene in die Küche und plazierte eines ihrer Porzellanhändchen auf die Schulter des Kindes. Dann zog sie die Beine an und wickelte die riesige alte Strickjacke um ihre Knie. In der Nacht war es kalt hier oben. Sie fröstelte.

»Na, wenigstens liegt Neuendorf auf der richtigen Seite der Grenze, mein Kind. Insofern hast du ja Glück im Unglück gehabt«, sagte Richard Fahrensdorff.

Die Grenze, von der er sprach, existierte natürlich schon seit einigen Jahren nicht mehr. Richtige und falsche Seiten dagegen existierten durchaus. Oberfranken war richtig. Thüringen war falsch.

Doris lehnte sich zurück und wartete mit einer Art Vorfreude auf die unvermeidliche Reaktion ihrer Mutter. Sie war ihrem Vater dankbar für den etwas unbeholfenen Tröstungsversuch – wahrscheinlich wollte er seinen Verrat von gestern wiedergutmachen –, aber sie gönnte ihm auch die Standpauke, die er sich gerade eingehandelt hatte.

»Wie kannst du nur so etwas *Albernes* sagen, Richard! Was können denn die Ossis dafür, daß sie drüben geboren sind? Und überhaupt ist Thüringen landschaftlich *wunderschön*, und die Leute drüben haben einen ganz anderen Zusammenhalt als wir im Westen, und –«

Doris beugte sich über den Teller, um ihr befriedigtes Grinsen zu verbergen. Wie zu erwarten gewesen war, ließ Mutter kein Klischee aus. Sie war erbarmungslos.

»Noch etwas Suppe, Papa?«

Richard Fahrensdorff nickte hoffnungsvoll. Aber auch die gute Markklößchenbrühe, die Doris wieder aus der Tiefkühltruhe geholt und zum Mittagessen aufgetaut hatte, konnte Henriette nicht von ihrem Thema abbringen. Sie löffelte, während sie stritt.

»– die bodenlose Arroganz von uns Westlern –«

Doris stand auf und ging mit Richards Teller zum Herd. Nach der Suppe sollte es den restlichen Räucherfisch geben, dem man am Vorabend nur wenig zugesprochen hatte. Und dann die Zitronencreme. Sogar Bertram war zum Mittagessen erschienen, unerwarteterweise.

Die Türglocke schrillte und brachte fertig, was der Suppe nicht gelungen war: Henriette brach den Ostdiskurs ab und wählte ein neues Thema.

»Um diese Zeit?« hörte Doris ihre Mutter erstaunt und ein wenig indigniert fragen, während sie zur Tür ging. »Ich dachte, auf dem Land hielten sich die Leute doch noch *etwas* mehr an die alten Regeln. Es ist ja Feiertag und um die Mittagszeit, da sollte man doch meinen –«

Doris öffnete. Vor ihr stand eine fremde Frau.

Sie sah aus wie Angela.

Das war der erste Gedanke, der Doris durch den Kopf schoß. Dabei hatte die Fremde in Wirklichkeit natürlich nicht die geringste Ähnlichkeit mit Doris' sechs Jahre jüngerer Schwester: Sie trug einen langen Rock aus indischer Baumwolle, ein farbbeflecktes T-shirt und darüber einen alten Trenchcoat, und das rote Haar hatte sie im Nacken mit einem Wollfaden zusammengebunden. Doris begriff gar nicht, wie sie diese Fremde auch nur einen Moment lang mit Angela hatte verwechseln können.

Angela – die erfolgreiche Angela mit dem zur Zeit schwarzem Pagenkopf und den minimalistischen Hosenanzügen – Angela hätte es auch nicht begriffen. Angela bestand auch in Deutschland darauf, daß man ihren Namen auf englisch aussprach. Äindschela. Oder wenigstens Angschela, mit Betonung auf der ersten Silbe. Wenn man einfach nur Angela sagte, reagierte sie nicht. Sie leitete seit einigen Jahren eine renommierte Londoner Kunstgalerie, wobei sie »künstlerischen Instinkt mit perfekten Umgangsformen, menschliche

Wärme mit kaufmännischem Know-how« verband. Das jedenfalls hatte ihr eine englische Hochglanzgazette attestiert. In einem 5-Seiten-Artikel über Angela und ihre Galerie, der gerahmt in Henriettes Wohnzimmer hing.

Angela sprach englisch mit dem Akzent einer BBC-Sprecherin. Angela hatte nicht nur Kunst, sondern auch noch Philosophie studiert. Und hinterher noch ein paar Semester Betriebswirtschaft, einfach so. Und natürlich hätte Angela es durchaus auch selbst als Malerin zu einigem Erfolg bringen können: Sie hatte, wie sie nicht ganz ungern gestand, eine Weile als nicht vollkommen unbegabt gegolten. Tatsächlich hatte sie mit 25 eine recht spannende (spannende!) kleine Ausstellung gehabt und sogar ein wenig verkauft... *Oh really, Angie! How absolutely marvellous!* Die meisten Kunden der Galerie kamen aus Amerika.

Aber Angela – die wunderbare Angela mit ihren weiten schwarzen Seidenhemden und ihrem riesigen, vage exotischen Silberring am kleinen Finger, mit ihrem Haus in den Londoner Mews und ihren cosmopolitischen Freunden – Angela winkte ab: Sie habe mit dem Malen wieder aufgehört. Leider seien ihre, Angelas, Ansprüche an sich und an andere eben recht hoch. Nur absolut Erstrangiges sei ihr erträglich. Und deshalb mußte die Kunstwelt – ach was, die Menschheit! – nun auf die natürlich *beinahe* erstrangigen Gemälde Angelas verzichten. Leider. Und das schlimmste war, daß jedes Wort der Geschichte stimmte.

Angela hatte sich die Malerei angeeignet.

Es war Doris gewesen, die sich damals die Staffelei gewünscht hatte. Doris hatte malen wollen. Aber wozu? Wenn Angela doch um so vieles brillanter war! So sagten sie alle. Angela ist brillant! Talentiert. Angela muß einfach Kunst studieren, es wäre eine Schande. Aber Doris, naja – wie wäre es denn mit Kunstgeschichte, Doris? Und vielleicht Deutsch. Fürs Lehramt. Da hast du viel Ferien, das ist doch was, und deine Aufsätze waren ja immer recht hübsch.

Angela hatte sich die Kunst angeeignet, wie so vieles, was einst Doris gehört hatte. Was eigentlich Doris gehörte. *Aber das macht doch nichts, Doris, da ist doch Platz genug für euch beide! Teil doch mit deiner Schwester!* Doris war nicht bereit, auch nur den Versuch zu unternehmen. Aber das lag nicht an Doris, sondern an Angela. Man konnte mit Angela nicht teilen. Das war es, was Henriette nie begriffen hatte: Angela teilte nicht. Sie eignete sich an, was sie wollte. Sie ließ dem anderen nichts übrig. Kunst war also für Doris erledigt. Doris würde den Teufel tun und irgend etwas toll finden, womit Angela, ihre kleine Schwester, Erfolg hatte. Lieber würde sie in einer Bibliothek verstauben! Oder in Neuendorf. Da war man wenigstens vor Vergleichen sicher.

Nein, es gab wahrhaftig keine Ähnlichkeit zwischen dieser Fremden und Angela. Dies war natürlich die Zugezogene. Die Münchnerin.

»Sie sind Frau Bering, nicht wahr?« sagte sie. »Ich bin Lea Hattinger. Ich wohne seit gestern da drüben, im Haus gegenüber… Aber ich glaube, ich störe Sie beim Mittagessen?«

Einigermaßen hastig ergriff Doris die ausgestreckte Hand. Sie war trocken und fest und für eine Frauenhand ziemlich kräftig. Doris ließ sie rasch wieder los.

»Keineswegs«, sagte sie und ärgerte sich über ihre eigene Steifheit, »willkommen in Neuendorf. Bitte kommen Sie doch herein.«

»Aber nur, wenn's wirklich nicht stört«, sagte die Fremde. »Wissen Sie, ein paar Freunde haben gestern meine Möbel hergeschafft, aber sie mußten gleich wieder weg… Jetzt herrscht bei mir natürlich Chaos. Und ich kann meine Werkzeugkiste nicht finden… Da hab ich gedacht, Sie könnten mir vielleicht einen Hammer leihen?« Sie hatte eine merkwürdig vage Art zu sprechen. Es klang, als sage sie immer nur einen Teil dessen, was sie meinte, als ließe sie jeden zweiten Satz aus. Sie standen inzwischen in der Diele.

»Ja, ich weiß auch nicht«, sagte Doris, »einen Hammer? Da müßte ich mal meinen Mann holen, obwohl, er sitzt gerade beim Essen –«

»Ach, dann lassen wir es lieber«, sagte Lea Hattinger und winkte ab. Die Geste hatte etwas Großzügiges, und das irritierte Doris, ohne daß sie hätte sagen können, warum. »Dann komme ich eben später noch mal vorbei. Ich hab es mir ja schon beinah gedacht... das mit der Mittagszeit, meine ich...«

»Aber ich bitte Sie, das macht doch gar keine Umstände!« Bertram war aus der Küche gekommen wie ein ländlicher Deus ex machina. »Der Hammer ist draußen in der Garage, er liegt direkt auf dem Brett über den Fahrrädern , das macht gar keine Mühe, kommen Sie doch einfach mit!«

Doris stand in der Tür und sah Bertram nach, der mit Lea Hattinger durch den Vorgarten ging und dann vor ihr in der Garage verschwand. Offensichtlich sagte er etwas Nettes, denn sie hörte die andere lachen. Dann lachte auch Bertram. Dann kamen sie wieder hervor. Lea Hattinger trug ihren Hammer. Sie ging über die Straße, zu ihrem Haus zurück. Ihr Schal wehte hinter ihr her.

»Kommen Sie ruhig rüber, wenn Sie irgendwas brauchen!« rief Bertram ihr nach. »Als Tierarzt bin ich an Notfälle gewöhnt. Und wir wollen natürlich auch, daß es Ihnen hier bei uns gefällt!«

Lea wandte sich um.

»Danke!« rief sie. »Vielen Dank! Wenn alle hier so nett sind wie Sie, dann wird's mir sicher gefallen!« Sie winkte zu Doris und Bertram zurück, als stünde sie auf einem sich rasch entfernenden Ozeandampfer und nicht auf der anderen Straßenseite.

Die Gartentür fiel hinter ihr zu.

»Worüber habt ihr denn so gelacht?« fragte Doris.

»Gelacht?« Bertram zuckte die Schultern. »Ich weiß nicht. Haben wir gelacht?«

Sie gingen ins Haus zurück, wo Henriette inzwischen den Fisch servierte.

Doris setzte sich an den Tisch, bröselte Brot und hörte sich an, was ihre Mutter für den Nachmittag plante: einen ausgedehnten Spaziergang, danach eine Kloster-Besichtigung und einen fränkischen Imbiß in einer fränkischen Bauernkneipe.

Sie mochte Lea Hattinger nicht besonders.

Am Ostersonntag kam Lea Hattinger zum Kaffee. Bertram war hinübergegangen, um sie einzuladen, aber die Schuld trug natürlich Doris' Mutter.

»Willst du deine Nachbarin nicht noch einmal herüberbitten?« hatte Henriette gesagt. »Ich meine, sie ist doch *neu* hier im Dorf, sie kennt hier doch keinen.«

»Aber Mama, sie hat doch sicher eine Menge zu tun. Sie ist doch gerade erst eingezogen. Und vielleicht will sie ja auch allein sein.«

»An *Ostern*, ich bitte dich! Wer will da allein sein, Feiertage allein sind doch immer so trostlos!«

Das hätte sie sich überlegen müssen, bevor sie hierherzieht, dachte Doris unwillig. Und außerdem, was heißt, sie kennt keinen? Soll doch Frau Frühauf sie einladen!

»Aber dann können wir ja keinen Ausflug machen«, unternahm Doris einen letzten Vorstoß, »dann müssen wir ja pünktlich um drei wieder hier sein.«

»Ich finde, du hast völlig recht, Henriette«, sagte da Bertram, vollkommen überraschend. »Ich werde gleich nachher rübergehen und sie fragen, ob sie nicht morgen nachmittag vorbeikommen will.«

»Du?« fuhr Doris hoch, mehr überrascht als zornig. »Du bist morgen doch gar nicht hier! Du wolltest doch rüberfahren nach Hof, um —«

Bertram winkte ab.

»Das kann warten«, sagte er lässig. »Das muß ich schließlich nicht am Ostersonntag tun, oder?«

Doris war mal wieder sprachlos gewesen.

So war die neue Nachbarin also »im Namen der ganzen Familie« zum Ostersonntagskaffee eingeladen worden, und sie hatte zugesagt. Sie hatte sich, laut Bertram, sogar ziemlich gefreut. »Da siehst du es, Doris«, hatte Henriette gesagt. »Man kommt viel weiter mit ein *wenig* Freundlichkeit. Es kostet doch nichts, jemandem eine Freude zu machen, nicht wahr? Ich weiß *wirklich* nicht, warum du so kratzbürstig sein mußt.«

Und nun saß Lea Hattinger in Doris' Eßzimmer. Sie trug eine perlenbestickte Jacke aus lila Samt. Das gefärbte Haar hatte sie unordentlich aufgesteckt, und in ihren Ohrläppchen baumelten Pfauenfedern. Sie saß auf dem Stuhl am Kopfende, inmitten von Häschenservietten und Porzellanküken, Holzeiern und Zuckereiern, Schokoladeneiern und blümchengefüllten Vasen aus Eierschalen, trank Doris' dampfenden Kaffee, aß Doris' Hefekranz mit Quittenmarmelade und plauderte mit Doris' Familie, und dank ihrer Anwesenheit nahm sich die zu Ehren Henriettes geschmückte Kaffeetafel aus wie ein besonders mißlungenes Ausstellungsstück im Heimatkundemuseum. Abteilung Österliches Brauchtum.

Doris hätte sie alle umbringen können.

»Ach, dann haben Sie das Haus also erstmal nur gemietet?« sagte Henriette zu Lea Hattinger. »Das war wirklich klug! Als Großstädterin sollte man das Landleben lieber erst einmal ausprobieren, nicht wahr? Was hat Sie denn überhaupt hierher verschlagen, in die – entschuldige, Bertram – *tiefste Provinz?*«

Lea Hattinger fuhr sich mit beiden Händen ins Haar, ohne darauf zu achten, daß sie ihrer Frisur damit den Rest von Halt nahm.

»Eigentlich war das ein Zufall... ein Freund von mir hat dieses Haus geerbt, und ich wollte gern mal ein wenig aus

München raus. Und ich bin ja in Franken geboren, in Nürnberg, ich bin ja von hier ...« Alle sahen sie an, wenn sie sprach, sogar Richard.

»Ach!« sagte Bertram. »Das müssen Sie unbedingt herumerzählen, dann werden Sie hier schneller akzeptiert. – Obwohl natürlich nach Ansicht der Neuendorfer Nürnberg bereits entsetzlich weit weg liegt. Dorfbewohner haben ein ganz anderes Gefühl für Entfernungen als Großstadtmenschen.« Er bewegte den Stiel seiner Pfeife ein paarmal von links nach rechts. Sie brannte nicht. Es war gegen Bertrams Gewohnheit, bereits am Nachmittag zu rauchen. »Wir sind auch erst vor ein paar Jahren wieder hierhergezogen, von Hamburg«, sagte er, und als erkläre das alles, fügte er hinzu: »Meine Frau ist ja Hamburgerin.«

Lea lächelte Doris an.

»Hamburg ist schon eine schöne Stadt,« sagte sie. »Ein bißchen kühl, gell, in jeder Beziehung, aber mal ein paar Wochen ... und die Elbe, und dann das Meer so nah. Als ich dort gespielt hab, bin ich jeden Tag irgendwo am Wasser gewesen.«

Doris wußte nicht, was sie darauf sagen sollte.

»Dann sind Sie also Musikerin?« fragte Bertram interessiert.

Doris konnte kaum glauben, daß er immer noch da war. An jedem anderen Sonntag hätte er sich schon längst wenigstens hinter einer Zeitung verkrochen – aber natürlich, wenn jemand wie Lea Hattinger am Tisch saß –, und er hatte sie ja auch unbedingt einladen wollen!

»Wie?« sagte Lea Hattinger. »Ach so, nein, das nicht. Obwohl, ich spiel ein bißchen Klavier ... aber ich bin Schauspielerin. Oder ich war Schauspielerin, und dann hab ich Schauspielunterricht gegeben, und das hat dann so eine Eigendynamik entwickelt ... so daß ich jetzt eigentlich Therapeutin bin.« Sie schnitt eine selbstironische Grimasse. »Ich kann das Wort ja eigentlich nicht leiden. Aber wissen Sie,

Herr Bering, das Spielen, sich wirklich frei auszudrücken, auf der Bühne zu stehen, vor Publikum, und dann womöglich zu improvisieren, das kann man nicht auf dieselbe Weise lernen wie vielleicht Mathematik. Das hat tatsächlich was mit Therapie zu tun... mit der ganzen Person eben. Mit Selbstvertrauen, mit guten Einfällen, mit Mut... mit Präsenz.« Doris verzog den Mund. Präsent, dachte sie, war Lea Hattinger zweifelsohne. Tatsächlich degradierte sie die ganze Familie zu ihrem Publikum. Aber außer Doris schien das nicht einmal jemand zu merken.

Lea Hattinger beugte sich vor. »Ich hab dann immer mehr Übungen gemacht, die eigentlich mit dem Spielen gar nichts zu tun hatten. Die darüber hinausgingen. Atmen, meditieren, Trance, auch Körperarbeit, ich hab Kurse besucht... Tanz... ich hab sozusagen immer weiter unten angefangen, immer tiefer, immer mehr bei den Leuten selbst. Bis es dann gar nicht mehr ums Spielen ging, sondern ums wirkliche Leben. Obwohl wir im wirklichen Leben natürlich auch alle immerzu Theater spielen, nicht wahr?« Lea Hattinger lachte, sie hatte gute Zähne. Bertram sah sie an, während er nach seinem Feuerzeug angelte. Geistesabwesend setzte er den Tabak in seiner Pfeife in Brand.

»Es ist doch erst *Nachmittag*, Bertram«, sagte Doris. Bertram starrte sie an, als hätte sie den Verstand verloren.

»Ja«, sagte er, »natürlich. Es ist Nachmittag.«

»Und du rauchst schon«, insistierte Doris. Bertram nickte. Dann inhalierte er und wandte seine Aufmerksamkeit wieder Lea Hattinger zu.

»Ich beneide Sie wirklich«, sagte Henriette. »Schauspielerin! Ich selbst wollte ja früher Sängerin werden, ich hatte auch *durchaus* ein wenig Talent, aber nun ja, mit den Kindern, ich habe dann schließlich im Chor ein bißchen – aber was für eine *phantastische* Jacke das ist!« Henriette meinte den lila Feudel mit den Stickereien, der aussah, als habe Lea Hattinger ihn vor zwanzig Jahren unter den Restbeständen eines der weniger reputierlichen Flohmärkte hervorgegraben.

Es war unglaublich. Henriette selbst trug natürlich eines ihrer Wollkleider, Marke »Ein Nachmittag auf dem Lande«. Teuer, dabei klassisch schlicht. Hanseatisch: Darauf legte sie als geborene Süddeutsche besonderen Wert. Perfektes Understatement, passendes Schultertuch. War Mitleid mit den drogensüchtigen Mädchen auf St. Georg ein Grund, das Aussehen zu vernachlässigen? Nicht für Henriette. Neben Henriette sah Lea Hattinger aus wie ein vor dem Rupfen noch einmal aufgedonnertes Huhn.

Wie eine Schießbudenfigur. Das war es, was Henriette zu *Doris* gesagt hätte, wenn die mit einer solchen Jacke aufgekreuzt wäre: »Aber mein Kind! Mit der Jacke siehst du aus wie eine *Schießbudenfigur*!«

Seit Henriettes Ankunft hatte Doris vorsichtshalber immer den Tweedrock getragen und dazu einen braunen oder beigen Pullover. Das war praktisch. Und relativ sicher: Der Tweedrock war noch nie moniert worden, im Gegensatz zu den indischen Hemden, den hautengen Jeans und den Overkneestiefeln ihrer Jugend.

Oder dem grellgelben Stretchkleid, das sie sich an einem Frühlingstag im Jahre 1983 gekauft hatte.

Das war in einem Laden am Gänsemarkt gewesen. Ein Spontankauf: Die Geschäfte waren gerade dabei zu öffnen, es war früh am Morgen, die Sonne kam über die Dächer. Sie hatte das Kleid gleich anbehalten. Dann war sie in Richtung Binnenalster gegangen. Der erste Strahl der Fontäne schoß genau in dem Moment empor, als sie gerade hinsah, das war ihr noch nie passiert. Eine Möwe blitzte auf und erlosch. Ein einzelner Vogelschrei drang durch den Lärm. Sie schwang die Arme. Fanfaren, nur ihr vernehmbar, kündigten sie der Welt an. Das Kleid war kein Kleid, sondern eine Standarte. Einmal.

Und dann ein weiteres Mal.

»Kind, wie du aussiehst!« Henriettes Stimme hatte sich überschlagen. »Hat dich jemand auf der *Straße* gesehen? Nein, du bist doch mit dem Wagen gekommen, nicht wahr? Himmel, wie unvorteilhaft! *Angela* könnte ja vielleicht sowas tragen, obwohl sie natürlich nicht im Traum daran denken würde, aber *du*? Nein wirklich, jetzt *ärgere* dich doch nicht gleich, aber entschuldige, du hast eben etwas breitere Hüften, deine Mutter meint es doch gut mit dir, neulich hattest du sowas *Blumiges* an, das floß so schön und überspielte die Hüften, mädchenhaft, das hat dir einfach *entzückend* gestanden –«

Am Ende gab es natürlich Henriettes Tränen.

»Aber ich habe doch *nur* gesagt, daß ich dich anders gekleidet anziehender finde! Kann deine Mutter dir denn nicht mal einen *Rat* geben, ohne daß du ausfallend wirst? Willst du denn wirklich, daß ich etwas sage, was ich gar nicht meine? Verlangst du, daß ich dich anlüge? Wäre dir das tatsächlich lieber? Soll ich tatsächlich sagen, etwas gefällt mir, wenn ich es *gräßlich* finde –«

Sie war nach Hause gegangen und hatte das Stretchkleid ausgezogen. Eine Weile hatte sie sich nackt im Spiegel betrachtet, die breiten Hüften, den flachen Bauch, die kräftigen Arme, sie sah aus wie immer, sie wußte ja, wie sie aussah. Dann hatte sie heiß geduscht und ihren Körper lange mit der Rubbelbürste bearbeitet. Sie hatte nicht viel gefühlt, hatte nur dieses Abfließen der Farben bemerkt, nicht zum erstenmal, es war schon vertraut: Als wäre einen Moment lang etwas Leuchtendes dagewesen, etwas aus brennendem Rot und aus Blau und einem frischen, noch feuchten Grün, und nun flossen die Farben unter der Dusche zusammen zu einem dreckigen Grau. Nicht mal grau, gar keine Farbe, nur Schmutz, gurgelnd im Abfluß.

Sie hatte das Kleid in den Schrank geworfen, irgendwohin, nicht einmal ganz in die hinterste Ecke, dann war sie in

41

Bertrams Bademantel gekrochen und ins Bett gegangen. Bertram hatte damals schon mit ihr zusammengelebt. Im selben Jahr, im Herbst, hatten sie dann geheiratet.

Wozu das Ganze, wirklich? Warum sich mehr Ärger einhandeln, als man ohnehin schon hatte? Bertram war es egal, was sie trug. Er interessierte sich nicht für Mode. Er war für praktische Sachen. Sachen, die sie selbst eigentlich ganz bequem fand, wie sie nach einer Weile erkannte. Und die bei ihrer Mutter höchstens mal wegen ihrer Langweiligkeit, ihrem Mangel an Charme auf halbherzigen Widerstand stießen. Mangel an Charme aber war Doris ziemlich egal. Sie hatte sich nie bemüht, charmant zu sein.

Nun beugte Henriette sich vor und befühlte Leas lila Feudel. »Das haben Sie natürlich in München gekauft?«

Lea zögerte einen Moment. »Nein«, sagte sie dann, »in Florenz … vor gut und gerne zehn Jahren. Meinen Sie wirklich, man kann sie noch anziehen? Ich habe sie jetzt eine Weile nicht mehr getragen.«

»Ach ja, *Firenze* –!« sagte Henriette und lehnte sich mit einem Seufzer zurück. Sie hatte wieder mal nur den Anfang gehört. »Italien! Ein wunderschönes Land, wirklich. Mein Mann und ich waren ja schon in den Fünfzigern in der Toskana, als da noch *kaum einer* hinfuhr, und später natürlich mit den Kindern am Strand, Rimini und Riccione, aber das war wie gesagt vor dem *Massentourismus*, nicht wahr, Richard – haben Sie Kinder, Frau Hattinger?«

Lea nickte. »Eine Tochter. Laura, sie ist noch klein, gerade zwei. Zur Zeit ist sie beim Vater.«

»Ach!« sagte Henriette. In ihrer Stimme schwang plötzlich ein gewisse Mißbilligung mit. »Bei ihrem Vater! Also ich weiß nicht. Daß man seinen *Mann* verläßt, nun ja. Aber *ich* hätte es sehr schwierig gefunden, meine Kinder zurückzulassen.«

Doris verbiß sich ein schadenfrohes Lächeln. Das hatte die Hattinger nun von ihrem Theater, dachte sie. Das hatte man davon, wenn man mit Henriette schöntat... Draußen ging ein Aprilschauer nieder. Der Regen prasselte gegen die Scheiben.

»Nun, Henriette«, sagte da Richard Fahrensdorff. Sein Ton war eine Spur schärfer als sonst. »Die familiäre Situation von Doris' Nachbarin geht uns schwerlich etwas an, nicht wahr? Wie der Lateiner so richtig sagt: *Si tacuisses* –! Ich möchte mich bei Ihnen entschuldigen, Frau Hattinger. Wir wollten Ihnen selbstverständlich nicht zu nahe treten!«

Henriettes Gesicht wurde starr und hochrot. Bertram sah zum Fenster hinaus, betont angelegentlich. Lea Hattinger schüttelte heftig den Kopf.

»Lassen Sie nur, Herr Fahrensdorff«, sagte sie, »eine Entschuldigung ist wirklich nicht nötig... ich möchte nicht, daß womöglich Spannungen in der Familie... und es ist ja alles nur ein Mißverständnis! Ich hab mich schlecht ausgedrückt, das ist es. Laura ist natürlich nicht bei ihrem, sondern bei meinem Vater, bei ihrem Opa. Und es ist auch nur über die Osterferien. Ich wollte ihr halt den Umzug nicht zumuten, wie gesagt, ich hab mich schlecht ausgedrückt. Wahrscheinlich, weil Lauras Vater... ich denk nicht an ihn als an Lauras Vater, wissen Sie. Ich versuche, gar nicht an ihn zu denken, ich – wir hatten Ärger wegen des Sorgerechts. Ich habe das Sorgerecht für Laura, natürlich... ich hoffe, Harry wird sich nun endlich damit abfinden. Wo ich jetzt aus München fort bin. Aber wenn nicht, hilft ihm das auch nichts. Sie haben natürlich recht, Frau Fahrensdorff. Ich würde Laura nie ihrem Vater überlassen, niemals.«

Ein Schweigen entstand. Dann lachte Henriette auf. Es klang gekünstelt.

»Über die Osterferien!« rief sie. »Ach so! Na, dann ist ja jetzt alles klar, nicht wahr, da muß ich mich aber *wirklich* entschuldigen, ich habe Sie natürlich völlig falsch verstanden. Bei *Ihrem* Vater, natürlich! Und wir wollten auch wirklich nicht so genau, ich meine – ich habe ja selber zwei

Kinder großgezogen. Ich weiß, wie das ist! Wenn sie weg sind, fehlen sie einem furchtbar, aber wenn man sie immer um sich hat, sind sie oft schrecklich anstrengend, da ist es ein *Glück*, wenn die Großeltern mal einspringen –«

»Meine Mutter ist vor drei Jahren gestorben«, sagte Lea Hattinger leise.

»– und ich bin ja oft ganz traurig, daß ich keine Enkel habe«, fuhr Henriette unverdrossen fort. »Es wäre so *schön* hier auf dem Lande für Kinder.«

Doris zog die Brauen zusammen und starrte vor sich auf den Teller.

»Henriette«, murmelte Richard warnend.

»– nun ja, noch ist es ja nicht zu *spät*, viele Frauen bekommen heute ihr erstes Kind jenseits der Vierzig!«

Richard Fahrensdorff unterdrückte einen Seufzer, lehnte sich zurück und begann resigniert seine Pfeife zu stopfen.

Doris versuchte, an etwas anderes zu denken. An die Villa. An die Lady dort oben, geborgen in ihrem Salon –

»Letztes Jahr hatten wir ja schon *fast* gehofft, es wäre soweit,« sagte Henriette, hektisch und zugleich bekümmert, »aber dann hat Doris das Kind –«

Doris' Kuchengabel klirrte auf ihren Teller. Eine Tasse fiel um und verwandelte eine Reihe von Osterlämmern in schwarze Schafe. Doris sprang auf.

»Warum hältst du nicht einfach den Mund!« schrie sie ihre Mutter an. »Halt doch einfach ein einziges Mal deinen Mund!«

Sie stürzte hinaus, die Treppe hinauf. Verloren, ergänzte sie den Satz ihrer Mutter. Dann hat Doris das Kind *verloren*. Sie schlug die Tür zur Werkstatt hinter sich zu.

So konnte man es auch nennen.

Es war Bertram gewesen, der auf einer Fruchtwasseruntersuchung bestanden hatte.

»Aber Doris, es ist doch nur zu unserer Beruhigung, wahrscheinlich ist doch ohnehin alles in Ordnung, aber ich bitte dich, du bist schließlich schon 38!«

Warum die Berings nicht schon längst ein ganzes Rudel Kinder hatten, konnten die Ärzte sich auch nicht erklären, organische Gründe lagen nicht vor. Aber das war jetzt egal. Doris war jedenfalls wieder schwanger.

»Doris, es ist doch nur ein ganz kleiner Eingriff. Vollkommen sicher, und dann haben wir die Gewißheit, daß alles ist, wie es sein soll!«

Es war das zweite Mal. Aber diesmal würde alles gutgehen, sie wußte es. Sie kaufte ein Buch: Bilder des Fötus' in ihrem Bauch. Sie hieß das Kind willkommen: mein Fischchen, mein Kaulquäppchen. Irgendwo, auf der Straße, im Laden, während Frau Frühauf auf sie einredete, abends im Wohnzimmer neben dem zeitunglesenden Bertram, überkam sie die Zärtlichkeit, eine Freude wie in Wellen, so daß sie den Kopf in den Nacken sinken ließ, leise auflachte für sich selbst. Sie streichelte die sich spannende Bauchdecke, horchte auf erste Bewegungen in der Kammer darunter.

»Du wirst doch nicht so ein armes wasserköpfiges verblödetes *Ding* zur Welt bringen wollen?« schrie Henriette. »Du wirst dem armen Kind das doch nicht antun?«

Guter Gott, nein. Natürlich nicht.

Nachdem sie es einmal gewußt hatte, nachdem das Wort Mongolismus gefallen war, nachdem Richard ihr Bilder gezeigt, sie sich an gewisse herzzerreißende Momente irgendwo in der Stadt, in einem Restaurant, einer Straßenbahn erinnert hatte – nein. Natürlich wollte sie kein krankes Kind zur Welt bringen, dazu hatte sie nicht den Mut, wer hätte den Mut schon gehabt, ihre Mutter, ihr Mann hätten sie niemals unterstützt, sie hätte ihr ganzes Leben allein mit dem Kind leben müssen, dem *geisteskranken* Kind, ohne Hilfe.

Andererseits: wenn sie die Untersuchung nie hätte machen lassen? Nicht alle Trisomie-21-Kinder sind schwerstbehindert, hatte der Arzt gesagt. Manchen sieht man die Behinderung kaum an, sie können ein beinahe normales Leben führen. Und oft sind sie besonders lieb. Anschmiegsam. *Dankbar.* Überlegen Sie sich's, Frau Bering.

Sie hatte aber nicht überlegen können. Nicht nur, weil die Zeit drängte – sie hatte die Untersuchung bis zum letzten Moment hinausgezögert –, nicht nur, weil Henriette, weil Bertram, weil sogar Richard sie unaufhörlich bedrängten, sondern vor allem wegen der Träume. Sie hatte ständig diese Träume gehabt. Von Mißgeburten mit langen Zähnen, die sie aus der Wiege ansahen, von bösen alten Zwergengesichtern, die vom Arm der Hebamme fürchterlich in ihre Richtung lächelten, von Puppen, tot und glasäugig, die zerbrachen, als sie sie aufnahm, von behaarten Monstren ohne Nasen und Mund. Später hatte sie in einem Buch gelesen, auch Mütter gesunder Kinder träumten dergleichen oft während der Schwangerschaft.

Sie hatte das Kind im fünften Monat abgetrieben. Es war nicht schnell gegangen. Es hatte acht Stunden gedauert. Das Kind hatte sich vielleicht gewehrt, dachte sie, es hatte ja schon gestrampelt, und sie hatte es gewaltsam aus ihrem Bauch herausgepreßt.

»Du wirst darüber hinwegkommen, Liebling. Du wirst darüber hinwegkommen, und dann wirst du erleichtert sein. Du hast richtig gehandelt.«

Sie war belogen worden.

»Der Körper stößt Embryonen mit schwer geschädigtem Erbgut meist innerhalb der ersten drei Monate von selbst ab.« Das hatten sie ihr vor sieben Jahren erzählt, als sie das erstemal ein Kind verloren hatte, tatsächlich verloren, plötzliche Blutungen im dritten Monat, und Bertram und der behandelnde Arzt hatten sie zu trösten versucht: Der Körper stoße Embryonen mit schwer beschädigtem Erbgut innerhalb der ersten drei Monate oft selbst wieder ab. Aber das war kein Trost gewesen. Ihr eigener Körper hatte das werdende Baby verstoßen, wo war da der Trost?

Und es war eine Lüge, nicht wahr? Das hatte sich ja dann herausgestellt. Oder wenn keine Lüge, dann doch eine angenehme kleine Verallgemeinerung. Denn den zweiten Embryo hatte ihr Körper nicht abgestoßen. Vielleicht hätte man ihm den Chromosomenfehler kaum angesehen. Ihr. Es wäre ein Mädchen geworden. Schon wieder falsch. Es war ein Mädchen gewesen.

Doris hockte in einer Ecke des Speichers auf dem Boden, mit angezogenen Beinen. Sie war wütend. Sie gab sich redlich Mühe, wütend zu sein. Wut war angenehm, war etwas Reelles, etwas Wirkliches.

Unten in der Küche wusch Henriette das Geschirr ab, man hörte das Klappern bis unters Dach. Dabei sang sie, gefühlvoll und angemessen getragen, das Lied der Mignon in der Vertonung von Liszt.

»Kennst du das Laaand, wo die Zitrooonen blüüüühn –«

Es war ein schwieriges Stück. Henriettes Mezzo-Sopran war alles andere als rein, ihre Gesangsstunden lagen lange zurück. Aber gelegentlich ging es noch immer mit ihr durch. Besonders wenn der räudige Samtfeudel einer alten Schabracke die florentinischen Gefühle in ihrem Herzen geweckt hatte.

»Dahin, dahin, dahiiin, will ich mit dir, o mein Beschü-hützer, ziiiehn –«

Sie hatten die kleine Leiche in einer Schüssel rausgetragen.

Das Weinen war nicht erleichternd. Es würde niemals erleichternd sein. Tränen liefen nicht. Es war ein trockenes Weinen, ein regenloses Gewitter. Sie keuchte: Jeder Schluchzer, jedes Stöhnen war nicht so sehr schmerzhaft als körperlich anstrengend. Sie ballte die Fäuste und trieb die Nägel so tief in die Hand, wie es ging. Die kleinen Wunden schmerzten, aber nicht genug. Sie bluteten nicht. Doris' Aufmachung war insgesamt zu vernünftig für lange Nägel. Nach einer Weile dann hörte es auf.

Doris riß sich am Riemen: Sie machte, daß es aufhörte. Sie rieb sich das Gesicht, mit beiden Händen.

Unten schlugen Türen. Stimmen. Doris lauschte: Lea verabschiedete sich. Ging. Doris konnte wieder hinuntergehen zu den anderen, wenn sie wollte, zu Bertram, Henriette und Richard.

Bertram, Henriette und Richard. Die waren egal, oder? Pfui Teufel! Alle miteinander egal.

Scheißegal, wirklich, Doris wollte sie nur endlich lossein. Wollte sie loshaben, alle miteinander, für immer, für ewig. Tot! Sie würde hinuntergehen, sie hatte sich in der Gewalt. Sie würde hinuntergehen und *ihnen eine gute Nacht wünschen*.

2. Kapitel

Landleben

»Und dann werde ich wohl gleich noch bei Magnus Klein reinsehen, das liegt ja ohnehin auf dem Weg von Hof rüber«, sagte Bertram, ohne den Blick von seinem weichen Ei zu lösen. »Ach ja, und ich habe Birchenbacher versprochen, daß ich mal vorbeikomme. Udo ist über Ostern daheim und hat sein Terrarium mitgebracht, ich soll mir das mal anschauen, wegen artgerechter Haltung von Eidechsen und so.« Sein Ton war angelegentlich.

Doris betrachtete ihren Mann über den Rand ihrer Kaffeetasse hinweg.

»Eidechsen«, sagte sie versonnen.

Sie saßen in der Küche bei einem verspäteten Frühstück. Die Fahrensdorffs waren abgereist. Sie waren schon um sechs Uhr früh aufgebrochen, einen Tag und etliche Stunden früher als geplant.

Aber nicht etwa, weil es ihnen bei Berings nicht gefallen hätte! Richard hatte in der Diele gestanden und noch zerrupfter ausgesehen als bei der Ankunft. Nein, es hatte ihnen sehr gut gefallen, natürlich, aber der österliche Rückreiseverkehr, nicht wahr, und wenn sie heute schon fuhren, dann wurde es vielleicht nicht ganz so schlimm mit dem Stau auf der Autobahn.

Henriette hatte geheult.

»Ich habe das eben gesagt, gut – aber! Weil Lea Hattinger eben so eine reizende Frau ist, und deswegen *so ein Theater* zu machen! Allen den ganzen Sonntag zu verderben! Ach Kind, du *bist* aber auch sensibel, so warst du schon immer, und dein Vater hat mich gerügt! In aller Öffentlichkeit, auf lateinisch, und ich hatte mich so *gefreut*!«

Doris hatte nicht geheult. Sie hatte gewartet, bis ihre Eltern im Auto saßen, dann war sie wieder ins Bett gegangen. Natürlich hatte sie nicht mehr einschlafen können. Bis halb zehn hatte sie sich herumgewälzt, dann war sie aufgestanden, widerwillig und zerschlagen. Bertram dagegen war fit. Er war ja auch einfach liegengeblieben. Er war ja gestern abend nicht mal in die Werkstatt gekommen, um nach Doris zu sehen. Er war bei den anderen am Tisch sitzen geblieben. Doris schnitt eine Semmel auf und deutete mit dem Messer in Bertrams Richtung.

»Eidechsen«, wiederholte sie. »Ja, du mußt dich unbedingt um die Eidechsen kümmern, Bertram. Am Ostermontag. Das sehe ich ein.«

Bertram griff nach seiner Kaffeetasse. Die Tasse hatte blaue und gelbe Blümchen. Sie stammte vom Flohmarkt und hatte einen Sprung. Einen nicht unangenehmen Moment lang sah Doris den Henkel abbrechen, hörte Bertrams gellenden Schmerzensschrei, als sich der kochendheiße Inhalt über seinen Schenkel ergoß ... Bertram führte die Tasse zum Mund, trank leise schlürfend und mit einigem Genuß und setzte sie ohne Zwischenfall wieder ab. Er stand auf.

»Du solltest dich wirklich *beeilen*«, sagte Doris, »du bist spät dran! Magnus Kleins Kuh sehnt sich sicher schon nach dir. Sie war das ganze Osterfest so elend.«

Bertram stellte seine Kaffeetasse in die Spüle. Er riß ein Stück Küchenpapier von der Rolle über der Spüle ab und schneuzte sich anhaltend. Er seufzte.

»Ich weiß wirklich nicht, warum du schon wieder so spitz sein mußt, Doris«, sagte er endlich. Seine Stimme war erkennbar die Stimme der Vernunft. »Ich finde, du verhältst dich wenig partnerschaftlich. Gut, heute nachmittag gehe ich aus dem Haus, aber dafür war ich schließlich das ganze Wochenende daheim, beinahe jeden Tag, auch gestern, zum Beispiel.«

»O ja«, sagte Doris und nickte, »gestern. Das stimmt. Entschuldige, das hatte ich völlig vergessen. Gestern warst du hier. Gestern hatten wir ja auch Besuch. Von Lea Hattinger. Von der wundervollen Lea Hattinger aus München, in ihrem frisch entlausten Samtfeudel. Klar, da hast du dich mühelos freimachen können.«

Bertram wiegte den Kopf hin und her, als wolle er die Last darin anders verteilen.

»Könntest du mir bitte erklären, worüber du dich eigentlich schon wieder so aufregst?« fragte er. Die Frage war natürlich rein rhetorisch gemeint. Eine Antwort erwartete er nicht. »Wenn ich dich gestern mit dem ganzen Besuch alleingelassen hätte – du lieber Himmel, da hätte ich dich mal hören mögen! Aber wie man es macht, ist es verkehrt. Und das ist genau das Problem. Das Problem ist, daß man es dir nicht recht machen kann. Man kann es dir einfach nicht recht machen!«

Bertram, fiel Doris auf, hatte schon ziemliche Tränensäcke. Und die Haut am Kinn wurde auch bereits schlaff. Wie er so an ihr vorbei aus dem Fenster starrte, ohne mit den Lidern zu blinkern wie normale Leute, erinnerte er eigentlich selber an eine Eidechse. Oder eher an etwas Größeres, einen Leguan vielleicht. Doris hatte mal einen Leguan im Fernsehen gesehen, in einem Film über Galapagos. Leguane waren knittrig, mit seltsam ruckhaften und unbeholfenen, dabei aber raschen Bewegungen, und mit langen schlaffen Hautfalten am Hals. Noch war Bertram wahrscheinlich etwas zu schwammig für einen richtigen Leguan. Aber in ein, zwei Jahrzehnten –

Doris stand auf und begann den Tisch abzuräumen.

»Eigentlich«, sagte Bertram und richtete sich auf, »bist du ja ohnehin nur wütend auf deine Mutter. Du solltest das einfach mal zugeben, Doris, statt deine Launen an mir auszulassen. Ich meine, es ist ja verständlich, Henriette war mal wieder unmöglich, aber sie ist doch trotzdem bloß deine

Mutter. Daß man sich in deinem Alter immer noch so über seine Mutter aufregen kann!«

Bertram öffnete die Küchentür zum Garten. Seine Joggingschuhe warteten auf dem Treppenabsatz, wie gehorsame schmutzige Jagdhunde. Er bückte sich nach ihnen und begann, sorgfältig den verkrusteten Schlamm abzuklopfen.

Doris wog nachdenklich das Glas mit dem Quittengelee in der Hand, für das im Kühlschrank ohnehin kein Platz mehr war. Nach einen Moment reiflicher Überlegung stellte sie es zurück auf den Tisch.

»– und Lea Hattinger konnte jedenfalls überhaupt nichts für Henriettes Benehmen«, hörte sie Bertram hinter sich sagen, während er seine dickbesockten Füße in die nunmehr reinlichen Schuhe mühte. »Ich persönlich verstehe dich nicht, Doris, wirklich. Ständig meckerst du darüber, wie spießig die Leute hier sind, und dann kommt eine Münchner Schauspielerin, aber das ist dir auch wieder nicht recht. Man kann es dir eben nicht recht machen, Doris. Das ist das Problem.«

Doris betrachtete das Hinterteil ihres Gatten. Sie hatte die zweite kurze Vision des Tages: Ein kleiner Stoß – und Bertram verlor das Gleichgewicht, stürzte Hals über Kopf die Stufen hinunter, schlug unten mit dem Schädel auf die Betondecke auf –

»Lea hat es hier doch bestimmt auch nicht ganz leicht«, sagte Bertram. »Ich meine, eine alleinerziehende Mutter! Man würde denken, ihr tut euch zusammen. Man würde annehmen, du ergreifst die Chance, mal aus deiner Isolation rauszukommen.«

»Das ist die längste Rede, die du seit Jahren freiwillig gehalten hast«, sagte Doris. »So wie du dich für diese Hattinger ins Zeug legst, könnte man meinen, sie stünde auf der Liste der vom Aussterben bedrohten Arten. Aber Lea Hattinger ist kein Dodo, Bertram. Sie ist Schauspielerin, wie du so richtig bemerkst. Davon warst du ja gleich schwer beeindruckt.« Sie rollte die Augen gen Decke und spitzte die Lip-

pen zu einem Mündchen. »›Dann sind Sie wohl Musikerin?‹«
flötete sie. »›Ach nein, *Schauspielerin*! Tatsächlich! Wie wunderbar! Wie überaus aufregend!‹ Du hast ja regelrecht
feuchte Augen gekriegt, Bertram. Wie ein Beagle. Nur
schade, daß du keinen Schwanz hast. Sonst hättest du damit
wedeln können.«

Bertram hatte seine Schuhe zugeknotet. Er richtete sich
auf. Er kniff die Augen zusammen. Das tat er immer, wenn er
sich ärgerte.

»Deine Ausdrucksweise ist wirklich lächerlich, Doris«,
sagte er. »Lächerlich und vulgär, und ich denke gar nicht
daran, mich auf ein ebenso niedriges Niveau zu begeben.«

»Das solltest du auch nicht, Bertram. Du solltest dein
Niveau halten. Wo du doch so ein guter Mensch bist! Die
Kühe, die Eidechsen, die alten Münchner Schabracken, um
die du dich kümmerst! Du linderst wirklich die Not der Welt,
wo du sie antriffst. Vielleicht solltest du schnell noch nach
Lea Hattinger sehen, wenn die Eidechsen und die Kühe ver-
sorgt sind. Die arme alleinerziehende Mutter! Vielleicht
braucht sie Hilfe. Oder Wasserflöhe! Bestimmt braucht sie
Wasserflöhe. Bestimmt haben ihre Goldfische Hunger. Hat
sie nicht gesagt, sie hat Goldfische? Du wirst dir doch keine
Hungertoten aufs Gewissen laden wollen, Bertram?«

Hinter Bertram schloß sich die Küchentür so sanft, so
äußerst behutsam, wie es nur der Zorn in Verbindung mit
übermenschlicher Selbstbeherrschung fertigbringt. Doris riß
die Tür wieder auf.

»Schnell, Bertram!« schrie sie. »Beeil dich! Das ortsansäs-
sige Schlachtvieh schreit schon nach dir!«

Diesmal knallte die Tür ins Schloß. Bertrams Schuhe pol-
terten mit einem völlig unnötigen Aufwand an Kraft die
Treppe hinunter. Er war der einzige Mensch, den Doris
kannte, der mit Nike-Joggingschuhen poltern konnte. Wahrscheinlich war er der einzige auf der Welt.

Doris wollte schon auf einen Küchenstuhl sinken, als sie

ihn die Treppe wieder hinaufpoltern hörte. Offensichtlich war ihm noch etwas eingefallen. Sie wappnete sich. Die Tür ging auf. Bertram steckte den Kopf hinein. Er lächelte.

»Übrigens, Doris«, sagte er gedehnt, »es heißt *Dronte*. Auf deutsch sagt man Dronte, Doris, nicht Dodo. Und Dronten stehen auch nicht auf der Liste gefährdeter Arten. Sie sind nämlich bereits ausgestorben. Schon vor langer Zeit, Doris. Aber von Dronten hast *du* natürlich keine Ahnung.«

Dann ging er endgültig.

Doris lehnte sich gegen den Herd und atmete tief durch. Das war normal. Sie atmete immer erstmal tief durch, wenn sich die Tür hinter Bertram schloß, weil Bertram sie irritierte. Er irritierte sie ständig. Aber daß es ihm gelang, sie dermaßen in Rage zu bringen, war eher ungewöhnlich. Schließlich war er doch bloß ihr Ehemann. Warum sich über einen Ehemann aufregen, nach all den Jahren?

Warum sich überhaupt aufregen, in ihrem Alter? Doris schnaubte. *In deinem Alter!* Bertrams Charme war mal wieder unschlagbar.

Wobei sie natürlich immer noch jünger war als Lea Hattinger. Die arme alleinerziehende Mutter! Bertram war wirklich sagenhaft dämlich. Lea Hattinger war ungefähr in dem Maße bemitleidenswert, in dem Doris Bering beneidenswert war: nämlich gar nicht. Rein überhaupt nicht.

Doris stand auf, reckte sich und versuchte, mit der rechten Hand die Muskeln um ihr linkes Schulterblatt herum zu erreichen. Ihr Rücken tat weh. Ihre gesamte Nacken-Schulter-Partie war verspannt, und sie kam an die schmerzende Stelle einfach nicht richtig heran. Und natürlich kam Bertram gar nicht auf die Idee, sie zu massieren.

Und demnächst würde wohl der unvermeidliche Anruf ihrer Eltern kommen: Hallo Doris, mein Kind, wie geht es denn, ich wollte nur sagen, wir sind gut wieder angekommen, naja, was heißt gut, gesund wenigstens, obwohl ich natürlich die *ganze Heimfahrt* geheult habe –

Auf dem Weg durch die Diele schaltete Doris den Anrufbeantworter ein. Wenigstens brauchte sie heute nicht mehr mit Henriette zu sprechen. Sollte Henriette doch Angela anrufen. Angela, ihren Liebling. Während sie die Treppe zu ihrer Werkstatt emporklomm, beschloß sie, an das Osterwochenende einfach nicht mehr zu denken.

Die Villa lag weiß im Mittagslicht, das durch den verglasten Giebel hereinströmte. Die Puppen standen noch genau da, wo Doris sie am Vortag hingestellt hatte. Aber inzwischen hatten sich die Dinge verändert, nicht wahr?

Entschlossen packte Doris die Großmutter, Frau von Rarenfels, um die Taille, entfernte sie aus der Küche und verstaute sie in einer mit Samt ausgeschlagenen Schachtel. Dann mußte auch der Großvater sein Schachspiel abbrechen. Doris klappte den Deckel zu und schob die Schachtel unten in das Regal neben der Tür. Das Gästezimmer war wieder frei. Nur die Reisetaschen und Koffer mußten noch weggeräumt werden.

Für die Schachtel waren sie aber eigentlich viel zu schade, so wunderbar, wie sie gearbeitet waren. Unschlüssig hielt Doris das Designer-Gepäck auf der flachen Hand. Dann stellte sie es, einem Impuls folgend, in das Schlafzimmer der Lady.

Aber was hatte sie da gemacht? Wollte Lady Luisa Harringdon née von Rarenfels womöglich verreisen? Eigentlich machte sie nicht den Eindruck, sie wirkte wie immer, sie saß noch immer in ihrem Salon am Flügel und spielte. Allerdings, sie spielte Chopin. Sie spielte Chopin, und das mochte sehr wohl ein Zeichen dafür sein, das irgend etwas geschehen würde, denn zu den perlenden Klängen eines Chopinwalzers hatte Margarita sich in eine Hexe verwandelt.

Doris hatte Bulgakows Roman gut und gerne zehnmal

gelesen. Sie hatte sogar den Umschlag fotomechanisch verkleinert und eines der Bücher in der Bibliothek damit beklebt, so daß »Der Meister und Margarita« nun auch den Bewohnern der Villa zur Verfügung stand. Und was konnten sie dem Werke entnehmen? Daß die schöne und reiche, aber leider furchtbar unglückliche Margarita an einem heißen Sommerabend einen Pakt mit dem Teufel geschlossen hatte und dafür mitnichten bestraft worden war. Von der diabolischen Salbe verwandelt flog sie zum Fenster hinaus, nackt, allein und verjüngt, dem Ball beim Satan und der Liebe entgegen, und zwar zu den Klängen eines Chopinwalzers, wie gesagt.

Aber Margarita hatte keine Kinder gehabt. Dagegen Lady Luisa ... wenn sie die Villa tatsächlich verließ, was sollte dann aus den Kindern werden? Aus Marlene, ihrer achtjährigen Tochter? Und überhaupt, wo sollte sie hingehen, die Lady? Es gab ja nur diese eine Villa in ihrer Welt.

Natürlich war das allein Doris' Schuld. Wenn sie wollte, konnte sie die Lady retten. Sie konnte ihr eine neue Heimat geben, etwa einen Teil des Hauses in eine eigene Wohnung verwandeln. Oder die Werkstatt abreißen und den Schuppen und dort ein eigenes kleines Haus für sie und Marlene bauen. Oder sie konnte den Lord in die Schachtel zu den Großeltern packen und ins Regal schieben.

Doris grinste. Das war bei weitem die einfachste Möglichkeit, der Lady zu einem neuen Leben zu verhelfen.

Aber dann würde sie natürlich Herrenschlafzimmer und -salon neu möblieren müssen. Das kostete Geld. Und wohin mit den Möbeln des Lords, mit den liebevoll gesammelten Kleinigkeiten, den Spazierstöcken, Tennis- und Golfschlägern, Pfeifen und Stiefeln, Fernrohren und Jagdgewehren? Einzig die Hausbar könnte zur Not im Speisesaal untergebracht werden.

In Hamburg hätte sie alles auf der nächsten Puppenbörse verkaufen und mit dem Geld eine Galerie einrichten können. Oder ein Nähzimmer. Oder sie hätte den Lord selbst verkauft, und eine Freundin der Lady wäre in seine Räume gezogen. Aber sie waren nicht in Hamburg, sondern in Neuendorf. In Neuendorf mußten Lord und Lady sich wohl oder übel bis auf weiteres miteinander abfinden. Doris setzte den Lord an den Schreibtisch, neben den Schrank mit den Jagdgewehren, legte ihm den Hund zu Füßen und ließ den Rest, wie er war. Sie ging hinüber zum Tisch und begann mit der Arbeit an einer Truhe fürs Treppenhaus.

Gegen drei bekam sie Hunger. In der Küche sah es schon wieder aus wie nach einer Hausdurchsuchung, dabei hatte sie vor Henriettes Besuch doch noch aufgeräumt – aber daran mochte sie jetzt nicht denken. Sie spülte einen Löffel ab und suchte in einer Schublade voll gebrauchter Briefumschläge nach dem Dosenöffner. Während die Bohnensuppe warm wurde klingelte in der Diele das Telefon: einmal, zweimal, dreimal. Mit einem Klicken sprang der Anrufbeantworter an. Doris löffelte Bohnen auf einen Teller und lauschte.

»Kind, ach Gott ja, jetzt sind wir also wieder zu Hause, es tut mir leid, daß wir erst jetzt anrufen, die Fahrt verlief ja gut, obwohl natürlich, ich habe mir ja die ganze Zeit *solche Vorwürfe* gemacht –«

Doris legte den Löffel auf den Deckel der Butterdose, wo er einen Fleck machte, stellte den Teller auf den Tisch und gab der Tür zur Diele einen Tritt. Dann trat sie mit ihren Bohnen ans Fenster. Draußen schien die Aprilsonne.

Ihr Rücken tat immer noch weh. Den ganzen Tag vor dem Puppenhaus zu hocken war wahrscheinlich nicht sonderlich gut bei Verspannungen. Sie sollte wirklich lieber Gymnastik machen, oder wenigstens ab und an einen Spaziergang. Das Problem war nur, sich aufzuraffen.

Sie stieß die Küchentür auf. Ein Schwall Frühlingsluft kam herein und roch nach Acker.

Das Haus der Berings lag am südöstlichen Rande von Neuendorf, und gleich hinter dem Garten begannen die Wiesen und Felder. Auf dem Netz schmaler Wege, das sie durchzog, konnte man bis zu Magnus Kleins Hof gelangen, oder weiter zum Felserwäldchen und dem ehemaligen Baggersee, der von den Neuendorfern aus irgendwelchen Gründen Hahnenteich genannt wurde. Doris beugte sich vor. Zwischen den ehemaligen Gemüsebeeten im ehemaligen Küchengarten blühten tatsächlich ein paar Narzissen. Wie mochten die wohl dahin gekommen sein? Und das an der Mauer da, war das eine Osterglocke? Vielleicht war ihr Garten gar nicht so schlecht. Vielleicht kam es nur auf den Blickwinkel an. Vielleicht war der Unrat dort draußen so eine Art kleines Biotop, und im Vorjahrslaub hatten ein paar Igel überwintert. Und im Sommer würden wilde Wiesenblumen Schmetterlinge anziehen.

Aber so einfach ging das natürlich nicht. Die Schmetterlingswiese damals in ihren Hamburger Terrakottatöpfen war auch nicht etwa von allein angeflogen. Doris hatte sie ausgesät, und sie hatte Pflege verlangt, wie alles. Wie die Mittelmeerkräuter in den Tonwannen, die Kapuzinerkresse am Geländer, die Schwarzäugigen Susannen und wilden Wicken an den steinernen Wänden. Doris hatte das alles gepflegt. Sie hatte es hochgebunden, das wuchernde Grünzeug, hatte es beschnitten und gegossen und gedüngt, hatte sich von ihren Nachbarn loben lassen und einmal sogar versucht, Brennesselsud zur Bekämpfung von Blattläusen anzusetzen.

Der Gestank war unbeschreiblich gewesen.

Doris stellte den leeren Teller auf die Fensterbank. Heldenmütig griff sie nach ihrer Strickjacke, tauschte ihre Schlappen gegen ein paar Turnschuhe, schlug die Tür hinter sich zu und ging die Küchentreppe hinunter, hinein in ihre Wildnis aus Vorjahreslaub, Gestrüpp, miserabel frisiertem Gras und fauligen Blumenstengeln, um ihren selbstverordneten Spaziergang zu absolvieren.

Sie wandte sich nach links, der Straße zu.

Das Haus der Berings war das neueste in der Finkenstraße. Alle anderen stammten aus den zwanziger und dreißiger Jahren, mit Ausnahme des kleinen Fachwerkhäuschens, das Lea Hattinger gemietet hatte und das natürlich viel älter war. Lea Hattinger wohnte in Nummer 6. Berings wohnten in Nummer 9. In Nummer 7 wohnte Frau Schöpflein. Hella Schöpflein, die Witwe des Dachdeckermeisters Karl Georg Schöpflein, dessen Vater, der alte Schursch, das Haus an der Finkenstraße noch mit seinen eigenen Händen für seine Familie erbaut hatte, Stein auf Stein. In Frau Schöpfleins Vorgarten, mitten in der immergrünen Hecke und so nah an der Gartenmauer wie möglich, stand ein handgemaltes Schild: WENN SCHON, DANN TEMPO 30 – DER KINDER WEGEN! stand darauf zu lesen, in blutroten Lettern, die ziemlich gruselige Tränen weinten, obwohl Frau Schöpflein sie mittels eines riesigen schwarzen Regenschirms vor Verwässerung zu schützen suchte. Nicht daß Frau Schöpflein etwa selbst Kinder gehabt hätte. In der gesamten Finkenstraße gab es schon lange keine Kinder mehr, zumindest keine so kleinen, daß man sie mit Schildern hätte schützen können. Aber etwaige Kinder waren auch gar nicht der Punkt.

Der Punkt, so sagte Frau Schöpflein, war der Durchgangsverkehr. Die Finkenstraße war nicht für den Durchgangsverkehr geeignet. Und früher, vor der Entstehung der Reihenhäuser unten in dem kleinen Neuendorfer Neubaugebiet, hatte es so etwas hier auch gar nicht gegeben, es hatte, so sagte Frau Schöpflein entschieden, in der Finkenstraße überhaupt keinen Verkehr gegeben, außer dem völlig legitimen der Anwohner natürlich.

Seit aber die Finkenstraße die Häuser im Süden mit dem sogenannten Ortszentrum oben an der Hauptstraße verband, konnte es mitunter geschehen, daß ein Auto vorbeikam, dessen Insassen gar nicht in die Finkenstraße wollten, sondern in Frau Frühaufs Laden oder in die Bäckerei Sonne oder in das Gasthaus Brauner oder zur Tankstelle oder womöglich gar in die Kirche – ein vollkommen unbefugtes Auto also, das nur die Ruhe der Anwohner störte und ihre Luft verpestete, und wenn Frau Schöpflein schon in der Sache selbst die Hände gebunden waren, wenn sie keine Barrikaden bauen, keine Straßensperren errichten, ja, noch nicht einmal einen behördlichen Beschluß erwirken konnte, dann wollte sie wenigstens ihren Unwillen ausdrücken, und zwar unmißverständlich.

Das war kein Problem für Frau Schöpflein. Frau Schöpflein drückte ihren Unwillen immer unmißverständlich aus. Unwillen zu empfinden und ihn unmißverständlich auszudrükken war Teil von Frau Schöpfleins Persönlichkeit. Im Grunde ihres Herzens, davon war Doris überzeugt, war Frau Schöpflein froh über jedes Fahrzeug, hinter dem sie herschimpfen konnte.

Konnten diese Leute von Gott weiß woher nicht einen anderen Weg nehmen? Konnten sie nicht im Bogen um Neuendorf herumfahren, wenn sie ihre Baracken verließen? Mußten sie über alteingesessene Bürger herfallen, diese Fremden, sie belästigen und in ihrer persönlichen Freiheit behindern?

Hella Schöpflein war eine alteingesessene Bürgerin, das konnte man nicht anders sagen. Zwar war sie selbst nicht in Neuendorf geboren, sondern in Großwalbur, aber seit jenem Tage, an dem Karl Georg sie über die Schwelle getragen hatte, hatte sie immer ohne nennenswerte Unterbrechung in der Neuendorfer Finkenstraße 7 gelebt. 43 lange Jahre lang.

Und sie hatte sich immer äußerst wohl dabei gefühlt! Sie, Hella Schöpflein, hatte nie den Drang verspürt, in der Weltgeschichte herumzuziehen, was also trieb diese fremden Leute da unten in ihren Reihenhäusern um? Warum waren die nicht geblieben, wo sie hingehörten – in ihrem eigenen Neuendorf nämlich, wo immer das war?

Die Sache war die, daß alle Mittel der modernen Kommunikationstechnik, die gesamte Diversifizierung der Medienlandschaft es bisher nicht vermocht hatten, Hella Schöpfleins unumstößliche Überzeugung zu ändern: daß es nämlich überall auf der Welt, ob in Burma oder Buxtehude, Mombasa, Moskau oder München, letztlich nicht anders war als in Neuendorf. Sicher, die Leute hatten verschiedene Gewohnheiten. Der eine überlegte, ob er einen Mercedes kaufen sollte, der andere, ob das Geld für eine Tüte Bohnen reichte. Diese schossen auf Wildenten, jene auf ethnische Minderheiten. Manche kochten die abgehackten Beine eines Schweines zu Eisbein, manche grillten sie zu Haxen, und wieder andere aßen Meerschweinchen.

Aber das war doch alles nur äußerlich, nicht wahr? In Wirklichkeit, *innerlich*, war alles ganz anders. Sicher, es gab ruandische Flüchtlingslager und Leute, die in Hamburger U-Bahnhöfen unter Zeitungen schliefen, Menschenhandel mit Asiatinnen und Stürme mit hübschen Mädchennamen, die malerische Blechhütten von Palmenstränden wegrissen, und das war alles schrecklich und höchst bedauernswert. Aber es war doch nur Fernsehen, oder? Fernsehen und Radio und Zeitung und Zeitschrift und Computernetwork und Cyberspace und Reiseprospekte. In Wirklichkeit konnte sich doch ohne Zweifel ein jeder vernünftig benehmen und anständig leben, wenn er nur wollte. In Wirklichkeit ging man morgens arbeiten und abends bei Frau Frühauf einkaufen, man baute solide Stein auf Stein und heiratete zwischen achtzehn und achtundzwanzig und machte für sonntags Klöße, und zwar *rohe*, nicht halb und halb.

Und es war ja nicht etwa so, daß Frau Schöpflein alle Fremden haßte. Frau Schöpflein hatte nichts einzuwenden gegen Fremde, solange sie in der Fremde blieben. Sie haßte sie nur, wenn sie nach Neuendorf zogen. Und selbst da machte sie Unterschiede. Doris Bering zum Beispiel, die Hamburgerin, hatte sie beinahe sofort akzeptiert. Schließlich war Bertram gebürtiger Neuendorfer.

Auch Hans Birchenbacher – Hans A. Birchenbacher, wie er sich seit einem Amerika-Aufenthalt vor einigen Jahren zu nennen beliebte –, Doris' Nachbar auf der anderen Seite, besaß das Wohlwollen, ja, die erklärte Zuneigung Hella Schöpfleins, ein Umstand, den er seiner Frau Agnes verdankte, einer geborenen Grosch und mithin einer Tochter von Bauer Grosch, der bis zu seinem plötzlichen Tode im letzten Jahr einen der Neuendorfer Höfe bewirtschaftet hatte. Und Hans selbst stammte immerhin aus der direkten Umgebung Neuendorfs, aus der Kreisstadt nämlich. Dort hatten die Birchenbachers die obere Etage einer Jugendstilvilla bewohnt – alles Stuck und Parkett, wie Hans Birchenbacher nie müde wurde zu betonen, und so günstig gelegen! Kaum zehn Minuten, zu Fuß, wohlgemerkt!, von jenem alteingesessenen Herrenoberbekleidungshaus, das Hans von seinem Vater übernommen und seitdem äußerst erfolgreich weitergeführt hatte.

Die Birchenbachers waren im selben Jahr nach Neuendorf gezogen wie die Berings, und zwar Agnes zuliebe. Agnes Birchenbacher wollte in der Nähe ihrer alten, pflegebedürftigen Eltern leben, schließlich, wozu war sie eine ausgebildete Krankenschwester!

In Wirklichkeit natürlich, so sagte Hans mit der spöttischen Nachsicht des Weltmannes, hatte sie einfach darauf bestanden, zu den Kuhställen und Getreidesilos ihrer Kindheit zurückzukehren, weswegen er jetzt also jeden Tag die elf Kilometer in die Stadt hinein fahren durfte, morgens hin, abends zurück. Wobei noch der größte Witz war, daß Agnes' Eltern gleich nach dem Umzug gestorben waren! Ganz kurz hintereinander!

Und das alles nur, damit seine Frau zufrieden war.

Aber andererseits, haha, was hieß nur! Es war doch das Wichtigste auf der Welt, daß die Frau zufrieden war, weil nämlich eine unzufriedene Frau, das war für einen Menschen doch die allerschlimmste Strafe! Gell, Bertram!

Und Bertram stimmte in das Gelächter ein, gutmütig und

tumb, und Doris ärgerte sich. Wo bitte war an diesen Lamentos das erheiternde Moment? Ohnehin verstand sie die ganze Problematik nicht. Ob man in einem Ort mit fünfhundert Einwohnern nicht thailändisch essen gehen konnte oder in einem mit dreißigtausend – änderte das etwas daran, daß es nirgendwo in der Nähe ein anständiges Theater gab? Und was für einen Unterschied machte es, ob man die zehn Minuten zum Laden nun zu Fuß oder mit dem Auto zurücklegte? Middem Audo! Klare Konsonanten waren doch weder in der Kreisstadt noch in Neuendorf je zu hören.

Bertram hob die runden Schultern und gestikulierte mit seiner Pfeife. Ob er nun mit Birchenbacher lachte oder nicht, war doch egal! Er jedenfalls sah das alles nicht so eng. Er kannte ihn halt, den Birchenbacher, er begegnete ihm ja regelmäßig, in der Finkenstraße und in der Dorfkneipe und beim Jägertreffen.

Na und? Doris schnaubte verächtlich. Bertram war doch keine Graugans! Sie selbst begegnete Agnes ja auch Tag für Tag (meist im Sparladen, wo Agnes die Leute mit Berichten über ihren Sohn Udo anödete, diesen farblosen Jüngling mit den linkischen Augen und dem für sein Alter befremdlichen Interesse an Lurchen), aber das war doch noch lange kein Grund, sie zu lieben!

Bertram lud Birchenbachers an kalten Winterabenden zum Dämmerschoppen ein. Er freute sich, wenn Birchenbachers vorschlugen, Samstagabend in Birchenbachers Garten Thüringer Bratwürste zu grillen, bestand darauf, an heißen Sommernachmittagen mit Birchenbachers zum Baden zu fahren und im Winter einen Flachmann einzupacken und mit ihnen auf die Loipe zu gehen. Natürlich kannten Bertram und Agnes einander von früher. Bertrams Vater schon hatte sich um die Groschschen Schweine gekümmert, und Peter Grosch, Agnes Birchenbachers älterer Bruder, war vor bald vierzig Jahren mit Bertram zusammen eingeschult worden.

Bertram und Hans kannten einander nicht. Das heißt, sie

kannten einander nicht persönlich, weil Bertram ja ins Gymnasium der Kreisstadt gegangen war und Hans nur in die Mittelschule, und das schuf schließlich Grenzen. Aber Doris begriff bald, daß man sich durchaus auch unpersönlich kennen konnte.

Hans und Bertram hatten dieselben Jugenddiskos in denselben Gemeindehäusern besucht und dort dieselbe Rockmusik gehört. Sie waren auf denselben Teichen beim Schlittschuhfahren beinah eingebrochen. Sie konnten sich an den Verrückten erinnern, der mit seinem dröhnenden Transistorradio auf der Schulter an Markttagen zwischen den Gemüseständen herumlief und Gottes Verdammnis auf die Köpfe der Hausfrauen und Bratwurstverkäuferinnen herabbeschwor, und an den harmlosen Metzgerlehrling, der mit seinem Messer drei Mädchen hingeschlachtet hatte und dafür, entgegen aller recht explizit geäußerten Bürgerwünsche, weder geviertteilt noch wenigstens aufgehängt worden war. Sie hatten auf denselben Stadtfesten die ersten verbotenen Zigaretten geraucht. Sie hatten im selben Freibad den Kopfsprung geübt, den sie beide Köpfer nannten und dem schmerzhaften Bauchplatscher gegenüberstellten, sie hatten in derselben Eisdiele mit denselben Mädchen geflirtet und hinterher in demselben Wäldchen mit ihnen herumgeknutscht.

Während Bertram und Hans auf dem Sofa saßen und über die Vergangenheit redeten, versuchte Doris wider alle Vernunft mit Agnes ins Gespräch zu kommen. Woraufhin Agnes, sorgfältig angezogen und gekämmt, mit hübschen Schuhen, die sie nur im Haus trug, und schmeichelnden Seidentüchern im Ausschnitt, erst von Udo erzählte, dann von Udos tollen Freunden und entzückenden und zahlreichen Freundinnen (von denen Doris wunderbarerweise keine einzige je zu Gesicht bekam), und wenn Doris' Lider schließlich herabsanken, schlug Agnes vor, doch mal den Männern zuzuhören, deren Anekdoten sie dann, jeweils passend, benickte, belächelte oder beifällig beklatschte.

Manchmal schlugen Bertram und Hans sich auf die Schenkel vor Lachen. Einmal, es ging um den Tod eines gemeinsamen Freundes vor 27 Jahren, hatte Hans Tränen in den Augen, und Bertram klopfte ihm mehrmals schwer auf die Schulter, wobei sie beide tief seufzten.

Manchmal ging es auch um die Gegenwart.

– und der Peter, der ist ja jetzt in Miami, der hat schon gesagt, wir sollen doch mal rüberkommen, ganz tolles Haus da, na der Peter doch, der Bruder von der Agnes –

Dar Bäda. Die Aachnes.

Wenn Bertram mit Leuten aus dem Dorf redete, dann sprach er wie sie, genauso fett gemütlich, mit diesem dunklen a, das fast schon ein o war, mit breitem e und gerolltem oder völlig fehlendem r, und mit Konsonanten, die in Selbstzufriedenheit schwammen wie die matschigen Klöße der Gegend in ihrer Brühe.

Hands, Aachnes! Saida scho da, ja subba! Doris, machsd bidde die Dür dahindn widda dsu?

Doris trabte am Birchenbacherschen Haus vorbei, dem, von allen Bezeichnungen der deutschen Sprache, allein das Adjektiv »schmuck« halbwegs gerecht wurde. Auf dem Schild am Gartentor war, in Schreibschrift, *Familie Hans A. Birchenbacher* zu lesen.

Doris sah auf die Uhr. Schon nach zwei und von Bertrams Auto weit und breit nichts zu sehen. Wann er sich wohl um Udos Echsen kümmern wollte? Udos alter VW stand jedenfalls in der Einfahrt, vor der Birchenbacherschen Doppelgarage. Die meisten Neuendorfer Häuser hatten eine Doppelgarage, im allgemeinen eine in neuerer Zeit nachträglich angebaute. Die Doppelgaragen waren alle mehr oder minder identisch. Sie waren natürlich oft besser erhalten als die Häuser selbst, nahmen den Fenstern im Erdgeschoß Licht, ruinierten den Vorgarten und boten ihren Bewohnern häufig wesentlich mehr Platz als Küche, Bad oder Kinderzimmer den ihren.

Doris stellte sich manchmal vor, was ein Archäologe denken mochte, der in zehntausend Jahren Neuendorf exhumierte. Der Archäologe hieß Dr. Dig. Er stand auf der Alten Erde, inmitten eines weitläufigen Grabungsfeldes, und auf dem kolonialisierten Planeten in der Gegend von Alpha Centauri klebten die letzten Abkömmlinge der Menschheit vor riesigen Bildschirmen und lauschten ihm wie gebannt.

»Was bewog diese unsere frühen Vorfahren dazu, jene merkwürdigen Anbauten zu schaffen?« würde Dr. Dig sagen und auf die Reste der Doppelgaragen deuten. »Sie müssen von überragender Bedeutung gewesen sein…« Vielleicht würden seine Zuhörer gar nicht mehr aussehen wie Menschen. Vielleicht würden sie Rüssel haben, oder Ohren wie Pinseläffchen, oder keine Nasen. Vielleicht würden sie keine Bildschirme brauchen, um zu wissen, was Dr. Dig vermitteln wollte, vielleicht beherrschten sie alle die Telepathie.

»In vielen dieser Bauten«, würde Dr. Dig ihnen telepathisch zufunken, direkt in die Köpfe hinein, »fand man Überreste großer metallischer Götzenbilder, deren Formen manchmal an Käfer, manchmal an Enten erinnerten, auch viele sternähnliche Embleme wurden gefunden… Die Annahme scheint also durchaus plausibel, daß es sich bei den mysteriösen Anbauten womöglich um Tempel gehandelt hat, mithin von einer Nutzung für religiöse Riten auszugehen ist…« Oder es würden Führungen veranstaltet. Wie in Pompeji. Einmal Alpha Centauri – Neuendorf und zurück. Die Touristen würden mit ihren Rüsseln alles beschnüffeln, ihre Pinselohren drehen und wenden und schließlich angemessen getragene Mienen aufsetzen, wenn Dr. Dig zum Schluß kam.

»Welche Götter hier verehrt wurden«, würde Dr. Dig sagen, »können und werden wir niemals erfahren. Sicher ist nur eines: Die Menschen, die hier vor Tausenden von Jahren gelebt haben müssen, klammerten sich inmitten der Endzeit ihrer Kultur in ergreifender Weise an ihren Glauben. Aber es hat ihnen nichts genützt. Ihre Götter kannten keine Gnade.«

66

Und dann würde die Geschichte des Unterganges von Neuendorf folgen, wie Dr. Dig sie sich vorstellte.

Ob er auch die Teiche finden würde?

Wahrscheinlich nicht, höchstens die Plastikfolien. Loch in den Rasen, Wasser in die Plastikfolie, ökologisch wertvolle Randbepflanzung, fertig ist der Amphibienstall. Den Teich der Birchenbachers hatte Udo angelegt, er hatte ihn mit Molchen und Fröschen gefüllt und war dann zum Studium nach Nürnberg gegangen. Die Amphibien waren geblieben. Es gefiel ihnen bei Birchenbachers, besonders den Fröschen. In warmen Sommernächten erreichten die Frösche Phonstärken wie ein kleiner Flugplatz. Aber natürlich beschwerte sich außer Doris kein Mensch. Die meisten Leute in Neuendorf hatten ja selbst einen Teich, wegen der Ökologie. Legt die Auen ruhig trocken! Es ist jedem stadtgeflüchteten Fertighausbesitzer zuzumuten, mindestens drei asylsuchende Frösche bei sich aufzunehmen.

»Toll, was?« rief Hans Birchenbacher begeistert über den Beringschen Zaun. »Diese Frösche, einfach sagenhaft! Wie am Mississippi, gell, wie Daun Saus in se Juh Es off Äi, kommt doch noch rüber auf ein Bier! Oder ich mach eine Kalte Ente!«

Tatsächlich verlief die Entwicklung der Neuendorfer Teiche und Doppelgaragen umgekehrt proportional zur Entwicklung jener Neuendorfer Kuhställe und Getreidesilos, die Hans Birchenbacher so reichlich mit seinem Hohn zu bedenken pflegte. Es gab immer weniger Ställe und Silos in Neuendorf. Es gab immer mehr Teiche und Doppelgaragen.

Doris schlenderte über die Straße, an dem Neubaugebiet vorbei, dessen automobile Bewohner Frau Schöpflein so erbosten, und bog dann rechts in einen kleinen Feldweg ein. Sie zog ihre Jacke aus, in der Sonne war es ziemlich warm. Das Gras rechts und links am Feldrain war teilweise noch das des Vorjahrs, lang und gelb, aber dazwischen sprießte überall neues Grün. Der Weg stieg leicht an. In einem Graben gurgelte Wasser. Irgendwelche Sträucher, Doris wußte nicht, wie sie hießen, hatten helle Blätter an ihren dünnen Zweigen. Weidenkätzchen blühten.

Oben auf der Kuppe des kleinen Hügels stand eine Bank. Sie überblickte die Landschaft nach Nordosten zu, die flachen, langgezogenen Hügel mit ihren Bergnamen, die braunen, gelblichen, hellgrünen Quadrate, wie mit stumpfen Buntstiften gemalt, das exakt geschorene, dunkle Fell des Nadelforsts, den Mischwald, lindgrün meliert und an den Rändern unregelmäßig wie verschüttete Flüssigkeit. Dazwischen natürlich Dörfer, Haufen und Halbkreise kleiner Häuser, die Dächer rot und schiefergrau mit weißen Satellitenschüsseln, Straßen, silberblitzend in der Frühlingssonne, und weiter südlich der Schlot der Müllverbrennungsanlage. Und noch ein Stück weiter die ehemalige Grenze.

Doris dachte das nie. Oder besser gesagt, sie hätte es nicht von sich aus gedacht, sie kam nicht von hier, sie dachte an keine Grenze, aber jedesmal, wenn man mit Bertram oder Hans oder Agnes zusammen war, wurde man darauf hingewiesen: Schau, Doris, und dort, diese bewaldeten Hänge, das ist dann schon der Thüringer Wald, das war früher schon drüben, und da, da hinten hinter dem weißroten Mast da, da verlief die Grenze. Doris sah in das Gesicht des Sprechers und gewahrte den ehrfürchtigen Ausdruck, die Ergriffenheit wie vor einem Kunstwerk, die Begeisterung für diese Grenze oder vielleicht eher für die Erinnerung an sie, die Kindheit und der Käsekuchen in der »Waldmühle«, direkt am Stacheldraht, man konnte denen von drüben mit ihren Kalaschnikows ins Gesicht gucken, während man Quarkbrote aß – dann guckte sie nach vorn und sah nur Hügel. Nicht Rom, nicht Rubicon, nur bewaldete Hügel, ein wenig düster wegen der vielen Tannen, und noch voller Schneeflecken, wenn in Neuendorf längst die Märzenbecher blühten. Wie die anderen Neuendorfer ihres Alters fuhr sie niemals grundlos dorthin.

Die Landschaft war hübsch. Sie war lieblich, zweifellos, sie war weich, idyllisch, hätte Henriette gesagt, Henriette, die sich so hanseatisch zu geben pflegte, daß man ständig vergaß: Sie kam ihrerseits aus dem Rheinland, ja, nun ja, wenn man die Hügel liebte...

Die pfannkuchenflache Landschaft der Marsch. Leuchtendgrüne Salzwiesen, schneelos im Winterdunst, Krähen auf einem Zaun. Runder Horizont. Dann Heckenrosen, Schafe. Oben die Schleimündung, Bertram und sie auf Rädern, der Picknickkorb und die Decke, Ostseeknicks, Reetdächer, und dann hatten ihre Wangen gebrannt vor Sonne und Wind, und sie hatten Mineralwasser gekauft von einem Feuerwehrhauptmann irgendwo unterwegs, weil sie keine Kneipe gefunden hatten.

Doris bohrte die Fäuste in ihre Augen, aber nur einen Moment lang. Dann erhob sie sich. Sie sehnte sich nach einem Becher Tee mit viel Rum. Nach zu Hause. Nach ihrem Puppenhaus.

Der Pfad führte den Hügel wieder hinab, dann an einem Wäldchen entlang und schließlich zwischen Gärten entlang, denen der Amselstraße zur Linken und der Finkenstraße zur Rechten. Doris spähte zwischen den kahlen Zweigen hindurch. Jetzt im Frühling konnte man bis zu den Häusern hinüberblicken.

Die Heidenreichs, die gegenüber von Birchenbachers wohnten, hatten bereits mit der Frühjahrsbegrünung ihres ausrangierten Ackerbaugeräts begonnen. Was hatten sie denn da nun wieder? Einen echt hölzernen Pflug aus dem Bauernkrieg? Eine Schubkarre aus dem Bismarckreich? Und alles mit roten Geranien natürlich, der ländlichen Authentizität wegen. Am Anfang hatten nur aufs Land geflüchtete Städter dergleichen Brennholz zu Folklore hochgejubelt, aber inzwischen verwendeten sogar die Bauern selbst einen Teil ihrer EU-Subventionen darauf, den ramponierten Sperrmüll

ihrer Großväter aus städtischen Trödelläden wieder zurück-
zukaufen. Waschkrüge der Jahrhundertwende, Milchkannen
aus der Nazizeit, Regentonnen aus dem frühen Jura. Vielleicht erinnerte das Zeug die Leute ja an wahre Dorfkultur.
An Idylle. An die Tage vor der Erfindung der Beta-Blocker.
Die guten alten Zeiten der Leibeigenschaft.

Lea Hattingers Garten war ebenso ungepflegt wie der von
Doris. Im Schein der Spätnachmittagssonne sah das Haus leer
aus, unbewohnt. Auf der Terrasse standen ein paar alte Um-
zugskisten. Auch das Grundstück von Geußens lag verlassen.
Doris blieb stehen, um Atem zu holen. Weit und breit war
keine Menschenseele zu sehen. Nicht, daß die Leute ihr fehl-
ten. Ihr gesellschaftlicher Verkehr mit Bäckermeister Heidenreich und seiner Familie beschränkte sich auf den Brötchen-
kauf in der Bäckerei Sonne, und freundschaftlichen Kontakt
mit Geußens – dem Bahnbeamten a.D. Otto Geuß und seiner
fetten Gattin Diethild – mutete nicht einmal Bertram ihr zu.
Aber daß alles so ausgestorben war! Was taten die Neuendorfer nur alle an solchen Feiertagen?

Vielleicht war Neuendorf ja bereits untergegangen, und sie
hatte es bloß nicht bemerkt? Doris dachte an Dr. Dig, den
ungeborenen Archäologen. Vielleicht gab es hier schon längst
Arbeit für ihn?

Oben, in Frau Frühaufs Wohnung über dem Laden, flak-
kerte ein bläuliches Licht. Soviel wenigstens war geklärt.
Frau Frühauf sah fern, wie alle alleinstehenden Frauen am
Ostermontag.

Der Weg mündete neben dem Laden auf einen Parkplatz.
Einen leeren Parkplatz, natürlich. So gut wie leer. Ein einzelnes Auto stand neben dem Abfalleimer mit Eiscreme-Re-
klame. Ein Honda, schwarz, bemerkte sie im Vorbeigehen,
mit einer Münchner Nummer. Wahrscheinlich Freunde von
der Hattinger. Warum hatten die wohl hier geparkt und nicht
direkt vor dem Haus? Aber das ging Doris ja schließlich
nichts an. Es konnte ihr völlig egal sein.

Die Kirchenglocken begannen zu läuten, gerade als sie über den Vorplatz schlenderte. Vor der offenen Kirchentür stand das Ehepaar Geuß, mit dem Pfarrer. Natürlich, Frau Geuß war ja gläubig. Außerdem war sie angeblich herzkrank. Ihr Otto Bahnbeamter a.D. war so mager, wie sie selbst fett war, und er war weder krank noch christlich, aber er ging mit. Er ging immer mit, in die Kirche ebenso wie zu den regelmäßigen Krankenhausuntersuchungen seiner Frau, die er Hilde nannte. Sie ihrerseits nannte ihn »Vater«, in aller Öffentlichkeit, dabei hatten die beiden noch nicht einmal Kinder.

Doris zog den Kopf ein und eilte ungesehen an dem Grüpplein vorüber, dann, beim Gasthaus Brauner, wo auch der Bahnbus hielt, bog sie rechts in die Finkenstraße ein. Vor der Bäckerei Sonne überquerte sie die Straße. Es war jetzt doch schon recht kühl. Wenn sie nach Hause kam, würde sie Tee aufsetzen und dann sofort hochgehen zu ihrer Villa –

»Grüß Gott und frohe Ostern, Frau Bering«, sagte Frau Schöpflein. Sie stand hinter ihrer immergrünen Hecke, direkt neben dem Tempo-30-Schild, als hätte sie sich dahinter versteckt, um auf Doris zu warten.

»Guten Tag«, sagte Doris, lächelte hanseatisch und machte Anstalten weiterzueilen.

»Ja, jetzt gehts dann endlich nauswärts, gell«, sagte Frau Schöpflein. Sie fror nicht. Sie trug eine ärmellose Bluse aus rosa Taft, mit überzogenen Knöpfchen am Hals. Aus den Armauschnitten quollen, rotfleckig und plattgedrückt, ihre Oberarme. Die dünnen grauen Haare waren frisch eingedreht.

Doris stutzte.

»Hinaus«, elaborierte Frau Schöpflein. »Aus dem Winter. Jetzt ist es Frühling, meine ich eben.«

»Ja«, sagte Doris, ein wenig hastig. »Frühling. Na dann, Frau Schöpflein –«

»Jetzt werden Sie ja dann bestimmt auch den Dreck da wegmachen, bei Ihnen im Garten.« *Dan Drack do.*

»Ja, Frau Schöpflein«, sagte Doris. »Sicher.«

»Weil, letztes Jahr, das war was anderes« – *was annarsch* –
»wegen dem Kind, das Sie verloren haben«, Frau Schöpflein
nickte, ihre kleinen wimpernlosen Augen blitzten, »aber jetzt
muß das weg, das Laub und das Zeug, weil, das kann man
nicht noch länger rumliegen lassen.«

Doris fühlte die vertrauten Tränen in der Kehle. Warum
das nun wieder? Sie schluckte wütend. Warum mußte sie sich
das zumuten lassen, warum mußte sie sich ansprechen lassen
auf letztes Jahr, von Frau Schöpflein, warum setzte Bertram
sie dem aus? *Noch längar rümlieg laß* – Sie haßte Frau
Schöpflein. Sie haßte sie bis aufs Blut. Sie wünschte sie tot,
gestorben, auf irgendeine unangenehme Art... Sie lächelte
strahlend.

»Meine liebe Frau Schöpflein«, sagte sie im reinsten han-
seatischen Hochdeutsch, das ihr zur Verfügung stand, »seien
Sie versichert, daß ich meinen Garten dereinst zu wonnigli-
cher Blütenpracht erwecken werde! Einen Ort der Freude,
der Ruhe und des Wohlbefindens werde ich schaffen, einen
locus amoenus, Sie werden begeistert sein! Aber selbstverständlich erst, wenn mir danach ist. Bei passender Gelegenheit, sozusagen. – Es ist nämlich mein Garten! Aber das
wissen Sie sicherlich selbst, darum sprechen Sie mich ja an
und nicht zum Beispiel Frau Frühauf, nicht wahr?«

Frau Schöpflein verschränkte die Arme. Sie legte den eisengrauen Lockenkopf schief und kniff die Augen zweifelnd
zusammen.

»Also das mit dem Locus – ich weiß nicht«, sagte sie. »Das
Haus vom alten Herrn Bering hat doch normale Wasserklo-
setts! So ein Locus, der stinkt doch! Das lassen Sie mal lieber,
Frau Bering, sonst kommen noch die Ratten.«

Doris nickte.

»Gut, Frau Schöpflein, lassen wir es lieber«, sagte sie. »Ich
finde auch, wir lassen es lieber. Guten Tag also noch, Frau
Schöpflein, und schöne Ostern!« Und eilig floh Doris Bering

von dannen, mit geballten Fäusten, die Nägel in die vertrauten Druckstellen gebohrt, während Frau Schöpflein ihr nachstarrte.

Ihren Tee in der Hand stand Doris am Dielenfenster. Draußen dämmerte es, und hin und wieder fuhr der Wind in die Bäume. Eine Meise setzte sich auf den Rand des leeren Futterhäuschens. Dann flog sie weg. Ein kleiner braunbeiger Hund kam vorbei, schnupperte kurz an Doris' Gartenzaun und rannte weiter. Er pinkelte noch nicht einmal hin. Morgen war Dienstag. Das Osterwochenende war vorüber. Es war ganz und gar und vollkommen schiefgelaufen. Morgen ging Bertram wieder arbeiten, sie ging in den Laden an der Ecke und begegnete Agnes. Und Frau Frühauf. Und Frau Schöpflein wahrscheinlich. Dann würde sie zurückkehren in ihr verkommenes Haus.

Das Elend stieg ihr in der Kehle hoch wie Selterswasser. Sie hatte keinen Beruf mehr, und selbst als sie noch einen hatte, war sie – wozu lügen? – weder besonders erfolgreich noch glücklich mit ihm gewesen. Sie war antriebslos. Sie war zehn Pfund zu schwer, mindestens, und ihre Ehe war miserabel. Sie hatte keine Freunde. Keine richtigen Freundinnen. Ihre Mutter hielt nichts von ihr, hatte nie viel von ihr gehalten, und ihr Vater, und ihre Schwester – ach! Ihr Leben war ganz einfach vollkommen verpfuscht.

Bertrams alter Opel kam die Straße heruntergekeucht. Genau auf der Grenze zwischen dem Birchenbacherschen und dem Beringschen Grundstück hielt er an, und es entstiegen ihm Bertram Bering und Lea Hattinger. Hastig trat Doris hinter den Vorhang. Lea Hattinger! Sie beugte sich vor und spähte durch die Falten. Die Hattinger war über die Straße gerannt, und jetzt drehte sie sich noch einmal um und winkte freundschaftlich in Richtung der Birchenbacherschen Büsche zurück, durch die Bertram sich mutmaßlicherweise gerade zu seinen Lurchen begab.

Doris lehnte sich gegen die Dielenwand. Bertram und die

Hattinger! Wo um Himmels willen hatte er die denn aufgelesen? Und wetten, daß er von sich aus kein Sterbenswörtchen darüber verlieren würde? Er sagte schließlich nie irgend etwas zu irgend etwas! Er sprach nie freiwillig mit seiner Frau! So konnte es nicht weitergehen.

Doris ging in die Küche, schenkte sich einen Cognac ein und trank ihn in einem Schluck, wie Medizin. Sie würde sich ändern. Sie würde alles ändern. Neu anfangen. Als erstes würde sie morgen in aller Frühe aufstehen und das Haus aufräumen und putzen. Vom Keller bis zum Dach, einfach alles – nun ja, außer der Pathologie selbstverständlich.

Aber das würde sie! Sie würde sich aufraffen!

Denn so, so konnte es wirklich nicht weitergehen. Sie nahm sich noch einen Cognac und ging die Treppe hinauf in ihre Werkstatt, um sich der Truhe zu widmen.

Bertram kam gegen acht.

Doris, die sich nicht die Mühe gemacht hatte zu kochen, kam erst aus ihrer Werkstatt herunter, als sie den Geräuschen im Badezimmer entnehmen konnte, daß er ins Bett ging. Sobald Ruhe eingekehrt war, schlich sie sich an der Tür zum Schlafzimmer vorbei in die Küche und machte sich über eine Packung Kekse her. Dann ging sie leise nach oben.

Wider alles Erwarten war Bertram noch wach. Über die Ränder von Brille und *Fauna spezial* hob er den Blick und nickte ihr zu.

»Guten Abend«, sagte Doris, ihrerseits kühl, aber nicht zu kühl, neutral gewissermaßen, im Versuch, Bertrams Stimmung zu sondieren, bevor sie sich ihrerseits festlegte. »Wie war der Tag?«

Bertram, zu ihrer Überraschung, reagierte erleichtert, geradezu aufgeräumt. Er berichtete mit einiger Ausführlichkeit nicht nur von Udos Lurchen, sondern auch von seinem Besuch beim Oberfränkischen Vorsitzenden des Vogelschutzbundes, der in Hof wohnte, und Bauer Kleins kränkelnden

Kühen. Gerade als Doris begann, über den Erzählungen ihres Gatten in wohlige Bewußtlosigkeit zu sinken, sagte er: »Und denk mal, wen ich bei Magnus Klein getroffen habe.«

Schlagartig wurde Doris wieder munter.

»Lea Hattinger«, sagte Bertram. »Oder eigentlich habe ich sie nicht direkt bei Magnus getroffen. Sie ist da auf den Feldern spazierengegangen, und ich hab sie gefragt, ob sie nicht mit reinkommen will, dann könnte sie später mit mir nach Hause fahren...«

Nach einem Moment des Nachdenkens zwang sich Doris, wieder die Augen zu schließen. Sie konnte Bertram natürlich darauf hinweisen, daß jemand, der spazierengehen wollte, sich schwerlich von einem Auto mitnehmen lassen würde. Aber was würde Bertram antworten?

Frag sie doch selbst, wenn du mir nicht glaubst / Warum sollte ich dich denn anlügen? / Gott, denkst du wieder an diese alte Geschichte mit meiner Sprechstundenhilfe? Ist es das? / Also wirklich Doris, ich will jetzt schlafen / Mann, die ganze Sache ist mir doch scheißegal / Gar nichts.

Nein, es war zu spät am Abend, danach stand ihr der Sinn nicht mehr. Es war besser, sich alle möglichen Antworten Bertrams selber zu geben. Es ging schneller, war wesentlich weniger konfliktträchtig und kam vom Infogehalt her exakt aufs gleiche heraus. Doris wünschte Bertram eine gute Nacht, dann knipste sie auf ihrer Seite das Licht aus und begab sich in die Embryonallage. Kurz darauf tat Bertram ein gleiches.

Dann schliefen die Berings, jeder auf seiner Seite. Miteinander zu kuscheln, Löffelchen zu schlafen oder gar etwaigen ehelichen Pflichten zu genügen zogen sie nicht in Betracht. Wozu, wenn das Thema Kinder doch längst abgehakt war? Gut, der Sex selbst, Sex als solcher, aber all das Gerackere und Geschnaufe, Gerüche bildeten sich und Feuchtigkeiten und dann zog es Fäden – Doris ihrerseits konnte sich kaum noch daran erinnern, was sie früher so umwerfend an alldem gefunden haben mochte.

Und Bertram rezipierte Sex ja schon lange nur noch passiv. Den Artikel »Das Liebesleben der Chamäleons unter Laborbedingungen« in *Fauna spezial 9/93* etwa hatte er mehrmals und mit großem persönlichen Gewinn gelesen.

Dennoch hatten die Berings stillschweigend ein gemeinsames Schlafzimmer behalten. Und warum auch nicht? Das Ehebett war groß genug, um sich im Laufe der Nacht nicht in die Quere zu kommen. Bertram schnarchte glücklicherweise nicht, und für Doris machte es keinen Unterschied mehr.

Jetzt nicht mehr. Es hatte allerdings durchaus eine Zeit gegeben, wo sie sich beinahe verzweifelt ein eigenes Schlafzimmer gewünscht hatte. Das war nach der Abtreibung gewesen. Nacht für Nacht hatte sie neben dem schlafenden Bertram gelegen, schlaflos vor Demütigung: pflichtbewußte drei Minuten lang gestreichelt, auf Aufforderung brüderlich zur Nacht geküßt, zurückgewiesen, ohne ein Angebot gemacht zu haben, zunichte gemacht von Bertrams bloßer, sie gutmütig-resigniert in Kauf nehmender Zärtlichkeit. Sie hatte gegrübelt und gelitten und sich kaum zu regen gewagt, aus Angst, ihn womöglich zufällig zu berühren, ihn womöglich glauben zu machen, er *fehle* ihr.

Vielleicht war sie ja in Bertrams Augen durch die Abtreibung beschmutzt. Durch die Operation. Wenn Bertram denn durchaus einmal von der Abtreibung sprechen mußte, dann sprach er von der Operation. Es machte sie jedesmal rasend vor Wut: Hatte sie vielleicht eine Vollnarkose bekommen? Hatte vielleicht irgendein heroischer Onkel Doktor irgend jemandes Leben *gerettet*? Und nach einer Operation war man nicht beschmutzt. Hingegen all das übelriechende Blut, das noch wochenlang aus ihr herausgelaufen war –

Verlangten nicht manche religiösen Kultformen strenge Reinigungsrituale von Wöchnerinnen? Selbst von Wöchnerinnen, die gesunde Kinder geboren hatten. Vielleicht war es schon die Empfängnis, die verunreinigte.

Aber es war ja gar kein Raum für ein zweites Schlafzimmer vorhanden. Mit Ausnahme der Pathologie natürlich. Aber die Pathologie kam nicht in Frage. Bertram räumte die Pathologie ja nicht aus.

Und eines Nachts hatte Bertram dann doch noch einmal einen tastenden Versuch unternommen. Nach einem Geburtstagsfest irgendwo war es gewesen, und er hatte sich plötzlich zu Doris hinübergerollt, atmend mit Alkoholfahne. Er hatte ein bißchen gezittert, hatte Doris mit seinen Annäherungsversuchen nicht gemeint, hatte wieder alle Klischees bedient und dann die Hand in den Ausschnitt ihres Nachthemds geschoben.

Doris hatte es mit Befremden registriert, mit Widerwillen, dann Ekel. Aber sie hatte ganz still gelegen, abgewartet und sich über sich selbst gewundert. Und dann, mit einem Schlag, war das Begreifen gekommen. Es war ja auch wirklich ganz einfach. Sie hatte eben das Interesse an Bertram verloren.

Sie wollte keinen Sex mehr mit Bertram. Sie wollte keine Liebe von Bertram. Die Erleichterung war überwältigend gewesen.

Vor Glück hatte sie laut aufgeseufzt. Sie war vollkommen über Bertram hinweg. Sie war frei! Vorsichtig hatte sie Bertrams Hand ergriffen, die noch immer irgendwo auf ihrer Brust herumkrabbelte, und sie neben sich auf das Kopfkissen gelegt. Dann hatte sie sich auf die Seite gedreht und war sofort eingeschlafen. Sie hatte gut geschlafen. Sie war erschöpft gewesen. Bertram seinerseits hatte auf weitere Versuche erotischer Wiederbelebung verzichtet.

Im Lichte des nächsten Morgens haftete dem Entschluß, ein neues Leben zu beginnen, nur noch wenig Verführerisches an. Der Tag war wolkenverhangen, Bertram war in der Praxis, Doris' Stimmung war trübe, und oben unter dem Dach lockte die tadellos aufgeräumte Villa – aber Doris war entschlossen. Jedenfalls ziemlich. Doch! Sie verbat sich sämtliche Ausreden.

Mit entschiedenem Ruck warf sie das Oberteil ihres Jogginganzugs von sich, schob die T-Shirt-Ärmel hoch und begann, Teller in den Geschirrspüler zu räumen. Schließlich räumte sie den Geschirrspüler ohnehin öfter mal ein, und die Leere des Küchentischs hinterher hatte etwas durchaus Motivierendes: Zum befriedigenden Schnurren des Geschirrspülers begann sie, seine Platte zu schrubben. Na also! Es ging doch gut! Es war gar nicht weiter tragisch. Doris richtete sich auf und holte Luft. Und jetzt würde sie, nun, alles richtig machen. Aufräumen. Sie würde nicht nur Dinge in irgendwelche Schubladen stopfen wie vor Henriettes Ankunft, sie würde richtig Ordnung schaffen und putzen. Sie würde sogar die Schränke innen auswischen.

Dafür mußten sie natürlich erst einmal leer gemacht werden.

Das Problem war, wohin mit dem Inhalt. Arbeitsflächen, Herd und Teile des Fußbodens waren schon wieder unter dem üblichen flächendeckenden Teppich aus Einmachgummis, Kassenzetteln, gebrauchten Briefumschlägen, Brotkrusten, Kronkorken und Apfelsinenschalen verschwunden. Aber egal, man mußte eben alles ein wenig zur Seite schieben, man mußte Platz für Neues schaffen. Doris begann.

Drei Stunden später stand sie mitten in ihrer Küche, verschwitzt, rot im Gesicht, mit schmerzendem Rücken und vollkommen demoralisiert. In der einen Hand hielt sie eine Tüte mit Müll, in der anderen acht noch funktionsfähige Kugelschreiber. Um sie herum gähnten leere Küchenoberschränke, lag die Küche begraben unter Töpfen, Gewürzen in klebrigen Dosen, längst verfallenen Grundnahrungsmitteln, zerknautschten Papierservietten, mehr Kugelschreibern, mehr Kronkorken und stumpfen Haushaltsscheren und Kassenbons und eingerissenen Briefmarken, die sortiert werden wollten.

Sie wankte in die Diele.

Um Platz zum Saubermachen schaffen, hatte sie verschiedenes ins Wohnzimmer tragen müssen. Von dort waren dann Zeitschriftenstapel, volle Aschenbecher, häßliche Sofakissen mit Weinflecken und alte Strohblumenarrangements irgendwie ins Eßzimmer geschwappt, und jetzt war alles viel schlimmer als vorher. Und sie hatte keinen Scheuersand mehr. Was bedeutete, daß sie erst einmal abbrechen und alles liegenlassen und in den Laden gehen mußte.

»Die Eltern sind ja schon Montag früh abgereist, hab ich gehört«, sagte Frau Frühauf, während sie Doris' Brötchen in eine Tüte zählte. »War es denn schön? Ja, mit Eltern, gell, da ist es ja immer sehr nett, aber es ist auch anstrengend, die alten Leute, die haben so ihre eigenen Ideen! Und dann sind sie in Rente, und dann fahren sie trotzdem nicht irgendwann unter der Woche, sondern genau weiter in die dicksten Staus hinein, als wenn sie noch irgendwo hinmüßten nach dem Feiertag –«

Doris nickte verdrossen. Woher wußte Frau Frühauf denn nun schon wieder, daß das Beringsche Osterfest nicht gerade in eitel Harmonie verlaufen war? Denn auf nichts anderes liefen ihre Bemerkungen doch hinaus. Ach, diese alte Kuh, die nichts anderes zu tun hatte, als sich das Maul zu zerreißen!

»Ja guten Morgen, Frau Hattinger!« sagte Frau Frühauf. »Schon eingelebt übers Wochenende?«

Doris drehte sich um. Lea Hattinger trat an die Theke.

»Ach ja, danke, es geht«, sagte sie zu Frau Frühauf. »Ich fühle mich schon beinah heimisch hier.« In ihren schwarzgrün gemusterten Leggins und ihrem Samtcape sah sie aus wie ein Transvestit in einem Mantel-und-Degen-Film. Sie streckte Doris die Hand entgegen. »Ich wäre sowieso heute nachmittag mal bei Ihnen vorbeigekommen, um mich zu bedanken … wegen der Einladung, und auch wegen gestern. Wo Ihr Mann mich mit den Kleins bekannt gemacht hat.« Doris nickte.

»Das ist so wichtig«, fuhr Lea Hattinger fort, »daß ich Leute kennenlerne. Auf dem Land, glaube ich, fühlt man sich sonst so schnell einsam.«

»Ich würde ja denken, daß man sich in der Großstadt einsamer fühlt«, sagte Frau Frühauf. »So anonym! Und keiner kennt keinen, und die Leute tun nichts füreinander, und man kann sterben im Nachbarhaus, und erst, wenn's stinkt, dann merkt es einer.«

Doris stöhnte innerlich auf.

Lea Hattinger machte eine vage Handbewegung.

»Ja, vielleicht«, sagte sie, »obwohl, solange man nicht gerade stirbt, sondern lebt ... in der Großstadt gibt es ja sehr viele Leute, verschiedene Leute ... Aber wollen wir uns nicht beim Vornamen nennen?« Sie wandte sich Doris zu. »Ich meine, dieses ›Frau Hattinger, Frau Bering‹, das klingt so alt, finden Sie nicht?«

Vornamen? Doris nahm Anlauf. Sie würde sich doch nicht mit der Hattinger duzen! Sie würde sich gegen diese Aufdringlichkeit verwahren! Sie würde sagen –

»Christine«, sprach da Frau Frühauf entschlossen und wandte sich mit Schwung von ihrem Käsebrett ab. »Bei uns auf dem Dorf, da sagen wir eigentlich alle du. Also, ich heiße Christine – Lea, nicht wahr? Willkommen in Neuendorf!«

Lea lächelte und streckte die Hand über die Theke.

»Ich heiße Doris,« hörte Doris sich sagen. »Von mir aus nennen wir uns beim Vornamen. Aber vielleicht könnten wir trotzdem erstmal beim ›Sie‹ bleiben.« Sie lachte gezwungen. »Ich bin aus Hamburg«, fügte sie hinzu. »Sie wissen doch, wie steif die Hanseatinnen sind.«

»Ihre Mutter ist eine sehr nette Frau«, sagte Lea, während sie Frau Frühauf – Christine! – zur Kasse folgten. »Oder sie gibt sich Mühe, nett zu sein ... na ja, als Mutter ist sie sicher recht schwierig. Sie ist eben ziemlich unglücklich, nicht wahr?«

Verblüfft starrte Doris Lea Hattinger an. Was für einen kompletten Unsinn diese Münchner Tussi verzapfte! Henriette und unglücklich, das war ja lächerlich. Henriette machte andere unglücklich, vor allem Doris, aber sie selbst –

Obgleich, war Henriette denn glücklich?

Nun, glücklich direkt vielleicht nicht, aber wer war schon glücklich. Henriette war wahrscheinlich ganz zufrieden mit ihrem Leben, oder auch nicht, wie alle anderen Leute auch eben.

Durch die Schwingtür traten sie hinaus auf den Parkplatz. Ein paar Autos standen darauf. Der schwarze Wagen von gestern fehlte.

»War denn gestern nicht Besuch für Sie da?« sagte Doris. Lea blieb so plötzlich stehen, daß Doris in sie hineinrannte.

»Besuch?« sagte sie. »Wieso? Nein.«

Doris warf Lea einen Seitenblick zu. »Ich dachte ja nur«, sagte sie. »Weil hier ein Auto mit Münchner Nummer stand. Aber wahrscheinlich waren das bloß Ostertouristen. Irgendwelche Leute, die im Thüringer Wald wandern.«

Lea starrte über den Parkplatz, als erwarte sie eine Kobra oder eine hungrige Löwenfamilie. »Was war das denn für ein Auto?« fragte sie.

Doris zuckte die Achseln. »Schwarz. Ich weiß nicht, vielleicht ein Honda, ich habe nicht so genau hingesehen. Aber es war bestimmt niemand, der zu Ihnen wollte. Die hätten doch vorher angerufen, oder zumindest einen Zettel im Briefkasten hinterlassen.«

»Ein Honda«, sagte Lea. Ein bißchen Farbe kehrte in ihr Gesicht zurück. »Ein schwarzer Honda ... schwarz, mit Sicherheit schwarz?« Doris nickte.

»Nein, die wollten wohl nicht zu mir«, sagte Lea. Dann lachte sie auf, es klang irgendwie merkwürdig. »Einen Zettel im Briefkasten ... nun, vielleicht sollte ich nachsehen. Aber ich glaube kaum, daß da ein Zettel liegt ... so oder so.«

Doris mußte notgedrungen mit Lea Hattinger bis nach Hause laufen, schließlich hatten sie denselben Weg, aber sie redeten kaum miteinander. Lea schien in ihre Gedanken versunken. An ihrem Gartentor trennten sie sich mit einem Nicken.

Während Doris nach ihrem Schlüssel suchte, drehte sie sich noch einmal um. Lea Hattinger, sah sie, hatte den Inhalt ihres Briefkastens auf den Gehweg entleert und durchsuchte hokkend die Werbebroschüren von heute morgen. Sie war entschieden nicht ganz normal. Doris stieß ihre Tür auf, betrat die Diele und stolperte über die Mülltüte, die sie dort abgestellt hatte, bevor sie einkaufen gegangen war.

Ein Strom von gebrauchten Kaffeefiltern, Joghurtbechern, Apfelgripsen und leeren Konservendosen ergoß sich über den Boden.

Doris ließ ihre volle Einkaufstüte mitten hineinfallen und brach in Tränen aus.

Sie wurde mit dem Leben einfach nicht fertig. Sie wußte nicht mehr, wie man die Dinge in Ordnung brachte, alles entwickelte eine Art Eigendynamik, überrollte, verwirrte sich, das Brauchbare wie das Nutzlose, und beim Versuch, beide voneinander zu trennen, verlor sie den Faden. Sie war allein. Sie war hilflos!

Henriette hätte eine Putzfrau empfohlen.

Aber wie konnte man eine Putzfrau in ein solches Chaos hineinsetzen, ohne sich in Grund und Boden zu schämen? Welcher Mensch mit einem Rest von Selbstrespekt hätte freiwillig einen solchen Haufen Müll abgetragen? Und Bertram – was würde Bertram wohl sagen, wenn er nachher nach Hause kam und sie hier heulend vorfand?

Nun, dieser Punkt wenigstens ließ sich mit einiger Sicherheit vorhersagen. Bertram würde achselzuckend bemerken, Doris sollte sich um Himmels willen nicht so aufregen, er sei an Chaos gewöhnt, und sie würden jetzt einfach den Pizzadienst anrufen.

Aber was zum Teufel sollte sie denn mit Pizza! Ihr Problem war doch nicht Bertrams Magen, verdammt noch mal. Doris schniefte und wischte die Tränen ab. Was sagte Bertram zu einem selbstgekochten Drei-Gänge-Menü mit Kerzenlicht? »Aber ich bitte dich, Doris, mach dir doch um Himmels willen nicht solche Arbeit! Das ist doch alles gar nicht nötig! Das Wetter war so schön heute, warum bist du nicht lieber zum Baden gefahren!« Was wollte Doris also? Sie konnte zum Baden fahren! Ihre Anstrengungen waren nicht nötig. Ihre Arbeit, ihre Mühe waren vollkommen überflüssig. Sie konnte tun, was sie wollte.

Sie konnte tun, *was* sie wollte – Bertram war das egal. Es war Bertram egal, als sie in der Neuendorfer Anfangszeit wie ein Putzteufel durch das Haus fegte, es war ihm egal, daß sie jetzt alles verkommen ließ. Bertram wollte in Ruhe gelassen werden, das war alles. Er wollte nicht unnötig von Doris behelligt werden, mehr verlangte er nicht. Immerhin gehörte er einer Generation an, die ein emanzipiertes Partnerschaftsverständnis zu fordern und sogar öffentlich zu diskutieren pflegte. Selbstverwirklichung in der Beziehung, gegenseitige Toleranz, Kontovollmacht der Ehefrau, paritätischer Umgang mit der Abwaschfrage? Bertram beantragte Visa-Karten, kaufte eine Spülmaschine, rief den Pizzadienst an. Dafür hätte er es allerdings gern gesehen, wenn Doris ihm mit einer Aura stiller Zufriedenheit das Gefühl gegeben hätte, ein phantastischer Ehemann zu sein. Wenn sie Bertram erschlug und hinten im Garten vergrub: ob das einer merken würde?

Höchstens Dr. Dig, der Archäologe, wenn er dereinst auf die schönen, reinweißen Knochen stieße. Doris stellte sich vor, wie die Leute von Alpha Centauri an ihren großen Bildschirmen saßen und atemlos der Exkavation eines frühmenschlichen Schädels auf dem fernen Planeten Erde folgten. Die Augenhöhlen, der fehlende Rüssel, das Hirn zu klein für Telepathie, und die grinsenden Zähne, hinten zweimal Gold, wo Bertram letztes Jahr die Amalgam-Plomben hatte wegmachen lassen. Natürlich mußte sie die frische Grabstelle mit altem Laub und Zweigen bedecken. Und eine gute Erklärung für Bertrams lang andauernde Abwesenheit finden. Bertram ist am Nordpol, er gräbt nach Mammutknochen. Er ist nach Afrika gegangen und wühlt dortselbst in Büffelmösen –

Doris gab einem Joghurtbecher einen Tritt. Drei-Gänge-Menüs zu kochen hatte ihr einmal Spaß gemacht. Und ein gepflegtes Haus. Und Sex mit Bertram, und in der Bibliothek die Leser zu beraten, und Gartenarbeit. Und Kinder hatte sie haben wollen.

Der Mensch änderte sich eben.

In der Küche stieß sie mit dem Arm an eine alte Teebüchse. Die Büchse schepperte zu Boden, und etwas fiel heraus. Doris bückte sich, um es aufzuheben. Es war ein Schlüssel. Es war der Schlüssel zur Pathologie. Sie steckte ihn in die Tasche ihrer Jogginghose.

3. Kapitel

Auf gute Nachbarschaft!

Laura Hattinger kam Anfang Mai.

Doris erkannte sie sofort. Wer anders als Leas Tochter konnte eine Zweijährige sein, die hinter Hattingers Gartenzaun stand? Und außerdem war sie ihrer Mutter wie aus dem Gesicht geschnitten, sie hatte sogar dieselben tiefroten Locken wie Lea – was hinwiederum vermuten ließ, daß womöglich auch Leas Haarfarbe natürlichen Ursprungs war und Doris Bering ihrer Nachbarin also in diesem Punkt etwas abzubitten hatte.

Eigentlich war Doris an jenem Tag besonders schlechter Laune. Sie hatte miserabel geschlafen. Das Wetter war viel zu warm für die Jahreszeit. Die Einkaufstaschen, die sie vom Laden zurückzuschleppen hatte, wogen mehrere Tonnen. Vor Hattingers Haus setzte Doris sie zum zehnten Mal ab. Irgendwo in der Nähe, hörte sie, sang eine Kinderstimme unmelodisch vor sich hin, immer dasselbe. Dann brach der Gesang ab, und die Stimme sagte: »Guck-guck!«

Doris guckte und sah das kleine, ernste Gesicht Laura Hattingers hinter der Hattingerschen Hecke hervorlinsen.

»Guten Morgen«, sagte Doris.

Laura verzog keine Miene. Ihr blauweißes Kleid war von oben bis unten mit etwas beschmiert, was Schokolade sein konnte oder Hundekot. Oder Gartenerde. Laura hielt, wie Doris jetzt sah, entwurzelte Petunien in beiden Händen.

»Du mußt Laura sein«, sagte Doris.

Laura schwieg. In der Sonne war ihr Haar feuerrot. Doris überlegte. Was sagte man zu einer Zweijährigen? Doris hatte keine Ahnung. Sie kannte sich mit Kindern nicht aus, sie hatte keine Übung mit ihnen. Wahrscheinlich war es am einfachsten, wenn sie einfach weiterging, aber andererseits wäre das nicht sonderlich nett. Schließlich hatte Laura sie angesprochen. Laura war ein Kind, und Kinder waren sensibel, es war nicht in Ordnung, sie zu brüskieren.

Doris betrachtete Laura. Laura betrachtete Doris.

Doris kauerte sich auf der anderen Seite des Zaunes vor Laura nieder.

»Hast du in der Erde gebuddelt?« probierte sie.

Laura antwortete nicht. Sie heftete ihre blaugrauen Augen auf Doris' Sweatshirt, dann versuchte sie, die Hand durch die Drahtmaschen des Zauns zu schieben. Sie juchzte. Doris sah an sich herab. Es geschah eher selten, daß ihre Kleidungsstücke Begeisterung auslösten. Ihr Sweatshirt war alt, grau und hatte Kaffeeflecken. Vorn war eine Katze appliziert. Die Katze trug ein Tirolerhütchen und grinste.

»*Miiii-aaaoouuu!*« sagte Laura hingerissen.

Offensichtlich war es eine Frage des Blickwinkels.

»Guten Morgen«, sagte Lea Hattinger, die durch den Vorgarten herankam. »Schön warm heute, nicht war ...? Ach, Ihr Sweatshirt. Ja, Laura hat nämlich ein Faible für Katzen. Irgendwann werde ich wohl eine kaufen müssen.«

Sie ging neben ihrer Tochter in die Hocke und legte den Arm um sie, aber Laura entwand sich ihr. Sie hatte das Interesse an der grinsenden Katze schon wieder verloren. Jetzt zerrte sie mit einiger Hingabe an einem Löwenzahnblatt.

»Laura hat mich angesprochen«, sagte Doris und erhob sich. »Eigentlich war ich auf dem Weg nach Hause.« Es klang wie eine Entschuldigung, aber wofür? Doris ärgerte sich über sich selbst.

Lea sah zu ihr auf. Sie balancierte nicht mühsam und unbequem auf den Zehenspitzen wie andere Leute, bemerkte Doris, sondern saß auf den Fersen, die nackten Fußsohlen flach gegen die Erde gepreßt. Die Unterarme hingen lose über die Knie und den Saum eines bunten Rocks. Sehen Sie Folge 3 unserer Reihe *Menschen und Sitten*. Die Stimme des Sprechers ertönt aus dem Off: »Geduldig warten diese Frauen am Straßenrand auf den Bus nach Kalkutta«.

»Kommen Sie doch auf einen Kaffee herein, Doris«, sagte Lea.

Das kam natürlich gar nicht in Frage. Doris war froh, daß es ihr gelungen war, den Kontakt mit Lea im Keim zu ersticken. Sie würde sich hüten, ihn wieder aufleben zu lassen, wozu denn, sie mochte die Frau nicht!

»Uaua auch Mich hahm«, sagte Laura. Sie betonte jedes Wort einzeln und mit Nachdruck, wie etwas von großer Wichtigkeit, und dabei sah sie Doris an. Doris fühlte etwas wie Staunen.

»Was hat sie gesagt?« fragte Doris Lea.

»Milch«, sagte Lea. »Sie hat das mit dem Kaffee gehört... Sie will Milch. Und Uaua ist sie selbst... Laura... das L und das R kriegt sie noch nicht auf die Reihe.«

»Uaua Mich habn«, wiederholte das Kind, so ernsthaft um Deutlichkeit bemüht, als könne es sich nur um ein Mißverständnis handeln, wenn ihr die Welt etwas verweigerte.

»Na«, sagte Lea und stand auf, »dann gehen wir besser mal rein, Laura wird sonst ungehalten mit mir.« Sie bückte sich nach ihrer Tochter und hob sie sich mit einem Schwung auf ihre Hüfte. Etwas in ihrem Gesicht, um die Augen herum, wurde ganz hell. »Und das wollen wir nicht, Laura, oder... wir sind zu froh, einander wiederzuhaben.«

Doris packte ihre Einkaufstüten und folgte den beiden ins Haus. Schließlich interessierte sie sich für Häuser, sagte sie zu sich selbst, und in diesem hier war sie noch nie gewesen, auch früher nicht, warum also nicht wenigstens einen Blick riskieren, sie konnte ja jederzeit wieder gehen. Vorsichtig lehnte sie ihre Tüten neben der Eingangstür an die Wand und sah sich um.

»Es müßte natürlich noch ziemlich viel gemacht werden«, sagte Lea und stellte das Kind auf den Boden. »Die Sache ist eben die: Als ich Harry verlassen habe… es ging ziemlich schnell.« Sie folgte ihrer Tochter in die Küche. »So ein paar kleinere Sachen, die habe ich natürlich mitgenommen«, rief sie über die Schulter, »was eben ins Auto paßte, woran ich sehr hing… Sehen Sie sich ruhig um!«

Die Diele, sah Doris, hatte einen fleckigen Holzboden und weißgetünchte Wände. Zur Rechten führte eine Treppe nach oben, in der Nische daneben stand eine große Vase. Ansonsten war der Raum leer.

Die Vase war rot, mit einem gelben grafischen Muster. Einige Gräser mit langen, im Zug vibrierenden Grannen standen darin, davor lagen Muscheln auf dem Boden. Es waren große gewundene Dinger aus irgendeinem tropischen Meer. Womöglich eigene Mitbringsel? Das Ganze sah jedenfalls aus wie etwas in einer Kunstgalerie. Es sah aus wie etwas, das Angela hätte machen können.

Es war natürlich vollkommen unpraktisch.

Vor allem, wenn man ein Kind hatte, das Kind konnte ja darüber fallen! Und es paßte auch nicht zum Stil eines fränkischen Fachwerkhauses. Eine Bauerndiele war schließlich weder eine Londoner Kunstgalerie noch ein japanischer Tee-Pavillon. Das Ganze war einfach ein Staubfänger, weiter nichts, funktionslos – Kitsch also. Aufatmend wandte Doris sich ab. Gegenüber stand die Tür zum Wohnzimmer auf.

Auch da gab es keine richtigen Möbel. Kein Sofa, kein Regal, nur ein paar aufeinandergelegte Matratzen unter einem Haufen von Decken, Überwürfen und Kissen. In einer Ecke gewahrte Doris eine buntbemalte Nepali-Fratze und etwas Schwarzes, Verstaubtes aus Holz, afrikanisch anscheinend. Hippie-Zeug, allerdings gute zwanzig Jahre zu spät. Die Bücher stapelten sich an den Wänden. Auf einem niedrigen Tisch stand ein siebenflammiger Leuchter und eine Menge winziger Fläschchen. Ätherische Öle? Kräutertinkturen? Vielleicht richteten sich esoterische Therapeuten ja im allgemeinen so ein. Vielleicht gehörte das zu ihrem Metier. Zum Hokuspokus, wie in benachbarten Bereichen die schwarze Katze, der Rabe, die Kristallkugel und die blutroten Vorhänge.

Vorhänge hatte Leas Wohnzimmer nicht. Nur ein großer Ficus in einem alten Blecheimer schirmte den Raum ein wenig nach draußen ab. Daneben saß ein Bär auf einem Dreirad, er trug einen Bademantel. Nach Einbruch der Dunkelheit, wenn hier unten Licht brannte, konnte man vom Garten aus sicher mühelos in das Zimmer hineinsehen, ohne selbst entdeckt zu werden. Man mußte nur über die Hecke steigen und unbemerkt bis zu den Obstbäumen gelangen.

Aber sie wußte wirklich nicht, wie sie plötzlich auf so etwas kam! Besser, sie ging endlich zu den anderen in die Küche.

»Ich habe nur das Nötigste besorgt«, sagte Lea, als Doris hereinkam. Ihr Tonfall hatte nichts Entschuldigendes, sie stellte nur Tatsachen fest. Den Kaffee, sah Doris, machte sie in einem dieser italienischen Dinger, die man auf die Herdplatte setzte, und dann stieg innen zischend der Dampf hoch und produzierte Espresso. »Die Möbel sind alle gebraucht, die Küche hier, dieses weiße Kunststoffzeug, das ist natürlich scheußlich. Ich brauche Geld, das ist alles. Ich brauche ein paar Schüler... oder gleich eine Gruppe, einen Workshop, das wäre noch besser. Ich denke, ich mache jedenfalls das Wohnzimer zum Übungsraum.«

Doris setzte sich an den Küchentisch, Laura gegenüber. Laura turnte auf ihrem Stühlchen herum, plapperte mit sich selbst und bot einem offensichtlich recht durstigen Stoffkätzchen wiederholt von ihrer Milch an. Doris stützte die Ellenbogen auf den hellen Holztisch und sah sich um.

Auf dem Fensterbrett keimten Küchenkräuter in alten Joghurtbechern und leeren Kidneybohnen-Dosen. Ein Avocadokern hing inmitten bräunlicher Schlieren in einem Wasserglas und versuchte, Wurzeln zu ziehen. Der Lampenschirm –

Porzellan, mit pastelligen Blümchen – sah aus wie der, der im Schlafzimmer ihrer Großeltern gehangen hatte. Wo hatte Lea diesen Kram nur ausgegraben? Das Stoffkätzchen aß jetzt Erdbeeren. Es war entschieden reif für die Waschmaschine.

»Njam njam njam«, sagte Laura, stellvertretend für das Kätzchen. »Miau Hunger! Njam njam njam! Mmmm!«

Ein Gedanke flog Doris durch den Kopf, nämlich der, hier zu bleiben. Hier zu sein, in diesem Haus, an diesem Tisch, an Lea Hattingers Stelle oder doch wenigstens an ihrer Seite – ich könnte im Wohnzimmer schlafen, dachte sie unklar –

»Wo wollen Sie solche Leute denn hernehmen?« fragte sie kühl. »Schüler oder Patienten oder wie immer Sie die Anhänger Ihres Hokuspokus nennen. Was Sie da an Ostern erzählt haben, Psychotherapie, Schauspielerei, Atemdingsbums, Meditation – all das esoterische Zeug – das interessiert auf dem Land doch kein Schwein.«

Lea schien nicht im geringsten brüskiert.

»Meinen Sie wirklich?« sagte sie. »Na... wir werden sehen. Wenn keiner zu mir kommt, dann muß ich eben verhungern.« Sie lachte. Sie glaubte nicht ans Verhungern, es war offensichtlich.

Oder spottete sie über Doris?

Es zischte auf dem Herd, dann brodelte es. Der Kaffee stieg in der Maschine auf, es roch nach Florenz, Lea suchte nach einem Topflappen.

»Sie sind aber auch nicht besonders gerne hier, Doris. In Neuendorf, meine ich. Nicht wahr?« sagte sie.

»Es macht mir nichts mehr aus. Ich habe mich eingelebt hier«, erwiderte Doris steif. »Es ist ja schließlich egal, wo man lebt. Es kommt immer alles auf einen selber an, und wenn man nur wegen eines Ortes unglücklich ist, dann ist man selber daran schuld. Das ist doch bekannt.«

»Meinen Sie wirklich?« sagte Lea noch einmal. »Naja... sicher. Aber es ist nicht sehr tröstlich, nicht wahr? Unglücklich zu sein, und auch noch selber schuld...« Sie goß den Kaffee in Becher, füllte mit heißer Milch auf und kam herüber zum Tisch.

»Aber das lehrt ihr doch«, sagte Doris scharf. »Diese ganzen Esoteriktypen sagen doch, daß jeder selbst verantwortlich ist für sein Leben. Und ich denke das auch. Ich denke, jeder ist an seinem eigenen Mist selber schuld.«

»Schuld...« sagte Lea und wedelte mit der Hand, als verscheuche sie ein Insekt. »Schuld, na ja...« Sie stellte eine Tasse vor Doris hin und setzte sich. Eine Weile rührte sie in ihrer Tasse, mit gerunzelter Stirn. Dann hob sie den Kopf. Wieder hellte sich ihr Gesicht plötzlich auf. Das schien typisch für sie zu sein, Doris war es jetzt schon ein paarmal aufgefallen. Sie hätte gern gewußt, wie die Hattinger das machte. Es war etwas, das um die Augen herum geschah, eine Art Entspannung um Augen und Schläfen herum, ein gleichzeitiges Straffen der Wangenpartie –

»Ich wollte Sie ja eigentlich schon die ganze Zeit mal einladen«, sagte Lea. »Die Sache war nur... ich glaube, Sie mögen mich nicht besonders, nicht wahr?« Sie schob Doris die Zuckerdose zu. »Den können Sie ruhig nehmen. Das ist richtiger Rohrzucker«, sagte sie freundlich.

Es war unfaßbar.

»Äh«, sagte Doris. »Unsinn. Ich meine –« Sie starrte Leas Zuckerdose an, blaue Keramik, brauner Zucker, weißer Plastiklöffel. Sie spürte, daß ihre Wangen brannten. Sie schluckte. Dann hob sie mit einem Ruck den Kopf.

»Stimmt«, sagte sie, »ich mag Sie wirklich nicht. Ich mag Sie nicht! Und warum sollte ich auch, nicht wahr?«

Lea rührte in ihrem Kaffee und betrachtete Doris. Sie nickte, wie zu einem eigenen Gedanken.

»Mehr Mich!« sagte Laura und stieß Lea an. Gehorsam stand Lea auf und ging zum Kühlschrank.

»Sie haben es so viel besser als ich!« sagte Doris.

Ihre Stimme kam ihr furchtbar laut vor. Und wie um

Gottes willen kam sie dazu, so etwas zu sagen! Sie, die Gattin des alteingesessenen und allseits respektierten Veterinärmediziners Dr. Bertram Bering – und dagegen eine abgehalfterte Schauspielerin, ledige Mutter, fremd, eine Quacksalberin aus Geldnot, die noch nicht mal, nicht mal eine Kaffeemaschine besaß! Unwillkürlich ballten sich ihr die Hände zu Fäusten.

Das war ja alles völliger Quatsch!

Und jetzt gleich würde Lea über sie zu lachen beginnen. Doris sprang auf. Sie hatte genug.

Lea legte den Kopf schräg.

»Besser als Sie«, wiederholte sie. »Na, in gewisser Weise … Aber Sie müßten mir mal genau erklären, was Sie damit meinen. Dann ließe sich sicher etwas tun. Man kann ja beinahe alles, ich meine, wenn man genau weiß, was man will.«

Doris eilte an Lea vorbei in die Diele und packte entschlossen ihre Einkaufstüten.

»Sie müssen mich nicht mögen, nur weil ich Sie mag … wissen Sie?« sagte Lea. Sie lehnte im Rahmen der Küchentür und sah Doris' überstürztem Aufbruch zu. »Und das war eigentlich auch alles, was ich sagen wollte. Soll ich Ihnen nicht wenigstens erst das Haus zeigen, bevor Sie gehen?«

»Nein«, sagte Doris, »nein danke!« Sie hatte die Tür schon aufgestoßen.

Aber es sah ja geradezu aus, als ob sie floh!

Als sei sie es gewesen, die sich falsch benommen hatte, und als laufe sie nun in Panik davon. Sie besann sich. Sie holte tief Luft. Sie räusperte sich.

»Oder ja – sicher, sehr gern«, sagte sie, so hanseatisch wie möglich. »Ich sehe mir Ihr Haus gern einmal an. Aber nicht gerade jetzt, vielen Dank. Ich habe etwas vergessen, ich habe zu tun. Ich habe jede Menge zu tun.«

Lea nickte.

»Dann kommen Sie doch morgen vorbei«, sagte sie, »gleich gegen neun. Dann können wir zusammen frühstükken.«

Doris traute ihren Ohren nicht. Die Dickfelligkeit dieser Frau!

»Laura hat es so gern, wenn viele Leute im Haus sind«, sagte Lea. »Es reicht nicht, wenn sie nur mich hat.«

Doris wandte sich zu Lea um. Die Haustür fiel wieder zu.

»Laura ist einfach viele Leute gewöhnt«, sagte Lea. »Von früher... bei uns waren immer viele Menschen im Haus, die Schüler, Freunde... und hier hat sie niemanden. Keine Bezugspersonen, verstehen Sie.«

Doris starrte die Muscheln auf dem Fußboden an.

»Bezugspersonen«, sagte sie. »Ja, sicher.« Sie hob den Kopf. »Laura hat hier überhaupt keine Bezugspersonen. Ich verstehe. Nur die Mutter, und das ist nicht genug. Ja. Ich denke, ich komme dann also morgen vorbei. So gegen neun, nicht wahr? Ich bringe dann frische Brötchen mit.«

Lea lächelte.

»Dann also bis morgen, Doris«, sagte sie, »ich freue mich wirklich.«

Doris packte ihre Tüten und stieß ein weiteres Mal die Haustüre auf.

»Vielleicht hätten Sie in München bleiben sollen«, sagte sie zu Lea. »Vielleicht war es keine so tolle Idee von Ihnen, Laura zu entwurzeln.«

»Vielleicht nicht«, sagte Lea. »Aber es ging ja nicht anders.«

Doris zwängte sich schwerbeladen nach draußen.

»Bye-bye!« schrie ihr eine hohe Kinderstimme von drinnen nach. »Bye-bye!«

Doris eilte über die Straße. Sie würde ihre Migräne kriegen, soviel war klar. Aber war das ein Wunder? Schließlich, was für ein Tag! Diese exzentrische Person, ohne Taktgefühl und Benehmen, und offensichtlich auch ohne jeden Stolz! Daß jemand wie Lea Hattinger ein Kind wie Laura haben konnte, war unbegreiflich.

Und Lea Hattinger mochte sie also.

Nun, dafür konnte sie schließlich nichts. Sie, Doris, hatte Lea nicht den geringsten Anlaß gegeben, sie zu mögen. Sie hatte Leas Sympathiebekundungen in keiner Weise herausgefordert, dessen war sie ganz sicher.

Während Doris den Inhalt ihrer Tüten auf Küchen- und Kühlschrank zu verteilen begann, fing sie an, leise vor sich hin zu pfeifen.

Am nächsten Morgen, um Viertel vor neun, machte sie sich auf den Weg zur Bäckerei Sonne. Der Morgen war prächtig, beinahe heiß, aber Doris trug heute auch einen Sommerrock und litt viel weniger unter den Temperaturen. Das graue Sweatshirt von gestern hatte sie allerdings wieder angezogen. Vielleicht mochte ja Laura noch immer die Katze darauf.

Frau Heidenreich bediente sie selbst. Sie empfahl Schnekken. Frau Heidenreich empfahl immer irgend etwas, wenn man einkaufte, sie ertrug es einfach nicht, daß ihre Kunden einfach nahmen, was sie wollten.

»Die Schnecken sind gut«, sagte sie. »Nicht so süß, meine ich. Die Frau Hattinger sagt das. Wenn sie Kuchen für ihre Tochter kauft, sagt sie, dann am liebsten Schnecken.«

Doris ballte die Fäuste. Woher wußte Frau Edda Heidenreich, daß Doris mit ihrem Backwerk zu Hattingers wollte? Wo waren die Spione, die ihr und Frau Frühauf und all den anderen Dörflern Bericht erstatteten über ihr Leben? Und wie ertrugen sie es, daß sie so waren? Sie, Doris, würde sich niemals an diese Leute gewöhnen können. Nie!

»Keine Schnecke«, sagte sie kurz. »Nur die Brötchen. Das wär's dann, Frau Heidenreich, danke.«

Sie zahlte, verließ den Laden und hörte die Glastür bimmelnd hinter sich zufallen. Von der Treppe aus konnte man die ganze Finkenstraße überblicken. Laura stand draußen in ihrem Vorgarten und sah erwartungsvoll die Straße hinauf, in ihre Richtung.

Doris machte kehrt, bimmelte sich wieder in den Laden hinein und sagte: »Geben Sie mir zwei Schnecken. Ich habe es mir überlegt.«

Frau Heidenreich strahlte, als wären die Schnecken für sie.

Leas Vorgarten lag in der vollen Morgensonne. Lea hatte eines ihrer exotischen Tücher und ein paar Kissen mitten auf den Weg gelegt, und als Doris das Gartentor aufstieß, kam sie gerade mit einem Tablett aus dem Haus.

»Ich habe mir gedacht, wir frühstücken draußen«, rief sie Doris zu. »Ein richtiges Picknick! Laura freut sich schon den ganzen Morgen. Sie hat nach Ihnen gefragt... Sie ist schon seit sechs wach!«

Der Kaffee war wieder Espresso, sah Doris. Zögernd ließ sie sich auf einem Kissen nieder. Ein Tisch wäre sicher bequemer gewesen, aber es stimmte, die Sonne war schön, das Grün der Hecke. Sie leerte ihre Tüte in Leas Brotkorb. Laura fischte sofort eine Schnecke heraus, dann kauerte sie sich neben Doris hin.

»Mögen Sie Muesli?« fragte Lea. »Wurst essen wir nicht, aber Eier. Ich hab sie weich gekocht. Und Käse ist auch da... die Eier sind von Bauer Klein, von seinen eigenen Hühnern, das ist doch schön, nicht? Daß wir hier so etwas kriegen?«

Doris aß Muesli. Halb und halb fürchtete sie, daß Lea die Unterredung des Vortages wieder aufnehmen würde, aber nichts dergleichen geschah.

Ein paar Spatzen flatterten über den Zaun. Laura schrie auf vor Freude und zeigte mit beiden Händen, und Lea warf Brotkrumen. Die Spatzen kamen näher und pickten. Laura sprang auf und rannte auf sie zu, und sie flogen weg. Die Spatzen waren nett, aber die Bienen waren lästig, und der Boden war trotz der Kissen hart. Nun, da ließ sich jetzt nichts machen, Laura war noch nicht satt. Laura aß die zweite Schnecke und trank mehr Milch.

»Wie sind Sie eigentlich an dieses Haus gekommen?« fragte Doris.

»Ein Freund hat es mir besorgt...« Lea wedelte mit der Hand, »oder eigentlich der Mann einer Freundin. Ein Makler. Sein Cousin hat wohl dieses Haus hier geerbt, oder ist es sein Onkel, ich weiß nicht genau. Jedenfalls ist der Erbe steinreich und lebt in der Schweiz. Das Haus ist dem völlig egal, er hat es nicht mal angesehen. Markus, der Makler, hat ihm dann gesagt, es wäre ziemlich runtergewohnt, was ja auch stimmt... die Leitungen... Jedenfalls hat er ihn überredet, mir das Ganze billig zu geben. Weil ich doch kein Geld habe. Vielleicht hat Markus ihn ja auch erpreßt. « Unbeeindruckt biß sie in ein Käsebrötchen. »Reiche Leute haben doch meistens was auf dem Kerbholz, unbezahlte Steuern und so, ist aber auch egal. Ich jedenfalls mußte dringend aus München weg, und hier zahle ich fast keine Miete. Im Vergleich zu München krieg ich direkt noch was raus!« Sie lachte.

»Sie mußten weg wegen Lauras Vater, nicht wahr?« sagte Doris. Lea nickte.

»Aber darüber rede ich nicht so gern«, sagte sie und deutete mit dem Kopf auf das Kind, »vielleicht ein andermal... wenn Mütter über die Väter schimpfen, Sie wissen schon, das ist nicht sehr gut für die Kinder.« Sie starrte einen Moment in ihre Kaffeetasse, dann, in einem neuerlichen Anfall ihrer unbegründeten Lebhaftigkeit, wechselte sie das Thema.

»Ich muß Ihnen noch erzählen... ich bin ja gestern tatsächlich noch in die Stadt gefahren!« rief sie. »Gleich nach unserem Gespräch. Ich habe inseriert, endlich, in allen Zeitungen hier in der Gegend, und sogar überregional. Ich hätte das schon längst tut sollen. Aber ich war ein bißchen niedergeschlagen... manchmal braucht man wirklich erst einen Anstoß von außen, um sich aufzuraffen, nicht wahr?«

Doris schwieg verblüfft. Wollte Lea Hattinger andeuten, sie, Doris, habe irgend etwas angestoßen? Sie konnte sich nicht daran erinnern.

»Es dauert ja ohnehin, bis die Sache anläuft«, fuhr Lea fort. »Aber dann nachher wird es leichter... Mundpropaganda. Und es gibt wohl sogar eine Art Yogaschule in der Stadt. Da könnte ich sicher mitmachen. Das Problem ist, wohin mit Laura. In einen Kindergarten, klar, aber ich habe noch keinen Platz für sie bekommen. Das kann dauern... und einerseits bin ich darüber fast froh. Nach all den, nun ja, Geschehnissen der letzten Zeit... sie jetzt schon wieder wegzugeben, für so viele Stunden täglich, und in eine neue Umgebung...«

Laura legte ihren angebissenen Apfel auf die Tischdecke und stand auf. Sie war satt. Sie wandte sich Doris zu und betrachtete sie, als suche sie an ihr eine Schraube zum Aufziehen.

»Schau mal«, sagte Doris und deutete auf ihr Sweatshirt. »Da ist das Kätzchen von gestern wieder.«

Laura legte den Kopf schräg und musterte Doris' Hemd. Doris hielt den Atem an.

»Miiaaou!« sagte Laura, kletterte über den Brotkorb, die Pflaumenmarmelade und Doris' Teller und plumpste auf Doris' Schoß.

»Miaou – da!« Ihre Finger krabbelten auf Doris' Sweatshirt herum, zeigten. »Aung!« erklärte sie. »Munt – Nase! Hut! Da, Hut!«

Sie roch, merkte Doris, ein bißchen bitter, nach Kinderhaar, und nach Kuchen natürlich, wegen der Schnecke. Ihre Haare waren direkt vor Doris' Gesicht. Sie änderte ihre Haltung und hielt sich dabei an Doris' Sweatshirt fest.

»Ich könnte Laura doch nehmen«, hörte Doris sich sagen und fühlte, wie ihr das Blut in die Wangen schoß. Sie sah hinunter auf Lauras Haarschopf. »Ich meine, wenn Sie arbeiten. Bis Sie einen Kindergartenplatz für sie haben. Da könnte ich sie doch vielleicht nehmen, meine ich. Ich – Sie müßten mich auch nicht dafür bezahlen.«

»Würden Sie?« rief Lea. »Würden Sie wirklich?« Sie strahlte geradezu vor Erleichterung. »Ach, ich hatte gehofft, daß Sie das sagen würden, Doris! Bei Ihnen würde ich Laura sofort lassen, Sie könnten herüberkommen, wir sind ja Nachbarn ... allerdings, das mit dem Geld kann ich natürlich nicht annehmen.«

»Wieso«, sagte Doris trocken. »Sie haben doch sowieso keins.«

»Stimmt«, sagte Lea. »Aber das ist nur im Moment ... nun gut, klar ... naja, ich könnte Sie ja dafür umsonst behandeln. Mit Massagen und sowas, ätherische Öle. Dinge, die guttun, das könnte nicht schaden ...«

»Ich glaube nicht an diesen esoterischen Quatsch«, sagte Doris und erschrak vor sich selbst. Warum konnte sie den Mund nicht halten! Was, wenn Lea sich nun über sie ärgerte und ihr Laura vorenthielt?

Aber Lea war wie üblich unbeeindruckt. »Okay, dann koche ich Ihnen vielleicht aus Ihrem Obst Marmelade?« sagte sie. »Wenn Ihnen das lieber ist?«

Massagen! Marmelade! Was für ein merkwürdiger Mensch diese Lea doch war. Sie, Doris, hatte sich im letzten Jahr nicht einmal die Mühe gemacht, all ihre Himbeeren und Erdbeeren, Mirabellen und Äpfel auch nur zu ernten.

Aber Lea hatte Laura. So etwas änderte natürlich alles.

»Sie müssen mir vorher ganz genau sagen, was ich machen muß«, sagte Doris so angelegentlich wie möglich. »Was Laura ißt, womit sie spielt. Was ich tun muß, wenn sie womöglich weint!«

Lea lachte. »Das ist ganz einfach. Laura kann Ihnen das fast alles selber sagen. Sie ist ziemlich selbständig für ihr Alter. Warum zeigst du Doris nicht schon einmal deine Sandkiste, Laura? Gehen Sie ruhig mit, Doris, ich räume so lange hier auf, ja?«

Lea hatte im Garten gearbeitet, sah Doris. Es war ganz hübsch geworden. Nicht, daß sie die Wildnis in einen Park verwandelt hätte, das nicht, aber sie hatte die Hecken gestutzt, die Äste der Obstbäume abgestützt und all das faulig Abgeblühte des Vorjahrs entfernt. Doris würde ihren Garten auch aufräumen müssen. Nicht auszudenken, wenn das Kind käme und vielleicht hinauswollte und dann womöglich über einen Ast fiel!

Der Sandkasten stand auf der Terrasse. Eine Schaufel, ein Eimer und zwei Förmchen lagen darin, rot und blau. Das war alles. Freilich, die Hattingers hatten kein Geld. Woher sollten sie teure Spielsachen nehmen!

Laura war schon dabei, ein Loch in den Sand zu graben. Doris setzte sich vorsichtig auf den Rand neben sie. Laura hielt einen Moment inne, ergriff das blaue Förmchen und streckte es Doris hin.

»Doos habn«, ordnete sie an.

Doris verstand. Sie, Doris, sollte das Förmchen haben. Sie nahm es und betrachtete es. Es hatte die Form eines kleinen Fisches.

Doos. Das war sie.

Lea erschien am Wohnzimmerfenster.

»Mir ist gerade eingefallen... Könnten Sie Laura wohl gleich übermorgen mal nehmen? Um halb drei, nur so für ein, zwei Stunden«, fragte sie. »Ich habe da einen Zahnarzt-termin... und es wäre gleich so eine Art Probelauf.«

Doris, die über den Rand des Sandkastens zu Laura hin-untergerutscht war, drehte sich nicht nach Lea um. »Natür-lich«, antwortete sie. »Ich habe doch schon gesagt, ich ma-che es gern.«

»Uaua«, sagte Bertram. »Kein L und kein R. Sehr niedlich. War der Vater vielleicht Japaner?« Er war ein wenig gereizt. Doris hatte zum Abendessen Nudeln mit Thunfisch ge-macht, obwohl Bertram keine Nudeln mochte.

Aber es war ein schnelles Essen, und sie war ja erst am Nachmittag aus Hattingers Garten zurückgekommen. Lea hatte ihnen allen Obstsalat gemacht und später Orangensaft mit Wodka, und erst als Laura hingelegt worden war, hatte Doris sich endlich verabschiedet.

»Ich muß sagen, Hut ab«, sagte Bertram. »Hut ab vor Lea Hattinger! Erst kannst du die Dame nicht ausstehen, dann läßt du dich von ihr als ehrenamtliche Arbeitskraft einspannen. Tagesmütter werden im allgemeinen bezahlt, weißt du.«

»Ach«, sagte Doris und legte die Gabel weg. »Tatsächlich? Ich muß sagen, ich lausche deinen Worten mit einigem Staunen, mein Lieber. Warst du nicht immer dieser entschlossene Verfechter der schönen Idee der Nachbarschaftshilfe? Du warst doch ganz wild darauf, daß ich mich um die Hattinger kümmere! Um die arme alleinerziehende Mutter, wie du so richtig bemerktest!«

Bertram wiegte bekümmert den Kopf hin und her, er sah mehr denn je wie ein Leguan aus. »Du attackierst mich wieder mal völlig grundlos«, sagte er, mit seiner vernünftigen Stimme. »Scheinbar bist du einfach nicht in der Lage zu begreifen, daß es Grenzen gibt. Einmal ein Kleinkind zu hüten ist ja sehr nett, aber sich in einer solchen Form einspannen zu lassen ist doch einfach dämlich! Das denke ich!«

Doris seufzte. Bertram wartete auf eine Antwort, aber zu ihrer eigenen Überraschung hatte sie keine rechte Lust, sich eine auszudenken. Sie war heute einfach nicht mit dem Herzen dabei. Tatsächlich langweilte sie das ganze Gequatsche, auch ihr eigenes. Vielleicht gerade ihr eigenes. Sie stand auf. Ordentlich räumte sie ihren Teller in die Maschine, dann wandte sie sich zur Tür.

»Es ist mir egal, was du denkst, Bertram«, sagte sie. »Wirklich! Es ist mir sogar egal, ob du überhaupt denkst.« Freundlich nickte sie ihm zu und verschwand.

Bertram starrte ihr ungläubig nach.

Die Lady saß nach wie vor im Salon der Villa unter dem Dach, aber Klavier spielte sie nicht mehr, denn ihre Kinder waren inzwischen hereingekommen: Marlene mit ihrer

Geige, das Baby (auf den Armen des Kindermädchens) und natürlich die Zwillinge.

Die Zwillinge. Warum waren es eigentlich Zwillinge? Zwillinge hatten nur zusammen eine Identität, im Doppelpack sozusagen, das einzelne Kind hatte gar kein Gewicht. Das war nicht fair, oder? Das mußte geändert werden. Doris ging in die Knie. Sie holte die Schachtel mit den Großeltern aus dem Regal vor, öffnete sie und legte den kleinen Jungen hinein. Dann schob sie die Schachtel an ihren Platz zurück. Das Mädchen, die kleine Tammy, kletterte auf den Schoß ihrer Mutter, in einsamer Wichtigkeit, während der Lord –

Aber wo war er denn überhaupt, der Lord? Er stand nicht in der Villa. Das war auf Anhieb offensichtlich. Dennoch durchsuchte Doris Zimmer für Zimmer.

Der Lord war nicht da.

Doris sah noch einmal in der Schachtel nach, vielleicht hatte sie ihn ja ganz in Gedanken zu Opa und Oma gelegt. Daß eine Puppe einfach verschwand, dergleichen war ihr noch nie vorgekommen. Sie mochte ja schusselig sein, gut, aber doch nur im Leben! Nur unten, wo es egal war! Hier oben in der Villa war sie immer voll konzentriert. Hier verfügte sie über totale Kontrolle, hier lief nichts aus dem Ruder... Sie durchsuchte die Gartenanlage, ihre Bastelkisten und die Stoffetzen-Sammlung, ohne Erfolg.

Schließlich gab sie es auf.

Dann war der Lord eben weg. Dann war er eben verschwunden, wer wußte, wohin? Vielleicht nach Australien, und in dreizehn Jahren würde er schreiben: Macht euch bitte keine Sorgen, ich züchte jetzt Schafe, das Wetter ist gut, schickt alle meine Spazierstöcke nach und die botanischen Sachbücher.

Und warum auch nicht! Sie hatte den Lord eigentlich doch ohnehin loswerden wollen. Wahrscheinlich hatte sie selbst ihn verschwinden lassen, so, wie sie manchmal ihre Schlüssel vor sich selber versteckte. Genau. So mußte es passiert sein.

Sie fühlte sich seltsam erleichtert. Sie trat einen Meter von der Villa zurück und überlegte, dann räumte sie die bemalte Truhe von der Diele ins Bauernzimmer. Unter die Treppe stellte sie eine winzige chinesische Vase mit einem Blumenstrauß darin. Aus dem Kinderzimmer der Zwillinge nahm sie einige Bauklötze, aus Marlenes Zimmer die Puppe und plazierte alles auf dem Parkett des Eßzimmers. Warum auch nicht? Geschäftsessen, Herrenabende und offizielle Dinnerpartys würden hier ja nicht mehr stattfinden. Hier wohnten jetzt nur noch Frauen und Kinder. Und die konnten es sich doch wohl gemütlich machen.

Am folgenden Tag fuhr sie gleich morgens mit dem Bus in die Kreisstadt, um in Adolf Kunzls Spielwarenladen einen Schaufelbagger, ein Windrad und eine große gelbe Sandkuchenform zu erwerben.

Laura stellte das Windrad nach einigem Nachdenken neben einem Azaleenbusch auf, gleich vorn an der Terrasse. Dann stieg sie mit dem Rest ihrer Beute in ihre Sandkiste und verlor vorübergehend das Interesse am Rest der Welt. Der Abschied Leas verlief entsprechend problemlos: Lea gab Laura einen Kuß und Doris den Zweitschlüssel zum Haus, dann ratterte sie in ihrem alten roten Kombi davon.

Und auch im weiteren schien alles glattzugehen. Laura buk mehrere Kuchen, Doris half ihr, sie mit Zweigen und Blüten zu garnieren. Sie bauten eine große Burg. Dann bekam Laura Hunger.

»Uaua Hunger«, sagte Laura.

Doris nickte. Das war kein Problem, sie würde in Leas Küche gehen und Laura ein Butterbrot machen. Laura kam mit. Sie stand in der Küche und sah sich unschlüssig um.

»Mama?« sagte sie.

»Sie kommt gleich wieder, deine Mama«, sagte Doris. »Hier, ich habe dir ein Brot gemacht.«

Laura stieß das Brot mit Entschlossenheit weg.

»Uaua Hunger!« heulte sie auf. »*Mama!*« Dann brach sie in Tränen aus.

Doris biß sich auf die Lippen. Warum hatte Lea nicht etwas hingestellt? Etwas, das man einer Zweijährigen anbieten konnte, Kekse vielleicht, oder Joghurt? Doris öffnete den Kühlschrank. Joghurt war keiner da, nur ein großer Block Tofu. Und was um Himmels willen war dieses braune, schmierige Zeug da hinten? *Real Japanese Miso* – aber dergleichen war doch nichts für ein Kind! Im Schrank waren Vollkornnudeln, brauner Reis, eine Packung getrockneter Algen und eine Tüte mit roten Bohnen. Doris spürte etwas wie Panik.

»Milch«, sagte sie zu dem brüllenden Kleinkind, »willst du ein Glas Milch haben?«

Statt einer Antwort holte Laura einmal tief Luft, dann schaltete sie in den nächsthöheren Gang. Doris begann zu schwitzen.

»Ich weiß! Einen Apfel«, sagte sie flehentlich, »hier, einen schönen Apfel – warte, ich schäle ihn dir!« Laura preßte die Händchen an ihre Stirn vor Verzweiflung.

»Uaua *Hunger*!« heulte sie. »*Mama*!« Und was, wenn Mama jetzt nach Hause kam? Doris schnitt sich mit dem Obstmesser in den Finger. Würde Lea ihr Kind je wieder Doris anvertrauen, wenn sie es in diesem Zustand vorfand? Ganz sicher nicht!

»Hör jetzt sofort auf zu schreien!« schrie Doris und bereute es sofort. Laura brüllte jetzt ohrenbetäubend. Doris spürte, wie ihr selbst die Tränen in die Augen schossen. Sie steckte den blutenden Finger in den Mund und fluchte leise und verzweifelt. Etwas mußte geschehen! Etwas mußte sofort geschehen! Sie versuchte, das Kind auf ihre Hüfte zu heben, wie Lea es tat, aber Laura wehrte sich wütend und trat sogar nach ihr.

»Komm, Laura«, rief Doris, »wir gehen jetzt in den Laden, und da kaufst du dir was Schönes.«

»Nein!« schrie Laura und versuchte, sich Doris' Arm zu entwinden, »nein! Nein! Mama!« Sie schrie so, daß sie kaum noch Luft bekam. Sie verfärbte sich schon! Wenn Lea jetzt käme!

»Schokolade«, sagte Doris, vollkommen am Ende ihrer Nerven. »Nougat, Bonbons, Kuchen, Nüsse, Kekse – Eiskrem –«

Laura verstummte.

»Eis?« fragte sie schlucksend. Doris nickte.

»Uaua Eis habn«, schniefte das Kind und fuhr sich mit der Faust in die Augen, »ja. Eis.« Doris war schwindlig vor Erleichterung. Sie schickte ein kurzes, aber tiefempfundenes Dankgebet zu allen fränkischen Schutzheiligen gen Himmel, dann packte sie Laura in ihren Buggy, hob das Gefährt die Stufen hinunter und eilte Frau Frühaufs Laden entgegen.

Auf halbem Weg drehte Laura sich um.

»Uaua Augn *naß*«, sagte sie kläglich und hob ihr verweintes Gesicht Doris entgegen. Doris kniete sich hin und wischte die Augen des kleinen Mädchens mit den Fingerspitzen ab.

»Besser?«

Laura nickte. »Doos«, sagte sie. Sie lächelte. Doris überflutete eine Welle von Stolz, vermischt mit noch irgend etwas. Als sie den Laden betrat, trug sie Laura auf dem Arm, trotz ihrer Rückenschmerzen.

Frau Frühauf (Christine!) kam natürlich sofort hinter der Kasse hervor, um Laura die Wange zu kraulen.

»Grüß Gott, Doris«, intonierte sie auf ihre übliche, ein wenig überschwenglich herzliche Art, »hallo, du süße Kleine! Ein Eis willst du haben? Ja, vielleicht ein Erdbeereis, das kleine am Stiel da? Das kaufen die Mütter doch am liebsten für kleine Kinder, naja, deine Mama nicht, die kauft ja nie Eis, aber die liebe Tante Doris hier, die wird dich schon mal verwöhnen dürfen, gell!«

Doris und Laura beugten sich über die Gefriertruhe vor den plakatbeklebten Fenstern.

»Dies da, Eis«, sagte Laura, guckte in die Truhe und zeigte. Doris guckte auch, dann sah sie auf. Durch einen Schlitz zwischen den Plakaten starrten zwei Augen.

»– und das ist wirklich so subber von Ihnen, Doris, daß Sie sich um die Kleine kümmern«, sagte Frau Frühauf, »das finden alle im Dorf, und sagen Sie mal, die Lea, wie hat die sich denn so eingerichtet, ich meine, im Haus, in dem alten Gemäuer, die hat doch bestimmt ganz andere Möbel, mehr so Blech und Metall – was haben Sie denn?« Christine Frühauf wandte sich um und folgte Doris' Blick.

Durch den Spalt zwischen den beiden Plakaten schien ungehindert die Sonne herein. Dahinter lag der verlassene Parkplatz. Doris fuhr sich mit der Hand über die Augen.

»Was meinen Sie – nichts«, sagte sie. »Lea hat wenig Möbel. Ich nehme dann also das Erdbeereis, ich zahle rasch, ich muß gleich zurück.« Sie eilte Frau Frühauf voraus zur Kasse. Während sie auf ihr Wechselgeld wartete, Frau Frühauf pausenlos redete und Laura sie an der Hand zog, um sofort ihr Eis zu bekommen, atmete Doris tief durch und versuchte zu denken. Was hatte sie eigentlich so erschreckt?

Das Starre an diesen Augen natürlich. Das Gefühl, ihrem Blick lange ausgesetzt gewesen zu sein, in aller Ahnungslosigkeit. Daß sie auf Laura gerichtet gewesen waren.

Ihre Nerven waren wirklich nicht gerade die besten. Ein Irrer, der in den Supermarkt guckte, um Laura zu fressen, tatsächlich! Wahrscheinlich handelte es sich um einen harmlosen Dorfbewohner, der auf dem Weg nach Hause mal nachsehen wollte, ob seine Frau vielleicht gerade beim Einkaufen war.

Mit Laura an der Hand trat sie hinaus auf den Parkplatz, dort war eine Bank, wo das Kind in Ruhe sein Eis verzehren konnte. Sie sah sich um. Von einem Mann war weit und breit keine Spur zu entdecken.

Am äußersten Rand des Parkplatzes stand ein schwarzer Honda. Er trug eine Münchner Nummer.

Na und? Dann war es eben der Wagen, der am Ostermontag schon einmal hier gestanden hatte! Was machte das aus? Der Mann, der in den Supermarkt hineingesehen hatte, mußte ja durchaus nicht der Fahrer sein, oder? Und selbst wenn, so gab es doch keinen Beweis dafür, daß dieser Wagen irgend etwas mit Lea zu tun hatte. Schließlich wohnten eine Menge Leute in München, und Lea konnte nicht alle kennen. Es war einfach lächerlich anzunehmen, der schwarze Honda müsse Harry gehören, Lauras Vater. Im Gegenteil, war Lea nicht sogar erleichtert gewesen, als sie ihr damals Farbe und Marke des Wagens genannt hatte?

Nein, es gab keinerlei ernstzunehmende Hinweise darauf, daß der Mann am Supermarktfenster Harry gewesen war. Man war hier schließlich in Neuendorf, nicht in einem Krimi!

Der Mann war sicher nicht Harry gewesen!

Sicher war nur eines: Lea fürchtete sich vor Harry. Sie war wegen Harry aus München weggegangen, sie war entsetzt gewesen, als Doris ihr von einem Münchner Wagen erzählt hatte, weil sie ihn zuerst für Harrys gehalten hatte, und wenn Doris ihr jetzt von dem Gesicht am Supermarktfenster berichtete oder davon, daß der Honda schon wieder hier stand, dann würde sich Lea ganz bestimmt aufregen.

Doris sah Laura an, die auf der Bank in der Sonne saß und zufrieden das Erdbeereis in ihrem Gesicht verrieb.

Wenn Lea Angst um Laura bekam, wenn sie sich Sorgen um Laura machte, dann würde sie ihre Tochter keine Minute mehr aus den Augen lassen.

Sie würde sie Doris gleich wieder wegnehmen.

Nein, das ging keinesfalls an, das würde Doris nicht zulassen können. Sie hatte dem Kind gegenüber schließlich eine gewisse Verantwortung: Sie mußte dafür sorgen, daß Lea Geld verdienen konnte, für Laura, und das konnte Lea nur, wenn sie sich nicht um Laura sorgen mußte. Und sie mußte sich um Laura nicht sorgen! Sie, Doris, war ja da. Sie war da, solange Lea es ihr erlaubte. Es war unnötig, mehr als das, es war unfair, Lea zu beunruhigen, Lea gerade jetzt mit Schauer-geschichten über einen harmlosen Ausflügler zu ängstigen, Lea hatte es sowieso nicht leicht.

Womöglich würde Lea sogar ganz Neuendorf den Rücken kehren, wenn sie von dem Auto und den Augen erfuhr!

Doris stand auf und nahm das Kind auf den Arm. Sie beschmierte sich dabei mit Erdbeereis, aber das machte ihr nichts. Lea, soviel war klar, mußte in Neuendorf sattelfest werden. Sie mußte sich wohlfühlen, damit sie hier blieb, man konnte doch so ein Kind nicht ständig entwurzeln!

Wahrscheinlich war Lea ohnehin schon längst zurück und fragte sich, wo ihre Tochter stecken mochte. »Komm, Laura«, sagte Doris fest, »wir gehen nach Hause. Und von dem Ge-spenst erzählen wir Mama am besten gar nicht.«

Tatsächlich kam Lea erst gegen sechs: Sie war, wie sie atemlos berichtete, nach dem Zahnarzt noch in die Yogaschule gefah-ren. Sie war einer Intuition gefolgt, und zum Glück! Denn gerade heute war die Frau, die bisher dort Traumreisen und geführte Meditationen veranstaltet hatte, abgesprungen, um mit einem Bolivianer nach Gomera zu ziehen, und nun konnte Lea ihre Kurse übernehmen! Nächste Woche schon würde sie anfangen, mittwochs von drei bis fünf und donnerstags abends, das heißt: Sie würde anfangen, wenn Doris solange Laura nehmen konnte?

Doris nickte, beruhigt und geschmeichelt.

»Natürlich passe ich auf Laura auf«, sagte sie, »ich habe ja sonst nichts zu tun. Aber vielleicht könnte ich sie auch mal mit zu mir nach Hause nehmen? Ich meine, ich könnte ihr Waffeln backen. Und«, sie zögerte, »ich habe ein großes Puppenhaus, wissen Sie. Das würde Laura bestimmt viel Spaß machen.«

»Ein Puppenhaus?« sagte Lea. »Wie wunderbar! Aber nicht, daß sie Ihnen etwas kaputtmacht! Sie kann natürlich zu Ihnen kommen, das ist klar, behalten Sie einfach den Schlüssel zu meinem Haus ... falls Sie etwas brauchen.«

Etwas brauchen? dachte Doris. Was denn? Miso vielleicht, oder Algen?

»Danke«, sagte sie. »Und ich dachte, Sie sollten ruhig auch einen Schlüssel von uns haben.«

»Was mach ich denn damit?« Lea schüttelte den Kopf.

»Doch, nehmen Sie ihn«, sagte Doris. »Das ist doch nur fair. Und außerdem wollte ich immer schon mal einen Schlüssel irgendwo hinterlegen, ich bin manchmal so schusselig, wissen Sie, und dann sperre ich mich selbst aus, das ist schon passiert.«

»Gut«, Lea nickte. »Aber das Puppenhaus«, sagte sie, »das will ich unbedingt auch sehen.«

»– ein ganz reizender Mann, sagt Angela, ein Amerikaner, Universitätsprofessor an einer dieser *berühmten* Universitäten, und er recherchiert in London für ein Buch. Ich bin ja so froh, daß es Angela endlich besser geht, nein, ich weiß, Doris, ich hatte dir das gar nicht *erzählt*, ich wollte dich damit nicht *auch* noch belasten, aber Angela hat eine schwierige Phase hinter sich, *seelisch*, natürlich ist das nicht Angelas Schuld, aber ich habe ja immer gesagt, nur Beruf, nur Karriere, das ist doch nichts für eine Frau, was heißt eine Frau, einen Menschen, und Angela *klang* ja gestern auch ganz anders am Telefon, also *ich* –«

»Ja doch, Mama«, sagte Doris. Sie hatte den Hörer zwischen Schulter und Ohr geklemmt und versuchte Laura daran zu hindern, das Telefontischchen zu erklimmen. »Ja doch. Hör mal, ich kann jetzt nicht endlos telefonieren, wirklich nicht«, sie streckte den Arm aus, um Laura auf den Schoß zu nehmen, aber das Kind sträubte sich. Sie war heute nicht gut gelaunt. Sie war regelrecht auf Krawall aus.

Drüben, sah sie durchs Dielenfenster, schritt Hans Birchenbacher (Hans A. Birchenbacher) durch Lea Hattingers Gartenpforte, erklomm die Stufen zur Haustür und klingelte. Da hatte er Pech. Lea war nicht zu Hause. Was mochte er übrigens von Lea wollen? Laura zog jetzt am Telefonkabel, dann versuchte sie, sich das Kabel um den Hals zu winden.

»Ja, Mama!« rief Doris ungeduldig in den Hörer. »Ich verstehe ja! Aber ich habe ein Kind hier, Mama – ja, Lea Hattingers Tochter, du erinnerst dich an Lea Hattinger – ja. Ja! Ich muß Schluß machen, Mama! Ja doch. Also tschüß dann erstmal. Ja, tschüß, Mama! Ja. Ja, an Papa auch! Tschüß!«

Aufatmend hängte sie ein. Sollte sie Hans A. sagen, daß Lea erst gegen abend wieder nach Hause kam?

Laura war jetzt auf dem Weg die Treppe hinauf. Doris konnte sie gerade noch einfangen und wieder heruntertragen. Laura schrie. Wahrscheinlich wollte sie wieder zum Puppenhaus. Das Puppenhaus hatte ihr sehr imponiert.

Das Telefon klingelte.

Doris unterdrückte einen Fluch. Sie schnappte sich das Kind, hechtete zurück zum Telefon, schaltete den Anrufbeantworter ein und beschloß zugleich, dieses Irrenhaus zu verlassen: Sie würde mit Laura auf den Spielplatz gehen.

Als sie gemeinsam aus dem Haus kamen, war Hans A. Birchenbacher längst wieder verschwunden. Aber Doris dachte ohnehin nicht mehr an ihn.

Der Spielplatz lag im Neubaugebiet, zwischen den beiden Zeilen weißverputzter Reihenhäuser. Ihr Anblick erinnerte Doris an ihre Rückenschmerzen: In Nummer 2 b nämlich wohnte ihr Hausarzt, Herr Dr. Ponti, mit seiner eleganten Frau und den beiden Kindern. Er war ein ausgezeichneter Arzt, deswegen gingen beinahe alle Neuendorfer zu ihm (außer Frau Schöpflein, natürlich). Obwohl er Italiener war. Was heißt obwohl – viele Neuendorfer schwärmten geradezu für Italien. Inzwischen war es in Neuendorf fast völlig egal, ob man Italiener war oder nicht, oder Spanier, oder Franzose, man konnte absolut jeder Nationalität angehören, solange man weiß war, aus Europa stammte und ausreichend Geld hatte.

Schließlich, man mußte die Leute ja nicht privat einladen.

Die Kinder der Alteingesessenen und der Zugezogenen allerdings trafen sich alle auf demselben Spielplatz. Oder sie hatten sich dort getroffen, bevor man damit begonnen hatte, die neuen Doppelhäuser zu bauen. Jetzt war es den Leuten zu laut hier. Nicht einmal die Ponti-Kinder waren zu sehen.

Laura blieb mitten auf dem Spielplatz stehen und rührte sich nicht mehr vom Fleck.

»Ist es dir zu laut?« fragte Doris. Laura antwortete nicht.

Doris seufzte und sah wieder zu den Häusern hinüber. Nun, der Baulärm würde wahrscheinlich bald ein Ende haben. Man war bereits dabei, die Fenster einzusetzen. Sprossenfenster, sehr schlecht zu putzen, aber marktforschungsgerecht ländlich-idyllisch. Die Häuser würden in Windeseile bezogen sein, daran hegte Doris nicht die geringsten Zweifel. Es waren wahre Neuendorfer Häuser.

»Schon für die Menschen jener frühen Epoche«, dozierte Dr. Dig auf den Bildschirmen der Berüsselten auf Alpha Centauri und stocherte in der Asche, »war ein Haus mehr als nur eine Lagerstätte für Vorräte oder ein Schutz vor den Unbilden des Wetters. Ein Haus, das war man selbst, das war die sichtbar gewordene, sozusagen nach außen gewendete Seele. Wie die Zeit verbringen, die auf Erden uns gegeben ist? Wie leben, wie sterben, wie lieben – und wird etwas von uns bleiben, wenn wir nicht mehr sind? Diese uralten Menschheitsfragen bewegten auch die Bewohner dieser in grauer Vorzeit verschütteten Siedlung. Sie wollten Antworten – und die Baumeister dieser Häuser suchten sie ihnen zu geben, suchten festzuschreiben, wie die Insassen ihrer Häuser zu leben hatten.

Die Forschung der letzten Jahre hat inzwischen viele Rätsel dieser alten Kultur lösen können. Wir wissen, daß die Mahlzeiten in diesen acht Häusern in Eßecken mit identischen individuellen Erkern eingenommen wurden. Die Frauen machten die Hausarbeit vorwiegend allein, denn die acht identischen individuellen Landhausstil-Küchen erledigten

Bitten um Mithilfe durch Platzmangel. Gezeugt wurde in Ehebetten der Maße 180 x 200, mittig gegenüber dem Einbauschrank aufgestellt, und zwar maximal zwei Kinder, eine Mehrfachbelegung der Kinderzimmer verbot sich aus humanitären Gründen. Nach vorne zu lagen die Doppelgaragen. Nach hinten war neben dem Teich der Grill für die in dieser Gegend unerläßlichen Thüringer Bratwürste eingemauert. Und in den acht Wohnzimmern ließen sich mühelos je eine Couchgarnitur, ein Fernsehschrank und ein kleines Bücherregal unterbringen, solange man keine ausländischen oder antiken Möbel kaufte und die Sofas an die Außenwand stellte – ebendie Sofas«, und hier machte Dr. Dig eine Kunstpause, während derer sich seine Zuhörer wohlig zu gruseln begannen, »auf denen erst im letzten Jahr diese wunderbar erhaltenen Mumien gefunden wurden. Genau hier wurden die Bewohner von jenem verheerenden Ascheregen überrascht, der alles Leben für immer unter sich begrub. Keiner entkam, und ein Fluchtversuch –«

»Jetschiebaldamalaweng!«

Des Archäologen Redefluß brach jäh ab. Doris sah sich um. Auf einem der Doppelhausdächer stand ein Mann und zog an einer Latte, die ein anderer unten festhielt.

»Jetschiebaldamalaweng!« hallte es ein weiteres Mal über die Baustelle. Doris übersetzte, mittels Ergänzung der fehlenden Konsonanten. Jetzt schieb halt einmal ein wenig.

Ah so.

Der unten schob. Der oben zog. Dr. Dig war erschrocken nach Hause geflogen. Und Laura betrachtete noch immer die Klettergerüste und Blockhäuschen, die Rutschen, Wippen und Schaukeln mit durchaus ernsthaftem Interesse, aber sie rührte sich nicht.

Doris war auf einmal sehr müde. Es war laut. Es war kühl. Es war, alles in allem, eine idiotische Idee gewesen hierherzukommen. »Willst du schaukeln?« fragte sie Laura.

Laura nickte. »Huiii«, sagte sie, »oben.«

Doris verstand und fühlte sich auf diffuse Weise stolz. Sie schubste die Schaukel an. Laura schaukelte. Sie lächelte nicht. Sie schaukelte ausgesprochen konzentriert. Ihre Haare umstanden ihr Gesicht wie knallroter Entenflaum.

»*Mehr* oben«, befahl sie.

Doris dachte nicht mehr an die Unwägbarkeiten des fränkischen Dialekts oder an Dr. Dig. Sie schubste kräftiger. Und schubste. Und schubste. Und während sie noch schaute und schubste, tauchte hinter den Häusern, zwischen den unverputzten Neuendorfer Mauern, plötzlich ein Wagen auf, holperte über den aufgerissenen braunen Boden der Baustelle, erreichte die Straße und entfernte sich dann gen Osten, in Richtung Felserwäldchen. Es war ein schwarzer Honda. Das Nummernschild hatte Doris nicht erkennen können. Das war allerdings auch nicht nötig. Sie hätte einen Eid darauf geschworen, daß es mit einem M begann.

»Uaua hunter«, sagte Laura.

Doris half Laura von der Schaukel herab. Ihr Herz klopfte hart, beinahe schmerzhaft.

Dabei war das natürlich die beste Erklärung für alles! Der Fahrer des schwarzen Honda trug sich wahrscheinlich mit dem Gedanken, eines dieser Häuser zu kaufen. Vielleicht gehörten ihm die Häuser sogar, vielleicht war er der Bauherr, einer der Bauherren, ein Geldgeber oder irgend etwas, warum sollte ein Münchner nicht in Neuendorf Häuser bauen, und wenn er das tat, dann war es doch normal, daß er mal vorbeikam und sie sich ansah, oder? Daß er sich die Gegend ansah.

Die Kühltruhe des Sparladens, durch die Fensterscheibe. Den Parkplatz, am Ostermontag-Nachmittag – Doris schüttelte sich. Warum steigerte sie sich schon wieder in etwas hinein? Sie ging zu Laura, die vor dem Klettergerüst stand.

»Willst du da hoch?« fragte Doris. »Ich halte dich fest, wenn du willst. Was hast du denn da? Eine Katze? Die haben wir doch gar nicht mitgebracht!«

Die Katze war aus Plüsch und grau getigert. Laura preßte sie an sich, ihr Gesicht leuchtete wie bei ihrer Mutter, von innen, obwohl sie noch nicht einmal lächelte.

»Wo hast du die denn her?« fragte Doris. »Am besten, du legst sie wieder dahin zurück, wo du sie gefunden hast. Sicher hat sie ein Kind aus den Häusern dort drüben hier vergessen. Es kommt bestimmt zurück und sucht sie.«

Laura beachtete Doris gar nicht. Sie schmiegte ihre Wange an das Katzenköpfchen und schloß die Augen. Es war eine innige Geste, seltsam erwachsen, rührend bei einem so kleinen Kind. Doris hob hilflos die Schultern. Dann sollte Laura das Tier eben mitnehmen.

Lea kam gegen sechs und wollte das Puppenhaus sehen. Doris führte die beiden hinauf. Immer wenn sie die Villa einem Fremden zeigte, war ihr das einen Moment lang merkwürdig. Es war ein nacktes Gefühl, als liefere sie selbst sich dem Betrachter aus.

»Aber das ist ja absolut wundervoll!« sagte Lea. »Diese winzigen Sachen! Ein Tuschkasten, sieh mal, Laura, und da das Nähkästchen ... darf ich das mal ... aber da sind ja sogar Knöpfe drin! So etwas habe ich noch nie irgendwo gesehen! Und das haben Sie alles selber gemacht?«

Doris nickte. Ihre Wangen begannen zu glühen.

»Wissen Sie was?« sagte Lea. »Dieses ganze Haus sieht aus wie die Interieurs in den klassischen englischen Krimis, die ich früher so gerne gelesen hab. Wo man sich direkt daran berauschen konnte, wie die alle wohnten, bevor es ihnen ans Leder ging, mit ihren englischen *conservatories* voller Palmen und ihren Kaminen ... und den Ledersofas in der Bibliothek, wo dann die Leiche dahinter lag, ganz wie bei Ihnen eben.« Sie hatte sich vorgebeugt und betrachtete die Lady in ihrem Salon.

»Und wie echt alles aussieht«, murmelte sie. »Lebendig, beinahe ... und die Puppen ... als Kind, wissen Sie, Doris, da habe ich einmal einen Puppenspieler gesehen. Vielleicht war ich gar kein Kind mehr, ich erinnere mich so genau, die Figuren, Marionetten waren es wohl, eine Prinzessin, ein Räuber... ein Zauberer... Zuerst gefielen sie mir nicht, sie sahen so tot aus. Aber dann war es, als ob der Puppenspieler sie lebendig machte... ihnen von seinem Leben abgab, sozusagen, und nicht nur, weil er sie bewegte, sondern wegen der Gesichter. Sie hatten sehr ausgeprägte Gesichter, diese Puppen, und natürlich waren die Züge vollkommen starr. Aber auf einmal weinte die Prinzessin. Und der Räuber lachte, höhnisch... man sah es. Man sah, daß die Puppen ihren Gesichtsausdruck veränderten, obwohl natürlich zugleich die Prinzessin weiterhin ihr starres Lächeln hatte und der Räuber sein zorniges Glotzen. Die Figuren bewegten sich, wohin sie wollten, man sah ja die Fäden nicht, mit denen der Mann sie bewegte... man sah ja noch nicht einmal den Mann...«

»Sind Sie deswegen Schauspielerin geworden?« fragte Doris.

Lea sah verblüfft auf.

»Jetzt, wo Sie mich das fragen... ja, ich glaube schon. Ich habe daran noch nie gedacht... aber ja.« Sie schüttelte den Kopf. »Es ist schon komisch, nicht wahr? Nichts erklärt einem mehr über sich selbst als anderer Leute Fragen. Vielleicht, daß deswegen Therapie – Laura, gib acht! Stell das hin! – Nicht daß Ihnen das Kind noch etwas kaputtmacht!«

Aber Laura war vorsichtig. Sie war ganz ungewöhnlich vorsichtig für ein kleines Kind, dachte Doris, so bemüht, nichts zu zerbrechen, so geschickt, Doris hatte sie vorhin, vor dem Ausflug zum Spielplatz, sogar Marlene in die Hand nehmen und hinunter in die Eingangshalle stellen lassen.

Wo Marlene jetzt nicht mehr war.

Doris hatte eine Art Schwächegefühl im Magen. Ihre Augen flogen von Zimmer zu Zimmer.

Marlene stand in ihrem Zimmer im zweiten Stock. Sie stand am Bett und starrte vor sich hin. Sie sah aus wie ein Kind, das ungerechtfertigt eingesperrt worden ist. Und so war es. Die Tür zur Mädchenkammer war von außen mit einem schweren Wäscheschrank verbarrikadiert worden. Vor die Tür zum Bad hatte jemand eine Truhe geschoben.

Jemand.

Jemand hatte die Puppen umgestellt und die Möbel. Und es konnte ja wohl nicht Laura gewesen sein, Doris hatte Laura keinen Moment aus den Augen gelassen, und ohnehin konnte die Zweijährige ja gar nicht so hoch hinaufreichen.

Aber wer war es dann gewesen? (Und wo war der Lord?) Vielleicht war Laura ja auf einen Stuhl gestiegen, vielleicht hatte Doris eben doch nicht die ganze Zeit hingesehen?

»Laura«, sagte Lea. Etwas an ihrem Tonfall riß Doris aus ihren Überlegungen.

Lea starrte die kleine graue Plüschkatze an, die Laura vorhin an der Tür zurückgelassen und nun wieder aufgehoben hatte.

»Wo ist das her«, sagte Lea.

Doris räusperte sich. Einen Moment lang erwog sie zu sagen, sie habe das Kätzchen Laura gekauft. Aber warum eigentlich?

»Wir haben es auf dem Spielplatz gefunden. Laura war ganz begeistert«, sagte sie schließlich.

Lea antwortete nicht. Sie kauerte vor ihrer Tochter, eine tiefe Falte zwischen ihren Augenbrauen. »Gib mir das«, verlangte sie.

»Nein«, sagte Laura und starrte ihre Mutter böse an. »Meine.«

»Ich gebe sie dir gleich wieder. – Laura!«

»Nein! Meine, nein!«

Ohne ein weiteres Wort streckte Lea die Hand aus. Laura schrie auf und versuchte, nach ihrer Mutter zu treten. Lea kümmerte sich nicht darum. Sie entwand dem Kind das Stofftier mit Gewalt, dann drehte sie die Katze um und begann ihren Bauch zu untersuchen.

Laura lag auf dem Boden und schrie. Als Doris sich über sie beugte, schlug sie nach ihr. Aber sie wußte ja gar nicht mehr, was sie tat, sie war außer sich, sie tat Doris entsetzlich leid. Einen Moment später gab ihr Lea die Katze zurück.

»Da, ist ja gut«, murmelte sie. »Ist ja gut. Mama mußte die Katze doch nur einen Moment ansehen... ist ja alles wieder gut.«

Laura preßte das Kätzchen an sich. Ihr Weinen ging in eine Art Schlucksen über. Das Schlucksen erschütterte ihren Körper. Lea kauerte sich neben ihr nieder. »Ist das das Mohrchen?« fragte sie leise.

Laura versuchte zwischen den Schlucksern zu nicken. Sie hatte rote Flecken im Gesicht. Doris riß die Geduld.

»War das wirklich nötig?« fragte sie scharf. »Wäre das nicht auch anders gegangen? Sie sind mir ja eine schöne Therapeutin!«

Lea zog das Kind an sich, dann sah sie Doris abwesend an.

»Ja«, murmelte sie, »wahrscheinlich schon. Daß ich Therapeutin bin, heißt ja nicht... aber es tut mir leid. Nur, Sie können nicht ahnen«, sie fuhr mit den Händen durch ihre roten Haare, »die Katze sieht genauso aus wie ein Stofftier, das Harry einmal für Laura gekauft hat. Laura hat sehr daran gehangen... sie hing an Harry, Kinder wissen ja nicht... Dann irgendwann, wir wohnten schon nicht mehr zusammen, war die Katze plötzlich weg. Laura war untröstlich. Ich habe natürlich versucht, eine neue zu kaufen, aber dieselbe habe ich nicht bekommen können. Und als ich jetzt dieses Kätzchen sah, hätte ich zuerst schwören können... hatte ich geglaubt... aber es ist nicht dasselbe Kätzchen, es hat keine Naht am Bauch. Mohrchens Bauch war gestopft, mit grüner Wolle. « Lea stand auf, und das Kind schlang die Arme um ihren Hals. »Wo, sagten Sie, haben Sie das gefunden? Am Spielplatz? Na... es ist wohl alles nur ein Zufall.«

Sie waren schon in der unteren Diele, als Doris sich plötzlich wieder an Hans Birchenbachers Besuch bei Lea erinnerte.

Lea stöhnte. »Der findet immerzu einen Grund, bei mir zu klingeln«, sagte sie und zog ein Gesicht. »Und dann hockt er bis in die Nacht an meinem Küchentisch und schwärmt von Amerika und versucht, mich zum Los-Angeles-Fan zu machen. Und meckert rum wegen Agnes ... Ich bin froh, daß ich nicht da war. Na. Bis morgen dann also!« Sie winkte Doris noch einmal zu und verschwand.

Doris schloß die Tür hinter ihr.

Hans A. meckerte rum wegen Agnes? Wieso? Die Birchenbachers hatten doch eine gute Ehe. Und wieso meckerte er ausgerechnet bei Lea? Es war ein bißchen merkwürdig, aber es mußte wohl stimmen, schließlich hatte sie selbst ihn ja vorhin bei Lea klingeln sehen.

Nun, und eigentlich ging es sie wohl nichts an.

Dann fiel ihr wieder der Anruf von vorhin ein. Sie drückte auf den Wiedergabeknopf des Anrufbeantworters. Der Piepton erklang. Dann, nach der üblichen kurzen Pause, piepte es nochmals. Der Anrufer, wer immer es gewesen war, hatte aufgelegt, ohne eine Nachricht zu hinterlassen.

»Mit dem Gärtner, da hätten Sie mal besser erst mich gefragt«, sagte Frau Schöpflein indigniert. »Der Bauhans-Klaus, der hätte was getaugt – aber der Hübners-Gerd? Der macht Ihnen nur Gerede und jede Menge Dreck.«

Galaber und an fazzn Drack.

Doris, die unter der brennenden Junisonne mit ihren Einkaufstüten am Gartenzaun stand, unterdrückte jede Bemerkung. Bemerkungen machten alles nur schlimmer. Sie schürten Frau Schöpfleins rhetorisches Feuer erst richtig.

Aber warum mußte sie sich dergleichen überhaupt anhören? Statt daß die Frau froh war, wenn Doris endlich ihren Garten in Ordnung bringen ließ! Natürlich tat Doris das nicht etwa für Frau Schöpflein, sondern für sich. Oder für Laura, genauer gesagt.

Sie hatte Laura jetzt so gut wie täglich bei sich, denn zu

ihrem beständigen Erstaunen schien es tatsächlich Interessenten für Leas Kurse und Therapiestunden zu geben. Natürlich nicht in Neuendorf selbst. Die meisten Kunden (oder Patienten oder Schüler oder wie immer man sie auch nannte) kamen aus der Kreisstadt oder von noch weiter her, sogar aus Nürnberg. Und sie kamen zu Lea nach Hause, was wiederum bedeutete, daß Doris mit Laura weggehen mußte, denn daheim ließ Laura ihrer Mutter keine Ruhe. Also gingen Doris und Laura zum Plantschen an den Hahnenteich, zum Blumenpflücken über die Wiesen bis zum Felserwäldchen und gelegentlich auch auf den Spielplatz.

Aber man mußte vorausdenken. Das Wetter würde nicht ewig schön bleiben. Bis zum Herbst spätestens mußten das Beringsche Haus, der Beringsche Garten lauragerecht sein. Also hatte Doris einen Gärtner angeworben, eben jenen Gerd Hübner, der nun der nachbarlichen Verunglimpfung ausgesetzt war, und nächste Woche sollte die Putzfrau anfangen: Maria, dieselbe, die bei Frau Frühauf im Laden saubermachte. Küche, Wohn- und Eßzimmer hatte Doris sogar schon selbst aufgeräumt.

Ja, das hatte sie, und eigentlich war es ganz leicht gewesen. Sie hatte sich diesmal einfach keine großen Gedanken dabei gemacht, sondern beharrlich vor sich hin gewerkelt, und als sie sah, daß sie vorankam, hatte es ihr sogar Spaß gemacht. Nun, beinahe. In gewisser Weise jedenfalls.

Es gab natürlich noch viel zu tun. Sehr viel sogar, und sie hatte weder Zeit noch Lust auf das Schöpfleinsche Geschwätz. Sie überlegte, wie sie auf halbwegs höfliche Weise das Weite suchen konnte. Aber Frau Schöpflein hatte bereits das Thema gewechselt. Sie sprach jetzt von Lea Hattinger.

»Ich möchte wirklich mal wissen, was die da eigentlich treibt!« sagte sie, »Therapie nennt sie das, ihren Humbug! Und dann kommen womöglich alle möglichen Verrückten hierher, Gemeingefährliche und überhaupt, dabei ist die noch nicht einmal Ärztin, die Hattinger, das hat die selber zugegeben! Eine Kurpfuscherei ist das, sage ich! Den Leuten das Geld aus der Tasche ziehen! Das gehört doch verboten!«

Doris zuckte die Achseln. Ihr war es egal, womit Lea ihr Geld verdiente. Urschreitherapie, Phantasiereisen, Trance – Lea hatte einmal versucht, ihr all das zu erklären, aber Doris hatte nicht zugehört. Sie glaubte an den ganzen Firlefanz so wenig wie Frau Schöpflein. Aber im Gegensatz zu Frau Schöpflein war es ihr wichtig, daß Lea Geld verdiente. Natürlich hätte sie, Doris, nie zugelassen, daß es Laura an etwas fehlte, aber sie gab sich keinen Illusionen hin. Lea mochte zur Zeit Doris' Hilfe annehmen, weil ihr kaum etwas anderes übrigblieb, zur Almosenempfängerin war sie deswegen jedoch noch lange nicht geschaffen. Wenn Lea in Neuendorf kein Geld verdiente, dann würde sie aus Neuendorf weggehen. Sie würde Neuendorf verlassen. Mit Laura.

Frau Schöpflein beugte sich vor und senkte die Stimme.

»Und wissen Sie was?« zischte sie. Nur mit Mühe widerstand Doris der Versuchung, ihr Gesicht mit der Hand abzuschirmen. »Wissen Sie, wer auch zu der Hattinger geht? Die Agnes! Die Agnes Birchenbacher! Daß der Hans das erlaubt versteh ich ja nicht. Daß er ihr das nicht verbietet! Ich mein, wer weiß, was die da tatsächlich treiben, hinter ihren verschlossenen Türen? Gestern zum Beispiel – haben Sie das gehört? – gestern hat da drüben einer geschrien! Geschrien, aber wie – was sag ich, gekreischt hat der!«

Die feinen geborstenen Äderchen auf Frau Schöpfleins Wangen und Nase hatten einen Stich ins Bläuliche angenommen, bemerkte Doris. Sie sah aus wie jemand, der heimlich trank, aber wahrscheinlich war das nicht wahr. Wahrscheinlich litt sie nur unter Couperose.

Ob sie Frau Schöpflein erzählen sollte, daß Hans A. sich durchaus über seine Gattin beschwerte – und zwar bei Lea? Nein, keinesfalls. Das wäre Wasser auf die Schöpfleinsche Mühle gewesen, und Doris mußte an Laura denken. Was Lea schadete, tat Laura nicht gut.

»Frau Hattinger hat eben ihr Kind zu versorgen«, warf sie ein, wider besseren Wissens. »Und das mit der Therapie, das bringt Geld.«

Frau Schöpflein klopfte Doris verständnisinnig die Hand. Dann winkte sie ab.

»Ich weiß schon, daß Sie auf die Laura aufpassen«, sagte sie, »und das ist Ihnen ja auch hoch anzurechnen. Schließlich, das arme Kind, mitten unter dem ganzen Gesocks! Aber lassen Sie sich deswegen bloß nicht von der Hattinger einwikkeln! Eine Schlampe ist das, die Hattinger, das sage ich Ihnen! Therapie! Die Agnes, die wär doch normal auf solche Ideen gar nicht gekommen – bloß weil die Hattinger hergekommen ist!«

Wail die Haddinga harkümma is.

Doris, die ihre Hand vorsichtshalber in die Rocktasche geschoben hatte, spürte eine unerwartete Aufwallung echter Sympathie für Lea Hattinger. Wer von der Schöpflein attackiert wurde, war ihr Freund, oder doch mindestens ein Verbündeter. *Per definitionem*, wie ihr Vater gesagt hätte.

»Erst die da unten aus dem Neubaugebiet«, sagte Frau Schöpflein, »und jetzt auch noch die Hattinger, und mitten hinein in unsere Straße auch noch!«

Doris reichte es. Entschlossen setzte sie dazu an, den Redefluß ihrer Nachbarin endgültig abzuwürgen, wenn es sein mußte mit Gewalt. Aber zu ihrem Erstaunen war das gar nicht mehr nötig. Ganz und gar wider ihre Gewohnheit nämlich war Frau Schöpflein bereits von alleine verstummt. Sie wirkte gebrochen. Der moralische Verfall der Finkenstraße zermürbte sie seelisch, soviel war klar.

Doris hatte nichts dagegen. Dieses eine Mal fühlte sie sich mit den zermürbenden Weltläuften völlig im Einklang. Hurtig ergriff sie ihre Einkaufstaschen und machte sich durch den Garten von dannen, bevor Frau Schöpflein sich womöglich wieder erholte.

Agnes Birchenbacher also ging zu Lea in Therapie. Nun, Geld dafür hatten die Birchenbachers ja, und Agnes war sowieso nie ganz dicht gewesen, mit ihrem Udo und seinen nur in ihrer Phantasie vorhandenen Qualitäten. Agnes fehlte jedes Realitätsbewußtsein. Aber vielleicht würde die Therapie sie ja ein wenig von ihrem Sohn ablenken. Alles, was Agnes von Udo ablenkte, konnte ihr in Doris' Augen nur guttun.

In der Küche packte Doris ihre Einkäufe aus. Sie sah auf die Uhr. Sie hatte jetzt einen regelrechten Stundenplan, eine feste Zeiteinteilung, fast wie jemand, der arbeitete. Heute nachmittag zum Beispiel kam wieder Laura, und sie wollte vorher noch Kuchen backen. Lea mochte es vernünftigerweise nicht sehr, wenn Doris dem Kind das wertlose weiße Kuchenzeugs aus der Bäckerei Sonne holte, also buk Doris neuerdings selbst: mit Vollkornmehl aus dem Bioladen in der Kreisstadt, den Lea ihr gezeigt hatte, und mit braunem Zucker. Sie hatte sogar echte Vanille gekauft, sündhaft teuer.

Sie stand am Küchentisch, schlug Eier von Bauer Kleins Freilaufenden schaumig und summte. *Muhkuh aus Halberstadt, bring doch meinem Kindchen was. Was soll ich ihr bringen? Ein Paar Schuh mit Ringen, ein paar Schuh mit Gold beschlagen, die soll meine Süße tragen.* Es war, bei Lichte besehen, ein ziemlich albernes Lied. Für *Kindchen* und *Süße* konnte man natürlich auch *Laura* einsetzen. Oder *meine Töchter*, wie es einstmals Henriette Fahrensdorff getan hatte. Oder *mein Liebchen, mein Fröschlein*, wie Doris während der Schwangerschaft. Danach hatte sie das Lied nie wieder gesungen.

Spät am Abend – die Berings hatten sich gerade in seltener Einigkeit vor den Fernseher gesetzt, um Fertigpizza zu essen und sich zum x-ten Mal *Mitternachtsspitzen* anzusehen – klingelte es Sturm. Bertram fluchte. Aber er erhob sich und ging zur Tür.

Doris blieb sitzen. Sie liebte *Mitternachtsspitzen*. Wieviel

Mühe Doris Days Gatte darauf verwendete, seine Frau in den Wahn zu treiben! Welch Ausmaß an Phantasie, Geduld, Einfühlungsvermögen er entwickelte – wo er sie doch genausogut in einer dunklen amerikanischen Großstadt-Seitengasse hätte erschlagen lassen können! Zweifellos hätte ein Bruchteil desselben Energieeinsatzes genügt, um mit dem Mordopfer in spe eine vorbildliche Ehe zu führen.

Doris Day erschien auf dem Bildschirm, Zahnpastageruch verbreitete sich im Raum, ihre zementierte Innenrolle wippte.

In der Diele erklang Leas Stimme. Doris Bering sprang auf und hörte gerade noch, wie Bertram brüllte: »Bin gleich wieder da!« Dann fiel die Tür ins Schloß. Vom Dielenfenster aus sah sie die beiden über die Straße rennen. Bertram war in Hausschuhen. Und hatte Leas Stimme nicht etwas Panisches an sich gehabt? Ob sie den beiden hinterherlaufen sollte?

Aber man hatte sie ja nicht um ihre Anwesenheit gebeten. Ihre Anwesenheit war offensichtlich ganz unnötig. Und wenn etwas mit Laura gewesen wäre, eine Krankheit, ein Unfall, dann hätte Lea das Kind sicher mit herübergebracht. Und sie hätte Doris gerufen, nicht Bertram.

Oder?

Doris ging zurück zum Fernseher, sah zu, wie Doris Day um ein Haar unter den Bus kam, und pickte eine Olive von der erkaltenden Pizza. Aber sie konnte sich nicht mehr auf den Film konzentrieren. Statt dessen dachte sie an den schwarzen Honda und den Mann im Supermarkt. Und dann fielen ihr, aus irgendeinem Grund, ihre Puppen ein. Marlene, die von irgend jemandem eingesperrt worden war.

Nun, wahrscheinlich eben doch von ihr selbst. Wahrscheinlich hatte sie es einfach vergessen, sie kam ja kaum mehr dazu, sich mit ihrer Villa zu beschäftigen, wenn sie es sich recht überlegte, war sie seit fast einem Monat nicht mehr oben gewesen.

Bertram blieb über eine halbe Stunde bei Lea. Als er zurückkam, hatte Doris gerade ihre Straßenschuhe angezogen.

»Tut mir leid, daß es so lange gedauert hat«, sagte er. »Aber Lea war fest davon überzeugt, es wäre jemand bei ihr im Garten.« Er schüttelte den Kopf.

Doris spürte eine Art Kribbeln im Nacken. Es war ein kaltes, ekliges Gefühl.

»Und?« sagte sie, betont angelegentlich, während sie die Schuhe wieder auszog. »Hast du jemanden gesehen?«

»Natürlich nicht«, sagte Bertram, »keine Spur von irgendwem. Ich habe den ganzen Garten durchsucht, jeden Busch, aber da war gar nichts. Wahrscheinlich hat sie sich das Ganze nur eingebildet. Na ja, man kann nie wissen, ich habe ihr geraten, Außenjalousien anbringen zu lassen. Vielleicht hat sie ja einen heimlichen Verehrer.« Er lachte auf.

Doris unterließ es, ihn darauf hinzuweisen, daß Verehrer, die Frauen in ihren Häusern bespitzelten, ihrer Meinung nach eher geringen Anlaß zur Heiterkeit boten. Statt dessen überlegte sie ernstlich, ob sie nicht doch mit Lea über das Münchner Auto und seinen Fahrer sprechen sollte.

Aber andererseits – womit konnte sie die Tatsache rechtfertigen, daß sie so lange den Mund gehalten hatte? Und wahrscheinlich war ja alles nur Einbildung. Nichts als Einbildung, wirklich, es hatte doch keinen Sinn, die Pferde scheu zu machen. Vielleicht kamen Lea Hattinger und sie etwas frühzeitig in die Wechseljahre.

»Tut mir leid, daß ich Sie gestern noch so spät gestört habe«, sagte Lea, als sie am nächsten Tag das Kind zu Doris brachte. »Aber ich war ganz schwach vor Angst. Da war dieser Schatten am Fenster, und dann dachte ich, es wäre etwas zwischen den Bäumen, oben an der Hecke, ich war fast sicher ... natürlich habe ich gleich an Harry gedacht. Sie wissen schon, mein Exmann. Ich dachte, das ist jetzt Harry, er will mich, nun, ein bißchen verunsichern ...« Ihr Auflachen klang gezwungen. Sie sah müde aus.

»Aber Bertram hat ja alles abgesucht und niemanden gefunden«, sagte Doris. »Vielleicht haben Sie sich alles nur eingebildet.«

Lea zog die Schultern hoch und starrte durch Doris hindurch.

»Vielleicht«, murmelte sie. »Andererseits, vielleicht war er auch einfach schon weg, als Bertram kam...«

Doris nahm Laura in die Arme. Jetzt, im hellen Licht des Tages, in ihrer eigenen Küche, erschien ihr Lea mit ihren heruntergetretenen Säumen und ihren Wallegewändern, ihren Andeutungen und Plüschkatzen und mysteriösen Befürchtungen absurder denn je.

Wenige Tage später aber hetzte Lea ein weiteres Mal zu Berings hinüber, weil angeblich jemand in ihrem Garten herumkroch. Diesmal nahm Bertram sich die Zeit, seine Schuhe anzuziehen. Und er nahm eine Taschenlampe mit. Aber fündig wurde er nicht.

»Geister«, knurrte er, als er wieder nach Hause kam. »Die Frau sieht Geister, das sage ich dir.«

Am nächsten Morgen berichtete Lea, daß jemand ihre Wäsche gestohlen hatte. Sie war ziemlich aufgeregt.

»Von der Leine im Garten«, sagte sie, »stellen Sie sich das vor! Und nicht mal die ganze Wäsche. Nur Unterwäsche. Und nur die besten Stücke, schwarze Spitze, Dior, wunderschön... ich bitte Sie, Doris! Wer macht denn sowas!«

»Ein Wäschefetischist«, sagte Doris. Sie war erleichtert. Sie fühlte sich wunderbar beruhigt. Wie gut, daß sie den Mund gehalten und nichts von dem schwarzen Auto erzählt hatte! »Einfach irgendein Typ, der auf Wäsche steht, Lea. Unangenehm, aber natürlich vollkommen ungefährlich. Solche Leute tun einem bekanntlich nichts. Haben Sie den Diebstahl schon angezeigt?«

Lea lachte zornig auf.

»Bitte, Doris, seien Sie nicht albern«, sagte sie. »Meinen Sie, die Dorfpolizei geht meine Unterhosen suchen? Die kommen höchstens her und sagen mir, daß die Hausratversicherung bei Einbruch nur zahlt, wenn ich immer meine Türen abschließe. Das weiß ich aber schon, und versichert bin ich sowieso nicht. Und überhaupt... was glauben Sie wohl, was ich für Erfolg habe, wenn ich den Neuendorfer Landpolizisten sage, meine Reizwäsche wäre von der Leine verschwunden? Lacherfolge! Ich meine, es ist doch pervers. Diese Dorfbewohner sind wirklich pervers! Sowas ist mir in... in zehnstöckigen Mietshäusern auf der Reeperbahn nicht untergekommen!«

»Nein«, sagte Doris. »auf der Reeperbahn kann man ja auch die wildesten Wäschestücke im Laden kaufen. Aber hier vielleicht nicht, oder die Männer trauen sich einfach nicht, sowas zu verlangen. Schließlich kennen ihre Gattinnen ja alle Verkäuferinnen beim Vornamen.«

»So«, sagte Lea grimmig. »Aha! Na, dann ist das alles ja weiter kein Problem. Dann geh ich jetzt in die Stadt zu C&A und kauf Baumwollripp. Weiß... kochfest. Wenn Sie recht haben, müßte dann ja wohl Ruhe einkehren.«

Es schien so. Lea ließ Jalousien anbringen und sagte hinfort nichts mehr von nächtlichen Besuchern, und am zweiten Wochenende im Juli veranstaltete sie ihren ersten Workshop.

Acht Leute hatten sich angemeldet, berichtete sie Doris: zwei aus der Kreisstadt, drei aus Nürnberg, und ja, es kämen sogar Freunde aus München, von früher. Es ginge um frühkindliche Traumata, denen man sich mit Selbsthypnose-Techniken annähern wolle. Eine sehr anstrengende Sache. Natürlich würden die Leute bei ihr übernachten, am Freitagnachmittag sei bereits Anreise. Ob Doris wohl tagsüber Laura nehmen könnte? Ach ja, und Samstagabend sollte es ein großes Essen geben, ob Doris Lust hatte zu kommen?

Nein, dazu hatte Doris keine Lust. Leas Firlefanz! Aber das Kind würde sie selbstverständlich gern nehmen, das Wetter versprach schön zu werden, sie würden an den Hahnenteich gehen.

Sie holte Laura rechtzeitig ab, um drei Uhr. Sie klingelte nicht. Das Schrillen der Türglocke, hatte Lea ihr erklärt, störte hier immer nur jemanden: Leas Sitzungen mit Kunden, Leas Meditationen, Lauras Nachmittagschlaf, es war besser, wenn Doris selbst aufschloß.

Anfangs war das Doris gar nicht recht gewesen. Unwillkürlich hatte sie die Diele jedesmal auf Zehenspitzen betreten und sich dabei wie ein Eindringling gefühlt. Also begann sie, immer schon an der Tür laut nach Lea zu rufen, was aber zugegebenermaßen der Aktion jeden Sinn nahm.

Inzwischen hatte sie sich einigermaßen daran gewöhnt. Sie kam nie überraschend, sondern nur nach vorheriger Absprache. Dann schloß sie auf und ging direkt in die Küche. Bei Hattingers wurde nämlich in der Küche gewohnt, das Wohnzimmer diente als Übungsraum. Eigentlich war das ganz praktisch. Wozu, bei Lichte besehen, brauchte man eigentlich ein Wohnzimmer? Auf den alten Neuendorfer Höfen war die Gute Stube früher nur zu Weihnachten und Ostern geöffnet worden, und das hatte eine Menge Putzerei gespart. Und wozu brauchte man eine ganze Villa? Doris überlegte zur Zeit ernstlich, ob sie nicht ein Bauernhaus entwerfen sollte. Aber natürlich kam sie nicht dazu. Sie verbrachte einfach zuviel Zeit mit Laura und Lea.

In Leas Diele herrschte das helle Chaos. Lea hatte das Übungszimmer völlig leergeräumt, bis auf Decken und Matratzen. Ihre neuen Jalousien waren halb heruntergelassen. Unschlüssig sah Doris sich zwischen Topfpflanzen, Kerzenständern, Lampenfüßen und Bildbänden nach einem Platz um, wo sie ihre Schuhe abstellen konnte.

Aus dem Dämmer löste sich Lea, erhitzt und mit wilder Frisur.

»Selbsthypnose, wie gesagt«, sagte sie und machte eine weitausholende Armbewegung in Richtung Therapieraum, »Atemtechniken… Trance… es wird sehr spannend werden!« Sie strahlte.

Laura kam aus der Küche und zupfte an Doris' Badetasche. »Wasser?« fragte sie erwartungsvoll. »Laura auch *mitgehn, Teich mitgehen, Wasser reingehn, schwimmen*!« Seit kurzem konnte sie ihren Namen richtig sagen, L und sogar R waren keine Probleme mehr, und manchmal, wenn ihr danach war, sprach sie schon richtige Sätze.

Die beiden Frauen sahen zu ihr hinüber. Beide lächelten, zärtlich und besitzergreifend, ohne sich dieses Lächelns bewußt zu sein oder es bei der anderen zu bemerken.

Laura blieb auch zum Abendessen bei Doris. Es gab Vollkornnudeln mit Tomatensoße. Kleine Kinder, hatte Doris gelesen, brauchen viele Kohlehydrate, und der Nudelhasser Bertram war glücklicherweise auf einem Vorstandstreffen des Jägervereins. Nicht, daß Doris auf Bertrams Vorlieben oder Abneigungen noch viel Rücksicht nahm.

Laura hatte Hunger. Sie schlürfte ihre Spaghetti und fand das zum Totlachen, sie baumelte mit den Beinen und beschmierte ihr Kleid, und dazwischen berichtete sie Doris, was genau man sehen konnte, wenn man bei Berings aus dem Küchenfenster guckte.

»Da is ein Haus«, sagte Laura, »ein Vogel, piep piep macht der Vogel, ein Baum, ein großer Baum –« sie sprach jedes Wort so genau und sorgfältig aus, als sei es für sich genommen schon etwas Besonderes.

Eigentlich, dachte Doris, wäre es schön, wenn Laura auch mal hier übernachten könnte. Dieses Wochenende zum Beispiel. Lea hatte das Haus voll fremder Leute, und da würde sie wohl kaum Zeit finden für eine Gutenachtgeschichte und eine ausgiebige Dusche, und für ein gemütliches Frühstück am Morgen. Natürlich brauchte Laura dann hier im Haus ein eigenes Zimmer. Aber das brauchte sie ohnehin, ob sie nun hier schlief oder nicht, denn im Herbst, wenn man nicht mehr so viel hinausgehen konnte, mußte sie sich doch irgendwo austoben können!

Das Gästezimmer kam natürlich nicht in Frage. Es ging nicht an, Laura allein im Erdgeschoß schlafen zu lassen. Was, wenn sie aufwachte und sich fürchtete, wenn sie nach ihr rief, und Doris hörte sie nicht?

Aber im ersten Stock gab es keinen freien Raum. Außer, natürlich, der Pathologie. Doris seufzte. Haus und Garten waren jetzt eigentlich in Ordnung. Mehr als das, sie waren tiptop in Schuß, wie Henriette gesagt hätte, mit Ausnahme der Pathologie.

Deren Zustand war schon vor Jahren abenteuerlich gewesen, damals, als Doris endlich das letzte Stück hineingeschoben und dahinter abgeschlossen hatte. Inzwischen aber war das Fenster endgültig am Grauen Star erblindet, und wahrscheinlich würde man eine Machete brauchen, um sich zu ihm durchzuschlagen. Aber es half alles nichts. Die Pathologie war das einzig mögliche Zimmer für Laura. Also mußte sie ausgemistet werden. Natürlich nicht sofort. Aber bald.

Doris vernahm das verzweifelte Schluchzen bereits, bevor sich noch die Tür des Hattingerschen Hauses geöffnet hatte. Den Schlüssel in der Hand hielt sie inne. Ob sie dieses eine Mal doch besser klingelte? Oder sollte sie überhaupt gleich wieder nach Hause zurückgehen? Schließlich, das Kind – wer wußte schon, was da drinnen los war! Doris rückte Laura auf ihrem Arm zurecht und lauschte.

Das Schluchzen schwoll an.

Das war wieder so eine Situation!

Die Entscheidung wurde ihr abgenommen. Ein Junge stieß äußerst schwungvoll die Tür auf, rannte Doris und Laura fast über den Haufen und entschwand grußlos in Richtung Dorfmitte. Doris sah ihm nach. Er trug weder Schuhe noch Hemd. Nun, in der Aufmachung würde ihn jedenfalls Brauner, der Kneipenwirt, nicht gerade willkommen heißen. Doris überlegte noch, ob sie ihm etwas nachrufen sollte, da tauchte Lea in der Küchentür auf. Laura wand sich von Doris' Arm herunter und rannte auf ihre Mutter zu, und Lea breitete die Arme aus, um sie aufzufangen. Sie trug ein langes, faltenreiches blaues Gewand, wie auf gewissen mittelalterlichen Darstellungen die Jungfrau Maria. Aber da endete die Analogie schon. Marienfiguren waren weder rothaarig noch sonderlich fröhlich.

»Kommen Sie rein, Doris!« sagte Lea, »willkommen, mein Schatz! Hattet ihr beide denn einen schönen Tag?« Das Kind auf dem Arm verschwand sie in Richtung Küchentür. Von der jungen Frau, die laut heulend auf dem Dielenboden saß, nahmen weder Mutter noch Tochter Notiz.

Doris betrachtete die Fremde unschlüssig. Aus der Küche erklang Gelächter. Schwaden von Knoblauchgeruch trieben in die Diele.

»Doris!« rief Lea. »Kommen Sie doch noch auf ein Glas Wein herein!«

»Doos!« echote Lauras Kinderstimme, im genauen Tonfall ihrer Mutter. Doris beeilte sich, Folge zu leisten.

Die Küche war voller Dunst von irgend etwas, das auf dem Herd kochte. Zwei Frauen rührten in großen Töpfen. Sie hatten die Haare mit Leas bunten Tüchern zurückgebunden und lachten laut. Sie waren beide in Leas Alter. Mindestens!

»Das sind Sonja und Chrissy aus München«, sagte Lea und schob Doris ein volles Glas zu, »und das da ist Tony aus Nürnberg. Die anderen sind im Garten, glaube ich ... Das ist Doris. Meine beste Nachbarin.« Sie lachte.

Tony stand am Küchentisch und schlug Schlagsahne. Die üppig wallenden Locken hatte er mit einem Schnürsenkel zurückgebunden. Doris war sicher, eine solche Frisur das letztemal vor zwanzig Jahren gesehen zu haben. Da war dieser Tony wohl noch nicht einmal dem Babyflaum entwachsen. Nun ja, andererseits, Karl Lagerfeld, oder vielleicht war der Junge ja auch Musiker –

Sonja drehte sich zu Doris um und lächelte.

»Hallo«, sagte sie gedehnt, wischte sich die Finger an

ihrem Minirock ab und reichte Doris die Hand. »Wirklich toll hier, echt, muß ich sagen! Also, wir nehmen ja immer an Leas Workshops teil, schon seit Jahren, aber so schön wie hier war es noch nirgends! So idyllisch irgendwie – real close to nature, verstehst du? Echt! Und eigenes Obst im Garten! Bloß halt saublöd zu erreichen, wenn man kein Auto hat, gell?«

Doris wußte nicht recht, was sie antworten sollte. Sie drückte die etwas klebrigen Finger so kurz wie möglich und nickte vorsichtig.

»Ist ja schon ulkig, daß von hier keiner mitmacht«, sagte die andere Köchin, Chrissy. Sie hatte eine weiche, tiefe Stimme, und ihr Jogginganzug sah teuer aus und zu gebügelt für diese Küche, so, als trüge sie sonst eher was anderes. »Da kriegen sie sowas Tolles geboten auf ihrem Dorf, und dann bleiben sie allesamt lieber zu Hause hinter den Öfen sitzen.« Sie schüttelte mißbilligend den Kopf.

Doris merkte, wie ihr das Blut ins Gesicht schoß.

»Du bist mal wieder total taktlos, Chrissy«, sagte Tony gutmütig. »Du siehst doch, daß Doris auch nicht mitmacht, oder? Ist doch auch ganz egal, ob die hier auf dem Dorf schon so weit sind oder nicht! Ich meine, für dich – du mußt nur deinen eigenen Spirit clean kriegen, right? Und das ist eigentlich schwer genug!« Er lächelte Doris aufmunternd zu. »In Asien, da wissen die über sowas Bescheid. Da kämen sie gar nicht darauf, jemanden irgendwie zu pushen. Ich bin erst letzten Monat zurückgekommen. War vier Monate drüben, auf Bali, sieht man ja noch, nicht wahr?« Mit dem Sahnequirl wedelte er in Richtung seiner nicht vorhandenen Hüften. »Echt geiler Sarong, gell? Und bequem! Ja, die sind nicht so heavy drauf wie wir hier, die Balinesen.« Schwungvoll schüttete er mehr braunen Zucker in die Sahne. Lea steckte den Finger in den Topf und ließ Laura lecken.

»Mehr«, sagte Laura.

»Komm, gib sie her«, sagte Tony zu Lea, »dann kann sie zwischendurch naschen. Ich steh total auf Kinder, weißt du?

Den Quirl halt ich mit der anderen Hand.« Laura wechselte problemlos von einem Arm auf den anderen. Doris, die zusah, kam sich steif und überflüssig vor.

»Was kocht ihr denn da?« fragte sie, um wenigstens irgend etwas zu sagen.

»Gemüsesuppe und nachher Bulgurauflauf«, sagte Sonja.

»Und ich mach den Nachtisch, Obstsalat mit Sahne«, sagte Tony. »Ißt du mit?«

»Ich glaube nicht«, sagte Doris. »Ich habe schon gegessen.«

Das Schluchzen in der Diele, das eine Weile lang abgeebbt war, schwoll wieder an. Doris deutete in Richtung Tür.

»Was hat denn die Frau da draußen?« fragte sie Lea, mit gesenkter Stimme. »Müßte man sich nicht mal um sie kümmern?«

»I wo«, sagte Lea gelassen und in normaler Lautstärke, »emotionale Ausbrüche sind ziemlich normal vor so einer Trancegeschichte. Das ist die Seele, die steuert das alles. Trixi und Jerry sind hier wegen ihrer Beziehung, und wenn Trixi diesen Streit und Kummer morgen mit in den Lernprozeß hineinträgt und damit arbeitet, dann kann ihr das eine Menge bringen.«

»Das ist es genau«, sagte Sonja eifrig, »so war es bei mir. Als ich mich damals von Thomas getrennt habe, du weißt schon, der Arzt damals, Schulmediziner!, muß man sich mal vorstellen, das sagt ja schon alles. Na jedenfalls, da bin ich zu einem Heilpraktiker gegangen, weil ich nicht mehr schlafen konnte, und –«

Lea fuhr sich mit beiden Händen durchs Haar und goß Wein nach.

»Und Sonja«, sagte sie, »fängt vor dem Workshop immer an zu plappern.«

Alle lachten. Sonja stöhnte und warf in einer Geste der Hilflosigkeit die Hände hoch. Zu Doris' Verblüffung schien sie Leas Worte nicht übelzunehmen.

Tony deutete mit dem Quirl auf Lea.

»Und Lea läßt dann immer total die Therapeutin raus«, grinste er, »das ist nämlich ihr Hang up. Aber immerhin, das Ding ist, sie bringt einem bei, wie man sogar mit sowas leben kann!«

Wieder gab es Gelächter. Doris starrte von einem zum anderen.

Sie verstand kein Wort. Aber sie wußte auf einmal, warum ihr Lea die ganze Zeit schon so verändert vorkam: Lea, die Therapeutin, hatte im Gegensatz zu der Alltags-Lea überhaupt nichts Vages an sich. Sie wirkte sogar ausgesprochen bestimmend. Nun, sie war Schauspielerin. Sie konnte ihre Rollen im Leben wechseln, wie sie gerade Lust hatte.

Einen Moment lang fragte sich Doris, warum sie dieser Gedanke beängstigen, zugleich aber mit einer solchen, ja – Vorfreude erfüllen sollte.

»Das Wandern ist des Müllers Lust, das Wandern ist des Müllers Lust, das Wa-han-dern!«

Am späten Sonntagnachmittag kamen Doris und Laura vom Hahnenteich über die Felder zurück. Ein schwacher heißer Wind wie aus einem Fön bewegte das Korn und verbreitete Staubgeruch. Die Konturen der Hügel mit den Bergnamen verschwammen in der Wärme. Grillen zirpten. Doris sang.

Sie hoffte, daß sie niemand hörte. Sie konnte nicht singen, sie wußte es, Henriette hatte es ihr oft genug vorgehalten. Aber Laura war nicht so wählerisch. Ihr gefiel es.

»Noch!« brüllte sie, wenn immer Doris verstummte. »Noch *einen*!« Und sie reckte den Zeigefinger hoch, in genauer Imitation der Geste, die Doris vollführte, wenn sie ein letztes, ein allerletztes Lied ankündigte.

Laura schob ihre kleine Kinderkarre mit Energie den Feldweg entlang. Sie hatte sie mit einer Menge zerdrückter, enthaupteter Feldblumen gefüllt. Doris schleppte dafür alle Badesachen.

»Noch einen!«

Doris holte Luft und setzte neu an. Laura versuchte mitzusingen. Sie traf keinen einzigen Ton. Sie war noch unmusikalischer als Doris.

Sie betraten den Beringschen Garten von hinten, durch das Gartentor. Laura ließ ihr Gefährt auf dem frisch geplatteten Weg stehen und rannte auf die Schaukel zu, die Doris am Apfelbaum angebracht hatte. Allen Kassandrarufen der Frau Schöpflein zum Trotz hatte der Hübners-Gerd ganze Arbeit geleistet: Es gab jetzt tatsächlich Platz für eine Schaukel im Beringschen Garten. Die Hecken, Beete und Wiesenflächen wirkten zwar noch etwas spärlich, aber der Unrat war verschwunden, alles war zurückgestutzt worden, und verschiedenes blühte sogar – neu gesetzte Pflanzen zumeist, danach ausgewählt, wie gefahrlos ein Kind sie verspeisen konnte. Mit einem erleichterten Seufzer hörte Doris zu singen auf, ließ die nassen Handtücher, Bälle und Sandeimer auf die guillotinierten Wiesengewächse im Buggy fallen und machte sich auf den Weg Richtung Küchentür, um etwas zu trinken zu organisieren.

Dann hörte sie die Schreie.

Sie ließ den Kinderwagen stehen und rannte. Die Schreie kamen offensichtlich aus Leas Haus. Gegenüber, an Doris' Gartenzaun, hatte sich auch schon ein Menschenauflauf gebildet: Die Geußens aus Nummer 8 standen da, die Heidenreichs von der Bäckerei Sonne, und natürlich Frau Schöpflein. Nur Birchenbachers waren nicht dabei. Sie weilten übers Wochenende bei ihrem Sohn Udo. Doris' Schritte verlangsamten sich.

»Seit die hergekommen ist, gibt's hier doch keine Ruhe mehr!« hörte sie die wohlvertraute Stimme ihrer Nachbarin zur Rechten zetern. »Seit diese Schlampe da eingezogen ist –«

Im Hattingerschen Fachwerkhaus brachen die Schreie jäh ab. Totenstille trat ein, dann begannen Trommeln zu schlagen, dumpf und unheilverkündend.

Natürlich wäre es einem Eingeweihten sofort erkennbar gewesen, daß Lea Hattinger, zum Abschluß ihres Workshops, ein Ritual namens »Rufe des Dschungels« zelebrierte. Lea liebte »Rufe des Dschungels«. »Rufe des Dschungels«, fand sie, hatte eine unglaublich erdende Wirkung auf den feinstofflichen Energiekörper, und deswegen und wegen der Hitze hatte sie natürlich auch die Fenster offengelassen. Bedauerlicherweise gab es niemanden, der dies der Versammlung vor Doris' Gartenzaun hätte erklären können. Aber andererseits hätten vielleicht auch Erklärungen den Gang der Ereignisse nicht mehr wesentlich beeinflussen können: Wie Chrissy schon am Vorabend zu Doris bemerkt hatte, lag den Neuendorfern das Feinstoffliche nicht auf Anhieb im Blut.

Der Rhythmus wiegte sich in den Hüften. Er wirbelte Savannenstaub auf, hüpfte eine Weile unzivilisiert herum, stolperte mehrfach über seine eigenen Füße, überschlug sich, trat auf eine Klapperschlange und brach ab. Dann explodierte Herr Heidenreich.

»– und gestern der Lärm, spätabends noch, wo wir im Garten sitzen und Bratwürste braten wollten!« schrie der Konditor und Inhaber der Bäckerei »Sonne« stellvertretend für alle. »Aber das war ja gar nicht möglich! Das war ja nicht zum Aushalten! – Grüß Sie auch, Frau Bering, haben Sie das gehört, diese schreckliche Musik gestern nacht, dermaßen laut, und das Gegröle und den ganzen Klamauk, bis früh um drei? Wilde! Eine Horde Wilder, das sag ich Ihnen!« Doris konnte sich nicht gleich erinnern. Sie war am Vorabend ziemlich früh schlafen gegangen, und ihre Schlafzimmerfenster gingen nach hinten, zum Garten hinaus. Freilich, wenn sie jetzt darüber nachdachte, dann mochte sie vielleicht tatsächlich Musik gehört haben. Und später, vom Bad aus, auch Gitarrenklänge und Gelächter womöglich –

Das langgezogene, blutrünstige und zugleich trauervolle Geheul einer Frauenstimme enthob Doris Bering der Notwendigkeit einer Antwort. Andere Stimmen fielen ein, und

an- und abschwellend wie die Fieberkurve eines Malaria-
kranken schwangen sich die schauervollen Klänge dem fränkischen Abendhimmel entgegen. Neben Doris sagte eine Kinderstimme unbeeindruckt: »Saft.«

Laura war mit dem Schaukeln fertig.

»Durst!« sagte sie. »Laura wollte jetzt heimgehn, zu
Mama. Saft trinken.«

Frau Geuß griff sich an jene Stelle, wo, unsichtbar für den
flüchtigen Betrachter, der Bauch in ihren Busen überging.
»Mein Herz«, sagte sie. »Dieses Geheul! Das arme Kind!«

Das Kind betrachtete sie abwesend, dann begann es in der
Nase zu bohren.

»Man sollte das Jugendamt verständigen!« sagte Frau
Schöpflein. »Und das Ordnungsamt. Und die Ärztekammer –
wenn nicht überhaupt die Polizei! Ich werde das übernehmen! Gleich morgen! Ich leite jetzt Schritte ein!« Ihre Couperose leuchtete in allen Farben eines hawaiianischen Sonnen-
untergangs. Ohne jeden Zweifel hätte ihrer Feinstofflichkeit
die erdende Wirkung der »Rufe des Dschungels« recht gutge-
tan.

»Na«, sagte Doris. »Nun entschuldigen Sie mal. Wir wollen doch lieber nichts übereilen, nicht wahr? Ruhestörender
Lärm, schön und gut – aber wieso das Jugendamt? Und die
Ärztekammer? Wir wollen uns doch nicht lächerlich machen!
Ich meine, die Teilnehmer da drinnen, an diesen Kursen, das
sind doch alles Erwachsene. Die zwingt doch keiner. Das ist
doch allein deren Sache, wenn –«

»Deren Sache?« kreischte Frau Heidenreich auf. »Deren
Sache? Erwachsene? Und was ist mit uns? Wir werden
schließlich belästigt! Belästigt, jawohl! Ich wenigstens«, sie
schüttelte ihren Zeigefinger in Doris' Richtung, »ich fühle
mich belästigt!«

Doris tat einen Schritt zurück. Sie nickte. Sie hegte keinerlei
Zweifel daran, daß Frau Edda Heidenreich sich belästigt
fühlte.

»Und was ist das?« Der ausgestreckte Zeigefinger der erbosten Bäckerin wies nun auf Laura. »Was ist das, bitteschön, ein Erwachsener wohl? – Aber Sie! Sie ergreifen natürlich die Partei von dieser Schlampe, das ist ja auch kein Wunder! Sie rennen ja bei der rein und raus wie in Ihrem eigenen Haus, Sie – Sie sind ja aus der Großstadt! Aus Hamburg sind Sie! Aber wir, Frau Bering, bei uns auf dem Land, wir Süddeutschen, Frau Bering, das ist anders als bei Ihnen da oben! Wir hier, wir kümmern uns um die Leute!«

»Jawohl!« sagte die kinderlose Frau Schöpflein. »Um die Kinder!«

»Um die Alten!« sagte Frau Geuß und umklammerte die bedrohlich wogenden Massen, unter denen wahrscheinlich ihr Herz schlug. »Wir kümmern uns, das ist so bei uns, fragen Sie mal Ihren Mann!«

»Ja, genau, Ihren Mann«, sagte Frau Heidenreich. »Ihren Mann! – Gerade Sie setzen sich für die da drüben ein, das ist ja zum Lachen! Gerade Sie! Sie haben ja keine Ahnung!«

Nach dieser erstaunlichen Bemerkung trat erst einmal Stille ein. Die Anwesenden vermieden Doris' Blick, und den von Frau Heidenreich, die jetzt unglücklich aussah. Schließlich räusperte sich Frau Schöpflein. Sie allein war bereit, sich der Pflicht zu stellen.

»Sie müssen es ja schließlich doch mal erfahren«, sagte sie, »also kann ich es Ihnen auch gleich sagen. Alle im Dorf wissen es doch sowieso längst. Daß nämlich Ihr Mann, daß der was mit der Hattinger hat.« Frau Schöpfleins Augen glänzten. Sie ließ keinen Blick von Doris. Doris starrte zurück, ehrlich verblüfft.

»Wie kommen Sie denn auf so einen Blödsinn?« fragte sie schließlich.

»Na, der ist doch ständig drüben, der Bertram!« rief Frau Schöpflein voll Freude. »Die Frau Geuß hat ihn doch schon dreimal erwischt, wie der sich reingeschlichen hat, bei der Hattinger!« *Bei darar Haddinga.*

Frau Geuß nickte. »Und neulich«, sagte sie gierig, »vor drei Wochen, das weiß ich, weil genau da *Mitternachtsspitzen* im Fernsehen lief, da hat er sich den ganzen Abend in ihrem Garten rumgedrückt.«

»Ja, natürlich«, sagte Doris. »Das weiß ich doch. Da kam Lea ja, weil –« Sie brach ab. Was sollte sie denn sagen? Lea rief uns zu Hilfe, weil sie glaubte, es sei ein Mann in ihrem Garten? Weil sie Angst vor ihrem Exmann hat? Weil sie unter Verfolgungswahn leidet? Nein, in Anbetracht der Situation schienen ihr das alles keine klugen Antworten zu sein.

Und wenn sich Lea nun tatsächlich von Zeit zu Zeit Bertram auslieh?

Na sollte sie doch.

Wenn es sie glücklich machte! Wenn es dazu führte, daß Lea in Neuendorf blieb! Hatte nicht Lea ihr Laura anvertraut, ihr das Kind überlassen, jeden Nachmittag, Tag für Tag, so daß Laura inzwischen aß, was Doris ihr gab, mit sichtlicher Freude die Spiele spielte, die Doris für sie erfand, und tatsächlich manchmal sogar weinte, wenn es mitten im schönsten Spiel Zeit war, nach Hause zu gehen? Ja, das hatte Lea getan.

Wenn Lea Bertram haben wollte, bitte sehr. Ihr, Doris, war das wirklich völlig egal.

Und außerdem war es natürlich totaler Quatsch! Freilich, Bertram fand Lea bestimmt attraktiv, wie auch nicht, Lea war schließlich attraktiv, sehr sogar – aber Lea, mit Bertram? Mit diesem Leguan?

Völliger Quatsch!

»*Und* sie hat Jalousien an den Fenstern anbringen lassen«, sagte Frau Geuß triumphierend. »Mit einemmal! Gerade jetzt! Warum jetzt, frag ich Sie, warum nicht schon früher? Die wohnt doch schon ein paar Monate hier! Und warum überhaupt, wenn sie da kein komisches Zeug treibt? Der Garten und das Wohnzimmer, die sind doch normal gar nicht einsehbar!«

»Saft!« sagte Laura noch einmal und zog ungeduldig an Doris' Hand. »Saft!«

Frau Schöpflein betrachtete das kleine rothaarige Mädchen mit unverhohlenem Widerwillen.

»Und *verwöhnt* ist das Blag auch schon«, sagte sie.

4. Kapitel

Ein Gartenfest

»Und es war ja nicht nur, daß die Schöpflein mich angegiftet hat, damit kann ich leben, ich mag sie ja auch nicht besonders. Aber die Heidenreich! Die war doch bis jetzt immer nett, ich kapier das einfach nicht!«

Doris und Lea saßen in Leas Küche. Lea wartete auf Günther, einen ihrer Schüler. Doris wartete darauf, daß Laura ihren Mittagschlaf beendete. Lea starrte in ihre Kaffeetasse, die Finger rechts und links ins Haar gegraben. Doris starrte Lea an. Sie hatte sie noch nie so niedergeschlagen gesehen.

»Ich sage, ich will sechs Vollkornsemmeln, und sie tut, als hätte sie keine mehr! Die sind aus, sagt sie, und wie die Geuß da gegrinst hat, die war natürlich auch gerade da, die ist ja immer dabei, wenn es ans Giftspritzen geht... und hinten steht ein ganzer Korb voll, mit Semmeln! Ich sage, na, dann geben Sie mir halt von denen da, und die Heidenreich, die wird plötzlich ganz reserviert. Zieht so die Brauen hoch, und dann sagt sie tatsächlich zu mir: Tut mir leid. Die sind alle vorbestellt.« *Ölla vorbaschdalld.* Lea Hattingers Kopie von Frau Heidenreich war perfekt, selbst jetzt.

Doris verbiß sich mit Mühe ein Grinsen.

»Ich habe Ihnen ja gesagt, daß es Ärger geben wird«, sagte sie. »Die Leute hier sind nun mal so. Spießig. Kleinlich. Nicht alle, klar, manche sind ganz normal, die Heidenreich zum Beispiel geht zur Not noch, wenn sie nicht gerade mit der Geuß zusammen ist. Aber die beiden sind ja meistens zusammen. Und es reichen ja schon ein paar von diesen Idioten, um einem die Laune zu verderben.«

Lea sah einen Moment lang zu Doris auf, dann schüttelte sie den Kopf.

»Mag sein«, sagte sie. »Mag ja alles sein. Und, wissen Sie, letztlich ist mir dieser Kleinkram ja auch egal, ich back mir meine Brötchen auch selber, zur Not. Aber... also erstmal, heute habe ich einen Brief vom Amt für Denkmalsschutz bekommen. Ich soll meine Außenjalousien wieder entfernen lassen! Ich habe gleich angerufen, klar, und wissen Sie was? Jemand hat mich angezeigt. Ein anonymer Anruf. Anonyme Anrufe wegen Außenjalousien! Das muß man sich mal vorstellen! Ja, und dann... Doris, ich wollte das eigentlich keinem erzählen, aber ich muß es Ihnen einfach sagen. Gestern ist jemand in meinem Haus gewesen.«

»In Ihrem *Haus*?«

Lea nickte.

»Ja, und... ich bin ganz sicher. Ich war mit Laura auf dem Spielplatz, und dann sind wir noch in die Stadt gefahren, in eine Eisdiele. Es war ziemlich spät, als wir heimkamen, halb acht schon. Jemand ist in meinem Schlafzimmer gewesen, Doris. Ich weiß, ich klinge wie die Märchentante: Jemand hat in meinem Bettchen gelegen, jemand hat von meinem Tellerchen gegessen... aber ich bin ganz sicher! Nicht nur, weil das Laken verknautscht war. Da war ein Geruch... jemand war da, und was der in meinem Bett getrieben hat, mag ich mir überhaupt nicht vorstellen!« Lea schüttelte sich. »Wahrscheinlich ist er durchs Wohnzimmerfenster eingestiegen. Als ich wegging, war das Fenster gekippt, weil es sonst immer so heiß und muffig wird, so dumm von mir... und als ich zurückkam, stand es offen.«

»Haben Sie diesmal wenigstens die Polizei verständigt?« fragte Doris.

»Ja, habe ich«, sagte Lea grimmig. »Leider. Sie können sich ja denken, was die gesagt haben. Laken verknautscht? Geruch? Und kein Fenster aufgebrochen, kein Gegenstand entwendet? Der blöde Bulle hat mich vielleicht angestarrt. ›Si-

cher haben Sie morgens nur vergessen, die Bettdecke glattzu-
ziehen‹, hat er gesagt, aber gedacht hat er, die alte frustrierte
Kuh … Mann in ihrem Bett, da war ja wohl der Wunsch der
Vater des Gedankens.« Lea lachte bitter auf. »Nicht daß er in
puncto Frustration so unrecht hat. Aber ich mag es immer
noch lieber, wenn Besucher fragen, bevor sie reinkommen.«

Doris starrte Lea an. »Und jetzt sollen Sie die Jalousien
abmachen?« sagte sie schließlich.

»Ja!« schrie Lea auf. »Gerade jetzt! Damit dem Menschen,
der mir nachspioniert, nicht die Sicht genommen wird! Damit
ich gar kein Fenster mehr aufmachen kann!«

Eine Weile schwiegen sie, dann sagte Lea leise: »Wissen
Sie, was das Schlimmste ist, Doris? Der Mann … er wollte,
daß ich von ihm weiß. Daß ich weiß, er hat … in meinem Bett
gelegen. Er … er hat sich noch nicht mal bemüht, die Spuren
zu vertuschen. Er hat noch nicht mal das Deckbett wieder
zugeschlagen.«

»Sie denken, der Mann war Harry, nicht wahr?«

»Ja. Natürlich! Ich meine, wer sonst? Wer sonst käme auf
eine solch perverse Idee … wer kriecht denn die ganze Zeit in
meinem Garten rum? Und jetzt hab ich es mir auch noch mit
den Nachbarn verdorben. Es ist zu viel. Es ist mir wirklich
zuviel, Doris … am liebsten würde ich abhauen, ich sag es
ganz ehrlich.«

In Doris' Kopf begann eine Alarmglocke zu schrillen.

»Ja, natürlich, das verstehe ich«, sagte sie, »natürlich, aber
andererseits, warum würde Harry denn so etwas tun?
Warum – warum würde er Sie nicht einfach besuchen, ich
meine, als Vater von Laura? Er hätte doch ein Recht darauf,
sein Kind zu sehen?«

Lea zögerte.

»Sie kennen Harry nicht«, murmelte sie. »Sie können nicht
wissen …« Sie schüttelte den Kopf und brach ab. Das Schrillen in Doris' Kopf wurde womöglich noch lauter.

»Also gut, wie auch immer«, sagte sie schließlich, »aber

wohin wollen Sie denn gehen? Wo würde Harry Sie denn nicht finden? Er braucht ja nur jemanden bei Ihrem Vater anrufen zu lassen, der vorgibt, Sie zu kennen. Oder bei einer Freundin. Und dann, das Jugendamt. Die Alimente, nicht wahr? Das Ganze ist doch völlig sinnlos! Er findet Sie doch auf jeden Fall wieder! Und Geld für den Umzug haben Sie auch nicht. Sie müssen an Laura denken!«

Lea nickte zweifelnd.

»Und woanders müßten Sie wieder ganz von vorn anfangen!« sagte Doris. »Und Laura auch! Hier haben Sie wenigstens mich für Laura. Und Ihre Schüler. Lea, Sie können doch jetzt nicht weggehen! Die Schöpflein und die anderen, die werden sich schon wieder beruhigen. Die werden sich schon an Sie gewöhnen im Laufe der Zeit!«

Es klingelte. Seufzend erhob sich Lea. »Das wird der Günther sein«, sagte sie und ging zur Tür. »Am liebsten würde ich absagen, aber das Geld —«

Es war Hans Birchenbacher. Seine Stimme war unverkennbar.

»Möchten Sie vielleicht auf einen Sprung hereinkommen«, hörte Doris Lea sagen, ziemlich laut. »Möchten Sie einen Kaffee mit uns trinken. Doris Bering ist nämlich auch gerade hier ...«

Einen Moment später stand Hans A. in Leas Küche. Zu seinem beigebraunen, überkorrekten Geschäftsanzug trug er eine Krawatte, deren mäandernde Muster an die Verzierungen orientalischer Palastfassaden erinnerten. Der zarte Schwung des obersten Bogens lag genau auf dem höchsten Punkt seines Bauches.

»Hallo, Doris«, sagte Hans A., ohne jemanden anzusehen, »äh. Auch hier? Ja, ach so, das Kind, gell? Ja.«

»Ich kann auch zu Hause warten, bis Laura aufwacht«, sagte Doris. Womöglich war Hans A. ebenfalls bei Lea in Therapie und wollte nicht, daß es einer erfuhr. »Ich meine, falls es was Persönliches ist.«

Hans A.s Gesicht rötete sich.

»Wie kommst du bloß auf diese Idee, Doris?« sagte er, »Äh!... Ich bitte dich! Es ist Mittagspause, und ich dachte... Ich wollte... nur Frau Hattinger einladen. Ich wollte sie für Samstag einladen, Samstagabend bei uns, was heißt überhaupt Frau Hattinger, Lea natürlich. Agnes macht doch jetzt auch diese Kurse hier, aber das weißt du ja sicher, also. Wir wollten Sie gern zum Grillen einladen, Lea. Ja.« Er ließ sich auf einen Stuhl fallen und probierte ein Lächeln. Er wirkte etwas erleichtert, aus welchem Grunde auch immer. »Und natürlich euch auch, Doris, dich und den Bertram«, sagte er. »Ich wär eh noch mal zu euch rübergekommen, aber wo ich dich jetzt hier schon treff, ein richtiges kleines Barbecue wollen wir machen, Agnes und ich, nicht etwa nur Bratwürste, sondern richtige Ribs, gell, das Wetter soll ja noch halten, und am Teich ist es jetzt echt subber, und –« er lachte kurz auf, auf seine übliche ölige Art, »und wir müssen doch noch unsere schöne Nachbarin willkommen heißen! Schon fast vier Monate ist sie hier, und noch keiner hat ihr was von der fränkischen Gastfreundschaft gezeigt! Also – wir rechnen dann mit euch allen, gell?«

Es entstand eine Pause. Quer über den verschlungensten Teil seiner Krawatte hatte Hans A. eine Krawattennadel geschoben, sah Doris. Der Effekt war der eines gewaltsam verriegelten Serailfensters.

»Ja«, sagte Lea. »Danke auch... sehr nett. Aber ich habe natürlich das Kind. Ich weiß wirklich nicht, Hans«, sie hob die Schultern.

»Aber nein, Lea«, beeilte sich Doris zu sagen. »Wirklich, Sie können ruhig gehen! Ich nehme Laura gern so lange zu mir. Es macht mir überhaupt nichts aus, wirklich nicht!«

Lea schüttelte entschieden den Kopf. »Unsinn. Sie beide gehen, und ich bleibe hier. Sie tun ja ohnehin schon so viel für mich...«

»Aber«, setzte Doris an.

Ihre Augen begegneten denen Leas.

Sie prusteten los.

Die Wahrheit war natürlich, daß sie beide einfach nicht die geringste Lust auf Birchenbachersches Grillfleisch verspürten. Hans A. merkte es auch. Er bekam einen verkniffenen Zug um den Mund.

»Also als Udo in dem Alter war, da haben wir ihn überall mit hingenommen«, sagte er. »Dann hat er seine Decke gekriegt, und dann ist er irgendwo eingeschlafen, wie das früher bei den Leuten war, da waren die Kinder ja auch immer mit dabei. Ich dachte, die Mütter heute sind mindestens so fortschrittlich wie wir damals! – Also, ich sage Ihnen was: Wir fangen einfach frühzeitig an und machen dann nicht so lange! Okay?«

Was ließ sich darauf erwidern? In der Eile nichts, und dann war Laura mit schlafroten Wangen in der Tür erschienen, das Mohrchen unter dem Arm, und aus dem allgemeinen Grün draußen im Vorgarten hatte sich Günthers hellgrüner Haarschopf herauszuschälen begonnen. Hans A. ergriff die Gelegenheit. Schwerfällig erhob er sich. »Na, dann also bis Samstag«, sagte er, dann war er entschwunden.

Bertram seinerseits freute sich natürlich. Er hatte die Birchenbachers ja schon immer gemocht.

Und warum auch nicht? Was hatte er sonst schon vom Leben? Eidechsen, Hundestaupe, Schweinepest, Hühner mit Pips... Im Prinzip war er doch auch ein armer Kerl.

Doris' Gefühle für ihren Mann waren letzthin eher milde geworden. Sie hatte ihn noch nicht einmal auf das Gerücht angesprochen, das besagte, er habe ein Verhältnis mit Lea Hattinger.

Während Bertram fernsah, feilte sie sich die Nägel. Sie schnitt sie seit einiger Zeit nicht mehr so kurz.

Natürlich war das ja ohnehin so eine komische Geschichte mit diesem Grillfest. Doris konnte sich des Gefühls nicht erwehren, daß die Einladung ein Vorwand gewesen war, der ihr Hans A.'s Besuch bei Lea erklären sollte. Aber warum sollte so etwas nötig sein, was mochte der Herrenoberbekleider in Wirklichkeit von Lea gewollt haben? Von Lea, die ihn doch so offensichtlich gar nicht mochte!

Und ob wohl tatsächlich ein Mann in Leas Bett gelegen hatte?

Doris ließ die Nagelfeile sinken.

Nun. Der Polizist war natürlich sicher ein gräßlicher Chauvi, aber andererseits – daß Leas Exmann angereist sein sollte, um sich in Leas Bett zu legen, das war ein bißchen dicke, nicht wahr? Gut, da war natürlich die Sache mit dem Honda und das Auftauchen einer gewissen Plüschkatze. Aber sich in Leas *Bett* zu legen und dann einfach wieder zu verschwinden? Hatte ein Exgatte so etwas nötig? Und hätte er nicht wenigstens auf seine Tochter gewartet, wenn er schon extra von München hierherfuhr?

Aber vielleicht war ja auch irgendein anderer Mann in Leas Haus gewesen. Vielleicht derselbe, der durch Leas Garten gekrochen war und ihre Wäsche gestohlen hatte, irgendein neugieriger Landbewohner oder ein Voyeur aus der Kreisstadt. Aber würde so einer auch den Mut aufbringen, in Leas Schlafzimmer einzudringen?

Doris wußte zu wenig, das war das Problem. Sie wußte zu wenig von diesem Harry. Lea, die sonst so offene Lea, war ausgerechnet in diesem Punkt schrecklich geheimnistuerisch. Dabei war Doris doch nun wirklich nicht sinnlos neugierig. Im Grunde genommen konnte ihr Leas Ehe ebenso gleichgültig sein wie ihre verschwundene Spitzenwäsche oder wie die Männer vor ihrem Fenster. Ihr ging es einzig und allein um Laura. Darum, daß Laura in Neuendorf blieb. Aber wie sollte sie sachlich argumentieren, wenn sie die Hintergründe der ganzen Geschichte nicht kannte? Wenn sie nicht wußte, was Lea wußte?

Die Alarmglocken schrillten.

Wenn sich nur wenigstens die blöde Schöpflein wieder beruhigen würde! Wenn die Nachbarn aufhören würden, Front gegen Lea zu machen! Obgleich es, bei Lichte betrachtet, ja eigentlich gar keine geschlossene Front gegen Lea Hattinger gab. Es bestand doch eher eine Art Patt – mit Hattingers, Berings und Birchenbachers auf der einen, Heidenreichs, Geußens und der Schöpflein auf der anderen Seite.

Das mußte sie Lea erklären, gleich morgen früh. Sie mußte erklären, daß man die Dinge jetzt nicht dramatisieren durfte. Daß sich noch alles zum Guten wenden konnte. Zum Glück war ja noch nichts endgültig. Und vor dem Birchenbacherschen Fest jedenfalls würde Lea nun nicht mehr verschwinden.

Doris setzte erneut die Nagelfeile an. Welches Einverständnis heute zwischen Lea und ihr geherrscht hatte! Jede hatte genau gewußt, was die andere dachte. Und dann hatten sie zusammen gelacht. Sogar Hans A. hatte das gemerkt

Wenn sie wollte, konnte sie sich Samstag die Nägel knallrot lackieren. Das hatte sie seit Jahren nicht mehr getan, und inzwischen war es wahrscheinlich vollkommen out. Aber na und? Sie konnte es trotzdem tun, wenn sie wollte.

Das Birchenbachersche Fest begann schon um sieben, Laura zuliebe.

Agnes hatte ihren elegant ins Silberne verwitterten Teakholztisch an den Rand der Terrasse gerückt und mit einem weißen Tuch bedeckt, Hans A., angetan mit amerikanischer Schürze, stand am Grill und bereitete fachmännisch seine Spareribs zu. Die Gäste plauderten, schlugen nach Wespen und tranken Faßbier.

Außer Berings und Hattingers waren auch die Kunzls geladen – aus für Doris unerfindlichen Gründen. Adolf Kunzl, Inhaber des größten Spielwarengeschäfts in der Kreisstadt, saß zwar zusammen mit Hans im Vorstand des Tennisclubs, aber weiter war die gegenseitige Freundschaft bislang nicht gediehen: Nach Vereinstreffen hatte Hans sich regelmäßig bei

Bertram darüber ausgelassen, was für ein blöder Provinzler der Kunzl doch sei.

Mauersegler flogen ihre Haarnadelkurven. Der Abendwind raschelte trocken in den Neuendorfer Feldern, über denen eine einzelne weiße Wolke trieb. Auf Hans' Schürze stand in roten und blauen Lettern: »Uncle Sam's Louisiana Kitchen – Best BBQ in Town!« Nach einem Moment tiefer, windloser Stille ging die Sonne unter. Agnes zündete Windlichter an. Während sich die Konturen der fränkischen Hügel in der Dämmerung langsam auflösten, wurde serviert.

Agnes hatte ihren allseits beliebten Kartoffelsalat angerichtet, selbstgezogene Gurken aufgeschnitten und für Laura Hühnerkeulen besorgt. Die Spareribs waren vorzüglich, man mußte es zugeben. Eine kleine Fledermaus erschien, um die Mauersegler abzulösen. Vom Birchenbacherschen Teich klang es herüber, als folge ein beinahe Ertaubter einer ARD-Dokumentation über das Nachtleben am Amazonas. Die Hauswand hinter Doris gab langsam die Tageswärme wieder an die Luft ab.

Adolf Kunzl wischte sich den Mund mit einer Papierserviette und sagte: »Ganz gut eigentlich, die Dinger, echt, Hans, obwohl: Das mit dem Ketchup, da steh ich ja normal nicht so drauf, muß ich zugeben, schon wegen meinem Magen. Ich sag immer, richtige Bratwürste, da laß ich alles stehn und liegen, das ist vielleicht nicht besonders schick, aber das ist halt fränkisch, da bin ich altmodisch. Klar, man muß sie richtig machen, ich hab da einen Bauern, der zieht mir meine Säue, biologisch dynamisch alles, ist ja klar, und dann wird einmal im Jahr geschlachtet – das sind dann vielleicht Würste, das sag ich euch! Klar, über Kiefernzapfen müssen die gebraten werden, unbedingt, gell, alles andere wär ein Sakrileg!« Adolf Kunzl sagte *Kühle*, wenn er Kiefernzapfen meinte. Er sagte *Brotwörscht*. Hans A. verstand ihn natürlich trotzdem und mußte antworten. Sein Lächeln war eine Spur gezwungen.

»Alter Banause!« sagte er und schlug dem Spielwarenhändler schwer auf die Schulter. »Das mit den Bratwürsten, das laß ich dir durchgehen – aber Ketchup!« Mitleidheischend sah er zu Bertram, der auch prompt mit Kopfschütteln und befremdetem Auflachen zu Diensten war. »Ketchup sagt der zu meiner Barbecue-Sauce! Die mache ich selbst, Kunzl, da ist Whisky drin, und frische Tomaten, und echter Ahornsirup aus Kanada, weißt du eigentlich, was der kostet?«

Adolf Kunzls Gattin, Martina Kunzl geborene Siemers, zog ihr berühmtes kleines Schnäuzchen und warf ihrem Mann einen Giftblick zu.

»Ich persönlich esse Spareribs sehr gern«, sagte sie. »Furchtbar gern, ehrlich, und der Adolf natürlich auch, nicht wahr, Adolf? Adolf hat es sehr gut geschmeckt. Die Spareribs waren ganz phantastisch, Hans, also wirklich, und das Rezept für die Sauce will ich unbedingt haben. Nicht wahr, Adolf? Ich denke, was Adolf wirklich gemeint hat, ist wohl eher, daß es Teil eines lebendigen Kulturbegriffs ist, die einheimische Kochkunst zu pflegen und fade Adaptionen, diese sogenannte internationale Küche, wo nachher überall alles gleich schmeckt, nach Möglichkeit zu vermeiden.«

Es durfte, dachte Doris bei sich, einigermaßen heftig bezweifelt werden, ob Adolf Kunzl wirklich dergleichen gemeint hatte. Aber natürlich widersprach keiner Martina Kunzl, nicht in Fragen der Kultur. Martina Kunzl geborene Siemers war eine Autorität für Kultur. Nicht nur arbeitete sie schon seit Jahren im Mozartkreis mit und hatte sogar einmal die Bustour zu den Salzburger Festspielen fast allein organisiert, sondern vor allem war ihr Vater, Dr. Lothar Siemers selig, seines Zeichens nebenamtlicher Pfleger der Städtischen Kunstsammlungen in der Kreisstadt gewesen. Kultur lag Martina Kunzl im Blut.

»Internationale Küche, naja«, sagte jetzt Bertram. »Das ist immer wieder das gleiche, nicht wahr? Auf jeder alten fränkischen Bauernkneipe ist jetzt ein Italiener oder ein Grieche drauf, die führen das dann im Familienbetrieb, na, bei den Löhnen, die Deutschen machen da doch alle zu! Wo wird schon noch Regionalküche gepflegt?«

Martina Kunzl lachte glockenrein.

»Bei uns in der Familie«, sagte sie. »Bei uns wird dezidiert einheimisch gekocht. Oder eben gleich richtig ausländisch, nach Originalrezepten. Und meine Tanja –« und Frau Kunzl warf den Birchenbachers einen Blick zu, der beinahe schelmisch zu nennen war, »meine Tanja, die hat das natürlich alles bei mir gelernt, das kann ich sagen! Da hat der Udo wirklich Glück!«

Und so stellte es sich denn endlich heraus, warum die Kunzls zu diesem Fest geladen worden waren, ja, warum es überhaupt ein Fest gab: Udo Birchenbacher und Tanja Kunzl nämlich feierten heute ihre Verlobung. Sie feierten ihre Verlobung in Nürnberg. Mit Freunden.

Darauf hatten sie beide bestanden, erzählte Martina, sie wollten kein spießiges Familienfest daraus machen, die Hochzeit, ja natürlich, das war dann etwas anderes, die würde natürlich hier in der Kreisstadt stattfinden, oder vielleicht sogar in Neuendorf, in dieser romantischen kleinen Dorfkirche!, andererseits, traditionsgemäß heiratete man ja doch am Wohnort der Brauteltern –

Man gratulierte reihum. Doris, soviel war klar, hatte mal wieder Gespenster gesehen. Birchenbacher war wirklich nur zu Lea Hattinger gekommen, um sie einzuladen. Adolf Kunzl war der Beweis. Warum eigentlich, dachte Doris, während sie Agnes' Hand drückte, ist es ein Anlaß zur Freude, wenn man endlich seine Kinder loshat? Sie ihrerseits, wenn Lea ihre Drohung wahrmachte und wirklich Neuendorf mit Laura verließ – aber daran wollte sie jetzt gar nicht denken.

Birchenbacher bot Aquavit an.

Natürlich war es ein traumhaftes Match, in gewisser Weise, so sagte nun Adolf Kunzl, zwei der alteingesessensten

Geschäfte! Nun sozusagen unter einem Dach, und beide Läden liefen doch super!

Subber, einfach subber!

Hans Birchenbacher beeilte sich zuzustimmen.

Obwohl, rief Adolf Kunzl und trank Aquavit, die Birchenbachers konnten natürlich froh sein, daß sie sowas wie seine Tochter überhaupt in die Familie bekamen. Sowas wie seine Tochter! Laut lachend schlug er Birchenbacher aufs Bein...

Lea Hattinger begutachtete die Blumen, die Laura aus den Birchenbacherschen Beeten gegraben hatte.

»Sie trinken ja gar nicht«, sagte Hans A. Birchenbacher zu ihr. »Mögen Sie vielleicht lieber doch etwas anderes? Etwas Liebliches? Einen Likör?« Er klang wie in einem albernen Film. Die Damen nehmen einen Likör, die Herren gehen in den Rauchsalon auf ein Spielchen. Man war doch nicht bei Buddenbrooks! Lea schüttelte lächelnd den Kopf. Ihr Gesicht war ein bißchen müde, fand Doris. Sie hatte, untypischerweise, fast den ganzen Abend geschwiegen.

»Sie kennen meinen Sohn gar nicht, glaube ich, oder?« sagte Hans. »Der ist noch so jung, der Udo... also ich hätte mir ja gewünscht, daß der erst noch richtig was erlebt, bevor er heiratet.« Er sah Lea merkwürdig an, fast als suchte er bei ihr Hilfe.

»Der wird noch was erleben, wenn er geheiratet hat«, sagte unvermutet Bertram, und alles lachte dröhnend. Lea sah von einem zum anderen.

Der Gastgeber beharrte. »Wenigstens eine richtige Amerikatour hätte ich dem Jungen gegönnt! Ich hätte sie ihm sogar bezahlt! Aber er will nicht. Er sagt, er will erst sein Studium fertig machen. Und dann will er heiraten. Ich, also wenn ich noch mal so jung wär −«

Agnes trank ihren Schnaps aus und lachte.

»Was wär denn dann, Hans?« sagte sie. »Wenn du noch mal ganz jung wärst? Ich sags dir, nein ehrlich! Ich sags dir gern. Du würdest keinesfalls Agnes Grosch ehelichen. Gell, daran denkst du! Du würdest eine andere ehelichen, eine ganz andere, bloß nach ein paar Jahren mit dir wäre sie trotzdem eine Agnes – nein, keine Grosch, das nicht, aber eine Agnes Birchenbacher, das wär sie, wegen dir! Weil du sie schon dazu machen würdest! Weil du dir genau so einen Typ Frau gesucht hättest, wie ich einer bin! Nein ehrlich, das ist ganz normal! Das ist unbewußt, frag doch Lea! Und du würdest wieder Inhaber des Herrenoberbekleidungsgeschäfts Birchenbacher und Sohn sein, und du würdest Vater sein, und Nachbar von irgendwem, und es wär alles so wie jetzt. Genauso wie jetzt! Und für mich auch. Also was solls?« Sie füllte ihr Glas nach und sah in die Runde. Die Gesichter ihrer Gäste waren einigermaßen verblüfft. Einen so aufsässigen Ton kannte man sonst nicht von Agnes Birchenbacher. Birchenbacher selbst blieb unvermutet ruhig. Er sah Lea an.

»Nein«, sagte er. »Da muß ich Sie nicht fragen, Lea, das weiß ich alles selbst am besten. Wenn ich jung wäre, jetzt nochmal jung wäre, ich –« er brach ab und schüttelte wieder den Kopf.

Doris mußte auf die Toilette.

Sie ging ins Haus, nahm ihre Handtasche aus der Garderobe und betrat das Birchenbachersche Gästeklo. Es war schwarzweiß gefliest. In einer schwarzen Porzellanmuschel lagen kleine weiße Seifenmüschelchen. Es gab schwarze und weiße Gästehandtücher und einen schwarzen Porzellanelefanten, der einen Korb trug. Dort warf man die gebrauchten Gästehandtücher hinein. Natürlich war alles auf Hochglanz poliert. Wieviele Stunden am Tag mochte Agnes wohl mit Saubermachen und Putzen verbringen? Und nebenher machte sie noch die Buchhaltung fürs Geschäft.

Doris kämmte ihre Haare, betrachtete ihre brandneuen roten Nägel und wunderte sich. Sie hatte tatsächlich immer geglaubt, die Birchenbachers hätten eine gute Ehe. Sie stellte ihre Tasche wieder in der Garderobe ab, dann ging sie zu den anderen zurück.

Im Garten war Birchenbacher inzwischen bei seinem Lieblingsthema angekommen. Subber, echt, also die Ju Äs of Äi, Route 66, drei Wochen, New York, Frisco, L.A., einfach subber, und in Miami waren wir dann auch noch, auf eigene Faust, klar, nur den Flug und das Hotel, das hat uns das Reisebüro natürlich besorgt, gell, also echt subber, das kann ich sagen – Rrruut sixtisix. Seine R's waren deutlich fränkisch.

Agnes lachte. »Der Hans«, sagte sie höhnisch, »der Hans A.! Klar liebt er Amerika, Amerika hat ihn doch sogar mit seinem Namen versöhnt! Wißt ihr eigentlich, wofür dieses blödsinnige A. steht?« Agnes lehnte den Kopf in die Überzüge ihres Gartenstuhls und ließ ihren Blick durch die Runde schweifen. Hans Birchenbacher hatte schon wieder einen roten Kopf bekommen.

»Agnes!« sagte er warnend. »Agnes – jetzt hörst du besser mal auf zu trinken!«

Agnes sah ihm voll ins Gesicht, nahm noch einen Schluck und kicherte selig.

»Für Adolf«, sagte sie triumphierend. »A für Adolf! Gott, hat Hans diesen Namen gehaßt! Er dachte, immer wenn er seinen Paß vorzeigen muß, gucken ihn die Leute komisch an! Dabei heißt er nur nach seinem Onkel. Ein ziemlich reicher Onkel war das, und alle dachten, das mit dem Namen würde genügen, damit Hans was erbt. Hätte es vielleicht auch, wer weiß, bloß ist der gute Adolf vor seiner Gattin abgekratzt, und die hat alles ihrer Familie hinterlassen. Die konnte die Birchenbachers nicht ausstehen! Hat Hans vielleicht die Wut gehabt! Da rennt er sein Leben lang mit diesem blödsinnigen Namen rum und besucht den reichen Adolf jeden Sonntag in der Anstalt, der arme Kerl war nämlich total verkalkt, und dann kriegt er noch nicht mal was dafür! Der älteste Gag der Welt, aber immer wieder gut, was? Wo Hans doch immer für alles was haben will! – Nicht wahr, Liebling? Du bist eben so ein richtiger kleiner Kaufmann! Aber jetzt hast du Onkel

Adolf vergeben, nicht wahr? Wo er dir so ein schönes A vermacht hat! Hans All American Birchenbacher! Ein richtiges schönes Middle initial!« Agnes' Kopf rollte auf der Lehne herum, willenlos vor Lachen.

»Jetzt reichts aber«, zischte Hans Birchenbacher sie an, »jetzt reichts aber wirklich! Agnes, du – du benimmst dich unmöglich! Du bist sagenhaft taktlos! Du hast wohl völlig vergessen, wie – wie Kunzl hier mit Vornamen heißt!«

Agnes hob den Kopf, starrte ihren Mann einen Moment lang verständnislos an, begriff dann langsam und sackte im ungefähr gleichen Tempo in sich zusammen. Dann begann sie, sich zu entschuldigen.

Adolf Kunzl wiegelte ab.

Bertram beschäftigte sich mit seiner Pfeife, wie immer, wenn es unangenehm wurde.

Doris empfand echte Sympathie für Agnes Birchenbacher, zum erstenmal in ihrer langjährigen Bekanntschaft. Es war eine Gemeinheit von diesem Kunzl, ausgerechnet Adolf zu heißen. Hans A. konnte sich jetzt zurücklehnen und in aller Ruhe im Recht sein! Und das tat er natürlich auch.

»Noch jemand einen Schnaps?« fragte er in wiederhergestellter Leutseligkeit und schwenkte die Aquavitpulle. »Oder lieber ein Bier? *Adolf?* Bertram? – Lea?«

Lea stand auf.

»Ich denke, für uns wird es Zeit zu gehen«, sagte sie. »Laura hat sich schon da drüben auf dem Liegestuhl zusammengerollt, sie gehört ins Bett.«

Birchenbacher sprang auf.

»Doch hoffentlich nicht wegen – wegen dieser unerfreulichen kleinen Szene, Lea?« rief er. »Ich bitte Sie, so bleiben Sie doch noch einen Moment – Agnes ist halt manchmal, wenn sie zuviel trinkt, ich meine, ich habe – mögen Sie vielleicht einen Kaffee?« Aber Lea hatte schon ihre Tasche ergriffen. Sie umrundete Hans Birchenbacher und streckte Agnes die Hand entgegen.

»Vielen Dank für alles, Agnes,« sagte sie, »es war sehr schön bei euch. Du kommst dann morgen rüber wie immer?«

Agnes nickte. Sie hatte Tränen in den Augen.

»Es tut mir so leid, daß ich jetzt alles verdorben habe«, flüsterte sie. Lea ging zum Liegestuhl und lud sich mit geübtem Griff das schlafende Kind auf die Schulter.

»Wieso verdorben«, sagte sie angelegentlich. »Ich fand die Geschichte über Hans' Onkel eigentlich ganz unterhaltsam ... und Adolf ist doch wirklich ein gräßlicher Name. Na, es kann ja keiner dafür, wie ihn seine Eltern nennen, nicht wahr? Sicher war Herr Kunzl auch nicht gerade beglückt, als ihm das mit dem ... Adolf aufging.« Sie nickte freundlich in die Runde. »Feiert noch schön. Laß nur, Agnes, ich geh direkt durch den Garten.« Ihre Sandalen klapperten über die Terrasse, dann verschwand sie in den Schatten zwischen den Büschen.

Alle sahen ihr nach.

»Eine – eine recht außergewöhnliche Frau, nicht wahr?« sprach schließlich Martina. »Münchnerin, sagtest du, Hans? Und Therapeutin? Was denn für eine Therapeutin?«

»Da mußt du Agnes fragen. Sie geht zu ihr, zweimal die Woche. Ich habe keine Ahnung, was die da treiben«, sagte Hans.

»Dann ist das wohl die Therapie, die dir die Agnes so aufsässig macht?« Kunzl lachte auf, es klang beinahe so ölig wie beim Gastgeber selbst.

Hans antwortete nicht. Er sah in die Nacht hinaus. Sein Gesicht verfiel, wenn er so vor sich hin starrte. Ein paar Minuten lang wirkte er um Jahre älter als sonst.

»Lange wird die Lea ohnehin nicht mehr hierbleiben, wenn es so weitergeht wie im Moment«, bemerkte jetzt Bertram. »Seit dem Workshop ist der Ofen aus. Die Heidenreichs bedienen sie ja nicht mal mehr, hab ich gehört!«

Birchenbacher setzte sich auf.

»Ja, ich hab auch von dem Theater gehört, das hier die

Dorfdeppen aufführen«, sagte er wegwerfend. »Aber das legt sich doch wieder, das dauert doch höchstens ein paar Wochen, dann ist der ganze Spuk vorbei!« Er wedelte mit der Hand durch die Luft, als verscheuche er eine Fliege. »Oder was meinst du dazu, Doris? Du bist doch laufend bei Lea drüben.«

Doris hob die Schultern.

»Kann schon sein, daß sich der Sturm rasch wieder legt«, sagte sie langsam. »Aber ich weiß nicht, ob sie so lange wartet. Sie redet schon die ganze Woche darüber, daß sie weg will. Ich habe ja versucht, sie umzustimmen, aber – sie sagt, sie weiß nur noch nicht, wo sie hin soll, sonst hätte sie schon gepackt.«

»Wenn ihr mich fragt«, sagte Hans Birchenbacher, »das wär ein echter Verlust.« Er räusperte sich. »Für Neuendorf, meine ich. Wenn die Hattinger weggeht.«

»Ich kann sie aber verstehen«, warf Agnes ein. »Sie traut sich ja gar nicht mehr, normal zu arbeiten, geschweige denn, noch einen Workshop zu machen. Die Polizei war letzte Woche ja zweimal bei ihr! Einmal wegen angeblicher Ruhestörung, so ein Quatsch, und einmal, weil jemand angerufen hat, anonym natürlich, und gesagt hat, er hätte Schreie gehört. Drei Schüler hat sie deswegen schon verloren, die mögen einfach nicht mehr kommen ... sie hat ja heute den ganzen Abend kaum was gesagt.«

Doris nickte bedrückt.

Sie war bedrückt und wütend, aber da war noch etwas. Etwas, das einem Angst einjagen konnte. In den letzten Tagen war es ihr manchmal gewesen, als stiege etwas in ihr auf. Etwas Unbeherrschbares und Uraltes, etwas Fremdes, das aber dennoch von ihr allein stammte, eine Trauer, ein Zorn –

»Hinter alledem steht die Schöpflein«, hörte sie sich schriller als beabsichtigt sagen, »das widerliche Weibsstück! Wenn ihr mich fragt, dann ist die einfach nicht dicht!«

Bertram warf ihr einen Blick zu.

»Die Schöpflein konnte die Lea halt von Anfang an nicht ausstehen«, ließ er sich dann betont gelassen durch den Dunst seiner Pfeife vernehmen. »Ist ja auch kein Wunder, da prallen Welten aufeinander... Und jetzt hetzt sie eben alle gegen die Hattinger auf.«

Hans räusperte sich schon wieder. Er schien einen Kloß im Hals zu haben.

»Na, Agnes«, sagte er zu seiner Frau, »aber du würdest ja auf jeden Fall mit Lea in Kontakt bleiben – ich meine, falls sie wirklich ginge. Oder? Damit du deine Therapie jetzt nicht abbrechen mußt, meine ich. Wir könnten ihr ja auch behilflich sein, vielleicht einfach eine Wohnung in der Stadt für sie besorgen...«

Agnes schüttelte den Kopf.

»Das wird sie nicht wollen. Sie hat gesagt, wenn sie weggeht, dann ganz. Sie... ich kann nicht darüber sprechen, sie hat es mir anvertraut. Aber da ist noch eine andere Sache. Jedenfalls, keiner soll wissen, wohin sie geht. Vielleicht will sie sogar ins Ausland, sagt sie!«

»Was für eine andere Sache?« fragte Hans scharf. »Was ist denn das für eine blöde Geheimnistuerei?«

»Sie denkt, jemand beobachtet sie heimlich«, sagte Agnes. »Jemand – sie fühlt sich bedroht, irgendwie...«

»Diese Psychotypen spinnen doch sowieso alle selber«, sagte Adolf Kunzl.

Agnes fuhr sich mit beiden Händen durchs Haar, eine Geste, die sie ihrer Lehrerin abgeschaut haben mußte.

»Ich weiß wirklich nicht, was ich ohne Lea machen soll«, murmelte sie. »Es ist ehrlich zu blöd! Gerade fängt mein Leben an, sich zu verändern, gerade mache ich die ersten Fortschritte. Und wir haben auch mit diesen Übungen begonnen, eine Art Yoga, sagt Lea –«

»In Amerika hat jeder seinen eigenen Therapeuten, da ist das ganz normal«, sagte Hans zornig zu Kunzl. »Bloß die Europäer sind so verbohrt!«

Kunzl zuckte die Achseln. »Man müßte mal mit der Schöpflein reden, vielleicht«, schlug er besänftigend vor. Bertram grinste.

»Klasse Einfall«, sagte er, »reden! Mit der! Ob du mit der redest oder in China platzt ein Sack Reis! Aber was ich eigentlich sagen wollte, ich verstehe eure Aufregung nicht so richtig. Ich meine, wir haben hier doch auch ganz gut gelebt, bevor die Lea kam. Klar, ich mag sie auch, sie ist nett, und die Schöpflein hat ein Rad ab, aber wenn Lea wieder wegwill, wenn sie sich hier nicht einfügt – wieso ist das dermaßen gräßlich?«

Doris fühlte ihren halb eingeschlafenen Haß auf Bertram mit Macht wieder auflodern. Sie öffnete schon den Mund, um wenigstens etwas Dampf abzulassen, da hörte sie Agnes mit Schärfe sagen: »Dich müßte es doch eigentlich besonders hart treffen, Bertram. Das ganze Dorf ist der Meinung, daß du sie vögelst.«

Martina Kunzl zuckte sichtlich zusammen. Ihr Mann feixte.

»Nicht, daß ich selber das glaube«, sagte Agnes und warf Doris einen Blick zu. Dann sah sie ihren Mann an. Hans saß plötzlich kerzengerade.

»Das ist doch alles völliger Quatsch«, sagte Bertram, ein wenig schwächlich. »Natürlich, Lea und ich, wir sind Freunde, aber das ist auch schon alles. Das andere ist doch völliger Quatsch –«

»Klar, totaler Blödsinn!« fiel ihm Birchenbacher ins Wort. »Die Lea und der Bertram, also mal ehrlich jetzt! Ausgerechnet mit dem! Wenn der die Wahl hat zwischen einer tollen Frau und einer Kiste mit Mehlwürmern, dann sind ihm doch seine Mehlwürmer allemal lieber – was, Doris? Hab ich nicht recht? Doris?«

»Na, aber die Lea,« grölte Kunzl, »die tät er dann vielleicht doch nicht ausschlagen, was? Die Lea Hattinger!« Er schlug sich auf die Schenkel. »Die mit ihren roten Haaren –«

Martina Kunzl machte ihr Schnäuzchen und bedachte ihren Gatten mit einem weiteren Giftblick.

»Benimm dich doch, Adolf, um Himmels willen!« fuhr sie ihn an. Dann lachte sie auf. Es klang unamüsiert. »Demnächst jedenfalls werden ja ohnehin alle menschlichen Bindungen zu dieser Dame abreißen«, bemerkte sie spitz. »Wenn sie ins Ausland geht, meine ich.«

Birchenbacher schenkte sich Aquavit nach.

Einen Moment lang starrte er über den Rand seines Glases von einem zum anderen, dann trank er den Schnaps aus, stand abrupt auf und ging ins Haus. Doris sah über die Felder hinaus in die Dunkelheit und dachte an Laura. Bald darauf brach man auf.

Am nächsten Vormittag stand Doris vor Lea Hattingers Haus und suchte in ihrer Handtasche nach dem Schlüssel. Der Schlüssel war nicht da. Doris ging zurück über die Straße, leise vor sich hin fluchend. Warum war sie nur so verdammt unordentlich! Eine richtige Schlampe. Laufend verlegte sie irgend etwas, und Schlüssel sowieso mit Vorliebe!

Auf der Straße lag nichts. Doris durchsuchte ihre Mantel-, Jacken- und Hosentaschen, die alten Plastiktüten, die umweltfreundlichen Jutebeutel, die Küche, die Diele, das Wohn- und Eßzimmer. Nichts.

Und dabei wurde es immer später. Sie hatte mit Lea verabredet, daß sie gegen elf vorbeikommen würde, und jetzt war es schon zehn Minuten nach elf. Nun, dann würde sie eben klingeln müssen. Der blödsinnige Schlüssel konnte ja überall sein! Vielleicht war er ihr im Auto aus der Handtasche gefallen, und Bertram hatte ihn inzwischen gefunden.

Doris marschierte ein drittes Mal über die Straße. In Leas Vorgarten, im Blumenbeet neben der Treppe, blitzte etwas auf. Es war natürlich Leas Schlüssel. Er mußte ihr vorhin beim Suchen irgendwie aus der Tasche gerutscht sein. Dergleichen konnte wirklich nur ihr passieren. Man durfte so etwas gar nicht erzählen, es war zu peinlich. Sie steckte den Schlüssel ins Schloß und öffnete die Tür.

Lea saß in der Küche und war außer sich.

»Tut mir leid, daß ich so spät dran bin«, sagte Doris, ein wenig verlegen, »ich hatte den Schlüssel verlegt, wirklich zu blöd, und dann mußte ich ihn erst suchen, ich hoffe, das macht nichts? Na, es ist ja noch keiner Ihrer Klienten da, wie ich sehe —«

»Nein!« sagte Lea. »Und es kommt auch keiner! Weil ich nämlich alles für heute früh abgesagt habe. Ich hau ab.«

»Aber«, sagte Doris.

Lea hob die Hand.

»Ich bitte Sie, Doris! Fangen Sie nicht wieder damit an, ich soll bleiben. Die Agnes war heute schon hier und hat geheult ... ich soll doch bitte bitte nicht weggehen. Früh um acht ist sie gekommen, und eine Stunde hat sie auf mich eingeredet, ihr Mann, der war mal gerade fünf Minuten weg! Wenn sie ihn hier noch angetroffen hätte ... wie peinlich!«

»Hans war hier?« sagte Doris. Lea nickte.

»Das ist es ja auch noch«, sagte sie, »zu allem anderen hab ich noch diesen Kerl an der Hacke ... der spinnt ja total! Ich meine, daß er denkt, er wär verliebt in mich, das ist mir ja nichts Neues, aber jetzt will er allen Ernstes, daß ich mit ihm ins Ausland gehen soll! Der hat sie doch nicht alle, dieser Oberbekleidungsfachmann! Und dann wollte er unbedingt wissen, ob ich was mit Bertram hätte!« Lea stöhnte.

»Weiß denn Agnes, daß Hans in Sie verliebt ist?« fragte Doris nach einem Moment, in dem ihr ein ganzer Christbaum an Lichtern aufgegangen war.

»Wenn, dann jedenfalls nicht von mir«, sagte Lea ärgerlich. »Ich bin schließlich ihre Therapeutin, ich werd den Teufel tun und solchen Unsinn in unsere Beziehung mit reinbringen. Ich hab ihm hundertmal gesagt, er soll mich zufriedenlassen! Na, heute hat er's, glaub ich, begriffen. Daß es eh keinen Sinn mehr hat, weil ich Ende des Monats hier abhau ...

Ich hab einfach keinen Bock mehr! Heute morgen hab ich das hier im Briefkasten gefunden!« Sie riß ihren Mülleimer auf und fischte nach einem Zettel. Auf dem Zettel stand, in denselben krakeligen Druckbuchstaben, die auch das Tempo-30-Schild in Frau Schöpfleins Garten zierten: HIER WILL SIE KEINER HABEN! SCHEREN SIE SICH WEG! SONST HETZE ICH IHNEN AUCH NOCH DAS JUGENDAMT AUF DEN HALS!

Unterzeichnet war das Schriftstück natürlich nicht, aber das war ja auch nicht nötig.

»Ich hab das auch dem Hans gezeigt«, sagte Lea grimmig. »Und der Agnes und der Christine auch. Der Christine Frühauf, im Laden, die bequasselt mich auch, daß ich hierbleiben soll, was hat denn die von mir, frage ich mich? Ich kauf noch nicht mal oft bei ihr ein! Aber es sollen ruhig alle wissen, was man hier für Nachbarn hat... dieser Brief! Nein, ich geh hier weg, das steht fest. Da schlag ich gleich ein paar Fliegen mit einer Klappe. Da bin ich Schöpflein und Konsorten los, und Birchenbacher, und den Harry erstmal auch.«

Doris nickte langsam.

Sie widersprach nicht mehr. Sie hatte begriffen. Lea war es ernst. Sie würde Neuendorf verlassen. Sie würde tatsächlich weggehen, mit Laura, und zwar wegen dieser gottverdammten Schöpflein.

Der Schlag sollte die Schöpflein treffen!

Sie alle sollte der Schlag treffen. Klar, keiner brauchte ja irgendwen so nötig wie sie Laura. Wenn Lea wegging, hatten alle anderen immer noch einander. Hans A. hatte Agnes und Agnes ihren Sohn Udo, Bertram hatte seine Viecher und Leas Schüler sicher irgendwelche Verwandten und Freunde. Und Lea hatte natürlich Laura. Nur Doris hatte niemanden. Sie konnte zurückgehen in ihre Puppenstube und da verschimmeln. Sie würde Laura nie wiedersehen.

Am Abend des folgenden Tages zerriß ein gellender Schrei die Stille der Finkenstraße.

Doris, die kartoffelschälend in der Küche stand, eilte ans Fenster und sah Christine Frühauf durch den Schöpfleinschen Garten hetzen, als sei ihr die Hölle selbst auf den Fersen. Vor der niedrigen Hecke zum Beringschen Grundstück bremste sie nicht etwa ab, sondern verdoppelte eher noch ihr Tempo und setzte in vollem Fluge darüber. Sie strauchelte, fing sich und stürzte dem Eingang entgegen. Während Doris schon durch die Diele eilte und nach Bertram rief, begann es Sturm zu klingeln. Doris riß die Tür auf, und hysterisch schluchzend und grün im Gesicht stolperte ihr Christine Frühauf in die Arme. Bertram, der heute zum Glück früher als sonst nach Hause gekommen war, eilte mit Cognac herbei und verlangte Informationen, aber es dauerte eine Weile, bis die aufgelöste Chefin des Neuendorfer Ladens soweit ihre Fassung wiedererlangt hatte, daß man ihrem wilden Gestammel einen Sinn entnehmen konnte.

Sie hatte, soweit begriff Doris schließlich ihre Geschichte, nichts Böses ahnend und wiederholt an der Tür der Finkenstraße 7 geklingelt, um Hella Schöpflein das Paket zu bringen, das sie beim Paketamt in der Stadt für sie abgeholt hatte. Aber es hatte keiner geöffnet, was Christine um diese Uhrzeit und in Anbetracht des eher variantenarmen Lebensstils ihrer Nachbarin sehr merkwürdig fand. Sie hatte versucht, durch eines der Fenster ins Haus zu spähen. Aber überall waren die Gardinen vorgezogen gewesen.

Christine Frühauf war es unheimlich geworden. Fernsehbilder von alten Damen, die irgendwo in einem Wohnblock von einer Leiter gestürzt und dann mit gebrochener Hüfte unbemerkt verhungert waren, waren an ihr vorbeigezogen, und schließlich hatte sie sich dazu durchgerungen, etwas zu tun, was sie noch niemals getan hatte: Sie hatte von dem Schlüssel Gebrauch gemacht, den Frau Schöpflein einmal für den Fall bei ihr deponiert hatte, daß sie sich selber aussperren sollte. Die Tür hatte nachgegeben. In der Diele war es bereits recht dunkel, und Christine Frühauf hatte den Lichtschalter betätigt.

Daß die Dachdeckerswitwe sich nicht nur die Hüfte gebrochen hatte, war auch für einen medizinisch nur mäßig bewanderten Laien auf Anhieb ersichtlich gewesen. Tatsächlich erkannte die Chefin des Ladens von Neuendorf ihre einstige Kundin vor allem an der Tatsache, daß sie lag, wo sie lag: in ihrer eigenen Diele nämlich, angetan mit ihrer eigenen Kittelschürze, von der allerdings zugegebenermaßen nicht mehr viel zu erkennen war inmitten all des Blutes und der anderen, irgendwie festeren Substanzen, die auf dem Boden – Frau Frühauf färbte sich noch etwas grüner und griff nach der Flasche.

Verständlicherweise war sie sofort laut schreiend hinüber zu den Berings gerannt. Bertram würde wissen, was zu tun war, er war doch Arzt – nun gut, Veterinärmediziner, aber immerhin!

Bertram Bering marschierte entschlossen auf die Küchentür zu und durch den Garten ins Nachbarhaus.

Er kehrte in Rekordzeit zurück. Ohne ein Wort mit Doris oder der inzwischen nur noch leise schluchzenden Christine zu wechseln, begab er sich ans Telefon, wählte die Notrufnummer der Polizei und sprach mit bewundernswerter Fassung folgende Worte in den Hörer: »Hier Dr. Bertram Bering, wohnhaft Neuendorf, Finkenstraße Nummer 9. Bitte kommen Sie sofort zu Nummer 7. Richtig, Finkenstraße Nurmmer 7. Hella Schöpflein. Frau Schöpflein ist erschlagen worden. – Und zwar mit *meinem* Hammer!«

Zuerst erschien nur ein einzelner Streifenwagen, immerhin grell blinkend. Drei Beamte sprangen heraus und durchquerten den Schöpfleinschen Vorgarten, kamen aber beinahe sofort wieder zurück.

Bertram ging zu ihnen hinaus. Doris schenkte Christine

Frühauf einen weiteren Cognac ein, dann ging sie zum Dielenfenster, durch das man Bertram mit einem Polizisten auf der Straße stehen sehen konnte. Der Polizist rauchte. Bertram kam zurück.

»Das ist noch gar nicht die Kripo«, sagte er grimmig. »Das sind ganz normale Polizisten. Die wollten erstmal überprüfen, ob hier wirklich was passiert ist, stell dir das vor. Na, aber jetzt glauben sie mir ja wohl. Der Kommissar wird gleich da sein. Der wird uns natürlich sprechen wollen, hat der Beamte gesagt. – Wir gehen vielleicht besser hinaus.«

Doris nickte, zog ihre Turnschuhe an und folgte Bertram und Christine.

Kurz darauf fegte eine Reihe von Autos die Finkenstraße hinab. Aus den Türen sprangen Männer in weißen Overalls und begannen, sich auf geheimnisvolle Weise im Inneren des Schöpfleinschen Hauses zu schaffen zu machen. Hinter den Fenstern gewitterten Blitzlichter wie bei einem Treffen zweier Staatsoberhäupter, und dann tauchten auch drei Herren von der Kriminalpolizei auf, deren einer sich als Hauptkommissar Heimann vorstellte, Mitte Vierzig sein mochte und trotz der sommerlichen Hitze einen Trenchcoat trug.

»Und wer ist bitte Herr Bertram Bering?« fragte Kommissar Heimann die praktischerweise inzwischen vollständig versammelten Anwohner der Finkenstraße, die sich erregt um Bertram und Christine Frühauf drängten.

Bertram teilte die Menge, trat vor und streckte Kommissar Heimann die Hand hin.

Herr Heidenreich trat ebenfalls vor und und zeigte auf Bertram. »Der da«, sagte er. »Und das«, und er deutete auf die noch immer schluchzende Christine, »das ist Frau Frühauf. Die nämlich *eigentlich* die Leiche gefunden hat.« Herr Heidenreich räusperte sich und blickte sich im Kreis um. »Die ist nämlich eigentlich die *Auffindeperson*, Herr Hauptkommissar«, sagte er. »Oder so heißt es wohl, nicht?«

Der Hauptkommissar nickte. »Aber Sie haben uns angerufen, Herr Bering, ist das richtig?«

»Ja«, sagte Bertram.

»Und Sie haben die Tote gefunden, Frau Frühauf?«

»Ja!« heulte die Chefin des Neuendorfer Ladens entfesselt auf. »Ich bin rein, und da lag sie erschlagen, und dann bin ich rüber zu Berings, es war ja so furchtbar!«

Der Kommissar nickte erneut. Einer seiner Begleiter reichte ihm ein Päckchen aus dem Kofferraum.

»Mit einem Hammer!« schluchzte Christine Frühauf.

Das Päckchen entpuppte sich bei seiner Entrollung als ein weiterer weißer Overall. Der Kommissar zog seinen Trenchcoat aus.

»Mit dem Herrn Bering seinem Hammer!« sagte Christine Frühauf.

Ein Raunen erhob sich unter den Bewohnern der Finkenstraße. Wie durch Magie vergrößerte sich der Raum um Bertram.

»Ja«, sagte der Kommissar und zog den Reißverschluß seines Overalls zu. »Das hat der Herr Bering ja am Telefon gesagt.« Dann zog er fragend die Brauen hoch. Lea Hattinger hatte den leeren Raum um Bertram betreten und sich dem Kommissar in den Weg gestellt. Laura hatte sie auf dem Arm.

»Herr Kommissar«, sagte Lea Hattinger. Sie drückte Laura fest an sich, mit beiden Armen. »Ich bin Lea Hattinger. Ich wohne in dem Haus da drüben ... Ich wollte sagen, der Bertram, also der Herr Bering, der hat mir den Hammer geliehen ... schon vor bald einem halben Jahr. Und jetzt wollte ich ihn endlich zurückgeben. Den Hammer. Ich hatte ihn schon auf die Küchenanrichte gelegt ... schon vor Tagen, bloß, ich hab es halt immer vergessen ... ihn zurückzugeben, meine ich ... also, Herr Bering hat den Hammer jedenfalls schon lange nicht mehr in Besitz gehabt, sozusagen. Das wollte ich sagen.«

Kommissar Heimann sah Lea Hattinger an. Alle sahen sie

an. Lea kaute an ihrer Lippe. »Vielleicht liegt der Hammer ja sogar noch da«, sagte sie. »Vielleicht hat sich Herr Bering ja getäuscht?«

Frau Geuß schnaubte verächtlich. »*Herr Bering*«, murmelte sie, »ha, von wegen! Bertram hat sie ihn doch genannt! So ist das!«

Der Kommissar beugte sich zur Tür seines Fahrzeugs hinunter und rief eine Reihe von unverständlichen Anordungen ins Innere.

»Das ist Herr Krahl«, sagte er zu Lea, als er wieder ins Freie kam. Er deutete auf einen seiner beiden Begleiter, einen jüngeren Mann, der einen Schnurrbart trug und ein grimmiges Gesicht zu machen versuchte. »Herr Krahl wird Sie mal eben nach drüben begleiten, Frau Hattinger. Da können Sie dann nachsehen, ob der Hammer noch daliegt. Die übrigen Anwesenden können wieder nach Hause gehen. Halten Sie sich aber bitte in den nächsten Stunden zur Verfügung der Polizei. Wir würden Ihnen gern noch ein paar Fragen stellen. – Herr Bering, Sie wohnen da drüben? Und Frau Frühauf, wo finden wir Sie? Oder würden Sie vielleicht einen Moment lang hier auf uns warten?«

Christine antwortete nicht.

»Ich glaube, wir warten beide, wenn es nichts ausmacht«, sagte Bertram.

Der Kommissar nickte und verschwand mit seinem zweiten Begleiter im Haus der ermordeten Dachdeckerswitwe.

Die Finkenstraßenbewohner sahen einander an.

»Das kann dauern, denk ich«, sagte schließlich Herr Heidenreich. »Bis die wieder rauskommen.«

»Vielleicht sollte man besser heimgehen«, sagte Hans Birchenbacher.

Die anderen stimmten zu und blieben genau da, wo sie waren. Nicht einmal Hans selbst folgte seinem eigenen Rat. In merkwürdig starrer Haltung lehnte er am Schöpfleinschen Gartenzaun und sah zu Lea Hattingers Haus hinüber.

Frau Frühauf schluchzte weiter.

Agnes, die sich ein wenig abseits hielt, wühlte in ihrer Handtasche und verlieh aus unerfindlichen Gründen mehrmals ihrer Genugtuung darüber Ausdruck, daß wenigstens Udo zur Zeit nicht im Haus weilte.

Doris betrachtete Bertram. Bertram betrachtete seine Schuhe. Frau Heidenreich wiegte bedachtsam den Kopf.

»Also das mit den Overalls«, sagte sie zu Frau Geuß, »das ist ja wieder mal ganz anders als im Fernsehen! Warum machen die das wohl?«

»Wegen der Spuren natürlich«, belehrte sie Herr Heidenreich. »Damit sie keine Fussel da reintragen oder so, in den Tatort. Weil, wenn einem von denen so ein Fussel vom Schal fallen würd, dann würd man womöglich nachher noch denken, der Fussel hätte auf dem Schal des Täters gehangen, und dann, naja, das wär ja eine Menge Arbeit umsonst.«

»Ein Schal?« sagte Frau Geuß, »na so ein Quatsch. Wer hat denn wohl einen Schal um, bei derer Hitz!« Und verächtlich stieß sie die Luft aus.

»Da kommt die Hattinger wieder«, sagte Frau Heidenreich. »Mit dem Krahl. Also, ich denk, gefunden haben die nichts.«

Und so war es. Der Hammer war nicht gefunden worden. Er lag nicht auf der Küchenanrichte, und auch eine erste, zugegebenermaßen oberflächliche Suche in Lea Hattingers Haus hatte ihn nicht zutage fördern können. Der Hammer war weg. Oder eben nicht weg, sondern im Mittelpunkt des Geschehens und ohne jeden Zweifel vorhanden: In Plastiktüten keimfrei eingeschweißt, wurde er von der Spurensicherung mitgenommen.

Die Kriminalbeamten kamen hinterdrein.

Und wie, so mußte Bertram sich nun fragen lassen, wie konnte er denn so sicher sein, daß es sich bei dem Mordwerkzeug tatsächlich um seinen Hammer handelte? Schließlich war der Hammer ausgiebig gebraucht worden, er war blutverschmiert, Bertram hatte ihn doch hoffentlich nicht etwa angefaßt?

Nein, angefaßt hatte Bertram den Hammer nicht. Und freilich, Stiel und Griff sahen schrecklich aus, das war wahr, aber das blaue Klebeband, mit dem er, Bertram, dereinst versucht hatte, den Stiel rutschfester zu gestalten, das hatte er doch zweifelsfrei erkennen können. Und Größe, Machart, Marke waren auch richtig. Und überhaupt: Man kannte doch seinen eigenen Hammer!

»Nun«, sagte Kommissar Heimann. »Sicher, vielleicht. Und die Spurensicherung wird ja ohne Zweifel –«

An diesem Punkt der Geschehnisse jedoch konnte Frau Geuß endlich nicht länger an sich halten.

»Ha!« brach es aus ihr hervor, »da brauch ich doch keine Spurensicherung! Das ist doch schon klar, hinter allem steckt bloß die Hattinger! Der Bering, der hatte doch was mit der. Das weiß doch hier jeder! Die hat ihn angestiftet, daß er die Frau Schöpflein zum Schweigen bringt, das sage *ich!*, und dann hat er sie umgebracht!«

Kommissar Heimann starrte Frau Geuß einen Moment lang an. Jedweder Ausdruck war von seinen Zügen verschwunden. »Na«, sagte er, »am besten, Sie kommen auch mal gleich mit zu uns, was?«

Frau Geuß stutzte.

»Es handelt sich ja nur um eine Festlegevernehmung, nicht wahr?« sagte Kommissar Heimann. »Wir wollen uns eben nur rasch notieren, was Sie so alle gesehen haben. Was Ihnen noch präsent ist, solange die Eindrücke noch frisch sind. – Herr Bering, Frau Frühauf. Ja, und Frau Bering, bitte. Frau Hattinger. Und Frau –?«

»Geuß«, sagte Frau Geuß, sie lächelte jetzt. »Festlegevernehmung. Na. Da muß ich wohl aufs Revier? Vater, da kommst du auch mit!«

»Das wird es nicht brauchen«, sagte der Kommissar höflich. »Sie können bei uns mitfahren, Frau Geuß.«

»Gut«, sagte Frau Geuß, einen Moment verunsichert. »Ja. Wie Sie meinen. Also, Vater, dann fährst du eben hinterher, später wirds nämlich vielleicht kühl, und dann brauch ich meine Strickjacke, die kannst du mitbringen.«

»Also«, sagte Kommissar Heimann. »Wenn Sie dann bitte einsteigen würden … ja, Frau Hattinger, Sie auch, es wär nett. Ja, das Kind. Natürlich. Sagen Sie, das Kind könnten Sie nicht vielleicht bei den Nachbarn lassen?«

Lea machte sich nicht die Mühe einer Antwort. Kommissar Heimann unterdrückte einen Seufzer.

Dann bogen zwei weitere Polizeiautos in die Finkenstraße ein.

»Was wollen die denn jetzt noch?« fragte Frau Geuß, während sie neben Doris auf den Rücksitz rutschte. Der Kommissar, der jetzt wieder seinen Trenchcoat trug, antwortete bereitwillig. »Die haben wir angefordert. Die sollen die Nachbarn befragen. Ob jemand irgend etwas Merkwürdiges bemerkt hat.«

Frau Geuß schnaubte. »Welche Nachbarn denn«, sagte sie. »Bis auf die Heidenreichs und die Birchenbachers sitzen doch alle wichtigen Leute schon hier bei Ihnen drin. Na, und die andern – ich glaub ja nicht, daß Sie von denen was erfahren, was ich Ihnen nicht sagen könnt.«

»Sicher«, sagte der Kommissar. »Das denke ich mir. Aber deshalb fahren Sie ja auch gleich uns mit, statt bei den anderen herumzustehen, nicht wahr.«

Befriedigt lehnte Frau Diethild Geuß sich zurück. Mehr denn je war sie entschlossen, ihr Bestes zur Aufklärung des Mordfalles beizutragen.

Der Dachdeckerswitwe Hella Schöpflein jedoch half das alles nichts mehr. Was von ihr übrig war, wurde auf einer mit einem Laken verhüllten Bahre aus dem Hause getragen, durch ihren makellos manikürten Vorgarten hindurch und vorbei an dem Schild, das der Kinder wegen auf Tempo dreißig bestand, in einen Wagen geschoben und weggefahren.

»Die arme Frau Schöpflein«, sagte Frau Geuß. »Und jetzt wird sie auch noch obduziert!«

Das Gebäude der Polizei befand sich am Rande der Kreisstadt und sah aus, wie Amtsgebäude nun einmal aussehen. Von langen grauen Fluren gingen links und rechts graue Türen ab, das Neonlicht erinnerte an Formulare in dreifacher Ausfertigung, Warterei und Trübsal, und die PVC-Beschichtung des Bodens war feucht von der abendlichen Wischerei der Putzfrauen. Irgendwo in einem oberen Stockwerk machte man halt. Kommissar Heimann hielt Bertram eine Tür auf. Frau Frühauf verschwand mit dem schnauzbärtigen Herrn Krahl hinter einer anderen. Frau Geuß wurde von Heimanns zweitem Begleiter – dem Kommissariatsleiter Neubert, wie man nun erfuhr – in ein drittes Zimmer gebeten. Doris, Lea und Laura warteten.

Lea rauchte, was sie sehr selten tat. Laura kauerte schläfrig auf Doris' Schoß. Doris dachte nach. Persönlich, entschied sie, fand sie Herrn Heimann recht albern.

Höflich, ja, vielleicht kompetent, aber jedenfalls albern. Mit seinem Londoner Trenchcoat, im Sommer! Und arrogant war er auch. *Halten Sie sich bitte alle zur Verfügung der Polizei!* Als stünde die ganze Straße unter Mordverdacht, for God's sake.

Als stünde die ganze Straße unter Mordverdacht, und nicht nur ihr Mann.

Aber Bertram, soviel war jedenfalls für Doris klar, hatte die Schöpflein nun sicher nicht umgebracht. Bertram und ein Verbrechen aus Leidenschaft? Lächerlich. Bertram besaß keine einzige der dafür nötigen Eigenschaften. Es mangelte ihm an Temperament, an Mut, an Besessenheit, an Phantasie. Deswegen hatte er auch Lea Hattinger nicht verführt. Er konnte Lea Hattinger nicht verführen. Er hatte einfach nicht das richtige Kaliber für dergleichen, im Guten sowenig wie im Schlechten. Es mangelte ihm an Wildheit. Ja, das war das richtige Wort. Bertram war zahm. Er bellte, aber er biß nicht, und selbst, während es vorn noch bellte, begann es hinten meist schon zu wedeln.

Und außerdem war er nicht blöd. Er hätte zweifelsohne nicht mit seinem eigenen Hammer gemordet.

Aber darauf kam sicher auch die Polizei, oder?

Oder vielleicht auch nicht.

Ob Bertram ein Alibi hatte? Ob sie Heimann gegenüber erwähnen sollte, daß Agnes und auch Christine Frühauf Lea angefleht hatten, nicht fortzugehen? Denn das Motiv war wohl klar, oder zumindest war es Doris klar. Die Schöpflein war ermordet worden, weil jemand wollte, daß Lea in Neuendorf blieb. Und wer hatte daran Interesse?

Sie selbst natürlich. Alle Schüler Leas, Agnes, Christine Frühauf und Hans A. Birchenbacher. Und Lea selbst, klar.

Aber Frauen kamen für diesen Mord doch gar nicht in Frage. Eine Frau hatte kaum genug Kraft, um mit einem Hammer dermaßen zuzuschlagen, oder? Um mit einem normalen Haushaltshammer jemandem die Schädeldecke zu zertrümmern...

Blieb also Hans A.

Ob sie erwähnen sollte, daß Birchenbacher in Lea verliebt war? Aber Hans A. war es doch auch nicht gewesen. Hans A., mit seinen Bordürenkrawatten und seinem Zierteich, seinen Amerikadias und seiner CD-Sammlung mit Motownmusik, der war doch kein Mörder. Und wenn er kein Mörder war, ging es sie, Doris, auch gar nichts an, in wen er verliebt war. Sie war schließlich nicht Diethild Geuß.

Und vielleicht hatte der Mord auch ganz andere Hintergründe als die Fehde zwischen Frau Schöpflein und Lea. Natürlich, das Leben der Dachdeckerswitwe war an möglichen Verwicklungen eher arm gewesen, aber andererseits war es bei ihrer Art auch nicht undenkbar, daß sie sich Feinde gemacht hatte. Ganz und gar nicht undenkbar. Oder vielleicht war es einer aus ihrer Familie gewesen. Vielleicht hatte sie im Garten massenhaft Familiensilber verscharrt. Vielleicht hatte ein Großwalburer Neffe das natürliche Ableben der Tante nicht länger erwarten mögen.

Doris lehnte den Kopf gegen die Wand. Es war alles zu kompliziert. Sie war keine Detektivin. Sie hatte mit der ganzen Sache auch gar nichts zu tun. Die Aufklärung war Sache der Polizei, und genau der würde sie sie auch überlassen.

Als sich die Tür zu Heimanns Büro öffnete, Bertram blassen Gesichts herauskam und Doris sich erhob, um der einladenden Handbewegung des Kommissars zu folgen, war sie entschlossen, einfach nur auf das zu antworten, was man sie fragen würde. In dieser, wenn vielleicht auch in keiner anderen Beziehung war Doris ein typisches Kind der siebziger Jahre: Sie war der Überzeugung, daß man grundsätzlich am besten fuhr, wenn man der Polizei so wenig wie möglich erzählte.

Hauptkommissar Heimann bot ihr einen Stuhl an.

»Also, Frau Bering«, sagte er, nicht unfreundlich. »Dann nehmen wir zuerst mal Ihre Personalien auf.«

Von der folgenden Unterhaltung blieb Doris später nicht mehr allzuviel im Gedächtnis. Es war alles zu unwirklich, zu sehr wie Derrick oder sonst eine Fernsehserie, der Schreibtisch, der Kriminalkommissar, die junge Dame, die eifrig in den Computer hieb und Doris hin und wieder ausdruckslos anstarrte, und mitten darin sie selbst in ihren alten Hosen voller Grasflecken –

Der Kommissar belehrte sie über ihre Rechte.

Als Zeugin war sie verpflichtet, die Wahrheit zu sagen. Sie war nicht dazu verpflichtet, sich selbst zu belasten. Wenn sie sich mit einer Aussage selbst belastet hätte, durfte sie die Aussage verweigern. Hatte sie das verstanden?

Doris nickte und begann, sich auf jene unbestimmte Weise

schuldig zu fühlen, die jeden überkommt, der von einem Menschen mit Machtbefugnis in Gegenwart einer tippenden Schreibkraft ausgefragt wird. Dann begann der Kommissar mit den Fragen.

Wie gut hatte Doris Frau Schöpflein gekannt? Wie waren sie miteinander ausgekommen? Hatte Doris heute irgend etwas Außergewöhnliches bemerkt, wußte sie von Besuch, den Frau Schöpflein erwartet haben mochte, von Feinden, die Frau Schöpflein vielleicht übelgewollt hatten? Doris versuchte, so kurz und prägnant wie irgend möglich zu antworten.

Der Kommissar fragte.

Wer hätte ein Interesse daran haben können, Frau Schöpflein umzubringen? Stimmte es denn, daß Frau Schöpflein alles darangesetzt hatte, Lea Hattinger aus Neuendorf hinauszutreiben? Wie hatte Lea das aufgenommen? Wie hatten die anderen Anwohner es aufgenommen? Kannte Doris Patienten oder Schüler Lea Hattingers persönlich, und wenn ja, welche? Hatte sie denn den Hammer jemals auf der Anrichte liegen sehen?

Doris spürte, daß etwas in ihr zu wanken begann. Der Kommissar fragte scheinbar planlos, aber sie konnte sich des Gefühls nicht erwehren, daß er einer genauen Struktur folgte, einer Art geistigem Grundriß, der ihr allerdings verborgen blieb. Den er absichtlich vor ihr verbarg! Unwillkürlich begann sie die Fäuste zu ballen, die Nägel suchten sich ihre üblichen Druckstellen. Sie hatte ja keinerlei Ahnung, wie so ein Mensch dachte!

Wer ging denn so in Leas Haus ein und aus? fragte der Kommissar. Wer hatte Zugang zu dem Hammer gehabt? Und stimmte es, daß ihr, Doris', Mann ein Verhältnis mit Frau Hattinger hatte?

Das war doch Unsinn, sagte Doris, völliger Unsinn. Und das war es auch. Aber was hörte der Komissar? Was verriet sie ihm, seiner Meinung nach, was für Schlüsse zog er aus ihren Antworten? Seine Augen, sah Doris, hatten überhaupt nichts

Durchdringendes, wie sie es bei einem Kriminalkommissar erwartet hätte. Der Blick war eher verschwommen, ein wenig unklar, aber das fand Doris noch unangenehmer. Was mochte man sehen, mit solchen Augen, die sich gar nicht richtig scharfstellen ließen? Wahrscheinlich nur, was sich im Nebelhaften der eigenen Vorstellungswelt bewegte, solche Augen konnte man ja auf wer weiß was richten, ohne daß das Hirn mitbekam, was tatsächlich geschah – aber auch das mußte eine Täuschung sein. Der Mann vor ihr war Hauptkommissar Heimann von der Kriminalpolizei, zuständig für Kapitalverbrechen, und das war er kaum dank seiner Nebelhaftigkeit geworden.

Und alles, was sie sagte, konnte doch gegen sie verwendet werden, nicht wahr?

»Hören Sie«, sagte sie, »es kann doch auch alles ganz anders sein. Warum verbeißen Sie sich denn so in all diese Zufälle? Vielleicht war es gar keiner von uns. Vielleicht war es ein vollkommen Fremder! Ein Verrückter oder so. Jemand, der mit Lea nicht das geringste zu tun hat!«

Heimann wiegte den Kopf, als zöge er Doris' Vorschlag ernstlich in Betracht.

»Möglich«, sagte er dann. »Möglich ist schließlich alles. Bloß, es kam im Inneren des Hauses zu keinerlei Kampf. Und es war auch keine Spur eines gewaltsamen Eindringens zu erkennen.«

»Naja«, sagte Doris, »was heißt das denn schon, an ein, wie heißt es gleich, Sexualdelikt hätte ich bei der Schöpflein ja auch nicht gedacht.«

Der Kommissar starrte sie einen Moment an, als hätte sie den Verstand verloren.

»Ins *Haus*«, sagte er dann. »Es ist niemand gewaltsam in ihr Haus eingedrungen, meinte ich natürlich.«

»Oh Gott«, sagte Doris. »Entschuldigen Sie. Oh Gott, wie peinlich.« Sie legte die Hand über die Augen. Der letzte Rest von Boden war unter ihren Füßen verschwunden.

»Schon gut«, sagte Heimann. »Ist doch egal. Also, was ich meine, ist dies: Das Opfer muß den Täter gekannt haben. Ihm die Tür aufgemacht, ihn ins Haus gelassen haben. Wahrscheinlich hat sie ihn sogar selbst hereingebeten.«

Doris' Mund war plötzlich ganz trocken. Lea, durchfuhr es sie. Genau wie bei Lea. Wie bei dem Kerl, der den Hammer von ihrer Anrichte gestohlen hatte. Lea hatte ihn selbst hereingebeten.

Oder er hatte einen Schlüssel.

Doris' Schlüssel. Den Doris in Leas Vorgarten wiedergefunden hatte.

»Oder«, sagte Komissar Heimann, »er hatte einen Schlüssel. Schließlich waren weder Türen noch Fenster beschädigt. Vielleicht ist er einfach reingegangen, die alte Dame hat ein Geräusch gehört, kam in die Diele, um zu sehen, was los ist, und er hat sofort zugeschlagen.«

Doris holte tief Luft.

»Der Hammer«, sagte sie, bevor sie noch nachgedacht hatte. »Ich hatte das vergessen, oder – ich weiß nicht. Aber ich hatte meinen Schlüssel zu Lea Hattingers Haus verlegt. Oder verloren. Oder jemand hat ihn genommen. Gestern früh war das. Ich wollte aufschließen, aber der Schlüssel war weg. Ich wollte schon klingeln, da habe ich ihn wiedergefunden. In Frau Hattingers Vorgarten lag er, neben der Treppe. Ich habe natürlich gedacht, er sei mir aus der Tasche gefallen, aber wer weiß, vielleicht habe ich ihn schon früher verloren, und jemand hat ihn zufällig gefunden und sich eine Kopie angefertigt. Und dann hat er den Originalschlüssel in den Vorgarten geworfen, weil ich denken sollte, ich hätte ihn dort verloren. Was ich ja auch gedacht habe. Oder jemand hat ihn mir gestohlen, aus meiner Handtasche. Und dann ist er jedenfalls ins Haus gegangen und hat den Hammer genommen.«

Aber warum sollte jemand in Leas Haus eindringen, wenn er die Schöpflein umbringen wollte? Warum überhaupt Leas Hammer für einen Mord verwenden?

Um den Verdacht auf Lea zu lenken, natürlich.

Der Gedanke war schwindelerregend.

»Aber«, sagte Doris eilig, »es ist natürlich auch sehr gut möglich, daß er mir wirklich aus der Tasche gerutscht ist. Daß die ganze Sache überhaupt keine Bedeutung hat. Ich bin nämlich manchmal etwas schusselig, wissen Sie, in solchen Dingen...« Warum sagte sie das?

Der Kommissar nickte.

»Wer hätte den Schlüssel denn aus Ihrer Tasche entwenden können?« sagte er. »Oder aus Ihrem Haus? Und wer hätte Ihrer Meinung nach auf eine solche Idee kommen können?«

Doris schüttelte den Kopf. Das wußte sie auch nicht.

»Also«, sagte Heimann mit sanftester Stimme. »Wer hätte Ihrer Meinung nach Interesse an solchen Nachschlüsseln haben können? Hans Birchenbacher? Adolf Kunzl? Oder vielleicht Ihr Mann?«

Doris sah Heimann an. Nein, sympathisch war er ihr nicht. Und er war auch nicht nebelhaft, nicht wirklich, er war auch nicht nett, es war alles Täuschung, absichtliche Täuschung, nicht Derrick, nicht Schimanski, sondern Columbo. Natürlich. Heimann wollte sie in Sicherheit wiegen.

Aber warum denn nur? Wozu war das nötig, war sie denn nicht in Sicherheit? Doris' Herz begann heftig zu klopfen. Die Zunge klebte ihr am Gaumen.

»Weiß ich nicht«, sagte sie. »Ich weiß gar nichts. Sie müßten doch selbst schon was wissen, Lea sagt doch, bei ihr schleicht jemand durch den Garten oder geht sogar in ihr Haus, sie hat das doch sogar einmal angezeigt, aber der Sache ist die Polizei ja nicht nachgegangen! Vielleicht kriecht irgendwer durch alle Häuser in der Finkenstraße, turnusmäßig. Vielleicht spukt es, ich meine, mein Puppenhaus, die umgestellten Sachen –« Aber was war nur mit ihr los? Sie ging ihm ja auf den Leim. Sie plapperte! Sie konnte Henriettes strengen Blick sehen, hören, wie sie sagte, Kind, du *plapperst* ja! Was *redest* du da überhaupt?

»Was war das, mit dem Puppenhaus?« fragte Kommissar Heimann.

Doris kämpfte um Selbstbeherrschung. Betont lässig winkte sie ab.

»Ach, das ist Quatsch, was ich da gerade gesagt habe. Das ist nur, weil ich mich über die ganze Sache mit diesem Mord so aufrege. Ich habe ein Puppenhaus, ein Hobby, verstehen Sie, und ein paarmal habe ich irgend etwas darin anders in Erinnerung gehabt, als es dann tatsächlich war, aber wahrscheinlich habe ich mir das bloß eingebildet. Das ist alles. Da war gar nichts.«

»Ah«, sagte der Kommissar wieder. »Und wo war Ihr Mann zur Tatzeit?«

Die Frage, auf die Doris doch die ganze Zeit gewartet hatte, kam jetzt so plötzlich, daß sie einen Moment brauchte, um sie zu begreifen. »Bei irgendeinem Bauern, nehme ich an«, sagte sie dann.

Heimann wiegte den Kopf. »Wann war er bei dem Bauern?« fragte er.

Doris betrachtete ihn verwirrt.

»Weil«, sagte Heimann samtweich, »Sie mich gar nicht nach der Tatzeit gefragt haben. Ich meine, Sie wissen doch gar nicht, um wieviel Uhr das Verbrechen geschah? Woher aber wissen Sie dann, wo Ihr Mann sich zu diesem Zeitpunkt aufhielt?«

Zuerst erschrak Doris zutiefst. Dann verstand sie, worauf der Kerl hinauswollte: Nur der Mörder oder seine Komplizen konnten zu diesem Zeitpunkt natürlich wissen, um wieviel Uhr der Mord geschehen war. Dann merkte sie, daß sie langsam die Wut bekam.

Es wurde aber auch Zeit!

»Weil«, sagte sie und richtete sich auf, »mein Mann Tierarzt ist, wissen Sie. Auf dem Land. Er ist zu jedem beliebigen Zeitpunkt bei einem Bauern. Immer. Das ist sein Beruf.«

»Auch über Mittag?« sagte Heimann. »Kommt er nicht

zum Essen – so gegen ein Uhr mittags, auf die Minute läßt es sich natürlich noch nicht so genau sagen, wir müssen die Obduktion abwarten – aber kommt er nicht zum Mittagessen nach Hause?«

»Nein«, sagte Doris, zunehmend gereizt. »Weil es nämlich bei uns mittags nichts gibt. Hören Sie, warum fragen Sie ihn nicht einfach selbst?«

»Hab ich schon«, sagte Heimann. »Er sagt dasselbe wie Sie. – Ja, und Sie? Wo waren denn Sie, gegen eins?«

»Zu Hause«, sagte Doris. »Ich hatte das Kind da. Laura Hattinger. Laura schläft um die Zeit.«

»Ja«, sagte Heimann. »Sie passen wohl oft auf das Kind von Frau Hattinger auf?«

»Ja«, sagte Doris.

»Sie haben ein enges Verhältnis zu Laura Hattinger? Oder besser, zu Frau Hattingers Tochter?«

»Ja«, sagte Doris. Bertram! dachte sie und ballte die Hand in der Tasche. Warte, wenn wir zu Hause sind.

»Und vor einem Jahr haben Sie ein Kind verloren, nicht wahr?« sagte da Heimann. Doris' Geduldsfaden riß.

»Ja, Sie großer Psychologe«, sagte sie. »Und dann bin ich aus Kummer zum besinnungslos mordenden Ungeheuer geworden. *Waaahhh!*« Sie bleckte die Zähne, krümmte die rotgelackten Nägel und beugte sich vor.

Der Kommissar wich zurück.

»Oh!« sagte die Schreibkraft, sichtlich erschüttert.

»Das wollen Sie doch andeuten«, sagte Doris wütend. »Daß ich Lea unbedingt in Neuendorf halten wollte, und deswegen mußte die Schöpflein weg. Aber sagen Sie mal, wenn doch Bertram und Lea was miteinander haben, wie Ihnen die blöde Geuß erzählt hat, warum sollte ich dann wohl die Frau umbringen, die für mich die Geliebte meines Mannes aus dem Dorf ekelt? Das macht doch alles gar keinen Sinn! Haben Sie sich mal überlegt, was das alles für ein Quatsch ist?«

»Regen Sie sich doch nicht so auf, Frau Bering«, sagte der

Kommissar. »Wie kommen Sie nur auf sowas. Tatsächlich nehmen wir zum jetztigen Zeitpunkt gar nicht an, daß der Täter eine Frau gewesen sein könnte. Die Wunden an der Toten, die Wucht der Schläge, der ganze Tathergang, soweit wir ihn im Moment rekonstruieren können, das alles deutet auf einen Mann hin. Natürlich, vollkommen sicher kann man da nicht sein, es gibt ja auch starke Frauen, mit diesen Fitneßstudios und allem, ich muß sagen, ich schließe gar nichts aus im Moment. Auch keinen Fremden übrigens, ich weiß ja, da unten in Neuendorf, da haben Sie dieses Neubaugebiet, und dann an der Umgehungsstraße, keine Viertelstunde weit weg, da ist das Asylantenheim —«

Doris betrachtete den Kommissar angewidert.

»Klar«, sagte sie. »Und so ein Asylant hat bei Lea Hattinger den Hammer geklaut und dann die Schöpflein erschlagen, einfach so. Anders kann es ja nicht gewesen sein.« Sie stand auf. »Wissen Sie was?« sagte sie. »Jetzt gehe ich nach Hause. Ich habe genug. Oder Sie bringen mir – wie heißt das Dings in den Krimis? – einen Haftbefehl. Genau.« Sie machte sich auf den Weg zur Tür. Kommissar Heimann machte keinerlei Anstalten, sie zurückzuhalten.

»Sagen Sie«, sagte er, »bestätigen kann Ihnen das wohl keiner? Daß Sie über Mittag zu Hause waren, meine ich.« Doris blieb stehen.

»Nein«, sagte sie. »Das kann keiner. Wenn Sie also morgen vielleicht vorbeikommen und mein Haus nach Blutspuren oder so durchsuchen wollen, sind Sie herzlich eingeladen.« Dann fiel ihr noch etwas ein. »Aber bringen Sie doch bitte gleich eine ganze Menge Leute mit. Dann können Sie mir bei der Gelegenheit die Pathologie ausräumen.«

»Die *Pathologie?*« sagte Kommissar Heimann, zum erstenmal sichtlich verstört.

Doris sah ihn an und mußte auf einmal lachen. Sie bekam einen regelrechten Lachanfall. Sie wedelte mit der Hand. Sie schluckte. Tränen rannen ihr über die Wangen. Es war ja schon wieder wie in einem Film! Ob der Herr Kommissar sie jetzt wohl gleich ohrfeigen würde, um ihre wachsende Hysterie zu stoppen?

Der Kommissar tat nichts dergleichen.

Übergangslos begann Doris zu heulen. Heimann kramte in seiner Schreibtischschublade nach einem Papiertaschentuch und reichte es ihr über den Tisch.

»Nun setzen Sie sich halt wenigstens noch mal hin, bis Ihre Aussage ausgedruckt ist«, sagte er. »Die müssen Sie sowieso noch unterschreiben. Und vorher müssen Sie sie auch noch lesen.«

Doris setzte sich wieder hin. Der Drucker druckte. Doris putzte sich die Nase, dann las sie die Abschrift ihrer Aussage, mit Widerwillen. Schablonenhaft, banal, hysterisch. Aber das hatte sie alles gesagt. Sie unterschrieb auf der gepunkteten Linie, dann sah sie Kommissar Heimann an.

»Hören Sie«, sagte sie, bemüht, vernünftig zu klingen. »Sie glauben doch wohl nicht wirklich, ich hätte während Lauras Schläfchen ins Nachbarhaus rüberrennen und meine alte Nachbarin mit dem Hammer erschlagen können? Was hätte ich denn, zum Beispiel, mit den Klamotten gemacht? Ich wäre doch sicher blutbesudelt gewesen! Und was, wenn Laura früher aufgewacht wäre und geschrien hätte? Womöglich wäre jemand gekommen und hätte mich überrascht!«

Heimann schwieg. Seine Finger trommelten auf den Tisch.

»Tatsächlich«, sagte Doris, »bin ich so gegen zwei mit Laura einkaufen gegangen. Vorne im Laden bei Frau Frühauf. Hätte ich das wohl gemacht, wenn ich um eins die Schöpflein umgebracht hätte?«

Heimann zuckte die Achseln. »Schon möglich«, sagte er.

Doris nahm ihre Tasche und ging hinaus auf den eisengrauen Flur. Beinahe gleichzeitig öffnete sich die Tür gegenüber, und Frau Geuß verließ das Vernehmungszimmer, mit hochrotem Kopf und zufriedenem Lächeln. Soweit es in ihrer Macht lag, das war klar, hatte sie die Polizei über die Verhältnisse in der Finkenstraße detailliert ins Bild gesetzt. Sie ergriff die Strickjacke, die ihr Mann ihr hinhielt, ohne Bertram und Lea eines Blickes zu würdigen, dann sah sie Doris an.

»Versuchen Sie, nachher trotzdem ein wenig zu schlafen, meine Liebe«, sagte sie, »das Leben geht schließlich weiter, und die Prüfungen des Herrn sind nur ein Zeichen seiner Liebe zu uns! – Komm, Vater, wir können nach Hause.« Und sie marschierte den langen Gang hinunter in Richtung Aufzug, ihren Gatten im Schlepptau.

Doris sank auf einen Stuhl.

»Wir sollen noch einen Moment warten«, sagte Bertram, ohne seine Frau anzusehen, »Lea und ich. Sie wollen uns noch einmal sprechen, was weiß ich, warum. Wenn du vielleicht schon vorgehen möchtest?«

»Unsinn«, sagte Doris.

»Wir bleiben da bis zuletzt«, sagte Christine.

Also wartete man.

Laura begann zu quengeln. Sie war müde. Dann fing sie an zu weinen. Doris nahm sie auf den Arm und versprach ihr ein neues Puzzle. Laura weinte unbeeindruckt weiter.

»Die blöde Geuß«, sagte Christine Frühauf und warf Doris aus den Augenwinkeln einen Blick zu. »Das ist doch alles nur, weil die blöde Geuß diesen Mist mit dem Verhältnis gesagt hat. – Das ist doch aber nur Mist, oder?«

»Klar«, sagte Doris.

Endlich kamen Lea und Bertram wieder zurück.

Heimann wünschte eine gute Nacht und bedankte sich. Doris antwortete nicht. Sie war wieder zornig. Mord hin, Mord her, aber ein kleines Mädchen dermaßen lange zum Wachsein zu zwingen! Das war mal wieder typisch für diese Beamten. Diese *Polizisten*. Und warum hatte sie sich überhaupt dermaßen von diesem Heimann einschüchtern lassen? Das würde ihr nicht wieder passieren. Das nächstemal, so schwor sie sich im stillen, würde sie es ihnen allen zeigen.

»Was hat er denn zu dir gesagt?« fragte Doris.

Sie lagen im Ehebett, jeder auf seiner Seite wie immer, aber heute unterhielten sie sich dabei.

Bertram zuckte die Achseln.

»Er hat mich ein Menge Zeug gefragt, was weiß ich. Warum ich den Hammer verliehen hab. Wozu denn Lea gerade diesen Hammer brauchte. Was für eine blödsinnige Frage, nicht? Was weiß denn ich, hab ich gesagt, sie war beim Einziehen, sie wollte einen Hammer, ich habe ihn ihr gegeben, weiter hab ich doch keine Ahnung! Und dann hat er gesagt, daß er eigentlich sowieso nicht denkt, ich wäre so blöd, die Schöpflein mit meinem eigenen Hammer zu erschlagen, aber natürlich wüßte man nie, Handlungen im Affekt und so, und was ich heute so gemacht hätte? Wegen meinem Alibi. Naja, das war leicht, ein Tierarzt hat ja immer Termine oder ist in der Praxis, ich habe ihm das alles gesagt, so genau, wie ich es auswendig weiß, und morgen rufe ich ihn an, wenn ich den Terminkalender habe. Dann kann er das alles überprüfen. Ach ja. Ob jemand die Schöpflein nicht leiden konnte, hat er auch noch gefragt.« Bertram grinste. »Ich habe gesagt, er soll das ›nicht‹ weglassen, dann ginge das Aufzählen schneller. Da hat er blöd geschaut.«

»Wollte er nicht wissen, ob du was mit der Hattinger hast?« fragte Doris.

Bertram drehte den Kopf weg.

»Doch. Aber ich habe ihm gesagt, daß das natürlich völliger Quatsch ist.« Er wandte sich Doris zu und starrte in ihre Augen. »Und du, du glaubst das doch hoffentlich nicht, diesen Quatsch?«

Nachdenklich betrachtete Doris ihren Mann.

Seine Stimme klang abgrundtief ehrlich, gerechterweise gekränkt und zutiefst überzeugend.

Zum erstenmal hielt sie es durchaus für möglich, daß er tatsächlich mal mit Lea geschlafen hatte. Wie mochte er das wohl angestellt haben? Gleichviel. Im stillen davon geträumt hatte er auf jeden Fall, das war offensichtlich.

»Ich habe ihm auch gesagt, daß ich glaube, der Birchenba-cher ist verliebt in die Lea«, sagt Bertram. »Wenn er mich im Verdacht hat wegen einer Affäre, die es gar nicht gibt, dann kann er ruhig wissen, daß andere Männer auch noch in Frage kämen.«

»Ja«, sagte Doris. »Na, du hast ihm ja überhaupt so einiges erzählt. Auch, daß ich Laura so mag, nicht wahr? Und daß – naja, das mit letztem Jahr. Mit dem Kind. Das wäre ja wohl nicht nötig gewesen.« Sie sagte es mehr der Form halber. Zu ihrem eigenen Erstaunen fühlte sie kein Bedürfnis mehr, Ber-tram für seine Quasselei gebührend anzupfeifen.

»Ja«, sagte Bertram. »Ich weiß auch nicht, warum. Dieser Kommissar, die ganze Situation –«

»Ja«, sagte Doris.

Eine Weile schwiegen sie.

»Was glaubst denn du, wer sie umgebracht hat?« sagte Bertram schließlich.

»Keine Ahnung. Vielleicht ja einer von Leas Schülern. Oder der Neffe von der Schöpflein, der endlich sein Erbe will. – Oder Hans A., wie wäre denn das?« Doris unterdrückte ein weiteres nervöses Lachen, die Vorstellung, wie der Chef des ersten Herrenoberbekleidungsgeschäfts der Stadt augenrol-lend zum Hammer griff, war gar zu absurd.

Bertram lachte nicht.

»Wer immer es war«, sagte er langsam, »muß ein – ein fürchterlicher Mensch sein, Doris. Du kannst dir nicht vor-stellen – aber wie sie zugerichtet war! Er muß immer weiter auf sie draufgeschlagen haben, auch als sie längst schon tot war. Die Wände, ganz voll Blut und Hirn gespritzt, und die Haare waren in die offene Schädeldecke hinein – «

»Puh!« sagte Doris, ernüchtert. »Schon gut, mein Lieber. Du hast ja recht. Ein Mord ist nicht witzig, du hast natürlich recht, schon gut.«

Nach einer Weile, während derer beide Berings (und un-weit von ihnen, in ihren eigenen Betten, die Geußens, Heidenreichs, Birchenbachers und alle anderen) sich bemühten, nicht daran zu denken, wie die Dielenwände des Hauses gegenüber jetzt aussehen mochten, sagte Doris: »Was glaubst du: Wen hat wohl dieser fremdenfeindliche Kommissar im Verdacht, dieser Heimann mit seinem Trenchcoat?«

»Ich weiß es nicht«, sagte Bertram. »Aber wir haben ja wohl alle ein Alibi, oder?«

»Ich nicht«, sagte Doris.

»Also ich bitte dich«, sagte Bertram. »Was für ein Unsinn.«

Sie schwiegen noch eine Weile.

Doris dachte an den schwarzen Münchner Honda, und dann an Leas Exmann Harry. An die Sache mit der Wäsche. Und an den Mann in Leas Bett. Ob man Lea das wohl jetzt nachträglich glaubte? Ihre Anzeige damals hatte die Polizei doch bestimmt in den Akten. Und der Mörder war ja auf jeden Fall in Leas Haus gewesen. Er hatte den Hammer von der Küchenanrichte genommen. Wie hatte Heimann gesagt? Vielleicht öffnete Lea ihm selber die Tür, hieß ihn regelmäßig selber willkommen.

Oder womöglich hatte er einen Schlüssel. Womöglich ging er bei Lea ein und aus, heimlich, ohne das Wissen der Bewohner, kam und ging, wie es ihm paßte, war womöglich jetzt gerade dort – wo Lea mit Laura allein war. Etwas mußte geschehen.

Natürlich würde Lea die Schlösser austauschen lassen, aber das reichte bei weitem noch nicht. Wenn Laura bei Doris ein eigenes Zimmer erhielt, konnte man Lea vielleicht dazu überreden, das Kind hier schlafen zu lassen. Vielleicht wenigstens hin und wieder! Oder vielleicht würde auch Lea selbst vorübergehend zu Berings ziehen? Sie konnte doch das Gästezimmer haben. Und Laura die Pathologie. Es war Zeit, endlich die Pathologie auszuräumen. Sie würde gleich morgen damit beginnen –

Die *Pathologie*? Beim Gedanken an Heimanns Gesicht

hätte sie beinahe wieder laut losgelacht. Sie war wirklich mit den Nerven ziemlich herunter.

Bertram machte sein Licht aus und kroch unter die Decke. Doris sah ihm zu. Seine Leguan-Tränensäcke wackelten. Sein Haar wurde oben schon schütter. Zum erstenmal seit langem beugte sie sich zu ihm hinüber und gab ihm einen flüchtigen Gutenachtkuß.

»Du hast dich gut gehalten heute«, sagte sie.

»Danke«, sagte Bertram, überrascht, aber ehrlich erfreut. »Nett, daß du das sagst. – Aber was meinst du eigentlich damit?«

Doris schwieg. Ihr war selbst nicht ganz klar, was sie meinte. Was ihr hingegen in diesem Moment mit erschütternder Plötzlichkeit klar wurde, war dies: Lea Hattinger würde erst einmal nicht ausziehen. Sie würde nicht weggehen. Sie würde in Neuendorf bleiben müssen, wenigstens so lange, bis der Mordfall Schöpflein aufgeklärt war.

Alles hatte eben auch sein Gutes. Doris löschte das Licht auf ihrer Seite und rollte sich unter ihrer Decke zusammen. Trotz aller Geschehnisse schlief sie in dieser Nacht tief und traumlos.

Das wahre Entsetzen überkam sie erst am nächsten Tag.

Frau Schöpflein war erschlagen worden. Jemand hatte einen Hammer genommen und auf Frau Schöpfleins alten Kopf eingedroschen, wieder und wieder, auf ihre ondulierten grauen Strähnen, hatte den Kopf kaputtgemacht – was hatte Bertram darüber gesagt? Doris kniff die Augen zusammen, aber die Bilder blieben trotzdem.

Geschrien hatte Frau Schöpflein jedenfalls nicht, versuchte sie sich zu beruhigen, denn das hätte doch sicher jemand gehört.

Oder? Frau Schöpfleins Haus war allerdings sehr altmodisch gebaut. Stein auf Stein, dicke Wände, gut isoliert. Und sie öffnete selten die Fenster, sie reagierte empfindlich auf Luftzug. Und vor allen Fenstern hingen Gardinen.

Aber dennoch, wie war es möglich, daß niemand den Mörder in Frau Schöpfleins Haus hatte gehen sehen? Und dann, als er herauskam – er mußte doch von oben bis unten voller Blut gewesen sein, am hellichten Tage!

Aber es war wie in Chicago. Es war wie im Fernsehen. Keinem war irgend etwas aufgefallen. Als Doris gegen Mittag von Adolf Kunzls Spielwarenladen zurückkam, wo sie das versprochene Puzzle gekauft hatte, warteten Lea und Laura bereits auf sie, und sie bestätigten, was Doris schon ahnte: Frau Schöpflein war, mitten im oberfränkischen Neuendorf, völlig unbemerkt ums Leben gekommen. Die Polizei, so hatte Christine Frühauf Lea vorhin im Laden berichtet, hatte noch in der Nacht das halbe Dorf verhört, aber keiner hatte auch nur den geringsten Hinweis liefern können – hier, in Neuendorf, in der Finkenstraße, wo doch grundsätzlich jeder alles von jedem wußte!

»Ich versteh das alles nicht«, sagte Lea. »Wie schick dieser Krahl war! Dieses Hemd, und diese Lederjacke... und dann sein Schnurrbart. Ich versteh die ganze Gegend hier nicht, ich bin richtig verwirrt. Nur Schwule tragen doch heute noch so schöne gepflegte kleine Schnauzer und Lederjacken, oder etwa nicht? Na also! Aber der ist gar nicht schwul! Leider, sonst wär ich sicher besser mit ihm klargekommen... und haben Sie gesehen, sein Mund zuckt immer so, genau wie bei Humphrey Bogart... In diesem Film, wo er über das Meer flieht, war es *Key Largo*... Meinen Sie, er kultiviert das absichtlich?«

»Vielleicht steht er ja auf *Key Largo*«, sagte Doris gereizt. »Vielleicht fährt er manchmal auf dem Hahnenteich Ruderboot. Fragen Sie ihn doch mal.« Leas Art, sich den Dingen zu nähern, war manchmal wirklich überaus enervierend.

Lea raffte sich mit sichtlicher Anstrengung hoch. »Lassen Sie uns in die Küche gehen«, sagte sie. »Ich brauch einen Kaffee.«

Während der Kaffee durchlief, gab Doris Lea einen Cognac. Dann überreichte sie Laura ihr Geschenk und stellte ihr ein Glas Milch dazu auf den Boden.

»Passel, Passel«, schrie Laura begeistert und warf die Milch um. Doris holte einen Lappen, dann half sie Laura beim Entfernen des umweltschädlichen Zellophanpapiers um die Schachtel.

»Na, und wie war es ansonsten bei Ihnen?« fragte sie Lea.

»Das Verhör, meine ich. Abgesehen vom Schnurrbart.«

Lea hob die Schultern und betrachtete ihr Kind.

»Ich hab überhaupt nicht geschlafen«, sagte sie. »Ich hab die ganze Nacht versucht, mich zu erinnern, wann ich diesen Scheißhammer zuletzt gesehen hab. Es gibt da ja so Techniken, Konzentrationsübungen, innere Versenkung... aber nichts. Nichts! Und dieser Krahl, und nachher auch der Heimann, die haben mich das immerzu gefragt. Wann denn der Hammer verschwunden ist. Wer ihn hätte genommen haben können. Was weiß denn ich! Tagelang lag er da auf der Anrichte, und immer habe ich vergessen, ihn Ihnen mitzugeben... Überhaupt, ich vergesse alles in letzter Zeit, ich bin richtig schusselig, unaufmerksam. Ich nehme gar nichts mehr richtig wahr. Wenn ich könnte, würde ich in eine Zen-Schule gehen, oder noch besser in ein Zen-Kloster... aber Laura... Die haben die Anrichte nach Spuren und Fingerabdrücken und was noch alles abgesucht, und das wollen sie mit dem vergleichen, was sie bei der Schöpflein finden, aber verdammt! Wer bei mir alles die Anrichte anfaßt! Es ist immer noch alles voll mit diesem ekligen Pulver.«

Doris goß den Kaffee ein.

»Ich denk immer an den Typen, der in meinem Bett lag«, sagte Lea. »Der meine Wäsche geklaut hat. Der könnte doch auch den Hammer genommen haben.«

»Bertram hat der Polizei gesagt, daß Hans A. in Sie verliebt ist«, sagte Doris.

»Das hab ich denen selber gesagt«, sagte Lea. »Aber der war es natürlich nicht... Und außerdem hat er ein Alibi. Hieb-

und stichfest. Agnes hat heute morgen erzählt, daß er den ganzen Tag gestern nicht aus dem Geschäft gekommen ist. Mittags hat er sich was bei der Fischfrieda holen lassen, und dann hat er telefoniert, während der ganzen Mittagspause, seine Angestellten bezeugen das alle ... die Kripo war ja gleich heute morgen bei ihm! Im Geschäft, stellen Sie sich das vor!«

»Aber wer war es denn nun?« sagte Doris. »Wer hat sie umgebracht? Lea, Sie sind doch Therapeutin. Ich meine – Sie können die Leute doch einschätzen, psychologisch. Oder? Wer hat es Ihrer Meinung nach getan?«

»Keine Ahnung«, sagt Lea. »Aber ich trau mich auch gar nicht, richtig darüber nachzudenken ... wenn es nun einer ist, den ich gut kenne! Wenn wirklich mein Auftauchen hier an allem schuld ist! Wie furchtbar! Und das Karma, das man sich mit sowas einhandelt ...« Lea schlug die Hände vors Gesicht. »Ich denke ja, es war Harry«, sagte sie, durch die Finger. »Mein Exmann. Aber dann denk ich es auch wieder nicht ... ich weiß gar nicht, was ich machen soll, wenn ich was zu diesem Heimann sage, dann wird diese ganze eklige Geschichte wieder aufgerührt ...«

»Mama hat ein Aua!« sagte Laura erschrocken, dann stand sie auf und lief zu Lea hinüber.

»Oh Mann, das Kind«, sagte Lea zerknirscht, »und ich rede gerade darüber ...« Sie nahm die Hände vom Gesicht und zog ihre Tochter an sich. Laura, bezüglich der mütterlichen Verfassung wieder beruhigt, machte sich los und kehrte zu ihrem Puzzle zurück.

»Mein Alibi ist ja der Günther«, sagte Lea zu Doris. »Der Günther Teuschert aus Rodach ... Ich hoffe, der wird mir das nachsehen. Ich meine, wahrscheinlich werden die meine Adressenkartei früher oder später sowieso beschlagnahmen, oder?«

»Keine Ahnung«, sagte Doris. »Warum sollten sie wohl?«

»Na jedenfalls«, sagte Lea, »der Günther, der meditiert nur bei mir, der ist nicht ernstlich in Behandlung oder so. Und der steht auch dazu, was wir hier machen... ich hab gesagt, sie sollen ihn wenigstens vorher anrufen und da nicht gleich wie die Bullen hingehen. Sonst zerreißen sich die Nachbarn wieder das Maul, und er hat's ja schon schwer genug da, mit seinen grünen Haaren und den Nasenringen und allem... ach ja, da fällt mir ein...«

Und Lea begann in ihrer Tasche zu kramen.

»Hier, für Sie«, sagte sie dann. In der Hand hielt sie eine Schachtel, in Öko-Geschenkpapier eingeschlagen. »Jetzt hätt ich das fast schon wieder vergessen.«

Doris starrte verblüfft auf das Päckchen.

»Wieso für mich?« sagte sie. »Ich meine, ich habe doch keinen Geburtstag oder so.«

»Machen Sie es doch einfach auf, ja?« sagte Lea.

In dem Karton lagen zwei Puppen. Es waren handgearbeitete Porzellanpuppen, Künstlerpuppen, wie die in Doris' Villa: eine Frau – eine Dame, blühend, in ihren besten Jahren, mit hochaufgetürmtem dunklen Haar, in einer wunderbaren Bluse aus echten Spitzen –, und ein kleines Mädchen im Matrosenkleid, etwa sechs oder sieben, mit strahlenden Augen und dunklen Locken unter dem Strohhut.

»Eine englische Dame und ihre Tochter«, sagte Lea. »Ich habe sie aus Nürnberg kommen lassen... Gestern sind sie gekommen.«

Die Puppen trugen handgearbeitete Lederstiefelchen. Doris schätzte ihren Wert auf mindestens zweitausend Mark. Sie legte sie vorsichtig auf den Tisch.

»Das kann ich nicht annehmen«, sagte sie. »Das ist völlig unmöglich. Sie sind viel zu viel wert.«

Lea lachte, ein wenig verzagt.

»Ach wissen Sie«, sagte sie, »mir ist ja klar, daß Sie mich nicht besonders mögen. Aber... Laura, die haben Sie lieb, das weiß ich. Und weil Sie immer auf sie aufpassen... Gott, Sie sind uns ja unersetzlich! Und wie gern die Laura Sie hat! Ich wollte Ihnen eben eine Freude machen...«

Unersetzlich! Doris schluckte.

Sie starrte die Puppen an.

»Es stimmt eigentlich nicht, daß ich Sie nicht mag«, sagte sie. »Früher vielleicht, aber jetzt...« Jetzt mochte sie Lea, zumindest ein wenig. Doch, sie mochte sie, sie mochte sie gern. Es war verrückt. Sie hatte es bis jetzt noch gar nicht gemerkt.

»Was soll ich denn mit den Puppen machen«, sagte Lea, »wenn Sie sie nicht nehmen?... Nehmen Sie sie doch. Es geht mir ja nicht mehr so schlecht, finanziell.«

Doris berührte die Seidenbänder, die den Strohhut des Püppchens schmückten.

»Wissen Sie was?« sagte sie. »Ich hebe die Puppen auf. Für Laura. Für später, wenn Laura vorsichtig mit ihnen umgehen kann. Das mache ich, ja? Und jetzt – jetzt danke ich Ihnen erstmal ganz herzlich. Für alles, Lea.«

Lea sah sie erstaunt an.

»*Sie* danken *mir*?« sagte sie. »Aber wofür denn?«

Die Villa wirkte ein bißchen verstaubt. Doris war so lange nicht mehr hier oben gewesen. Eine Weile betrachtete sie die vornehmen Zimmer, die Figuren. Die Haushälterin Berta stand in der Küche am Herd, die Kinder spielten mit ihrem Mädchen im Park, und die Lady befand sich im Wintergarten. Doris hätte nicht sagen können, ob sie die Puppen beim letztenmal in diesen oder in anderen Positionen zurückgelassen hatte, also bemühte sie sich, gar nicht erst darüber nachzudenken.

Sie legte Leas Geschenke vorsichtig auf den Stuhl. Das Reisegepäck stand noch immer im Schlafzimmer der Lady, Doris selbst hatte es dort untergebracht, nachdem die Großeltern heim in ihren Karton gefahren waren. Jetzt räumte sie die Taschen und Koffer zurück in das Gästezimmer.

»Besuch«, sagte sie leise. »Lady Harringdon, darf ich vorstellen: Ihre langvermißte Cousine ist endlich angekommen, mit ihrer reizenden Tochter!«

Die beiden Damen begaben sich sofort in den Gartenpavillon, wo ihnen auf einem weißen, kunstvoll geschmiedeten Tischlein der Tee serviert wurde. Und Marlene, das Lieblingskind der Familie, nahm sich des neuen Mädchens an – Bella. Das war doch ein hübscher Name für die kleine Schönheit, nicht wahr? Bella. Gemeinsam gingen sie in Marlenes Zimmer zum Spielen.

Aber wo sollte die Kleine schlafen? Ganz unten im Gästezimmer, bei ihrer Mutter? Nein, das schien Doris keine gute Idee. Marlene und Bella wollten sicher beieinander bleiben. Sie betrachtete das Schlafgemach des Lords. Es war ein wenig düster, mit seinem großen Four-Poster-Bed und den Draperien, aber wenn man die Vorhänge wechselte und einen anderen Teppich wählte, vielleicht den hellen, mit den Blautönen, aus dem Speisezimmer – und wenn Marlene einige ihrer Spielsachen herüberbrachte – dann, ja dann hätte das neue Mädchen ein eigenes Zimmer, im selben Stockwerk wie die anderen Kinder.

Entschlossen ging Doris ans Werk. Zum erstenmal seit langer Zeit verbrachte sie einmal wieder einen ganzen Nachmittag in ihrer Werkstatt. Als sie fertig war, wischte sie sich den Kleber von den Händen, schüttelte den Staub von ihrer Schürze, kletterte die Dachtreppe hinunter und begab sich ins Schlafzimmer. Aus der Tasche einer alten Jogginghose fischte sie einen Schlüssel heraus und überquerte den Flur. Etwas blieb noch zu tun. Etwas, das sie sich ganz fest für heute vorgenommen hatte.

Der Schlüssel ließ sich ins Schloß stecken, wollte sich aber nicht drehen. Doris wendete ihre ganze Kraft auf, der Druck brach ihr fast die Finger. Dann gab es ein unheilverkündendes Knacken. Das Schloß gab nach. Kreischend und Zentimeter um Zentimeter öffnete sich die Tür zur Pathologie.

Doris sah durch den Türspalt. Im Inneren war es dämmrig: Durch das erblindete Fenster drang nur wenig Licht. Ein

Geruch von Gruft und Verlassenheit drang auf den Korridor hinaus. Spinnweben bewegten sich im Luftzug. Ein Auge starrte reglos von oben auf sie herab. Mit einem Satz sprang Doris zurück in den Flur. Ihr Herz hämmerte gegen die Rippen.

Aber was für ein Unsinn, sich vor seiner eigenen Rumpelkammer zu fürchten! Sie holte einmal tief Luft, dann beugte sie sich erneut vor und starrte direkt ins Glasauge eines ausgestopften Steinadlers. Die Krallen hatte er in eine Maus geschlagen. Die toten Flügel halb ausgebreitet kauerte er auf seinem Ast und starrte mit gelben Pupillen ins Jenseits, zusammen mit seinem Opfer, das noch als Mumie nicht von ihm freikam.

Doris lauschte einen Moment der Stille, die aus dem Zimmer zu dringen schien, dann drückte sie gegen die Tür. Etwas schien sich verklemmt zu haben. Das Holz gab dem Druck zwar ein wenig nach, federte aber wieder zurück, wenn ihre Arme erlahmten. Es fühlte sich an, als hielte auf der anderen Seite etwas dagegen. Als wolle das Zimmer nicht von ihr betreten werden, aber das war natürlich totaler Quatsch –

Mit rasender Geschwindigkeit kam etwas auf ihr Gesicht zu. Zu spät riß Doris die Arme hoch, ein furchtbarer Schlag traf sie an der Braue, und sie stürzte zu Boden. Einen Moment lang glaubte sie, bewußtlos zu werden. Dann verzog sich das rote Gewaber vor ihren Augen, und sie stellte fest, daß der Holzstiel einer Schaufel sie am Kopf getroffen hatte.

Sie ging ins Bad nachsehen. Über der rechten Braue begann die Haut sich bereits zu verfärben. Sie würde eine Beule kriegen. Und einen Bluterguß. Womöglich würde das Auge zuschwellen. Sie würde großartig aussehen.

Und was würde sie sagen, wenn sie einer nach der Herkunft ihres Veilchens fragte? Wie lächerlich! Wie absolut blöde von ihr! Sie mußte ja selbst auf diese Scheißschaufel getreten sein!

Es tat wirklich ziemlich weh. Sie preßte einen Waschlappen mit eiskaltem Wasser gegen die Verletzung und fluchte leise vor sich hin.

Was war das aber auch für eine Schnapsidee gewesen, jetzt in den Abendstunden ganz allein mit dem Ausmisten anzufangen! Sie würde warten bis morgen. Sie würde Maria bestellen, die Putzfrau. Und erst einmal würde sie die verdammte Tür wieder zumachen!

Aber es ging nicht. Einmal geöffnet, wollte sich die Tür nicht mehr schließen lassen. Sie bewegte sich keinen Millimeter, so sehr Doris auch zerrte. Mit einem Seufzer gab sie auf, ließ die Tür offen und lief hinunter in die Diele, um Maria anzurufen.

Das Telefon in Marias Wohnung klingelte eine kleine Ewigkeit, und als endlich abgenommen wurde, meldete sich Felipe, ihr Mann.

»Maria ist krank«, sagte Felipe. »Die kann nirgends hin. Bronchitis, mitten im Sommer! Und es kann dauern, sagt der Arzt. Ich hätte Sie sowieso noch angerufen. Naja. Wir melden uns, wenn sie wieder gesund ist.« Dann hängte er auf.

In den nächsten Tagen überflutete die Pathologie Doris' Haus.

»Erschlagen?« schrie Henriette am anderen Ende der Leitung. »Mit einem *Hammer*? Was sagst du da – mit *Bertrams* Hammer? Gott, warum stand denn nichts in der Zeitung? Aber vielleicht stand es ja in der Zeitung, und ich habe es überlesen, ich habe mich ja so aufgeregt wegen *Angela*! – Aber egal, jedenfalls komme ich natürlich sofort. Ich nehme den Zug, ich kümmere mich um *alles*, das ist ja entsetzlich, mein armes Kind, wie du dich *aufgeregt* haben mußt!«

»Mama, jetzt hör doch, um Himmels willen!« rief Doris ungeduldig in den Hörer. Bertram stand neben ihr, klingelte mit dem Autoschlüssel und verdrehte die Augen. Er haßte es, zu spät zu kommen, außer bei Doris natürlich. »Jetzt hör doch mal einen Moment zu! Es ist schon alles vorbei, sie wird ja heute beerdigt! Ja, sie wird beigesetzt, und ich bin gerade im Begriff, zum Friedhof zu gehen! Mama! Ja, ich habe ein *gedecktes Kostüm* an! Hör mal, bleib du mal am besten in Hamburg und kümmere dich um Angela. Wenn es ihr wirklich so schlecht geht...« Bertram sah auf die Uhr, mit theatralischem Nachdruck. »Ich muß jetzt Schluß machen, Mama«, sagte Doris. »Grüß Vater und Angela. Ja, mache ich. Ja. Ja! Tschüß!«

Sie hängte ein und hastete Bertram nach, der inzwischen schon hinausgegangen war, um den Wagen zu wenden. Sie hechtete auf den Beifahrersitz und unterdrückte einen Fluch. Ihr *gedecktes Kostüm*, in Wirklichkeit ein dunkelblaues spießiges Kleid aus Bibliothekarinnenzeiten, hatte lange Ärmel, und sie schwitzte jetzt schon entsetzlich.

Natürlich fuhren sie an Frau Schöpfleins Haus vorbei. Wie immer seit dem Mord bemühte Doris sich, nicht aus dem Fenster zu sehen. Und wie immer tat sie es dann doch.

Das Haus sah tot aus. Nicht nur verlassen, sondern leblos, gruftähnlich, aber wahrscheinlich war das nur ihre Phantasie. Es ging ihr einfach nicht aus dem Kopf, daß sie einen ganzen Nachmittag lang neben diesem Haus gelebt, an diesem Haus vorbeigegangen, dieses Haus angesehen und übersehen hatte, während darin eine alte Frau erschlagen wurde. Während die Tote in ihrer Stille auf dem Dielenboden lag, während das Blut an den Wänden langsam trocknete, während –

Sie klappte den Beifahrerspiegel herunter und untersuchte die Beule über der Braue. Die Schwellung war ein wenig zurückgegangen, hatte sich aber blaugrün verfärbt.

»Was hat Henriette denn wieder zu meckern gehabt?« fragte Bertram.

»Sie hat überhaupt nicht gemeckert«, sagte Doris. »Sie hat uns ihre Hilfe angeboten, worin auch immer die bestehen sollte. Wahrscheinlich will sie sich bloß einmischen. – Aber das Verrückteste weißt du noch gar nicht: Angela ist wieder in Hamburg! Gestern ist sie gekommen, sie ist nämlich beklaut worden! Dieser Kerl war's, dieser Professor oder was immer der sein wollte, in den sie verliebt war. Ist das nicht gemein? Angela war irgendwo unterwegs, dienstlich, und er hat in aller Ruhe ihr Haus leergemacht und die Galerie auch. Wahrscheinlich hat er sich überhaupt nur an sie rangemacht, um sie zu beklauen!«

Bertram wiegte bedächtig den Kopf. Dann bog er auf den Parkplatz vor dem Friedhof ein.

Vor der Aussegnungshalle war ein Gewühl wie auf einem makabren Wochenmarkt. Die Einwohner der Dörfer Neuendorf und Großwalbur, sämtlichst in gedeckten Kostümen und Anzügen, schienen vollständig zu Hella Schöpfleins Beerdigung angetreten zu sein, und sogar ein paar Leute aus der Kreisstadt waren gekommen. Kommissar Heimann, zum Beispiel. Er stand ein wenig abseits von der Trauergemeinde und war dermaßen auffällig um Unauffälligkeit bemüht, daß er sofort alle Blicke auf sich zog.

Lea und Laura standen mit den Birchenbachers zusammen. Sie sahen alle vier etwas mitgenommen aus, besonders Hans A. Er war ganz grau im Gesicht.

»Wir werden geschnitten«, sagte er zu Doris und Bertram, statt einer Begrüßung. »Wir werden richtiggehend geschnitten. Das ist miserabel für mein Geschäft, miserabel, von allem anderen mal abgesehen.«

»Quatsch«, sagte Lea, ungewohnt scharf. »Nicht ihr werdet geschnitten, sondern ich. Wenn ich jetzt abhaue... mich woanders hinstelle, meine ich, dann kommen sie alle angerannt. Wetten?«

»Du bleibst hier bei uns stehen«, sagte Agnes zu Lea, »abhauen, das fehlte ja noch. Hallo, Doris, hallo, Bertram. Lea bleibt hier bei uns, nicht wahr? Wir werfen sie doch nicht diesen Heinis zum Fraß vor! Habt ihr gehört? Die Polizei hat den Neffen von Schöpfleins im Verdacht, der, der schon ein paarmal in Prügeleien verwickelt war. Aber der hat gar nichts geerbt! Naja, das wußte er natürlich nicht, als er sie umgebracht hat, ich meine, falls er es war...«

»Schaut mal, da kommen Geußens und Heidenreichs«, sagte Bertram.

Die feindliche Fraktion der Finkenstraße kam geschlossen die kleine Allee herauf, in Formation, wie ein Schwarm Gänse auf dem Zug gen Süden. Voran humpelte Diethild Geuß, die zur Feier des Tages ihre Füße in ein Paar schwarze Pumps gezwängt hatte. Ihre Knöchel quollen über den Rand. Trotz der Hitze trug sie einen schwarzen Hut, mit einer schillernden Fasanenfeder im Band. Sie bedachte Lea, Doris und die anderen mit keinem Blick. Vater Otto und Bäckermeister Heidenreich folgten in ihrem Kielwasser. Zum Schluß, ein wenig hinter, ein wenig neben ihrem Mann, kam Edda Heidenreich. Als sie mit Doris auf einer Höhe war, nickte sie herüber und sah dann schnell wieder weg, mit hochrotem Gesicht. Aber sie hatte Glück. Keiner hatte ihren Loyalitätsbruch bemerkt.

Sie sahen dem Grüppchen nach, bis es in der Halle verschwand.

»Da drüben steht dieser Kommissar«, sagte Lea.

»Der war gestern wieder da und hat uns nochmal nach unseren Alibis befragt«, sagte Agnes. »Ich war bei der Frühauf im Laden, und der Hans, der war ja im Geschäft, der hat über Mittag telefoniert, klar, die Gesprächspartner konnten nicht mehr auf die Minute sagen, um wieviel Uhr er angerufen hat, aber dem Kommissar hat es anscheinend genügt, gottseidank –«

»Ich glaube, sie fangen an«, sagte Bertram.

Die Veranstaltung verlief nicht ganz ohne Peinlichkeiten. Der Pfarrer war eher überfordert, und Doris fühlte mit ihm mit. Was sollte er auch sagen? Das bei solchen Anlässen Übliche wollte diesmal eben nicht so recht greifen. »Unsere Frau

Schöpflein, von allen hochgeschätzt und geliebt« – nun, nicht wirklich von *allen*, nicht wahr? Und mit seinen Bemerkungen zu dem grauenhaften Verbrechen traf er entschieden auch nicht den richtigen Ton.

Doris starrte auf den Blumenschmuck, mit dem der Sarg überhäuft war, grub gewohnheitsmäßig die Nägel in ihre Handflächen und lenkte sich mit Gedanken an Dr. Dig ab.

Was würde der berühmteste Archäologe des posthumanen Zeitalters wohl denken, wenn er dereinst Hella Schöpfleins zertrümmerte Schädelknochen ausgrub? Würde er einen Mord annehmen? Eine Hinrichtung? Vielleicht würde er auch glauben, das Opfer irgendeines finsteren Rituals vor sich zu haben. Hatte man es hier womöglich mit Kannibalismus zu tun? Dr. Dig wischte sich den Schweiß von der zerfurchten Stirn. Die Rüssel seiner Zuhörer rümpften sich vor Ekel.

»Man muß bedenken, Menschenopfer«, funkte Dr. Dig ihnen auf ihrem weit entfernten Planeten zu und stützte sich auf seinen Spaten, »Menschenopfer waren im Neuendorf-Zeitalter keine Seltenheit. Besonders Alte und Schwache wurden den blutrünstigen Gottheiten jener düsteren Periode mitleidlos dargebracht –« Und dann würde er kopfschüttelnd ein unlesbares Scheibchen Rost studieren, das unweit der Neuendorfer Siedlung exhumiert worden war.

Er ahnte einen Zusammenhang – aber die Wahrheit entzog sich ihm und würde sich ihm auf immer entziehen. Niemals würde er erfahren, daß einmal, vor langer, langer Zeit, auf dem Schildchen gestanden hatte:

Gestiftet von Hella Schöpflein
in treuer Liebe
dem Andenken ihres Mannes
Karl Georg Schöpflein.

Die Ermordete nämlich hatte tatsächlich eine ganze Menge Geld hinterlassen, so hieß es, mindestens zweihunderttausend Mark, und dazu kam noch das Haus. Aber der Bärenanteil dieses Vermögens sollte nicht etwa ihrem Großwalburer Neffen und Patenkind zukommen, das fest damit gerechnet hatte, sondern – dem Neuendorfer Heimatverein! Unter einer Bedingung. Vor dem Vereinshaus war eine grüne Bank aufzustellen, mit einem Schild an der Lehne, das hinfort und immerdar unmißverständlich Frau Hella Schöpflein als Spenderin dieser Bank kenntlich machte, zugleich aber ihre weibliche Bescheidenheit bewies, die immerwährende Verehrung, mit derer sie über den Tod hinaus ihres Gatten Karl Georg gedacht hatte.

Und das alles für Dr. Dig.

Die ersten Töne des von Frau Schöpflein testamentarisch bestimmten Schlußchorals huben an, und Pfarrer und Trauergäste atmeten auf.

Die Berings verzichteten darauf, dem Sarg über das Gräberfeld zu seinem letzten Bestimmungsort zu folgen, und auch der anschließende Trauerimbiß (in der bekanntermaßen urigen Gaststätte *Zum Deutschen Eck* in Großwalbur) würde ohne sie stattfinden: In Anbetracht der noch ungeklärten Todesumstände und der enttäuschenden testamentarischen Verfügungen hatten die Hinterbliebenen keinen Anlaß dazu gesehen, die Neuendorfer Nachbarn ihrer verblichenen Tante zu bewirten. Doris war ihnen von Herzen dankbar dafür. Sie ließ sich in die Polster des Beifahrersitzes sinken, Bertram drehte den Zündschlüssel, da klopfte es an ihr Seitenfenster. Kommissar Heimanns verwaschene Augen starrten herein. Doris drehte widerwillig die Kurbel.

»Ach, äh«, sagte der Kommissar, »tut mir leid, wenn ich Sie aufhalte. Aber sagen Sie mal, das sieht ja wirklich schlimm aus, was Sie da am Auge haben, Frau Bering. Wie ist das denn passiert?«

»Ich bin auf einen Spaten getreten«, sagte Doris. Ihr Herz klopfte plötzlich sehr heftig, und das Blut stieg ihr ins Gesicht. Dabei log sie doch überhaupt nicht! Dieser Kommissar Heimann war wirklich unmöglich.

»Auf einen Spaten«, sagte Heimann. »Im Garten wohl?«

»Nein. Nicht im Garten. In der Pathologie, wenn Sie es genau wissen müssen. Pathologie, so nennen wir unsere Abstellkammer.«

Heimanns Blick flog zwischen den Eheleuten Bering hin und her. Er glaubte Doris kein Wort. Doris platzte der Kragen.

»Ich weiß genau, was Sie denken«, fuhr sie den Kommissar an. »Sie denken, Bertram hätte mir eine gescheuert. Wissen Sie was? Wagen Sie doch einfach den Selbstversuch und treten Sie selber auf meinen Spaten. Und wenn es weh tut, dürfen Sie sich danach in der Pathologie was Hübsches aussuchen. Einen Waldkauz vielleicht, ja? – Bertram, wir fahren!« Und mit diesen Worten kurbelte Doris ihr Fenster wieder hinauf, der Kommissar zog in letzter Sekunde die Finger weg, und der Wagen des Neuendorfer Veterinärmediziners rollte unbehelligt von dannen. Als sie durch das Tor hinausfuhren, drehte Doris sich noch einmal um. Kommissar Heimann hastete zwischen den Gräbern hindurch, dem entschwundenen Sarge nach. Sein Trenchcoat umbauschte ihn wie die Schwingen eines ungelenken grauen Seevogels.

»War das dein Ernst mit dem Kauz?« fragte Bertram. »Das wäre nämlich ganz schön gemein von dir. Das sind doch alles Erinnerungsstücke an meinen Vater!«

In dieser Nacht wachte Doris plötzlich auf und stellte fest, daß sie vor ihrem Puppenhaus saß. Sie wußte nicht recht, wie sie dahin gekommen war. Niemand hatte je darüber geklagt, daß sie schlafwandle.

Und warum auch, sie schlafwandelte ja nicht!

Tatsächlich, jetzt, wo sie darüber nachdachte, erinnerte sie sich dunkel daran, aufgestanden und in die Küche gegangen zu sein, um etwas zu trinken... Sie fror. Kein Wunder, ihre Füße waren eiskalt. Der Himmel mochte wissen, wie lange sie schon hier saß.

Auf dem Regal stand ein Glas Wasser.

Es schmeckte abgestanden. Lau.

Nun, das war noch lange kein Beweis dafür, daß es alt war. Wahrscheinlich hatte sie nur vorhin aus Versehen den Warmwasserhahn aufgedreht. Es gab jedenfalls keinen Grund zur Beunruhigung.

Oder?

Doch. Es gab natürlich jede Menge Gründe zur Beunruhigung. Eine alte Frau war im Nachbarhaus mit einem Hammer erschlagen worden, der Täter war noch immer nicht gefunden, es gab nicht mal einen richtigen Verdächtigen. Keiner wußte, wer es gewesen war. Alle hatten ja ein Alibi: Bertram war bei Bauer Klein gewesen, Birchenbacher im Geschäft, Lea mit Günther beim Meditieren, Agnes beim Einkaufen in Frau Frühaufs Laden.

Aber was, wenn der Täter selbst sich nicht an seine Tat erinnern konnte? Wenn der Täter jemand war, an dem offensichtlich ein Trauma nagte, jemand, der sporadisch sein Haus völlig verkommen ließ und dessen einzige Freunde genau die Leute waren, die Frau Schöpflein hatte wegekeln wollen?

Jemand, der nicht ganz zurechnungsfähig war, kurz gesagt. Der mitten in der Nacht vor seinem Puppenhaus aufwachen konnte und dann nicht einmal wußte, was er da tat. Und der, als einziger, kein Alibi hatte.

Was, wenn womöglich sie selbst die alte Schöpflein erschlagen hatte?

Sie hatte Motive. Und Zugriff zum Hammer –

Und wo war die Lady?

Doris beugte sich vor. Das letztemal hatte Luisa Harringdon geborene von Rarenfels im Garten-Pavillon gesessen und Tee getrunken, zusammen mit ihrer Cousine, da war Doris ganz sicher. Aber jetzt war der Pavillon leer.

Der Pavillon war leer, und das Teegeschirr lag auf dem Boden, die Kristallgläser für den Sherry waren zerbrochen, zermalmt, wie unter den Tritten schwerer Stiefel, die Cousine war im Treppenhaus, stürmte die Treppen hinauf zu den Kinderzimmern, tat genau das, was jede Mutter im Moment der Bedrohung getan hätte –

Und die Lady kauerte in einer Ecke ihres Wintergartens, hinter einer Topfpalme. Durch das riesige Fenster ihr gegenüber starrte ein Mann herein, die Hände gegen die Scheibe gepreßt.

Einen Moment setzte Doris' Herzschlag vollkommen aus.

Aber sie selbst hatte natürlich die Puppen so aufgestellt! Daß sie hier saß, in diesem Zustand, war doch wohl Beweis genug, oder?

Sie war es die ganze Zeit selber gewesen. Sie war nicht zurechnungsfähig. Sie ließ ihre Puppen einander bedrohen und wußte es hinterher nicht einmal. Sie war ganz einfach verrückt!

Natürlich – weil sie unbewußt von ihrem Mord wußte. Weil ihr Unbewußtes ihr die Wahrheit vermitteln wollte, die Wahrheit über Doris Bering geborene Fahrensdorff: daß sie nämlich eine Mörderin war –

Dann wachte Doris endlich völlig auf. Sie rieb sich die Augen. Das Unbewußte?

Aber was für ein rasanter Quatsch das alles war. Psychogerede! Dergleichen Schwachsinn hatte sie Lea zu verdanken. Lea, und diesem blöden Kommissar. Sie hatte die Wut auf den Kommissar! Und auf Lea. Und auf sich selbst. Doris Bering und jemanden erschlagen? Was für ein totaler Irrsinn! Resolut stand sie auf und griff sich den Kerl am Fenster. Es war natürlich der Lord. Wahrscheinlich hatte er die ganze Zeit über da gestanden, und sie hatte ihn einfach übersehen. Sie hatte einfach nicht außerhalb des Hauses nach ihm gesucht. Viele Leute, alle möglichen ganz normalen Leute, übersahen doch gelegentlich etwas, wonach sie suchten!

Der Lord war ein wenig staubig. Sie pustete seinen Anzug ab, dann setzte sie ihn in den Speisesaal an den Queen-Anne-Tisch, zusammen mit Gattin, Cousine, allen Kindern und dem Kindermädchen. Die Haushälterin Berta servierte das Abendessen. So. Jetzt war endlich Ruhe.

Doris trat einen Schritt zurück und besah sich das Ganze. Sie nickte befriedigt. Eine Szene des Friedens, ein Familienidyll bot sich dem Betrachter dar.

Beim Hinausgehen schaltete sie das Licht aus.

In völliger Dunkelheit tastete sie sich die Treppe hinunter und durch die obere Diele und schlug sich prompt das Schienbein an einem Stuhl an. Etwas, das darauf gestanden hatte, fiel klirrend zu Boden. Aus dem Schlafzimmer hörte sie Bertrams aufgestörtes Grunzen. Sie unterdrückte einen Fluch. Wieder so ein verdammtes Trum aus der Pathologie!

Und Bertram war ihr beim Ausmisten wahrlich keine Hilfe, im Gegenteil: Konfrontiert mit einem überdimensionalen Müllsack, der offenen Tür zur Pathologie und dem entschlossenen Gesicht seiner Frau hatte er aufgeschrien und dann sofort damit begonnen, all das auszusortieren, was er unbedingt aufzuheben wünschte. Auszusortieren war gut. Er wollte ja alles behalten! Den Steinadler mit der Maus hatte er ihr geradezu aus den Händen gerissen, bevor er in die Tiefen des Raumes eintauchte, um den Waldkauz vor Kommissar Heimann in Sicherheit zu bringen.

Doris kroch wieder ins Bett und rieb ihre eingefrorenen Füße aneinander. Schattenhaft erhoben sich über ihr die Schwingen der Raubvögel, die Bertram auf ihre Kommode gestellt hatte. Bevor sie einschlief, sandte Doris ein Stoßgebet für die Gesundheit ihrer Putzfrau Maria gen Himmel.

Tags darauf erschien Kommissar Heimann.

Einen Moment lang erwog Doris, ihn an der Tür abzufertigen, aber es war ein Regentag, das Wasser tropfte dem Kommisar vom Trenchcoat, und Lea und Laura warteten in der Küche auf ihre Rückkehr. Sie bat ihn also herein. Kaffee allerdings bot sie ihm nicht an.

»Ihr Auge ist ja schon etwas besser geworden, seh ich«, sagte der Kommissar, nachdem er sich uneingeladen auf Doris' Stuhl niedergelassen hatte. »Grüß Sie, Frau Hattinger. Und die Kleine? Ein süßes Kind, ehrlich. – Wie war doch dein Name?«

Laura betrachtete den Kommissar mit zusammengezogenen Augenbrauen. Sie sagte nichts.

»Ich hab ja selber zwei Söhne«, sagte der Kommissar, »aber die sind schon größer als du, schon elf und dreizehn.«

Laura legte den Kopf schief, dann fuhr sie ungerührt damit fort, mit einem Stäbchen aus Mehl und Wasser Matsche zu rühren. Der Kommissar gab auf und wandte sich Doris und Lea zu.

»Ja, also«, sagte er. »Ich wollte nur noch mal bei Ihnen vorbeischauen. Ich war sowieso in der Gegend, nebenan, da wollte ich fragen, ob Ihnen vielleicht doch noch irgendwas eingefallen ist?« Wie er da so auf Doris' Küchenstuhl saß, mit den Füßen in einer kleiner Pfütze und im grauen Licht eines normalen Tages, erschien er Doris viel kleiner als bei der Befragung auf dem Revier. Körperlich kleiner. War es vielleicht möglich, daß er hinter seinem Schreibtisch ein Podest hatte anbringen lassen?

Doris und Lea sahen einander an, dann schüttelten sie den Kopf.

»Die Ermittlungen«, sagte Herr Heimann, »werden jetzt erst einmal von einem Kollegen fortgeführt. Hauptkommissar Schmitt. Er vertritt mich.«

»Machen Sie Urlaub?« fragte Lea verblüfft.

»Nur für eine Woche«, sagte der Kommissar. »Gardasee,

das ist schon so lange geplant. Jedenfalls. Wenn Ihnen doch noch was einfällt, melden Sie es bitte Herrn Schmitt. Er ist mit dem Fall vollauf vertraut.«

»Ja«, sagte Doris. »Haben Sie das auch schon dem Neffen von Frau Schöpflein nahegelegt? Ich habe gehört, er wird verdächtigt?«

Kommissar Heimann räusperte sich.

»Naja«, sagte er. »Nein, nicht mehr, eigentlich. Wir hatten wohl eine Weile gedacht... aber im Moment...«

»Wie lange wird denn eigentlich in so einem Fall ermittelt?« fragte Doris. »Wie lange suchen Sie denn einen Täter? Wann hören Sie auf?«

»Nach einem Vierteljahr«, sagte der Komissar etwas steif, »verlangt die Staatsanwaltschaft einen Zwischenbericht. Aber so weit sind wir ja noch lange nicht.«

»So weit werden Sie aber kommen«, sagte Lea. »Nicht wahr? Sie haben gar keine Ahnung, wer es gewesen sein könnte, und da gehen Sie einfach in Urlaub. Das ist ein starkes Stück, finde ich.«

»So«, sagte Herr Heimann. »Ich fahre aber trotzdem, wenn es Ihnen nichts ausmacht.«

»Beamte«, sagte Doris. »Ob ein Antrag auf Jalousien oder ein Mord, es ist immer das gleiche. Dienst nach Vorschrift, und dann alles husch husch zu den Akten.«

Das Gesicht des Kommissars rötete sich.

»Ganz und gar nicht«, sagte er. »So ist das ganz und gar nicht. Wenn Sie meinen Dienst kennen würden, würden Sie das anders sehen. Die Arbeitsbelastung der Polizei – da sind doch immer irgendwelche Fälle! Da käm ich ja nie zu einem Urlaub. Und überhaupt, Kollege Schmitt ist ein äußerst fähiger Mann.«

»Sicher«, sagte Lea und grinste mies.

»Also«, sagte Doris und erhob sich. »Wenn das jetzt alles war?«

Der Kommissar erhob sich ebenfalls.

Doris folgte ihm in die Diele, wo Heimann aus unerfindlichen Gründen vor dem Bücherregal stehenblieb.

»Früchte des Zorns«, murmelte er. »Der Mann aus Marokko. Kochen mit Grünkohl. Zu zweit allein.« Er nickte, als hätte er eine Erkenntnis gewonnen.

»Wenn Sie was für den Urlaub ausleihen möchten«, sagte Doris, »im Wohnzimmer steht noch mehr. ›Der Malteserfalke‹ vielleicht, oder ›Sex und Eheglück‹?«

»Äh«, sagte Heimann. »Vielen Dank, nein.«

Er wedelte mit der Hand durch die Luft, wandte sich ab und schritt zur Tür, wobei sich unglücklicherweise sein Trenchcoat in Lauras rosa Puppenbuggy verfing. Er riß ihn ein Stück weit mit sich, bevor er es merkte, dann ging der Mantelsaum ab, und der Buggy fiel um.

»Meine Anne!« schrie Laura empört von der Küchentür aus. »Mein *schöner* Wagen!«

Die Situation war peinlich. Lea eilte herbei, und unter vielfältigen gegenseitigen Entschuldigungen des Kommissars und seiner Verdächtigen gelang es schließlich doch noch, Mantel und Buggy zu enthaken. Mit flappendem Saum entfernte sich Kommissar Heimann durch den Vorgarten.

Doris, Lea und Laura sahen ihm nach.

»Entweder«, sagte Lea, »ist der ein richtiger Dödel. Oder ein ganz gerissener Hund.«

»In jedem Fall mag ich ihn nicht«, sagte Doris. »Jetzt noch weniger als vorher.«

»Mama soll nicht Dödel sagen«, sagte Laura. »Das ist ein *böses* Wort.«

5. Kapitel

Ein Jagdausflug

Laura saß auf dem Boden in Doris' Wohnzimmer und malte.

»Schau mal, Doris«, sagte sie. »Ein schönes Bild!«

Doris sah einen ziemlich verwackelten Kreis, von dem tentakelähnliche Gebilde nach den Seiten strebten. Einer der Tentakel umklammerte einen weiteren Kreis mit einem dikken Strich hindurch.

»Ja, wirklich wunderschön«, sagte Doris. »Was ist es denn?«

Laura betrachtete stirnrunzelnd ihr Werk.

»Ein großer Ballon«, sagte sie schließlich.

»Und das da? Die Striche?«

»Seile«, sagte Laura entschieden. »Und noch mehr Seile. Und ein Pieps. Pieps ist ganz kalt. Pieps hat ein Schal um,« sie deutete auf den dicken Strich, »der Schal ist schön warm.«

Doris verbiß sich ein Lachen. Es war, als hörte sie sich selber reden. Laura sprach inzwischen schon sehr gut, und sie imitierte Doris' Tonfall perfekt.

»Jetzt einen Bären malen«, forderte Laura und hielt Doris den Stift hin.

Doris ließ sich auf dem Boden nieder und gab ihr Bestes.

»Da!« sagte Laura, mit niemals abflauender Begeisterung. »Ein schöner Bär! Jetzt noch ein Haus malen. Und einen Baum.« Einen Moment lang wandte sie Doris ihr helles Gesicht zu, dann suchte sie einen neuen Stift aus. »Da«, sagte sie. »Jetzt mit o-rantsch.«

Doris malte. Sie malte mit Hingabe, sie hatte Laura nur

noch selten so ganz für sich. Lea hatte ja kaum noch Klienten. Was brauchte sie da einen Babysitter!

»Soll ich dir einen Apfel holen?« fragte Doris. »Oder einen Joghurt?«

»Nein«, sagte Laura. »Noch was malen. Einen Pingugien im Eis.«

Doris malte. Laura half mit.

Ihre Hände waren noch immer die eines Kleinkinds, weich und gepolstert, und auch die Wangen waren noch rund. Aber wie erschreckend zart der Hals war, so dünn, wie konnte sich nur dieser kompakte wuschelhaarige Kinderkopf auf ihm halten, ein Mann hätte ihn ja bequem mit einer Hand umspannen können. Und an ihren Schläfen konnte man die Adern erkennen, blau und violett. Die feinen Härchen darüber waren von so hellem Rot, daß sie fast transparent wirkten.

Doris bekam einen Kloß im Hals. Sie legte den Arm um das Kind und zog es einen Moment an sich. Laura widerstrebte.

»Malen!« ordnete sie an.

Doris nickte.

Sie konnte ganz ruhig sein. Schließlich war Laura hier, direkt neben ihr, also konnte Doris sicher sein, daß Laura nichts Schlimmes zustoßen würde.

Das Problem begann, sobald Laura außer Sichtweite war. Dann nämlich wurde Doris neuerdings von allerlei gräßlichen, quälenden Vorstellungen heimgesucht, die sich um Dinge drehten, die dem Kinde womöglich passieren mochten.

Die jemand ihr antun konnte, genauer gesagt.

Laura mußte dazu noch nicht einmal sonderlich weit weg sein. Es genügte, daß sie zum Beispiel allein vor dem Fernseher im Wohnzimmer saß, während Doris nebenan Pudding kochte. Doris rührte im Topf, dachte an nichts Böses und spürte plötzlich Panik aufsteigen.

Was, wenn genau jetzt jemand durchs Fenster stieg? Oder

wenn jemand im Haus war, im Keller vielleicht, und sich durch den Flur anschlich, und das Kind war vor Schreck wie gelähmt, konnte nicht einmal schreien? Und schon stürzte sie los ins Wohnzimmer, den Kochlöffel noch in der einen, das Küchenmesser vorsichtshalber schon in der anderen Hand, aber natürlich war überhaupt nichts. Laura sah nicht einmal auf, sie war viel zu vertieft in die Geschichte vom Eisbär Lars und der Schneegans Pieps. Und wenn Doris in die Küche zurückkam, war die Milch übergekocht.

Sie fauchte sich selber an für ihre idiotischen Attacken, aber das half überhaupt nichts. Ein paar Tage später schon mochte es geschehen, daß sie nur ganz kurz hinausging, vielleicht um den Wäschetrockner abzustellen, und plötzlich war das Gefühl einer schrecklichen Gefahr so überwältigend, daß ihr der Atem wegblieb. Sie war sicher, etwas gehört zu haben. Sie dachte nicht mehr. Sie ließ den Korb mit der Wäsche fallen und rannte los, direkt in Laura hinein, die in die Küche zu ihrem Saftglas wollte und nun vor Schreck schrie. Doris entschuldigte sich, schenkte Saft ein, ging ins Bad und wusch sich mit kaltem Wasser.

Aus dem Spiegel starrten ihr Augen entgegen, die noch immer geweitet waren vor Angst. Sie beschimpfte sich, diesmal ernstlich, aber die diffusen Ängste blieben. Lauras Anwesenheit, ihre Sichtbarkeit, war das einzige Mittel dagegen.

Also ging Doris beinahe täglich hinüber zu Hattingers, ob sie dort drüben nun gebraucht wurde oder nicht. Und glücklicherweise schien es Lea recht zu sein. Wenn Doris sich einmal dazu zwang, zu Hause zu bleiben, kam Lea mit Sicherheit am Nachmittag selber herüber. Sie hatte eben nicht viel zu tun. Sie hatte keine Klienten.

Aber natürlich, sagte Doris zu Lea, wenn sie zusammen im Garten saßen, natürlich glaubte niemand in Neuendorf und Umgebung ernsthaft, daß Lea Hattinger direkt etwas mit dem Schöpflein-Mord zu tun hatte. Lea mußte bedenken, daß

Schulferien waren, da fuhren die Leute in Urlaub, im Herbst würde es bestimmt wieder besser werden.

Lea schüttelte den Kopf. Ihre Klientèle, sagte sie vernünftig, war gewöhnlich nicht an die Schulferein gebunden.

Aber, sagte Doris. Es hatten sie doch nicht alle im Stich gelassen. Manche waren ihr doch auch treugeblieben, und die waren entschlossen, mit ihr durch dick und dünn zu gehen, auf denen ließ sich doch wieder aufbauen, von vorn anfangen, ein neuer Kundenstamm entwickeln –

Lea nickte. Lea grinste.

»Ja«, sagte sie. »Das Trüpplein der sieben Aufrechten, unter Leitung von Günther Teuschert mit seinem Nasenring, der treuen Seele ... und der tut ja auch wirklich für mich, was er kann. Aber sonst? Wenn es so weitergeht, kann ich bald nicht mal mehr die Miete zahlen. Und es wird so weitergehen, Doris, verlaß dich drauf.«

Lea und Doris duzten sich neuerdings, und zuzuschreiben war diese Entwicklung ausgerechnet Agnes Birchenbacher.

Hans A.s Gattin nämlich versuchte schon seit einiger Zeit, sich ihren beiden Nachbarinnen enger anzuschließen. Doris ertrug es Lea zuliebe, obwohl Agnes Birchenbacher in ihren Augen eine Nervensäge war und blieb. Aber aus welchen Gründen auch immer mochte Lea Agnes recht gern, und es ging ja nicht an, daß Doris ihr ihre wenigen Freunde auch noch vergraulte.

Und Agnes arbeitete ja auch an ihrer Veränderung, sagte Lea. Selbst Doris mußte doch zugeben, daß sie letzthin so einen gewissen, ganz ulkigen, eigentlich sogar richtig trockenen Humor entwickelt hatte?

Daran war durchaus etwas Wahres.

Manchmal konnte Doris nicht umhin, sich zu fragen, wie wohl Hans Birchenbacher mit seiner veränderten Frau klarkam. Aber wahrscheinlich war er ja selber an Agnes' Wandlung schuld. Von Zeit zu Zeit nämlich konnte man ihn noch immer die Treppen zu Leas Haustür erklimmen sehen, und Agnes war schließlich nicht blöd. Sie mußte längst von diesen Besuchen Wind bekommen haben.

Aber wenn dem so war, so schien sie Lea keinen Vorwurf daraus zu machen. Sie ging weiter zu ihr in Therapie, und sie freute sich jedesmal, wenn die anderen beiden sie mitnahmen.

Die Sache mit der Duzerei hatte sich auf einem gemeinsamen Ausflug entwickelt, bei einem Picknick am Hahnenteich. Das Wetter war schön gewesen, warm und spätsommerlich golden, und Lea, Laura und Doris hatten ihre Decke im Schatten der Bäume ausgebreitet.

»Manchmal denke ich, zu schade, daß Udo schon so groß ist«, hatte Agnes gesagt. »Lea, du wirst sehen, wenn deine Tochter erst aus dem Haus ist, sehnst du dich nach dieser Zeit zurück!«

»Wahrscheinlich ... Die Zeit vergeht aber eben ... Sehen Sie mal, Doris, manche Blätter werden sogar schon ein bißchen gelb. Es war wirklich ein heißer Sommer ... Agnes, hast du was zu trinken mitgebracht? Ich habe wieder den Saft vergessen.«

Agnes wickelte die hartgekochten Eier von Bauer Kleins Freilaufenden aus dem Seidenpapier.

»Das ist doch wirklich zu blöd von euch beiden«, sagte sie, ohne aufzublicken. »Mich duzt ihr, aber zueinander sagt ihr Sie. Ich finde das albern.«

Doris und Lea guckten sich an.

»Also«, sagte Doris. »Hallo, du, Lea.«

»Zeit wird's«, sagte Lea. Sie ging auf Doris zu und umarmte sie.

Doris lächelte bei der Erinnerung.

Sie ihrerseits hätte gar nichts dagegen gehabt, wenn Lea die Miete nicht mehr hätte zahlen können und zu ihr gezogen wäre. Aber für Lea war das langfristig natürlich keine Lösung, und langfristig, fürchtete Doris, würde es wohl tatsächlich so weitergehen wie bisher oder vielleicht noch schlimmer werden. Mehrheitlich nämlich empfand man in Neuendorf und Umgebung, daß Lea Hattinger einfach Unglück brachte.

Hatten sich nicht die Dinge seit ihrer Ankunft entschieden zum Schlechteren gewandelt? Hatte nicht Frau Schöpflein selbst immer wieder vor ihr gewarnt, mit geradezu prophetisch anmutender Voraussicht, wenn man es rückblickend betrachtete? Ja, das hatte Frau Schöpflein getan.

Vielleicht, sagte Doris zu Christine Frühauf, konnte man ja irgend etwas unternehmen? Vielleicht könnte sie, Doris, die Dinge wieder für Lea ins Lot rücken, man mußte einfach mal überlegen...

Christine Frühauf winkte ab. Das war alles Unsinn. Wunschdenken. So leicht ließen sich Leute wie die Geußens oder die Heidenreichs nicht umstimmen. Und tatsächlich glaubte sie, Christine, daß alles, was Doris tat, Lea eher schaden als nützen würde. In den Augen der anderen stand sie doch ohnehin auf seiten der Feindin! Merkte sie denn das nicht? Gut, sie wurde nicht gerade geschnitten, aber man behandelte sie doch noch kühler als früher schon, nicht wahr? Mit einer gewissen distanzierten, nicht einmal völlig unfreundlichen Herablassung... Freilich, Agnes hielt auch zu Lea Hattinger, aber mit ihr war es ja etwas anderes. Agnes war die Tochter von Bauer Grosch. Und ihrem Mann sagte auch keiner nach, daß er ein Verhältnis mit der Hattinger hatte.

Christine beugte sich vor, mit glänzenden Augen. Genau deswegen, vertraute sie Doris an, hatte sich ja gestern die Geuß mit dem Heidenreich in der Wolle gehabt, direkt hier, im Laden!

Die dicke Diethild hatte angefangen. Naiv! hatte sie zu dem Bäckermeister gesagt. Die Doris, die wäre doch nur naiv. Mit der Geliebten des eigenen Mannes zu verkehren, freundschaftlich, ja, was um Himmels willen versprach man sich denn von sowas?

Das aber hatte den Bäckermeister Heidenreich sichtlich erregt. Was das denn heißen solle, naiv? hatte er wütend entgegnet, Doris Berings fortgesetzte Freundschaft mit Lea, die wäre doch nicht naiv, sondern vielmehr eine Revolte!

So hatte Herr Heidenreich sich tatsächlich ausgedrückt.

Eine Revolte sei es! Ein Affront gegen Sitte und Anstand, gegen jede Ehehygiene! Und wo man denn hinkäme, bitte sehr, wenn solche Freundschaften Schule machten? Wenn sich überall Ehefrauen mit den Geliebten ihrer Männer verbündeten, mit ihnen essen und kaffeetrinken und schwimmen gehen würden, sobald der Gatte den Rücken wandte, und womöglich sogar noch gemeinsam die Kinder großzögen?

Frau Geuß, so berichtete Christine weiter, habe sich daraufhin erst Herrn Heidenreichs Ton verbeten und dann, als das nichts half, in spitzem Tone angefragt, ob die Sachlage ihn wohl persönlich betreffe, weil er sich so aufrege?

Dem Bäckermeister sei natürlich die Luft weggeblieben. Frau Geuß aber habe ihn, mitsamt seiner äußerst ungesunden Gesichtsfarbe, einfach stehenlassen und sei hinausgerauscht, ohne auch nur seine Antwort abzuwarten. Oder wenigstens ihr halbes Pfund Butter und ihren Käse zu bezahlen, bitte sehr! Nun, seitdem jedenfalls holte die Geuß nicht mal mehr ihre Frühstücksbrötchen in der Bäckerei Sonne, sondern ließ sie sich von Frau Heidenreich direkt nach Hause bringen. Nur, um nicht womöglich Herrn Heidenreich zu begegnen. Das war ein Ding, was?

Doris nickte. Es war ein Ding. Ein tiefer Riß spaltete also inzwischen die einst geeinte Front der Hattingergegner.

Aber Lea freilich hatte davon nichts, im Gegenteil.

Indirekt machte man sie auch für diesen neuen Zwist verantwortlich.

Doris legte den Stift weg und begutachtete die Pinguine vor ihrem Iglu, die sie für Laura gemalt hatte.

»Ein vielversprechendes junges Talent«, murmelte sie. »Freilich, technisch ist die Künstlerin noch nicht ganz ausgereift, andererseits, die Auffassung des Themas ist äußerst interessant –«

Es klingelte. Doris ging öffnen. Agnes Birchenbacher stand vor der Tür, ein Kuchenblech in der Hand. An manchen Tagen gelang es ihr durchaus schon mal, etwas zu sagen, ohne sich dabei auf Hans oder Udo zu berufen. Heute allerdings war kein solcher Tag. Denn Agnes war eigentlich nur bei Doris vorbeigekommen, um ihr und Laura etwas von dem Butterkuchen zu bringen, den sie, na, für wen wohl, für Udo und Hans gebacken hatte. Und natürlich, der Kuchen war von gestern, sie hoffte nur, das machte nichts, sie hatte ihn über Nacht im Keller gehabt, er war noch wie frisch.

Doris bat ihre Nachbarin auf einen Kaffee herein, schon allein, um erst einmal ihren Redestrom zu stoppen. Veränderung hin oder her, es war doch wirklich gräßlich mit dieser Agnes. Die Frau entschuldigte sich ja sogar noch dafür, wenn sie jemandem einen Kuchen schenkte!

»Ich habe einfach zuviel gemacht«, fuhr Agnes derweil fort. »Zwei Bleche, gestern für Sonntag, weil Udo und Tanja da waren, aber dann haben sie vergessen, welchen mitzunehmen. Und Hans ißt ja nichts Süßes mehr, was weiß ich, warum! Ich meine, er wollte ja immer abnehmen, ich sollte immer Diät für ihn kochen, aber dann hat er sich doch nie dran gehalten! Und jetzt neuerdings... am liebsten möchte er alles roh haben. Und denk dir nur, Doris, er will kein Fleisch mehr! Der Hans! Ich meine, ich bin ja ganz froh darüber, ich selbst stell mich ja auch um, Lea bringt mir viel über gesunde Ernährung bei. Aber dieses vegetarische Zeug, das ist eine aufwendige Kocherei, und wenn er dann trotzdem fast nichts davon ißt – und es bekommt ihm auch gar nicht! Er hat schon viel zu viel abgenommen, find ich, er sieht doch schon richtig eingefallen aus.«

»Seine Spareribs hat er aber noch ganz gerne gegessen«, konnte Doris sich nicht enthalten zu sagen. Agnes winkte ab.

»Ja, aber, Doris, das Gartenfest ist schon mindestens sechs Wochen her!«

Sie verstummten einen Moment und sahen einander an. Beide dachten an das, was dem Gartenfest gefolgt war.

»Sechs Wochen«, sagte Doris schließlich. »Ja. Fast sieben sogar.«

»Und sie haben immer noch keine Spur«, sagte Agnes.

»Na, vielleicht doch. Vielleicht setzen sie uns nur nicht in Kenntnis davon. Ich jedenfalls habe diesen Heimann schon länger nicht mehr gesehen. Eigentlich nicht mehr seit der Beerdigung.«

»Ja«, sagte Agnes. »Aber bei uns ist er danach noch ein paarmal gewesen. Denk nur, er wollte wissen, ob der Bertram und du – naja, ob ihr eine gute Ehe führt, also, ob er dir vielleicht das blaue Auge geschlagen haben könnte. Der Bertram! So ein Quatsch!« Unangenehm berührt sah Doris von ihrer Kaffeetasse auf.

»Naja, ich habe natürlich gesagt, das wär völliger Blödsinn«, sagte Agnes. »Aber der Hans –« Agnes lachte auf, ein wenig forciert, »also der Hans hat gesagt, wenn er der Bertram wäre, dann hätte er dir bestimmt schon mal eine geschmiert. Aber nimm's ihm nicht übel, Doris, es hat dir wahrscheinlich sogar genützt. Der Heimann hat dich ja schon ein bißchen im Verdacht gehabt wegen der Schöpflein. Weil ihm die Geuß doch gesagt hat, du hängst so an dem Kind. Aber wenn er jetzt auch denkt, eure Ehe wär schlecht, weil dein Mann vielleicht was mit deiner Nachbarin hat, dann muß er sich ja sagen, daß es dämlich von dir gewesen wäre, die Schöpflein zu ermorden, nicht wahr?«

Doris nickte langsam.

»Na«, sagte sie. »Wir wissen nicht, was der denkt. – Es ist mir auch egal. Vielleicht hatte der Mord ja auch gar nichts mit irgendwas zu tun, vielleicht war das einfach ein Irrer, oder ein Herumtreiber oder so, was weiß ich, so was wie in den amerikanischen Thrillern, wo die Leute auch immer grundlos erschlagen werden. Besonders die Frauen.«

»Na, aber ein Lustmord bei der Schöpflein ist schon ein bißchen unwahrscheinlich, oder«, sagte Agnes mit einem unvermuteten Anflug dessen, was Lea als Agnes' neue Trokkenheit feierte. »Und gestohlen hat der Mörder auch nichts.«

»Weißt du's? Vielleicht hat er was ganz Kleines geklaut. Etwas, das keiner vermißt. Manche Leute erschlagen eine alte Dame wegen zehn Mark in der Handtasche, Agnes!«

»Das«, sagte Agnes, »ist das erste Mal gewesen, daß du die Schöpflein in meiner Hörweite als Dame bezeichnet hast.«

Fast wider Willen mußte Doris lachen.

Es war am Donnerstag nach Agnes' Besuch, daß Doris einmal wieder einen ganzen Abend bei Laura bleiben sollte: Lea war zu einem Fest in der städtischen Yogaschule eingeladen worden.

»Lust habe ich ja keine«, sagte sie, »aber du weißt selbst, die Yogaschule, das ist so ziemlich der einzige Job, auf den ich mich noch verlassen kann ...«

Doris erschien pünktlich, einen Topf mit Gemüsesuppe im Korb. Sie stellte den Topf auf den Herd, setzte Laura mit Buntstiften an den Tisch, und als die Suppe kochte, kam Lea herunter.

»Mami ist eine Schöne«, sagte Laura bewundernd. »So schick!«

»Wie nett von dir, das zu sagen«, sagte Lea ernsthaft und wand eine Stola über ihre wallenden Gewänder. Sie küßte das Kind, verabschiedete sich von Doris und rauschte hinaus, umflattert von Schals und Stoffen. Kurz darauf hustete sich draußen ihr alter Kombi ins Leben zurück. Doris schob Leas Topf mit der Avocadopflanze und die große Obstschale ans Tischende und servierte.

»Auch noch Milch, bitte«, sagte Laura würdevoll, »und

Brot.« Unter der blümchenbemalten Großmutterlampe setzten sie sich zum Essen.

»Und was machen wir jetzt?« fragte Doris das Kind, während sie die Teller in den Abwasch stellte. »Magst du ein richtig tolles Bad nehmen, mit viel Geplantsche? Oder wollen wir lieber ein Buch ansehen?«

»Erst ein Buch«, sagte Laura. »Dann baden.«

»Also los«, sagte Doris.

Natürlich hatten die Hattingers keine Spülmaschine, aber Doris machte das nichts. Sie pfiff leise vor sich hin, während sie die Küche in Ordnung brachte, und lauschte hin und wieder auf Laura. Aber das Kind war offensichtlich schon eingeschlafen.

Gegen halb zehn war Doris mit allem fertig. Sie schenkte sich ein Bier ein und setzte sich mit einer Zeitschrift an den Küchentisch. Aber sie konnte sich nicht recht aufs Lesen konzentrieren. Sie war müde, und irgendwie fand sie nicht die richtige Haltung auf dem harten Küchenstuhl. Sie beschloß, hinüber in den Therapieraum zu gehen und es sich auf Leas Matratzenlager bequem zu machen.

Das ehemalige Wohnzimmer sah im Schein der Lampen sehr gemütlich aus. Lea hatte frischbezogene Decken und Kissen bereitgelegt, für den Fall, daß es spät wurde und Doris hier übernachten wollte. Doris öffnete ein Fenster, um den Suppengeruch hinauszulassen. Die Luft war für die zweite Septemberhälfte noch immer recht mild, hatte aber bereits einen Unterton von Schärfe. Sie atmete tief ein. Es roch ein wenig rauchig, wie nach Holzfeuern.

In Hamburg, so hatte Henriette ihr heute am Telefon berichtet, roch es nach Smog, kein Wunder, bei den üblichen dreizehn Grad mit Regen. Angela wohnte noch immer da, und sie machte keinerlei Anstalten, wieder auf die Beine zu kommen. Inzwischen, so hatte Henriette geklagt, konnte sie sich nicht einmal mehr dazu aufraffen, einkaufen zu gehen.

Sie sprach davon, über den Winter in den Süden fliehen zu wollen, aber sie unternahm auch in dieser Hinsicht nichts.

Doris kuschelte sich in ihre Ecke. Flüchtig kam es ihr in den Sinn, daß sie vor noch nicht allzulanger Zeit gern, ja, geradezu gierig den so seltenen Unton des Mißfallens in Henriettes Stimme aufgesogen hätte: Angela, die Henriette mißfiel! Jetzt fühlte sie nichts dergleichen. Hamburg war fern. Und hier war das Wetter besser.

Doris trank einen Schluck Bier, seufzte, vergaß Angela und vertiefte sich in einen Artikel über die positiven seelischen Auswirkungen des Bauchtanzens auf Wechseljahrsbeschwerden.

Noch bevor sie tatsächlich aufsah, kam die Angst, die lähmende Gewißheit von Todesgefahr. Einen Lidschlag lang konnte sie sich überhaupt nicht bewegen, konnte nicht einmal den Kopf heben. Dann riß sie sich hoch und sah ihn. Die Scheibe verzerrte ihm Lippen, Nase, Kinn, die erhobenen Hände. Er starrte sie an. Er klebte an der Glastür zum Garten wie eine monströse Amphibie.

Und neben ihm stand das Fenster offen.

Ihr Mund ging auf, aber sie schrie nicht. Dann sah sie seine Zähne. Sie schabten am Glas.

Sie taumelte rückwärts, stürzte fast, während seine Augen ihr folgten, war dann aus dem Zimmer, schlug die Tür zu und fummelte mit fliegenden Fingern nach dem Schlüssel.

Der Schlüssel war nicht da.

Doris wimmerte.

Sie rannte zur Haustür und riß sie auf. Aber das Kind, um Himmels willen! Sie rannte zur Treppe. Die Geräusche, die aus ihrer Kehle drangen, waren wie von einer Fremden. Das Telefon! Fast riß sie die Schnur ab, während sie zur Haustür zurückrannte, mit rasenden Fingern ihre eigene Nummer wählte und endlich losbrüllte, in die dunkle, verlassene Straße hinaus, nach Bertram, die Augen nicht von der Wohnzimmertür lassend –

Niemand nahm ab.

Es klingelte zweimal, dreimal, viermal. Niemand nahm ab. Dann hörte sie eilige Schritte. Stöhnend fuhr sie herum. Ein dunkler Schatten flog über die Straße auf sie zu. Sie schrie. Der Schatten tauchte ins Licht einer Straßenlaterne ein.

Es war Bertram.

Doris weinte auf vor Erleichterung.

»Ein Mann«, brachte sie hervor, »ein Mann, da, im Garten, an der Scheibe —«

Flüchtig tätschelte Bertram ihr den Arm, dann stieß er die Tür zum Wohnzimmer auf, ging zum Fenster und sah hinaus. Doris hörte ihn schnauben und das Fenster schließen. Dann kam er wieder in die Diele zurück.

»Warte hier«, sagte er, während er an ihr vorbeiging. »Es ist natürlich niemand da. Aber wir wollen doch sichergehen. Damit du dich beruhigst.«

Er selbst schien nicht im geringsten beunruhigt. In aller Sorglosigkeit marschierte er zu seinem Wagen, holte seine große Taschenlampe aus dem Kofferraum und kam gemessenen Schrittes zurück.

»Wäre es nicht besser, wir holen die Polizei?« sagte Doris, die sich die Tränen abwischte und versuchte, nicht hysterischer zu klingen als unbedingt nötig. »Oder wenigstens Birchenbacher, ich meine, willst du etwa ganz allein da hinaus in den Garten gehen?«

Bertram schüttelte den Kopf.

»Quatsch«, sagte er. »Es ist sowieso wieder niemand da, das sagte ich ja schon. Das war mir klar. Schließlich muß ich diesen Garten nicht zum erstenmal durchsuchen, nur weil eine der Damen Horrorvisionen hat!« Er lächelte nachsichtig.

Doris brüllte ihn an.

»Horrorvisionen? Soll das heißen, du glaubst mir nicht? Du glaubst nicht, daß da ein Mann war? Bertram, hier gegenüber ist gerade ein Mord geschehen! Ein Mord! Hast du das eigentlich kapiert?«

Bertram verlor die Geduld.

»Bist du wirklich so dumm, daß du denkst, ein Mörder spielt erst den Fenstergucker und erschreckt das Opfer ein bißchen, bevor er zuschlägt?« herrschte er sie an. »Wenn der dich hätte umbringen wollen, hätte er doch bloß einen Satz ins Zimmer machen müssen! Das ist doch alles völliger Blödsinn! Der Kerl ist höchstens einer von der Sorte, der Frauen gern mal Angst einjagt, und wenn du losgelacht hättest, wär er wahrscheinlich sofort abgehauen!«

In diesem Moment haßte Doris ihren Mann so tief und vollkommen von Herzen, wie sie ihn einstmals, vor furchtbar langer Zeit, zu lieben geglaubt hatte.

Dann begriff sie und grinste verächtlich.

»Ha«, sagte sie. »Er wäre abgehauen, ja? Wer denn, wenn keiner da war? Du glaubst also doch, daß da draußen wirklich einer herumspukt.«

»Herumspuken, genau, Liebling«, sagte Bertram mit widerlich dick aufgetragener Langmut. »Herumspuken. In der Finkenstraße Nummer 6 muß es ganz offensichtlich spuken. Du hast einen Geist gesehen. Oder du bist ganz einfach eingeschlafen und hast geträumt.«

Doris griff nach dem Telefon, um selber die Polizei anzurufen. Dann stellte sie das Telefon wieder weg.

Und wenn Bertram nun recht hatte? Wenn sie sich wirklich alles nur eingebildet hatte?

Denn schließlich, wer war denn neulich vor seinem Puppenhaus aufgewacht, ohne zu wissen, wie er da hingekommen war? Wer hatte schon vor Wochen Gespenster vor Frau Frühaufs Eistruhe gesehen und stellte seine eigenen Puppen um, so daß es aussah, als stünde ein Gewaltverbrechen ins Haus? Wer glaubte am laufenden Band Laura Hattinger in Gefahr? Dieselbe Person, die jetzt einen humanoiden Lurch wie an einer Terrariumswand hatte emporklettern sehen!

Sie schauderte. Der Kerl hatte wirklich zu widerlich ausgesehen, um echt sein zu können!

Und natürlich, in einem Punkt hatte Bertram recht: Er hätte im Zimmer und über ihr sein können, bevor sie ihn überhaupt bemerkt hätte – so er denn wirklich dagewesen war.

Andererseits: Was, wenn er zwar hatte einbrechen wollen, sie aber ganz einfach die Falsche gewesen war? Wenn er es in Wirklichkeit auf Lea abgesehen hatte? Nun, dann wäre er aber doch wohl schneller weggegangen. Dann hätte er doch kaum dort gestanden und darauf gewartet, daß sie, Doris, ihn sah und später womöglich wiedererkannte.

Die Sache war nur die: Sie hatte ihn nicht erkannt. Sie hatte ja nicht einmal richtig hingesehen. Und dann die Angst, die Dunkelheit, und wie das Glas seine Züge verzerrt hatte... Doris lachte auf, so trocken, daß sie husten mußte. Und damit wollte sie Heimann kommen?

Und natürlich war inzwischen garantiert niemand mehr da draußen.

Doris sah den Schein von Bertrams Taschenlampe durchs Gebüsch irren. Er ließ sich extra viel Zeit, drehte sozusagen jeden einzelnen Stein um, und nur, um sie zu demütigen, natürlich. Als sei sie ein ängstliches Kind! – Na, wo ist es denn, das kleine Mörderchen? Wo hat es sich denn versteckelt? Da? Nein! Da auch nicht! Eieiei, wo ist es denn?

Sie kochte vor Wut.

Was nichts daran änderte, daß Bertram womöglich recht hatte. Der Garten jedenfalls war leer, und bei dem trockenen Wetter brauchte man gar nicht damit anzufangen, nach Fußspuren zu suchen. Doris wandte sich ab, angewidert und erschöpft. Jetzt jedenfalls war die Lage hier unten sicher genug, um nach Laura zu sehen.

Natürlich schlief Laura vollkommen friedlich, so konzentriert und ernsthaft, wie sie alles tat, was ihr wichtig war. Der Anblick war auf beinahe magische Weise beruhigend.

Bertram wartete in der Diele.

»Nichts«, sagte er, überflüssigerweise. »Nicht die Spur. Ich habs ja gewußt, schließlich such ich diesen Garten hier nicht zum erstenmal ab. Naja, Frauen! Aber ich denke, es ist wohl am besten, ich bleibe bei dir, bis die Lea heimkommt.«

»Ja«, sagte Doris steif, »das ist sicher am besten. Ich schlafe oben bei Lea auf dem Bett, in Lauras Nähe, wenn es dir recht ist. Du kannst ja hier unten bleiben.«

Bertram nickte, dann ging er die Haustür schließen, und Doris stieg wieder die Treppe hinauf. Das letzte, was sie sah, war, wie er in Leas Therapieraum verschwand.

Lea kam gegen drei. Doris, die kein Auge zugetan hatte, hörte sie schon auf der Treppe, räumte eilig ihr Lager und ging ihr entgegen.

»Ist was passiert?« flüsterte Lea. Sie roch nach Wein und Zigaretten.

Doris schüttelte den Kopf. »Morgen. Ich erklär dir alles morgen!«

Lea nickte, zu müde und wohl auch nicht mehr nüchtern genug für Neugierde, dann stieß sie lauter als nötig die Tür zum Bad auf. Doris, die auf Zehenspitzen die Treppe hinunterschlich, war plötzlich auch wütend auf sie. So viel zu trinken, wenn man noch fahren mußte und außerdem ein Kind hatte! Es war wirklich unverantwortlich. Morgen würde sie Lea die Leviten lesen. Man konnte ihr wirklich nicht alles durchgehen lassen, oder?

Und was sollte sie jetzt mit Bertram machen, der im Therapieraum schlief? Einen Moment zögerte Doris in der Diele. Dann verließ sie leise das Haus.

Mochte Bertram ruhig hierbleiben. Sie konnte ihn heute wirklich nicht mehr brauchen.

»An der Scheibe... wie ein Frosch, sagst du?« Lea schüttelte sich. »Grauenhaft!«

»Ja, nicht wahr? Du kannst dir das vorstellen!« sagte Doris dankbar. »Und du glaubst mir auch. Im Gegensatz zu Bertram. Bertram glaubt mir kein Wort. Er denkt, ich spinne oder erfinde, oder was weiß ich. Statt mich zu beschützen! Ist das nicht der Gipfel der Unverschämtheit?«

»Ja…« sagte Lea vage. »Es ist ihm wohl bequemer so… genau wie der Polizei. Denk doch mal, was die Herren alles zu unserem Schutze anleiern müßten, wenn die uns glauben würden!«

Doris nickte und schämte sich. Ihr war gerade eingefallen, daß auch sie Leas jüngste Erfahrungen mit Männern einmal stark angezweifelt hatte. Wieso eigentlich? Was war in ihr vorgegangen, wo sie doch selbst das gruslige Erlebnis im Laden gehabt hatte, und dann die Sache mit dem schwarzen Münchener Honda?

»Es war natürlich Harry«, sagte Lea. Doris starrte sie an. »Deine Amphibie… das war Harry.«

Doris zuckte die Achseln.

»Ich weiß nicht«, sagte sie. »Vielleicht. Ich würde ihn nicht wiedererkennen. Er sah ja völlig verzerrt aus. Ich weiß nicht mal, ob es derselbe Mann war, der – ja, das muß ich dir jetzt eben doch erzählen… Also. Das war, als ich Laura das allererste Mal hatte. Da waren wir bei der Frühauf im Laden, und jemand hat durch die Fenster hereingestarrt. Zwischen den Plakaten durch, deswegen konnte ich sein Gesicht nicht richtig sehen. Wenn man es jetzt so erzählt, klingt es albern, aber irgendwie hatte ich ein ganz komisches Gefühl dabei. Als wir dann gingen, war er natürlich schon weg. Aber der schwarze Münchner Honda stand auf dem Parkplatz. Der Honda, der da schon einmal stand, am Ostermontag. Und am nächsten Tag, oder war es ein paar Tage später, da habe ich den Honda dann unten am Spielplatz gesehen.« Doris schluckte und sah schuldbewußt aus. »Das war da, wo Laura das Kätzchen gefunden hat. Ich hätte das natürlich viel früher erzählen müssen, das weiß ich, aber am Anfang dachte ich, ich würde mir alles nur einbilden, und womöglich – womöglich würdest du weggehen, wenn du Angst bekämst. Oder mir Laura wieder wegnehmen. Und dann später war es einfach zu peinlich.« Sie sah Lea an. »Es ist mir auch jetzt schrecklich peinlich.«

Lea starrte aus dem Fenster.

Sie begütigte nicht. Diesmal nicht.

»Naja«, sagte sie dann. »Wer weiß, was du da gesehen hast. Jedenfalls ist es nun alles eine ganze Weile her. Zu spät, könnte man sagen ... Es ist trotzdem nett, daß du mir's erzählt hast, aber so oder so bringt's nicht mehr viel, nicht wahr?«

»Nein«, sagte Doris. »Wahrscheinlich nicht. Aber. Du bist auch nicht sehr ehrlich mit mir gewesen, Lea. Bis heute nicht. Du hast mir nie gesagt, was an deinem Ex-Mann so gräßlich ist. Was da zwischen euch vorgefallen ist.«

Lea sah Doris an und nickte langsam.

»Du hast recht«, sagte sie. »Das hab ich nie.«

»Ich finde aber, ich müßte das wissen. Schließlich bin ich sozusagen mittendrin, spätestens seit gestern.«

Lea stand auf, horchte einen Moment in die Diele auf Laura, die oben in ihrem Zimmer vor sich hin sang, und schloß leise die Tür. Dann setzte sie sich wieder an den Tisch.

»Ja«, sagte sie. »Stimmt.« Sie fuhr sich mit den Fingern ins Haar und fixierte die Avocadopflanze. »Er hat seine kleine Schwester mißbraucht.«

Doris machte den Mund auf und schloß ihn wieder.

Von draußen klangen Kinderstimmen herein. Doris sah Dr. Pontis elegante Gattin mit ihren Kindern die Finkenstraße überqueren und das Tor zu Leas Garten aufstoßen.

»Ich glaube, die Pontis kommen zu dir«, sagte sie.

Lea nickte.

»Wahrscheinlich will sie einen Termin«, sagte sie und stand auf. »Ihr Sohn hat irgendwelche Probleme ... Schlafstörungen oder so, sie hat mir auf dem Spielplatz davon erzählt.«

Es klingelte.

Doris blieb in der Küche sitzen. In der Diele konnte sie Lea und die Pontis hören, von oben drangen die Klänge von

Lauras Kassettenrecorder herab, ein Auto fuhr durch die Finkenstraße. Lauras Vater war ein Sittlichkeitsverbrecher. Die Haustür fiel zu, und Lea kehrte in die Küche zurück.

»Wieso um alles in der Welt hast du den Kerl geheiratet?« Doris sprach den ersten und einzigen Gedanken aus, der ihr in den Kopf gekommen war. »Wieso hast du ein Kind mit ihm bekommen?«

»Tja«, sagte Lea. »Zuerst wußte ich es natürlich gar nicht... Aber ich erzähle das besser der Reihe nach. Sonst kannst du mich womöglich gar nicht verstehen... Also, ich kenne Harry schon lange. Schon über zehn Jahre. Er hatte diese Kneipe in München, eine Kleinkunstbühne, und ich bin da ein paarmal aufgetreten... und irgendwie stand er wohl auf mich, und dann hat er mich gefragt, ob ich mit ihm nach Italien fahre. Also sind wir los. Es war eigentlich ein schöner Urlaub. Florenz, Rom, Neapel, Sizilien, das volle Programm. Aber glaub es oder glaub es nicht, der Kerl war mir unheimlich! Irgendwie waren meine Instinkte damals wohl noch in Ordnung, na jedenfalls, ich hab es dann schleunigst wieder gelassen... Ich hab mich anderweitig orientiert... zuletzt bin ich mit einem Brasilianer durch Afrika gefahren.« Sie schüttelte den Kopf. »Davon erzähl ich dir lieber ein anderes Mal,« sagte sie. »Durch Afrika! Stell dir vor, mit diesem Capoeira-Kämpfer aus Salvador de Bahia... Am Ende kam ich mit Amöbenruhr und Gelbsucht zurück. Das war ein Problem. Erstmal nahm mich natürlich das Krankenhaus auf, aber dann... wo sollte ich hin? Ich hatte ja nicht einmal mehr eine Wohnung. Und rate mal, wer da herbeieilte und mir anbot, mich wieder gesundzupflegen?«

»Harry?«

»Natürlich. Na, ich war wirklich ziemlich down damals... nicht nur krank. Diese brasilianische Sache hing mir immer noch in den Knochen, mein ganzes Leben gefiel mir nicht, eigentlich war ich direkt verzweifelt. Und da lag ich also, im Klinikum rechts der Isar, in Quarantäne, und kotzte und litt und langweilte mich und verbrachte den Tag damit, mir einzureden, Harrys Liebesbriefe und Fleurop-Sträuße und Unser-Lied-übers-Telefon-Vorspielereien und der ganze andere alte blöde Käse hätte irgendwas mit mir zu tun...«

»Ja«, sagte Doris.

»Er hatte mir ja nie was getan«, sagte Lea. »Wir hatten uns als Freunde getrennt, und dann, du lieber Himmel, was hat er mir vorgeschwafelt! Von Liebe natürlich... daß ich die einzige gewesen bin, die er jemals gewollt hat, die Frau seiner Träume, na, du kennst ja den ganzen Schmus.«

Doris nickte. Aber natürlich kannte sie den Schmus nicht. Ihretwegen hatte noch nie einer Schmus gemacht. Keiner hatte sie jemals großartig gesundgepflegt, keiner hatte sie jemals bedroht, sie wußte nicht einmal, was Capoeira war, und Liebesschwüre, leidenschaftliche Beteuerungen? Von wem denn, von Bertram womöglich?

»Ich begreifs ja selber nicht, daß ich dieses sentimentale, egozentrische Gib-mir-gib-mir-ich-brauch-dich-gib-mir-Getue tatsächlich noch ein weiteres Mal für Liebe gehalten habe. Naja, hab ich aber eigentlich gar nicht. Nicht wirklich.« Lea warf Doris einen raschen, fast entschuldigenden Blick zu. »Natürlich ist er ziemlich sexy«, sagte sie. »Harry, meine ich. Er sieht nicht aus wie ein Kinderschänder, ich hab noch irgendwo ein Bild... Jedenfalls zog ich zu ihm. Und dann begriff ich auch ziemlich schnell, wofür er mich brauchte. Er war nämlich selbst ziemlich am Ende, auch innerlich, und seine Kneipe war pleite, er jobbte wieder irgendwo als besserer Tellerwäscher. Nicht, daß sich zwei Kaputte nicht auch gegenseitig wieder aufrichten können... aber normalerweise wär ich sicher nicht länger als ein paar Monate bei ihm geblieben. Ich wollte ja eigentlich gar nichts von ihm! Aber dann ging eben alles ziemlich hopp-hopp.

Ich durfte ja keine Pille nehmen, wegen der Leber, und ein Kondom war dann wohl nicht dicht, oder was weiß ich... und dann war ich schwanger. Und er war aus dem Häuschen vor

Freude! Er wollte unbedingt heiraten, wollte sich richtig als Pappi fühlen... naja, hab ich gedacht... warum eigentlich nicht.« Lea lachte auf, noch immer ungläubig. »Was die Hormone so alles mit einem anstellen! Ich hab mich sofort auf das Kind gefreut, und alles andere folgte irgendwie daraus. Plötzlich wollte ich einfahren in den Hafen, stell dir mal vor. Richtig vor Anker gehen, es ist vielleicht an der Zeit, hab ich mir selber erzählt, und es ist sicher gut für das Kind... Also haben wir geheiratet.

Ja... und dann kam die Kripo. Ein kleines Mädchen aus der Nachbarschaft war vergewaltigt und umgebracht worden. Wir kannten das Kind. Auch die Eltern, es waren ja Nachbarn. Und jemand hatte Harry mit ihr sprechen sehen, am Tag ihres Verschwindens. So hab ich das dann erfahren, diese Sache mit seiner Schwester. Durch die Kripo. Sie hätten es mir wohl gar nicht sagen dürfen... Harry hatte mir natürlich schon mal erzählt, daß es da eine Jugendstrafe gegeben hatte. Aber das war angeblich wegen Diebstahls gewesen... Und in Wirklichkeit hatte er seine Schwester mißbraucht.

Natürlich brach er dann erstmal völlig zusammen. Saß da total zerknirscht am Küchentisch und schwor heilige Eide, es wäre gar nichts passiert, sie hätten damals alle aus einer Mücke einen Elefanten gemacht... und vielleicht war das in seinen Augen ja so, vielleicht hat er sie ja nur mal berochen oder was weiß ich, fünfzehn war er, als alles rauskam, und sie war sechs. Und mir ging ein ganzer Kronleuchter auf! So bestimmte Dinge, auf die er stand... wenn ich Eis aus der Tüte aß, oder T-Shirts mit kleinen Nilpferden oder Enten drauf zum Schlafen anzog oder tat, als ob ich schmollte. Oder sein Tick für Haarreifen und Zöpfe... einmal hab ich mir aus Quatsch die Muschi rasiert, da hättest du ihn sehen sollen. Seinen roten Kopf, den Blick... naja, den Rest schenken wir uns besser... Im nachhinein ist es ja alles so widerlich. Und blöd! Es ist doch nicht zu beschreiben, wie blöd ich war, was? Blöd, blöd, blöd! Ich glaube wirklich, ich wollte ihn retten. Ein tolles Pärchen, ehrlich. Seine ganze beschissene Bedürftigkeit, und mein verdammtes Helfersyndrom, dabei war ich selber total am Ende ... Ich war schwanger, verstehst du«, sagte sie zu Doris. »Schwanger von dem Kerl!«

»Und?« wagte Doris zu fragen. »Hat er? Ich meine, das Nachbarmädchen – hat er sie –«

»Keine Ahnung«, sagte Lea. »Ich weiß es bis heute nicht. Damals hab ich es nicht geglaubt. Die Polizei dann wohl auch nicht, sie haben einen anderen dafür eingesperrt, der immer noch beteuert, er wär unschuldig ... Ich hätte natürlich meinen Kram packen müssen. Aber ich war ja inzwischen so schwanger, daß ich fast ein bißchen geistesverwirrt war. Nur noch so Schwachsinn im Kopf, dem Kind unbedingt den Vater erhalten, eine richtige Familie sein, weibliche Loyalität durch dick und dünn. Je dicker ich wurde, desto schlimmer wurde es mit mir. Und dann ... dann ist auch noch meine Mutter gestorben. Ein Autounfall, sie war gleich tot. Das hat mir den Rest gegeben, ich hätte gar nicht mehr gewußt, wo ich hin soll mit meinem Kind ... dabei, natürlich hatte ich Freunde. Die hätten mir sicher schon damals geholfen, später haben sie es ja auch getan. Aber man ist eben blöd, manchmal. Gerade wenn es einem dreckig geht.

Jedenfalls, Harry versprach mir, er ginge jetzt in Therapie. Nicht nur wegen der sexuellen Geschichten, auch wegen all dem anderen, seinem Mangel an Selbstwertgefühl, seiner Lügerei, seinem Jähzorn ... Und ich hab ihm geglaubt! Ist das nicht der Gipfel? Du schickst einen notorischen Lügner in die Therapie, und dann glaubst du ihm, wenn er sagt, er geht auch hin? Natürlich hat er immer brav das Haus verlassen, zweimal die Woche, ganz wie vereinbart. Bloß ging er eben in den Englischen Garten ... Der Therapeut, der kannte ihn gar nicht. Der wußte gar nicht, wer Harry war! Na, als ich das spitzbekam, da langte es mir. Ich war inzwischen im neunten

Monat, aber ich hatte wirklich genug. Und er seinerseits war ja halb irre vor Wut ... er hatte ja immer so eine Wut auf mich, wenn er Scheiße gemacht hatte!

Mitten im Riesentheater also ging ich ins Bad, um meine Zahnbürste zu holen ... er hatte gerade geduscht, alles war glitschig, und über die Schulter sage ich, Harry, ich hab die Schnauze voll, ich hau ab. Er sagt, du bleibst hier. Ich laß mir doch von dir mein Kind nicht wegnehmen. Und ich gucke ihn an und sage, das glaub ich gern. So einer wie du freut sich natürlich ganz besonders auf seine kleine Tochter.« Sie wiegte den Kopf. »Nicht unbedingt das, was ich einer Klientin zu sagen empfehlen würde. Er hat mir dermaßen eine gelangt, daß ich durchs Bad geschlittert bin wie eine Eisprinzessin und prompt auch lang hingeschlagen ... und abends bekam ich dann Wehen. Aber die hätte ich wahrscheinlich sowieso gekriegt. Wie gesagt: Meine Stunde, wie es so schön heißt, war nah.«

»Und das war das Ende mit Harry?« fragte Doris.

»Nicht ganz«, sagte Lea. »Erst kam das Kind. Und weißt du ... in der Klinik ... man ist ja nicht man selbst! Ich hatte erstmal gar nichts übrig in mir, das ich fürs Überleben hätte mobilisieren können. Ich war so auf Laura fixiert, dieses winzige Neugeborene, für ein trockenes warmes Zuhause wäre ich bei Blaubart persönlich eingezogen ... Und dann war es auch so, daß Harry mich plötzlich aus seinen Fängen ließ. Ich war abgemeldet, er stritt nicht mal mehr mit mir. Für ihn zählte nur noch das Kind ... und ich wurde immer mißtrauischer. Doris ... Ich konnte ihn nicht alleinlassen mit ihr. Ich konnte nicht stillsitzen, wenn er sie wickelte. Wenn ich das sah, seine Hände an ihrer kleinen Muschi, ich hätte ausflippen können! Und genau deswegen bin ich ja auch erstmal geblieben! Ich dachte, wenn ich gehe, dann kriegt er Besuchsrecht, und dann fährt er womöglich übers Wochenende mit ihr weg oder schläft mit ihr in einem Bett ...« Lea und Doris stöhnten simultan auf.

»Vielleicht hab ich ihm ja auch Unrecht getan«, sagte Lea gleichmütig. »Tatsächlich hab ich ihn nie bei irgendwas erwischt, bei irgendeiner strafbaren Handlung... Jedenfalls, irgendwann hielt ich es nicht mehr aus. Beim Sorgerechtsprozeß hab ich dann gesagt, er hätte Laura befummelt, und das sei der Scheidungsgrund.«

Sie sahen einander an.

»Ja«, sagte Doris. »Hätte ich ganz genauso gemacht.«

Lea nickte.

Doris nickte zurück.

»Der Richter war sehr vernünftig«, sagte Lea. »Man konnte Harry natürlich nichts nachweisen, sonst wär er ja auch wohl im Knast gelandet. Aber der Richter hat mir geglaubt, alle haben mir geglaubt, ich hatte Glück, und ich hatte den richtigen Zeitpunkt erwischt... Mißbrauch von Babys war ja gerade das große Thema. Der Richter hat Harry verboten, sich Laura zu nähern. Aber was sind Verbote? Wenn einer dir was antun will... denn Harry hat mir natürlich Rache geschworen.« Lea verzog das Gesicht. »Er war immer so melodramatisch.«

»Also bist du lieber erstmal aus München weggegangen«, sagte Doris.

»Genau.« Lea grinste. »Ich bin hierher gekommen, ins ruhige, idyllische Neuendorf... wo prompt die Nachbarin erschlagen wird, und dann klebt mein Exgatte als Lurch an der Fensterscheibe und verschreckt meine Freundinnen.«

Doris schob gedankenverloren den Avocado von einer Tischecke zur anderen.

»Also hat er die ganze Zeit hier rumgespitzelt«, sagte sie plötzlich. »Der schwarze Honda war seiner, und er hat hier eine Riesenschau abgezogen, um dir angst zu machen. Aus Rachlust.«

»Ja! Natürlich! Das sage ich doch die ganze Zeit!... Lea Hattinger, die große Therapeutin.« Lea schüttelte den Kopf. »Lea Hattinger erkennt noch nicht mal einen Kinderschänder, wenn sie ihn heiratet. Ich sollte wahrscheinlich den Beruf wechseln.«

»Quatsch«, sagte Doris. »Du bist doch nicht allwissend. Und du hast vielen geholfen, das ist doch klar, sonst käme doch niemand zu dir. Wo sie dich sogar privat bezahlen müssen!«

»Ha«, sagte Lea düster. »Zu mir kommt doch kaum noch einer. Das weißt du doch selber genau. Wenn es nicht bald besser wird...«

»Fang jetzt bloß nicht wieder davon an, daß du wegwillst«, sagte Doris. »Das letztemal hat einer wegen deiner Fluchtpläne die Schöpflein erschlagen.«

Lea nickte.

»Das war ja vielleicht auch Harry«, sagte sie. »Weißt du noch, wie du damals gesagt hast, es hätte keinen Zweck abzuhauen, denn Harry würde mich überall finden? Aber so einfach ist das eben nicht. Wenn die Schöpflein mich weggeekelt hätte, wäre ich vielleicht aus seinem Gesichtsfeld verschwunden... das muß er bei seinen Spitzeleien herausgekriegt haben. Und dann hat er die Schöpflein umgebracht... mit meinem Hammer, damit der Verdacht auf mich fällt. Keine üble Rache, wirklich nicht.«

»Aber«, sagte Doris. »Meinst du, er hätte das gekonnt? Ein kleines Mädchen mißbrauchen ist doch eine ganz andere Sorte Verbrechen, als jemanden mit dem Hammer zu töten.«

»Harry ist ein Schwächling«, sagte Lea. »Und die sind gefährlich. So eine zapplige verzweifelte sentimentale Null, die zum Ausrasten neigt... Einmal, nach einem Streit, hat er einen kleinen Hund überfahren. Der Hund schrie und schrie und starb nicht und hatte eine Reifendelle da, wo sein Rückgrat gewesen war, und Harry sah sich das an, und dann hat er ihn mit dem Wagenheber totgeschlagen... na, das mußte er wohl. Er hat natürlich behauptet, es wäre ein Unfall gewesen.«

»Hat er dich denn geschlagen, abgesehen von dem einen Mal im Bad?«

Lea schüttelte den Kopf.

»Nein«, sagte sie langsam. »Aber er hat manchmal Sachen kaputtgemacht, an denen ich hing. Ein Kleid, ein Buch, solche Dinge... ein paarmal.«

Doris mußte plötzlich an ihre Puppenvilla denken, an die zerbrochenen Gläser, die zermalmten Teetassen, aber das war natürlich Unsinn –

»Vielleicht«, sagte Lea nachdenklich, »ist Laura für ihn ja auch so ein Ding. Eins, das mir gehört. Und an dem ich mehr hänge als an allem anderen.«

Eine Stunde später hatten sie damit begonnen, die Pathologie leerzuräumen.

Allein konnten Lea und Laura nicht länger in der Finkenstraße 6 schlafen, davon hatte Doris Lea endlich überzeugt – oder besser gesagt, Lea hatte sich selbst überzeugt, mit ihrer eigenen Geschichte. Sie würden also vorläufig zu den Berings ziehen. Auf Dauer war das natürlich keine Lösung, das wußte auch Doris, aber erst einmal war Laura bei ihr. Bei ihr und in Sicherheit.

Nie hätte Doris geglaubt, daß es ihr einmal eine solche Freude bereiten würde, die alten Kommoden, mumifizierten Nagetiere und zerbrochenen Vogelkäfige aus Bertrams Pathologie auszumisten.

Aber da war auch noch etwas anderes. Eine andere Befürchtung hatte all die Tage auf ihr gelastet, die sie sich kaum selbst einzugestehen gewagt hatte und die sich nun ebenfalls in Luft auflöste: Wenn nämlich Harry die Schöpflein erschlagen hatte, dann bedeutete das, daß sie selber es nicht getan hatte.

Natürlich, das hatte sie im Grunde auch niemals geglaubt. Jedenfalls nicht ernstlich, schließlich war sie zu so etwas gar nicht fähig! Sie, Doris Bering, wäre nie dazu fähig, einen Menschen umzubringen, das wußte sie im Grunde ihres Herzens genau.

Aber erleichtert war sie nun eben doch.

»Was wird er denn dazu sagen, dein Bertram?« fragte Lea. Sie sollte das Gästezimmer bekommen, und Laura würde in die Pathologie ziehen. »Müßtest du ihn nicht wenigstens fragen?«

Doris zuckte die Achseln. Schwungvoll schleuderte sie die Reste eines vermoderten Vorhangs aus dem Fenster.

Als Bertram nach Hause kam, saßen Lea, Laura und Doris vor einem großen Topf mit Spaghetti. Bertram zog ein Gesicht, machte ein Bier auf und teilte mit, daß er lieber beim Jägertreff in der Kneipe etwas zu essen gedachte.

»Es war nett, daß Sie über Nacht bei uns geblieben sind«, sagte Lea. »Ich hoffe, es war nicht zu unbequem?«

»Aber überhaupt nicht«, sagte Bertram. »Naja, ein bißchen gefroren habe ich gegen Morgen.« Er zündete seine Pfeife an.

»Bertram, das Kind«, sagte Doris. Bertram steckte seine Pfeife wieder in die Tasche. Dann lachte er auf.

»Aber der Birchenbachersche Neid hat mich dann fast wieder aufgewärmt«, sagte er. »An dem haben Sie einen echten Freund, Lea! Der ist nach wie vor verliebt in Sie. Ich bin ihm ja heute früh direkt in die Arme gelaufen, der rennt doch jeden Morgen um sieben um sein Haus herum, damit er fit bleibt. Aber statt guten Morgen zu sagen, guckt er mich nur so komisch an, und dann will er doch wirklich wissen, wo ich herkomme!«

»Und?« sagte Doris. »Hast du es ihm gesag?«

»Klar, warum nicht! Ich habe mir gar nichts dabei gedacht. Ich habe ihm gesagt, ich hätte Nachtwache gehabt, bei den Hattingers drüben, weil –« er warf Doris einen raschen Blick zu, »weil es in Nummer sechs angeblich spukt und Frauen mit entsprechender Begabung an einsamen Abenden Männer im Garten stehen sehen, die es bei genauerer Untersuchung gar nicht gibt. Schließlich, ich wollte die Sache doch nicht dramatisieren!« Doris ärgerte sich, aber sie sagte nichts. Bertram schüttelte den Kopf. »Ihr glaubt nicht, wie eigenartig der Hans reagiert hat«, sagte er. »Der hat mir das nämlich gar nicht geglaubt! ›Ach‹, sagt er zu mir, ›hör doch mal auf! Mir brauchst du doch nichts vorzumachen! Du warst doch bei der Hattinger, gib's ruhig zu, ich sag auch der Doris nichts davon!‹« Bertram lachte auf. »Das muß man sich mal vorstellen. Lea, ich sage Ihnen das nur, damit Sie Bescheid wissen, der Hans, der denkt seit heute morgen nämlich wirklich und allen Ernstes, ich hätte was mit Ihnen! Vielleicht sollten Sie doch mal mit ihm reden. Ihm den Zahn ziehen oder so. Er war ja richtiggehend eifersüchtig.«

»Ich hab schon x-mal mit dem geredet«, sagte Lea niedergeschlagen. »Und ich dachte... ich dachte, es hätte inzwischen gefruchtet. Er kommt ja nicht mehr groß auf mich zu... ich dachte, der ganze Unsinn wäre ausgestanden.«

»Ist es nicht, das sage ich Ihnen«, sagte Bertram. »An der Haustür hab ich mich nochmal umgedreht, da stand er immer noch am selben Fleck und starrte vor sich hin. Persönlich war es mir peinlich. – Ich meine, der Hans ist immerhin mein Freund.«

»Tjaja, die Alten«, sagte Doris und musterte ihren Mann. »Wenn bei denen der Blitz noch mal einschlägt, dann glimmen die manchmal noch eine Ewigkeit so vor sich hin.«

Bertram ging nicht darauf ein.

»Na«, sagte er, »heute abend sehe ich ihn ja sicher, beim Jägertreff. Ich hoffe nur, er hat sich inzwischen beruhigt.«

Dann ging er hinaus, um sich umzuziehen.

Doris räumte den Tisch ab. Lea öffnete noch eine Weinflasche.

Dann kam Bertram die Treppe wieder herunter- und zur Küchentür hereingepoltert.

»Ich sehe, du hast die Sachen meines Vaters ausgeräumt«, sagte er zu Doris. Er sprach betont ruhig. Er beherrschte sich, schließlich waren Laura und Lea zu Gast. Aber er beherrschte sich mühsam. Doris konnte es sehen. Seine Augen waren zusammengekniffen.

Lea strahlte ihn an.

»Ja, wir haben ganz schön geschuftet«, sagte sie. »Endlich kann man das Zimmer mal lüften. Das meiste haben wir übrigens drüben bei mir abgestellt ... damit Sie rüberkommen können, um zu sehen, ob Sie doch noch Verwendung für das eine oder andere Stück haben ...«

»Was man in fast fünfzig Jahren nicht gebraucht hat«, sagte Doris, »braucht man in den nächsten fünfzig höchstwahrscheinlich auch nicht, Bertram. Schließlich, praktische und zukunftsträchtige Dinge wie ein Rollstuhl oder eine Bettpfanne waren ja nicht dabei, und ansonsten, mein Lieber, erinnere dich doch bitte der unzähligen Wochenenden, an denen du die Pathologie trotz meiner Bitten nicht ausgemistet hast.«

Bertram holte Luft und machte den Mund auf. Dann überlegte er es sich anders und machte den Mund wieder zu. Er zwang sich ein kurzes Nicken ab und zog von dannen.

Doris sah ihm nach.

Soviel für seinen Unglauben an die Amphibie, dachte sie, aber sie fühlte kaum Triumph. Eher so etwas wie Mitleid. Manchmal mußte es sich einfach gräßlich anfühlen, Bertram zu sein.

Lea füllte die Gläser nach.

»Jägertreff«, sagte sie nachdenklich. »Stell dir das vor ... die Jäger und die Kaninchenzüchter und die Vogelfreunde ... Ich hatte echt keine Ahnung, daß es das alles noch gibt, bevor ich hierherkam.«

»Ich auch nicht«, sagte Doris. »Bertram war ja in Hamburg ganz anders. In Hamburg hätte uns niemand mit solchem Kram zu kommen brauchen. Aber vielleicht habe ich mir das auch nur eingebildet. Denn kaum waren wir in die Gefilde zurückgekehrt, in denen schon Bertrams Ahnen das Milchvieh zu besamen pflegten, verfiel mir der Kerl prompt in die alten wilden Bräuche.«

»Naja, wenn die Männer älter werden ... vielleicht wäre er

in Hamburg den sündigen Lockungen der Großstadt erlegen«, sagte Lea. »Oder er hätte sich einen Computer gekauft und würde jetzt laufend durchs Internet surfen... ich hatte mal so einen, wenn der von seinem Computer geredet hat, hat er immer ›meine Kiste‹ gesagt. In so einem männlich-wichtigen Tonfall, wie ein Neunjähriger von seinem Rennrad spricht... ›Meine Kiste hat gestern wieder den ganzen Abend Macken gemacht‹. Sein Haupthaar war schon ein bisserl schütter, aber immer zerrauft. Der arme Kerl. Er hatte echt das Gefühl, wenn er da vor seiner Kiste sitzt und sich die Werbung für Reisen nach Sardinien und die Sonderangebote im Otto-Katalog via Bildschirm reinzieht anstatt gemütlich auf dem Sofa wie andere Leute, dann ist er noch voll dabei... noch mitten im brausenden Leben. Da ist es doch noch besser zu jagen. Wenn er Hasen geschossen hätte, dann wäre doch wenigstens mal echtes Blut gekommen, und er hätte sich die Schuhe dreckig gemacht.«

»Da fällt mir ein«, sagte Lea, »ich hab das Bild von Harry gefunden. Nicht mehr ganz neu, tatsächlich zehn Jahre alt, aber immerhin...«

Sie waren inzwischen bei der dritten Flasche Wein. Laura schlief schon längst nebenan im Gästebett, wo sie mit ihrer Mutter untergebracht war, bis die Pathologie fertig sein würde. Draußen lag der Garten im Mondlicht.

Doris betrachtete das Foto im Schein der Küchenlampe. Man erkannte nicht allzu viel, aber was man sah, sah im Stil der Achtziger gut aus. Groß, schlank, kurz- und dunkelhaarig, heller Anzug mit T-shirt und Turnschuhen, Lächeln, eine Hand in der Hosentasche, die andere an der Autotür. Ein knallrotes Auto unidentifizierbarer Marke. Alles normal. Stinknormal. Eine Ähnlichkeit mit der Amphibie ließ sich weder erkennen noch glatt von der Hand weisen.

»Hast du nicht ein etwas neueres Bild?« fragte Doris.

Lea schüttelte den Kopf.

»Ich kann echt nicht sagen, ob das der Lurch ist«, sagte Doris.

»Deswegen hab ich es dir aber auch gar nicht gezeigt.«

»Warum dann?«

Lea zuckte die Achseln.

»Einfach so«, sagte sie.

Doris sah das Bild noch eine Weile länger an. Was hieß »einfach so«? Lea hatte diesen Mann nicht geliebt, soviel stand fest.

»Lea«, sagte sie. »Hast du mal einen Mann geliebt?«

»Ja«, sagte Lea. »Aber den nicht.«

Doris nickte.

Sie tranken schweigend und sahen dabei aus dem Fenster. Wolkenfetzen trieben über die Mondscheibe. Windstöße schüttelten die Bäume. Wahrscheinlich würde es in der Nacht regnen.

»Herbst…« sagte Lea, und beinahe gleichzeitig sagte Doris:

»Warum hast du mir bloß nicht früher von diesem ganzen Mist mit Harry erzählt? Ich hätte dann ganz anders reagiert, ich hätte dir sofort von diesen Vorkommnissen mit dem Honda berichtet, ich meine, es ist ja nicht so, als müßtest *du* dich für irgend etwas schämen, oder?«

»Nein«, sagte Lea. »Schämen muß ich mich nicht… aber am Anfang, weißt du noch, da mochtest du mich nicht besonders, nicht wahr?«

Doris nickte. Lea hatte recht. Es war ihre eigene Schuld gewesen, wirklich. Warum zum Teufel hätte Lea der alten Doris, der Doris, die sie einmal gewesen war, überhaupt etwas erzählen sollen? Sie schenkte mehr Wein nach.

»Und dann«, sagte Lea. »Da ist ja auch noch Laura. Harry ist ihr Vater… ein Sittlichkeitsverbrecher.«

»Na«, sagte Doris, »aber. Ihr Therapeuten geht doch immer davon aus, daß die Leute alles über sich wissen müssen! Besonders aus ihrer Kindheit.«

»Natürlich ... und eines Tages wird sie es ja auch erfahren. Aber sie ist es, die es erfahren muß. Niemand sonst ... es sei denn, sie beschließt, es jemandem anzuvertrauen. Schließlich ist das das einzige, was uns ganz allein gehört, nicht wahr?«

»Was?« sagte Doris.

Lea sah sie erstaunt an.

»Unsere Wunden«, sagte sie.

Doris nickte trübe.

»Ja«, murmelte sie. Dann holte sie Atem. »Die – die Abtreibung damals –« Sie schüttelte den Kopf und verstummte.

»Ihr solltet irgendwann einmal versuchen, das alles aufzuarbeiten«, sagte Lea nach einer Weile, als klar war, daß Doris nicht weiterreden würde. »Nicht gerade bei mir, ich kenn euch zu gut ...«

»Wir?« sagte Doris. »Wir? Wer ist wir?«

»Na du und Bertram. Der Verlust eures Kindes hat euch doch sehr mitgenommen. Das ist doch klar.«

Voller Erstaunen blickte Doris ihre Freundin an. Daß Bertram über den Verlust des Kindes je in nennenswerter Weise traurig gewesen wäre – auf diesen Gedanken war sie noch nie gekommen.

»Hat er mal sowas angedeutet, dir gegenüber?« fragte Doris.

»Ja, einmal ... natürlich ziemlich vage, aber es liegt ja auf der Hand, nicht wahr?«

»Ja, vielleicht«, sagte Doris langsam. »Vielleicht ... Sag mal, Lea, du magst die Männer, oder? Mensch! Ich glaube fast, du magst sie wirklich, die verdammten Kerle!«

Lea grinste.

»Naja, es geht ... mal mehr, mal weniger ... Es ist doch ein bißchen so wie mit einem Auto, nicht wahr? Ob du Autos magst oder nicht, sie sind jedenfalls angenehmer als busfahren.«

Doris wiegte den Kopf.

»Ja«, sagte sie, »vorausgesetzt, alles läuft gut, die Räder

drehen sich, und du kommst von der Stelle. Aber andererseits, wenn du eine Panne hast, und meilenweit ist keine Notrufsäule zu sehen –« Sie lachten.

»Oder du willst auf die andere Straßenseite, und sie lassen dich nicht rüber –«

»Oder sie blinken rechts und fahren dann links –«

»Oder Gebrauchtwagen! Achtung bei Gebrauchtwagen! Da wirst du von vorne bis hinten beschissen, schon beim Kauf!« Sie bogen sich jetzt vor Lachen.

»Und wehe, es geht zum erstenmal was kaputt«, keuchte Lea. »Wenn das erstmal anfängt, hast du bald nur noch Reparaturen am Hals –«

»– und es geht eben immer erst *nach* der Garantiefrist was kaputt!«

»Stimmt! Erst wenn es zu spät ist, zeigt sich der Motorschaden!«

Sie konnten nicht aufhören.

»Die neuen Modelle muß man ja erst ziemlich lange einfahren, aber dann hat man auch lange was davon –« brachte Doris mühsam hervor.

»Es sei denn, es liegt ein Fehler ab Werk vor!«

»Montagsautos«, schrie Doris. »Montagsautos!«

»Im Gegensatz zu den Jahreswagen –«

»– perfekt, so ein Jahreswagen – und immer so günstig gegen eine neues Modell einzutauschen –«

»Leasen! Du meinst leasen! Das ist perfekt!«

Es dauerte lange, bis sie sich halbwegs beruhigten. Immer, wenn die eine aufhörte zu lachen, fing die andere wieder an.

Doris füllte die Gläser und goß ein bißchen was daneben.

»Seit meiner Schulzeit bin ich nicht mehr so albern gewesen«, sagte sie. »Es ist wunderbar, wirklich.«

»Subber«, sagte Lea todernst. »Einfach subber, Doris.«

Sie fingen wieder an zu lachen.

»Ich muß dir noch was erzählen«, sagte Lea, »von Harry... also hör zu. Als er immer sagte, er geht in die Therapie, aber er ging gar nicht, erinnerst du dich... er ging doch immer in den Park... da sah er mit einmal so rosig aus!« Lea preßte die Hand an den Mund, um das erneut aufsteigende Gelächter zu ersticken. »Es war ja ein so strahlender Frühling, und ich dachte, er wirkt so erholt... trotz seiner Kneipenjobs... und ich dachte, guck mal, wie gut ihm die Therapie tut! Er wurde ja richtig braun dabei, bei seiner Therapie! Ich sah ihn immer zufriedener an... ich hab ihn gelobt! Ich hab gesagt, ›siehst du, Liebling, wie gut dir das tut‹, und er, ›jaja, liebste Lea, du hast ja so recht‹ –«

Doris mußte sich am Tisch festhalten, um nicht vor Lachen vom Stuhl zu kippen.

Es dauerte eine Weile, bis Bertram mitbekam, daß er in seinem Haus zwei neue Mitbewohnerinnen hatte.

»Müßten wir es ihm nicht langsam mal sagen?« fragte Lea am dritten Morgen beunruhigt.

Doris zuckte die Schultern.

»Warum? Es verändert doch nichts für ihn.«

Da hatte sie recht. Bertram verbrachte seine Abende wie immer im Wohnzimmer und ging früh zu Bett, und wenn er morgens das Haus verließ, waren die anderen noch gar nicht aufgestanden.

Dann allerdings kam der Samstag, und als Bertram am Morgen seine Küche betrat, fand er Lea und Doris gemeinsam am Herd vor. Sie buken Waffeln. Laura saß im Schlafanzug am Tisch und gähnte.

»Guten Morgen«, sagte Lea freundlich. »Wollen Sie auch eine Waffel?« Sie trug den alten Brokatmorgenmantel von Bertrams Vater.

Bertram sackte auf einem Stuhl zusammen.

»Äh«, sagte er.

Doris reichte ihm seinen Kaffeepott über den Tisch. Er griff danach, ohne hinzublicken, verfehlte sein Ziel um Millimeter, und der kochendheiße Kaffee ergoß sich über seinen Oberschenkel.

»Zum Donnerwetter noch mal, verfluchte Scheiße!« brüllte Bertram.

»Bertram, das Kind!« mahnte Doris.

»Scheißegal!« brüllte Bertram und schlug nach dem Lappen, den Doris ihm hinhielt.

Laura betrachtete ihn mit neuerwachtem Interesse.

»Mann *zweimal* Scheiße Scheiße gesagt hat«, berichtete sie ihrer Mutter. Sie nannte Bertram nie Bertram. Sie sagte immer nur Mann.

»Sie sollten da kaltes Wasser drüberlaufen lassen«, sagte Lea. »Dann tut's nicht so weh…«

Fluchend begab sich Bertram von dannen. Kurz darauf hörte man oben das Rauschen der Dusche. Dann kam Bertram wieder herunter.

»Lea und Laura bleiben für ein paar Tage bei uns«, sagte Doris und sah ihren Mann an. »Wegen der Geister und Gespenster in ihrem Garten.«

»Hier… ich hab Ihnen zwei Waffeln aufgehoben«, sagte Lea. »Noch warm.«

»Und da ist neuer Kaffee«, sagte Doris. »Aber paß diesmal um Himmels willen besser auf!«

Einen Moment lang herrschte Schweigen.

»Danke«, knurrte dann Bertram.

»Mann zweimal Scheiße Scheiße gesagt hat«, sagte Laura und nickte beeindruckt.

Eine weitere Diskussion fand zum Thema nicht statt.

»Ach, Doris, bei dir ist es aber jetzt hübsch! Daß ihr den Tisch da drüben an die Wand gestellt habt – das ist ein Schal von Lea, gell? Also echt, eine Subberidee, den so halb vom Tisch rutschen zu lassen, die Ringe auf dem Holz sind verdeckt, aber das andere Holz, das sieht man noch –«

Agnes Birchenbacher war mal wieder zu Besuch gekommen. Nachdem sich der erste Anfall von Begeisterung über die stilistischen Veränderungen des Beringschen Eigenheims wieder gelegt hatte, ließ sie sich in Doris' Küche nieder und rückte mit dem wahren Grund ihres Kommens heraus: Sie hatte eine Stinkwut auf ihren Gatten.

»Eine Stinkwut!« sagte Agnes und nahm mit einem Seufzer der Erleichterung Doris' dampfenden Kaffeetopf entgegen. »Stellt euch bloß mal vor, was er sich geleistet hat! Ihr wißt doch, wir hatten vorgestern Gäste. Die Kunzls, und die Maiers vom Jägerverein, und noch ein paar Leute, ist aber auch egal, sie waren jedenfalls auf acht Uhr eingeladen. Es wird sieben, Hans ist nicht da. Ich gehe unter die Dusche und fange an, mich aufzurüschen. Es wird halb acht. Ich rufe im Geschäft an, niemand nimmt ab. Es wird acht, die Gäste kommen, und ich stehe da wie ein Depp, weil ich nicht mal weiß, wo der Gastgeber ist, geschweige denn, daß ich ihn dahätte, um den Sherry anzubieten. Um halb neun, wir sind mit der Vorspeise fertig, und alle amüsieren sich prächtig, weil sie auf die Katastrophe warten, geht die Haustür. Hans kommt rein und poltert sofort los. Ob ich nicht wüßte, was er um die Ohren hat? Warum zum Teufel ich ihn nicht unterstütze? Ob ich ihn nicht mal an die paar privaten Termine erinnern könnte, die ich für ihn ausmache? Na, der Abend war natürlich gelaufen, wer läßt sich schon gern sagen, daß er ein privater Termin ist, den man lieber vergessen hätte? Gleich nach dem Dessert haben sich alle verabschiedet. Stunden hab ich für dieses blödsinnige Walnußparfait gebraucht! Und was sagt der Hans, statt daß er sich bei mir entschuldigt? Er schnauzt mich an, daß ich gefälligst nicht so ein Gesicht ziehen soll, er hätte nichts als Ärger, geschäftlichen Ärger, und alles für die Familie, und zum Dank würde ich ihm auch noch das Leben zur Hölle machen. Stellt euch das mal vor! Ist das nicht gemein?«

»Aber wo war er denn eigentlich?« fragte Doris.

»Das ist mir egal«, sagte Agnes. »Von mir aus kann er in China gewesen sein.‹ – Immer wenn er einen Fehler macht, kriegt er die Wut auf mich! Und dann erwartet er auch noch, daß ich ihn für die Gemeinheiten tröste, die er mir zumutet!«

Lea nickte weise.

»Kenn ich alles«, sagte sie. »Harry war genauso.«

»Nicht, daß Hans *keinen* Ärger hat«, sagte Agnes. »Der Laden läuft im Moment nicht besonders, der Hans sagt, das ist wegen all der Investitionshilfen, die die drüben im Osten kriegen, da ziehen sie überall neue Märkte hoch, und wer kommt gegen den Billigkram schon an, sagt der Hans, die Leute sind alle arbeitslos, und dann kaufen sie nichts Hochwertiges, wie wir es im Laden haben –«

»Also entschuldige, wenn ich das sage«, sagte Doris, »aber du hast dir deinen Hans doch selber verwöhnt! Hör dir doch bloß mal zu. Sogar jetzt schwimmst du schon wieder in Verständnis für ihn!«

»Wie?« sagte Agnes. »Ja. Sicher! Ich verstehe ihn ja auch immer. Aber es ist doch ein Unterschied, ob man jemand versteht, oder ob man behandelt wird wie der letzte Dreck! Ich hab keinen Bock mehr, das kann ich euch sagen. Ich bin 44 Jahre alt, ich bin seit dreiundzwanzig Jahren verheiratet, und es hängt mir allmählich zum Hals raus. Ich hab immer die Frauen bewundert, die sich gegen ihre Männer durchsetzen konnten – solche Frauen wie dich, Doris. Aber du hast studiert! Du hast einen ganz anderen Background als ich, was war ich denn – Kinderkrankenschwester! Das hat der Hans doch niemals ernst genommen. Und dann, bei uns auf dem Land –« Agnes schüttelte den Kopf. »Aber wie du dem Bertram Paroli bieten kannst«, sagte sie, »Gott! Das finde ich toll!«

»Na, besten Dank«, sagte Doris. »Du bewunderst mich für mein schlimmes Mundwerk. Aber vielleicht ist dir auch mal aufgefallen, daß meine Ehe ziemlich am Ende ist?«

»Na und«, sagte Agnes. »Meine auch. – Denkt ihr, ich bin

blöd? Ich weiß doch genau, daß der Hans in Lea verliebt ist! Nein, schon gut, Lea, du kannst gar nichts dafür. Wenn du es nicht gewesen wärst, wär es eine andere gewesen. Bloß – was hat mir meine ganze Anpassung und Nettigkeit denn letztlich gebracht? Das möchte ich mal wissen. Darum bin ich ja überhaupt zu dir in Therapie gegangen, Lea. Weil ich doch mal wissen wollte, was er an dir findet. Was an dir so toll ist, was ich nicht habe.« Sie stellte ihre Kaffeetasse ab und sah Lea an. »Und dann bin ich bei dir geblieben, weil ich's gemerkt hab«, sagte sie. »Eigentlich schön blöd für den Hans, gell?« Sie grinste plötzlich. »Aber gut für mich.« Sie prostete Lea mit ihrer Tasse zu. »Richtig saugut für mich«, sagte sie.

Doris und Lea mußten lachen.

Agnes hob die Schultern. Ihr Gesicht umwölkte sich wieder.

»Es ist nicht fair«, sagte sie. »Lea würde sich nie heulend mit einer Flasche Cognac aufs Sofa setzen und sich das gesamte Vorabendprogramm reinziehen, bloß weil sie Kummer hat. Die wär auch nicht nett, wenn sie eigentlich wütend ist, ich hab das gemacht, und was hats mir gebracht? Lea hätte keine Angst davor gehabt, allein dazustehen! Die bastelt sich ihr Leben doch von Haus aus selber zurecht, ihr ganz eigenes Leben, die besorgt es sich selber, wenn sie was braucht, und –«

»Na«, sagte Lea und grinste. »Gelegentlich schon, ich geb es ja zu. Aber beileibe nicht *immer*!«

Agnes schlug sich die Hand vor den Mund, dann lachte sie los. Doris und Lea stimmten in das Gelächter ein.

»Komm doch heute nachmittag mit in die Stadt, Agnes«, sagte Doris spontan. »Wir wollten Laura was zum Anziehen kaufen. Für den Herbst. Magst du?«

»Klar, mach ich echt gern«, sagte Agnes erfreut. »Und danach lade ich euch auf einen Sekt ins Museumscafé ein. Oder auf einen Champagner. Oder wer weiß. Vielleicht laß ich mich auch scheiden.« Dann brach sie erneut in Gelächter aus.

Agnes, Doris und Lea waren mit Laura im Kindertheater gewesen und danach auf ein Eis ins Museumscafé gegangen, um den Abschluß der Malerarbeiten zu feiern: Die Pathologie war endlich fertiggestrichen und das Fenster eingesetzt worden. Es war alles einzugsbereit. Als sie nach Hause kamen, war es bereits früher Abend. An Doris' Haustür trennten sie sich. Agnes ging heim, und Lea und Laura wollten einen Abstecher in ihr eigenes Haus machen, um nach Möbeln für die ehemalige Pathologie zu suchen.

Doris sah Bertrams Jacke in der Diele hängen. Sie warf einen Blick in die unteren Räume, aber da war er nicht. Das Haus war still. Ungewohnt still, seit Laura und Lea hier wohnten, gab es eigentlich immer Trubel. Einen Moment stand Doris entschlußlos in der Diele, dann ging sie die Treppe hinauf. Sie hatte Lust, mal wieder nach ihrem Puppenhaus zu sehen.

Die Tür zu Bertram Arbeitszimmer war geschlossen. Auf Zehenspitzen schlich sich Doris vorbei und die Treppe zum Dachboden hinauf. Wenn Bertram sie jetzt erwischte, würde er Abendessen haben wollen. Sie öffnete die Tür zur Werkstatt.

Vor dem Puppenhaus stand Bertram. Einen Moment lang war es ganz still. Dann räusperte Bertram sich.

»Ach hallo, guten Abend«, sagte er. »Zurück? Na, ich will dich nicht stören. Was zu essen gibt es heute ja offensichtlich nicht. Ich gehe mir eine Büchse aufmachen.« Er wollte vorbei.

Doris blieb im Türrahmen stehen und bewegte sich nicht. Ihr war plötzlich kalt, eine kribblige Kälte vom Nacken her, es war ein komisches Gefühl.

»Was machst du denn für ein Gesicht«, sagte Bertram. »Ist was passiert?«

Doris fand ihre Stimme wieder.

»Was macht du hier«, sagte sie. »Was zum Teufel willst du hier oben.«

»Na entschuldige mal«, sagte Bertram. »Das ist mein Haus, oder? Okay, du verfügst darüber natürlich, wie du willst, du quartierst hier die Nachbarn ein, ohne mich vorher zu fragen, aber ich kann doch verdammt noch mal von Raum zu Raum schlendern, ohne um Erlaubnis einkommen zu müssen!«

»Ich will wissen, was du hier machst!« brüllte Doris. »Du! Du warst es also!« Sie fing an zu lachen und hörte wieder auf. Sie zitterte. Bertram machte einen Schritt zurück und betrachtete stirnrunzelnd seine Frau.

»Was war ich?«

»Tu doch nicht so! Du weißt doch verdammt noch mal genau, was ich meine! Ich kann es nicht fassen. *Du* hast die Puppen umgestellt!«

»Die Puppen umgestellt?« Bertram sah jetzt geradezu besorgt aus. »Was habe ich?«

Doris wollte ihn schlagen, auf ihn einprügeln. Und sie hatte eine Weile geglaubt, sie sei dabei, den Verstand zu verlieren! Sie hatte sogar in Erwägung gezogen, eine Mörderin zu sein, eine Geistesgestörte, die plötzliche Aussetzer hatte und dann womöglich zu allem fähig war! Und Moment mal. Hatte nicht Bertram versucht, ihr einzureden, der Lurch an der Scheibe hätte gar nicht existiert?

Vielleicht war er es ja selber gewesen.

Vielleicht hatte er sie verrückt machen wollen, damit sie dachte, sie hätte die Schöpflein ermordet.

Vielleicht hatte er es getan.

»Welche Puppen umgestellt?« sagte Bertram ungeduldig. »Was redest du eigentlich?«

»Die Puppen«, sagte Doris, plötzlich ganz leise. »Die Puppen in meiner Villa, die seit Monaten ein Eigenleben führen. Tu doch nicht so. Du weißt doch Bescheid. Sag mal – wolltest du mich irre machen? Wolltest du mich verrückt machen, weil du die Schöpflein umgebracht hast?«

»Du bist übergeschnappt«, sagte Bertram mit seiner beherrschtesten Stimme. »Du hast den letzten Rest Verstand verloren. Und jetzt sei bitte so gut und laß mich vorbei!«

Doris beachtete ihn nicht weiter. Langsam ging sie durch den Raum, auf ihr Puppenhaus zu. Aber sie sah schon von weitem, was er gemacht hatte. Gott, war der Kerl geschickt. Der Mund konnte einem offen stehenbleiben vor Bewunderung.

Sie alle waren noch im Eßzimmer, wo Doris sie das letzte Mal gelassen hatte. Aber die Szene hatte nichts Idyllisches mehr. Die Haushälterin Berta lehnte an der Tür. Es sah aus, als halte sie sie zu. Der Lord war aufgesprungen, um zu ihr zu eilen. Sein Weinglas war zu Boden gefallen und zerbrochen. Schreckerfüllt starrten die anderen ihn an. Sie hatten allen Grund. Der Salon der Lady war völlig verwüstet. Gardinen waren von den Fenstern gerissen, der Schreibsekretär war umgestürzt, Bücher und Schreibutensilien lagen auf dem Boden, ein zierlicher Biedermeierstuhl war zerbrochen. Und die Kinderzimmer. Spielzeug, Bettwäsche, Kinderkleider lagen in heillosem Durcheinander auf dem Fußboden, die Möbel umgestürzt, und aus den aufgeschlitzten Matratzen quoll die Watte.

Und es war Bertram gewesen. Alles war Bertram gewesen, die ganze Zeit. Doris ließ sich in ihren Stuhl fallen. Er haßte sie also wirklich. Sie hatte es doch schon lange geahnt. Er haßte sie. Das war doch nichts Neues. Jedenfalls war es kein Grund, jetzt zu heulen.

Doris blieb auf ihrem Stuhl sitzen. Sie machte sich nicht die Mühe, noch einmal aufzuräumen, noch einmal alles wieder in Ordnung zu bringen. Sie machte sich nicht die Mühe, den Rotz abzuwischen oder die Tränen.

»Es sieht wirklich gespenstisch aus«, sagte Lea leise. »Das kleine Mädchen da unter dem Tisch! Was für eine Phantasie – gruselig ...«

»Wie du über Harry gesagt hast«, sagte Doris. Ihre Stimme kippte beim Sprechen um. »Daß er manchmal Dinge kaputt-gemacht hat, an denen du hingst.«

Lea nickte langsam.

»Ja, aber so einfallsreich wäre er nie gewesen. Er hätte vielleicht Möbel zertrümmert, oder die Puppenköpfe zer-schlagen... aber solche Szenarien? Nie und nimmer. Aber warum?«

»Vielleicht hat Bertram ja die Schöpflein ermordet«, sagte Doris. »Nun schau mich nicht so an! Ich weiß auch, er hat kein Motiv. Aber wenn er sowas hier fertigbringt – dann weiß ich doch sowieso gar nichts über ihn!«

Sie schwiegen eine Weile.

»Vielleicht war er auch der Lurch«, sagte Doris. »Viel-leicht will er mich verrückt machen. Damit ich denke, ich habe die Schöpflein erschlagen. Damit die anderen das von mir denken.«

»Glaub ich nicht«, sagte Lea. »Ich meine, ich glaub nicht, daß er der Mann ist, der durch meinen Garten schleicht. Ich hab ihn doch ein paarmal geholt, weil da jemand am Fenster war, und da war er immer zu Hause.«

»Vielleicht gibt es zwei Männer«, sagte Doris. »Vielleicht ist es manchmal Bertram, und manchmal Harry.«

»Aber«, sagte Lea. »Hättest du Bertram denn nicht durch die Fensterscheibe erkannt?«

»Ich weiß nicht. Wenn ich mich jetzt so erinnere, dann ist mir, als hätte der Kerl etwas im Gesicht gehabt. Keine Maske. Eher sowas wie einen – völlig zerrissenen Nylonstrumpf. Sein Gesicht war so verzerrt, viel mehr, als eine Scheibe das fertig-brächte. Aber vielleicht bilde ich mir das ein. Vielleicht bilde ich mir alles nur ein.«

Lea griff ins Puppenhaus hinein und stellte eines der Kin-derbetten wieder auf.

»Laß«, sagte Doris. »Wozu.«

Sie wandte sich ab und ging zur Tür. Lea folgte ihr. Sie

löschten das Licht und tasteten sich im Dunkeln durchs Treppenhaus hinunter in die Küche.

»Gib doch dein Haus auf«, sagte Doris, während sie eine spätabendliche Weinflasche entkorkte. »Zieht richtig hier ein, für immer. Ich wäre so froh.«

»Aber«, sagte Lea. »Und Bertram?«

»Du hast doch sowieso kein Geld mehr für die Miete«, sagte Doris. »Und ich laß mich scheiden.«

»Scheiden... ja, sicher, vielleicht... aber, Doris, wäre es dann nicht vielleicht besser, wir ziehen alle zu mir?«

Doris drehte sich zu Lea herum, ihre Augen blitzten.

»Ich denke im Traum nicht daran«, sagte sie. »Das könnte ihm so passen! Das will er ja vielleicht überhaupt nur! Dieser Scheißkerl. Jetzt gerade nicht. Ich räume doch nicht so einfach das Feld. Außerdem, bei dir gibt es keine Jalousien, die man runterlassen kann. – Und keine Geschirr-spülmaschine.«

»Schlagende Argumente«, gab Lea zu. »Naja... Wenn ich das Haus jetzt kündige, hab ich es wahrscheinlich ohnehin noch drei Monate am Hals. Wegen Kündigungsfrist und so. Die finden doch so schnell keinen neuen Mieter... das heißt, wir könnten es solange jedenfalls weiternutzen.«

Doris nickte.

»Du könntest mir zum Beispiel mal drüben bei dir auf deinen Matten Yoga beibringen«, sagte sie. Sie lachte auf, ein wenig verlegen. »Ich habe mir das schon länger überlegt, wegen meiner Rückenschmerzen. Ich meine, ich kann das wahrscheinlich gar nicht, aber ich würde – na, ich würde zum Beispiel auch gern so sitzen können wie du, auf den flachen Fußsohlen. Und ein bißchen Turnen würde mir so-wieso guttun.«

»Turnen!« sagte Lea und zog die Brauen hoch. »Yoga ist nicht bloß ein bißchen Turnen... aber wir probieren es mal. Warum nicht. Gern sogar! Vielleicht gleich am Sonntag, mit Agnes? Wenn sie Zeit hat.«

»Sie hat«, sagte Doris. »Bertram ist Sonntag beim Jagen, also Hans A. sicher auch.«

»Ansonsten«, sagte Lea, »mit dem Haus und so, daß ich es ja gar nicht mehr zahlen kann... da hast du wahrscheinlich recht. Du bist eben so praktisch. Das find ich ja so gut an dir.« Sie seufzte. »Aber natürlich kann ich hier nicht ewig wohnenbleiben. Ich muß mir endlich eine Existenz aufbauen irgendwo, eine, die mal länger trägt als ein Jahr. Früher war mir das egal, aber jetzt...«

»Sorge dich nicht, lebe«, sagte Doris. »Wir werden uns schon was einfallen lassen.«

Am nächsten Tag telefonierte Doris mit der Sekretärin eines in der Kreisstadt ansässigen Anwalts, um sich einen Termin in Sachen Scheidung geben zu lassen.

Der Anwalt hieß Dr. Michael Geißler. Seine Praxis lag direkt am Marktplatz, schräg gegenüber der McDonald's-Filiale, die vor kurzem im ehemaligen Zeughaus der Kreisstadt eröffnet hatte, neben dem Laden für Billigschuhe, über dem alteingesessenen Herrenoberbekleidungsgeschäft der Stadt, Inhaber Hans A. Birchenbacher. Das war der Grund, warum Doris ihn angerufen hatte. Sie war ihm ein paarmal auf Festen der Birchenbachers begegnet, und er war ihr ganz sympathisch gewesen. Und sonst kannte sie ja auch keinen Anwalt.

Im Regen sah der Marktplatz noch trüber aus als ohnehin schon. Vor dem McDonald's hatten sich ein paar schlechtgelaunte Jugendliche untergestellt. Zwei Frauen drehten an dem Ständer mit Billigschuhen. An den großen Schaufenstern des Herrenoberbekleidungsgeschäfts Birchenbacher lief der Herbstregen herunter.

Hans A. stand im Laden und beriet gerade einen Kunden. Selbst von hinten konnte Doris erkennen, wie mager er geworden war. Sie war erleichtert, daß er sie nicht bemerkte. Er mußte ja nicht unbedingt erfahren, daß sie zum Anwalt ging.

Sie war fast an seinem Laden vorbei, da drehte er sich um, sah sie und winkte ihr zu, einen Moment zu warten. Widerwillig blieb Doris stehen. Der Kunde verschwand mit einem Armvoll Hosen in einer Umkleidekabine, Hans A. machte einem Angestellten ein Zeichen und eilte zur Tür.

»Hallo, Doris, guten Morgen«, sagte er. »Wie geht's euch denn so. Das Haus immer noch voll mit den Gästen von gegenüber?« Er grinste, und sein mageres Gesicht mit den vielen blanken Zähnen sah beinahe ein bißchen gruselig aus.

»Gut, danke, und selber?« sagte Doris.

»Na subber, wie immer«, sagte Hans, und das Grinsen verschwand. »Wohin geht's denn so heute morgen?«

»Ja, äh«, sagte Doris. »Ich habe gar nicht viel Zeit, ich habe einen Termin –«

»Dann will ich dich nicht aufhalten«, sagte Hans und blieb stehen.

»Also dann«, sagte Doris und ging ebenfalls nicht weiter. Der Regen prasselte auf ihren Schirm. Die Schultern von Hans A.s Anzugjacke färbten sich dunkel.

»Ja, also bis dann«, sagte Hans. Er wankte und wich nicht.

Vom Rathaus schlug es elf. Doris dachte an die Ermahnung der Sekretärin, bitte unbedingt pünktlich zu sein, unterdrückte einen Seufzer, nickte Hans zu und marschierte auf Herrn Dr. Geißlers Tür zu.

»Ach«, sagte Hans A. »Du willst zum Geißler.«

Doris beschloß, einfach nicht zu antworten.

»Das ist ein guter Anwalt«, sagte Hans A. »Worum geht's denn? Hast du irgendwelchen Ärger?«

»Ja«, sagte Doris grimmig und klappte ihren Schirm zu.

»Mit Bertram?« sagte Hans A. »Bestimmt doch mit Bertram. Will er – will er sich womöglich scheiden lassen?«

»Nein«, sagte Doris. Ihr reichte es plötzlich. »Nicht er. Ich lasse mich scheiden.« Sie stieß die Tür auf und ging in den dunklen Korridor, ohne sich noch einmal nach Hans A. umzudrehen. Schließlich, was sollte die ganze Heimlichtuerei. Die Finkenstraße würde sowieso bald genug von allem erfahren.

Als sie nach Hause kam, wartete Bertram schon auf sie: Natürlich hatte Hans A., dieses alte Quasselmaul, ihn postwendend angerufen.

»Phantastisch, daß der es noch vor mir erfährt!« schrie Bertram sie an. »Und ich Blödel dachte, du kannst ihn nicht leiden! Was hast du dem Arschloch denn erzählt, das möcht ich wissen? Der sagt doch glatt zu mir, er könnte dich verstehen, du hättest ja allen Grund, das Feld zu räumen!«

Doris hängte ihren Regenmantel auf den Bügel und zog die Schuhe aus.

»Und, hat er vielleicht nicht recht?« sagte sie. »Schau dich doch an, wie du schon wieder brüllst!«

»Ich brüll so gut wie nie!« brüllte Bertram. »Du brüllst, normalerweise!«

»Stimmt«, sagte Doris. »Wenn ich nicht brülle, hörst du normalerweise gar nicht erst hin. Aber wir können jetzt damit aufhören. Überhaupt aufhören. Mit dem ganzen Gespräch.«

Bertram schluckte.

»Also, wenn ich mich aufrege«, sagte er, mit merklich gesenkter Stimme, »ist das verdammt noch mal ein Wunder? Ich meine, bei allem, was du mir zumutest? Wilde Beschuldigungen, Szenen, Scheidungsdrohungen –« Er fuhr sich mit den Händen durch die Haare und ging ins Wohnzimmer.

Doris ging in die Küche.

Bertram kam ihr nach.

»Doris«, sagte er.

»Wo sind denn Lea und Laura?« fragte Doris.

»Keine Ahnung«, sagte Bertram.

Doris stellte die Tüte mit den Croissants auf die Anrichte, setzte Teewasser auf und holte Butter und Marmelade aus dem Kühlschrank.

»Geißler hat gesagt, am billigsten kommt es, wenn wir alles

gütlich regeln«, sagte sie. »Dann brauchen wir nämlich nur einen Anwalt, und das Ganze geht halbwegs zivilisiert und schnell über die Bühne. Er berät uns gern beide, sagt er.«

»Doris«, sagte Bertram noch einmal. »Was ist denn eigentlich los?«

Doris drehte sich um und blitzte ihn an.

»Das fragst du im Ernst, nach dem, was du gemacht hast? Nach der Verwüstung, die du hinterlassen hast? Im Puppenhaus, und auch sonst ... Du bist heimtückisch, Bertram! Und das habe ich nicht mal gewußt.« Ihre Hände krampften sich um die Ränder der Arbeitsplatte. Sie mußte sich zum Loslassen regelrecht zwingen. Aber sie wollte noch etwas sagen. Das war das letzte, was zu sagen war, dann würde endgültig Schluß sein. Endlich.

»Bilde dir aber bitte nicht ein, das wäre der einzige Grund«, sagte sie. »Bilde dir nicht ein, ich hätte endlos so weitergelebt, und wenn du nur die Finger von meiner Villa gelassen hättest, dann wäre alles wunderbar weitergegangen. Bilde dir nicht ein, das Ganze hätte mit dem eigentlichen Bertram nichts zu tun. Ich hätte die Schnauze auch voll, wenn du nicht offensichtlich gemeingefährlich wärst. Ich meine — Scheiße! In all diesen Jahren Ehe nichts als Scheiße. Lieblosigkeit, Desinteresse, deine Affären, deine verfluchten Viecher, und dann schleppst du mich auch noch in die Provinz, in dieses verdammte Kaff hier, und vergißt mich von da an völlig! Du — mit deinen Mehlwürmern und Sandläusen und Wasserflöhen! Die dir alle wichtiger waren als ich, wichtiger als irgendein Mensch, wichtiger als alles, was passiert ist, sogar wichtiger als — als — als das Kind!«

Zorn und Kummer explodierten irgendwo hinter ihren Augen wie ein roter Ballon. Einen Moment lang konnte sie Bertram nicht klar erkennen, aber durch den Nebel hindurch hörte sie seine Stimme. Er klang ehrlich verblüfft.

»Aber Doris«, sagte Bertram. »Wichtiger als das Kind? Als welches Kind denn? — Meinst du vielleicht Laura?«

Doris packte das Marmeladenglas, zielte und warf. Es zerschellte dicht neben Bertrams Kopf an der Wand. Eine Handvoll Geliertes landete auf seinem Kragen und tropfte über sein Hemd.

Einen Moment stand Bertram noch da, dann verließ er die Küche. Eine Weile rumorte er in der Diele. Dann fiel die Tür ins Schloß.

Doris blieb stehen, wo sie stand. Sie dachte daran, wie das Baby, ihr armes kleines Mädchen, manchmal abends innen an ihren Bauch geklopft hatte. Sie dachte daran, wie Bertram abwesend nickte, wenn sie vor Freude darüber auflachte und ihn rief, wie er pflichtschuldigst seine Hand auf ihren Bauch legte, ohne ein Auge vom Fernsehschirm zu wenden, wo gerade zwei Fruchtfliegen einander begatteten.

Sie sah Bertrams Gesicht, so besorgt, so kotzehrlich besorgt, das Kind könnte vielleicht »nicht normal« sein – nicht normal.

Was es dann ja auch nicht war.

Dann dachte sie nicht mehr weiter an irgendwas.

Dann nahm sie einen Rolle Küchenpapier. Mit dem ersten Blatt putzte sie sich die Nase. Mit den restlichen wischte sie die Mirabellen vom Boden auf, die Lea im Frühsommer von den Beringschen Bäumen gepflückt und eingekocht hatte. Als sie fertig war, setzte sie sich an den Küchentisch. Sie saß da und sah zu, wie der Oktoberwind ein paar nasse gelbe Blätter gegen das Fenster trieb, bis der Gestank verbrennenden Emails sie an das längst verkochte Teewasser erinnerte.

»Und jetzt zum Schluß machen wir noch mal die Übung für Doris' Rücken«, sagte Lea. Gehorsam setzten Doris und Agnes sich auf ihren Matten zurecht.

»Das rechte Bein anwinkeln«, sagte Lea. Sie sprach mit ihrer Therapeutinnenstimme. »Den rechten Fuß über das linke Knie setzen. Den Arm ausstrecken, nein, den anderen Doris, und jetzt die Drehung – ja, toll, Agnes. Schön. Und jetzt so bleiben.«

Doris hörte Agnes' und Leas tiefen Atem, die gedämpften Fernsehstimmen von Pieps und Lars Eisbär, die in der Küche Laura ablenkten, und das leise Knacken ihrer Gelenke und Muskeln.

»Noch ein bißchen weiter rumdrehen, Doris«, sagte Lea. »Geht's nicht? Na. Wird schon werden, mit der Zeit.«

Aufstöhnend ließ sich Doris auf die Matte plumpsen.

»Ich dachte immer, Yoga dürfte nicht so anstrengen«, beklagte sie sich. »Ich dachte, das hat auch was mit Entspannung zu tun.«

Lea grinste.

»Das hier war Hatha-Yoga«, sagte sie, »da wird nicht viel entspannt. Wir können aber noch eine Übung machen –«

»Ausgeschlossen«, sagte da Agnes energisch. »Jetzt will ich den Apfelstrudel essen, den ich heut morgen gemacht hab.«

»Apfelstrudel!« sagte Lea. »Los, anziehen.«

Sie wickelten sich in ihre Mäntel, schlüpften in ihre Schuhe und gingen über die Straße zurück zu Doris' Haus.

Es war ein klarer sonniger Tag. Das Licht, das durch die goldene Birke schien, war wie flüssig.

»Die Männer haben echt Glück«, sagte Agnes, »mit dem Wetter, meine ich. Subber Wetter zum Jagen, gell?«

Ein einzelnes goldgrünes Ahornblatt segelte vor ihnen zu Boden. Doris hob es auf.

»Eigentlich sollte man ein bißchen spazieren gehen«, sagte sie. »Am Hahnenteich, bloß ballern da unsere Männer herum. Oder man sollte wenigstens mal durch den Garten laufen.«

»Ja«, sagte Agnes. »Gute Idee. Aber erst nach dem Apfelstrudel. Ich hab Hunger!«

Doris kochte den Kaffee. Lea holte das Eis aus dem Kühlschrank und schlug die Sahne. Agnes schnitt den Strudel auf. Er war großartig. Sie saßen in der Küche und kratzten gerade das letzte Vanilleeis aus der Packung, als das Telefon läutete.

Agnes ging abnehmen, weil Doris gerade das Kind auf dem

Schoß hielt. Die beiden anderen lauschten, aber sie konnten nichts verstehen. Nach einer Weile hängte Agnes wieder ein, ohne Doris gerufen zu haben.

»Wer war's denn?« fragte Lea.

Agnes gab keine Antwort. Sie blieb im Türrahmen stehen und sah Doris an.

Doris stellte das Kind auf den Boden und stand langsam auf.

»Das war Adolf Kunzl«, sagte Agnes. »Doris – also, er-schrick jetzt nicht – also, Bertram liegt im Kreiskrankenhaus.«

Keiner sagte ein Wort.

»Er hat das Bein gebrochen«, sagte Agnes. »Ja, und – er ist noch bewußtlos.«

Doris runzelte die Stirn. Ihr Mund, ihr ganzes Gesicht fühlten sich plötzlich seltsam taub an. In den Ohren summte es. Es war auf einmal schwierig geworden, die anderen zu hören.

»Der Arzt«, sagte Agnes. »Der Kommissar –«

Lea legte den Arm um Doris. Doris schüttelte ihn wieder ab.

»Jemand hat versucht, Bertram umzubringen«, sagte Agnes. »Ich hab Kunzl gesagt, wir sind gleich da.«

»Birchenbacher!« sagte Adolf Kunzl. »Birchenbacher hat ihn gefunden! Und dann kam ich, kurz danach. Ohne uns wär Ihr Mann auf jeden Fall ertrunken!«

Sie standen auf dem Krankenhausflur vor Bertrams Tür, Doris, Lea, Agnes und Adolf Kunzl, und warteten auf den Chefarzt. Alle versuchten sie, leise zu sprechen, bis auf Doris.

Doris sprach überhaupt nicht.

Sie war im Krankenhaus. Das Krankenhaus roch nach Katastrophe. Es roch nach Desinfektionsmitteln und Blut und rasendem Schmerz und einem kleinen Leichnam, der in einer Blechschüssel schwamm. Nach Unglück und Unglück. Und jetzt lag Bertram hier.

»Ich hab ihn ja selber da hingestellt!« sagte Kunzl. »Ich bin doch vornwegmarschiert, und der Thomas, der hat den Hans aufgestellt, und deswegen stand der dann halt dem Bertram am nächsten –«

»Tut mir leid«, sagte Lea, die Laura auf dem Arm hielt. »Aber ich versteh gar nichts.«

»Sie haben halt keine Ahnung von der Hasenjagd«, sagte Kunzl nachsichtig. »Haben Frauen selten. Aber lassen Sie sich sagen, bei so einer Jagd, einer gemischten Jagd übrigens, da rennen ja nicht alle blind durch Wald und Feld. Man spricht sich ab. Einer geht eben immer vorneweg, und einer steht still da und wartet, was die Treiber ihm so zutreiben. Darum heißen sie ja Treiber, hehe.«

»Ja und«, sagte Agnes ungeduldig, »Hans stand also rum, und Bertram auch. Aber was bitte dann?«

»Der Hans, der hat wohl was gehört, einen Aufschrei oder was, keine Ahnung, dann ist er losgerannt, und da hat er den Bertram gesehen. Der lag ja mit dem Gesicht im Hahnenteich! Und ein Ast auf ihm drauf, den muß tatsächlich ein Ast erschlagen haben! Ein Ast, der von einem Baum gefallen ist! Oder das haben wir eben zuerst gedacht.

Naja, und ich bin zurück, weil ich den Flopp gehört hab. Meinen Hund. Der ist plötzlich gar nicht mehr da gewesen, wo er hingehört hat, der ist nämlich auch zum Teich zurückgerannt, keine Ahnung, warum, was der da gemerkt hat, also, ich bin hinterher, ich dachte, ein Fuchs vielleicht, bei der Hasenjagd darf man ja auch Füchse schießen, und der Flopp, der ist noch jung, der wird immer ganz wild bei Füchsen, da vergißt er sein gesamtes Training –«

»Herr Kunzl«, sagte Lea.

Kunzl bekam Farbe ins Gesicht.

»Ja«, sagte er, »Entschuldigung. Also. Was seh ich jedenfalls, als ich aus dem Wald komme? Den Hans A., wie er versucht, den Bertram aus dem Teich zu ziehen. Zum Fürchten sah er aus, dein Mann, Agnes, wirklich, ganz dreckverschmiert und mit so einem verzerrten Gesicht, weil er sich halt schrecklich aufgeregt hat wegen dem Bertram, und dann hat er mich gesehen und gebrüllt, ›los, hilf mir, Kunzl, der ersäuft sonst!‹ Na, da war ich natürlich schon losgerannt, und dann haben wir ihn schließlich aus dem Wasser gezogen und immer abwechselnd wiederbelebt und um Hilfe gerufen. Und dann kamen die anderen, und wir sind mit ihm hierhergefahren.« Adolf Kunzl schüttelte den Kopf. »Von einem Ast erschlagen! Das muß man sich mal vorstellen, so ein Zufall! Der blöde Kerl aber auch – entschuldigen Sie schon, Frau Bering – aber was ist der auch nicht da stehengeblieben, wo ich ihn aufgestellt hab! Weil, so nah am Wasser hatte ich ihn ja gar nicht aufgestellt – naja, vielleicht mußte er mal pinkeln…«

»Aber wenn das alles so war, wie Sie jetzt sagen«, unterbrach Lea, »dann war's doch einfach ein Unfall! Was haben Sie denn da der Agnes für Unsinn erzählt von einem Mordversuch?«

»Ich weiß doch auch nicht!« rief Kunzl aus. »Was weiß ich! Das ist doch nicht auf meinem Mist gewachsen, das mit dem Mord! Das hat doch der Heimann gesagt, der von der Mordkommission, und der Chefarzt hier vom Krankenhaus. Die haben gesagt, es wär ein Mordversuch!«

»Und wo ist die Polizei jetzt?« fragte Agnes. »Warum ist keiner da? Warum ist keiner zu Doris gekommen?«

»Ja, die sind wohl am Ort des Geschehens«, sagte Adolf Kunzl unglücklich. »Am Tatort. Unsere ganzen Personalien und alles haben sie aufgenommen, und die anderen sind ja schon zu Hause, ich hab halt nur noch auf Sie gewartet… Es ist ja keiner sonst da.«

»Und wo ist der Hans?« fragte Agnes.

»Na, auch zu Hause, der war ja pitschnaß, der hätt sich ja noch erkältet…«

»Und wie kommen die Bullen auf Mord?« sagte Lea.

»Der Bertram, der hat den Beinbruch und die Platzwunden am Kopf«, sagte Adolf Kunzl und blickte beunruhigt zu der schweigenden Doris hin. »Aber vor allem halt diese schwere

Gehirnerschütterung, gell.« Er schluckte, und dann erzählte er, daß Bertram hier im Krankenhaus kurz zu sich gekommen sei, um sich geschlagen und laut um Hilfe geschrien habe, dann habe er seine Brotzeit quer über die Arme einer Krankenschwester erbrochen und sei anschließend wieder bewußtlos geworden.

Doris machte einen Moment die Augen zu.

Bertram sah gar nicht mehr aus wie Bertram. Er sah schrecklich aus. Das verschwollene Gesicht, der rasierte Kopf, die Verbände, die blutigen Krusten in den Nasenlöchern und Augenbrauen.

Er sah aus wie ein Kriegsopfer im Fernsehen. Erbarmungswürdig, vollkommen fremd, grauenhaft.

Und er jedenfalls hatte die Schöpflein nicht umgebracht, das war klar.

Jemand hatte ja versucht, ihn umzubringen! Einen Moment lang fühlte sie eine Art zorniges Entsetzen. Dann wieder nichts mehr, nur diese bleierne Betäubung. Es kam ihr in den Sinn, sich das Gesicht mit den Händen zu reiben, weil sie ihre eigenen Wangen, ihr Kinn, ihre Stirn nicht recht fühlen konnte. Aber sie ließ es.

Der Arzt, so war Adolf Kunzl inzwischen mit seinem Bericht fortgefahren, habe bei Bertrams Schreierei die Stirn gerunzelt und die Wunden noch einmal untersucht. Dann habe er die Polizei verständigt.

Eine Schwester kam den langen Gang herunter und auf sie zu, um sich zu entschuldigen: Ein weiterer Notfall, der Herr Doktor sei also grade… und der Personalmangel, vor allem am Sonntagabend – kurz, es könne noch ein wenig dauern, bis der Herr Professor auftauche –

Lea hakte Doris unter.

»Hör mal«, sagte sie. »Bertram ist sowieso nicht bei Bewußtsein. Du mußt jetzt heim, Doris. Wir rufen dann später an.«

Lea und Agnes brachten Doris zurück in die Finkenstraße.

257

Kommissar Heimann, Kommissar Schmitt und Kommissar Krahl standen bereits in Doris' Vorgarten und warteten auf sie.

»Sie sind offensichtlich schon informiert«, sagte Kommissar Heimann statt einer Begrüßung.

»Ja«, sagte Lea. »Obwohl … wäre das nicht Ihr Job gewesen? Uns zu informieren, meine ich?«

»Ich bin ja jetzt hier«, sagte Heimann. »Um Sie zu informieren. Ich mußte schließlich zuerst zum Tatort.«

Doris schloß einen Moment die Augen und sah Herrn Krahl auf einem Ruderboot über das stille Wasser des Hahnenteichs gleiten. Sie machte die Augen schnell wieder auf. Heimann starrte sie an.

»Also«, sagte er. »Dann steigen Sie bitte ein.«

»Was?« begehrte Agnes Birchenbacher auf. »Einsteigen? Aber warum denn, um Himmels willen?«

Herr Heimann hielt ihr die Tür auf.

»Ihr Mann, Frau Birchenbacher«, sagte er, als sei das eine Antwort, »ist auch schon bei uns.«

Doris war schrecklich müde. Sie versuchte, sich trotzdem zu konzentrieren. Sie saß in Heimanns Büro, auf dem schon vertrauten Stuhl vor seinem Schreibtisch.

Was wollte der Kommisar nur von ihr? Er hatte die ganze Zeit seinen verschwommenen Blick auf sie geheftet, aber er hatte noch immer kein Wort gesagt.

»Wo waren Sie heute, während Ihr Mann auf der Jagd war?« fragte er schließlich.

Doris schüttelte den Kopf, als hätte sie Wasser im Ohr. Sie war nicht ganz sicher, ob sie recht gehört hatte.

»Frau Bering«, sagte Kommissar Heimann und trommelte mit den Fingern auf den Tisch. »Antworten Sie mir bitte. Wo waren Sie heute vormittag?«

»Beim Yoga«, sagte Doris. »Beim Yoga, mit meinen Freundinnen. In Lea Hattingers Haus. Was wollen Sie eigentlich von mir? Wer hat denn bloß versucht, meinen Mann zu ermorden?«

»Das wollen wir ja gerade herausfinden«, sagte Heimann. »Wer hat Sie denn bei diesen Yoga-Übungen gesehen?«

»Wir uns gegenseitig«, sagte Doris. »Aber was soll das denn... Ich meine, mein Mann... ich brauche doch kein Alibi!«

»Alibi«, sagte Heimann und kniff die Lippen zusammen. »Aha. Sehr klug. Ja. Daran denken Sie also schon von allein, ja? – Sagen Sie, Frau Hattinger wohnt jetzt bei Ihnen im Haus, nicht wahr?«

»Ja«, sagte Doris. »Wer hat Ihnen denn das erzählt.«

»Das tut nichts zur Sache«, sagte Heimann.

»Birchenbacher«, sagte Doris.

Kommissar Heimann widersprach nicht. Aber als er weiterredete, hatte sich seine Stimme verändert. Es war die Stimme der Vernunft, die jetzt sprach. Doris kannte sie nur zu gut. Von Bertram. Bertram sprach so, wenn sie die Wut auf ihn hatte.

»Frau Bering«, sagte der Kommissar mit Bertrams Stimme. »Sie hatten doch jüngst einige Probleme in Ihrer Ehe. Lassen Sie uns ehrlich sein. Hatten diese Probleme nicht mit Frau Hattingers Anwesenheit in Ihrem Hause zu tun?«

Doris antwortete nicht.

Sie wußte einfach nicht, was.

Sie sah aus dem Fenster.

»Hören Sie«, sagte der Kommissar. »Ich will Ihnen wirklich helfen, Frau Bering.«

Er hatte wieder den Tonfall gewechselt. Jetzt klang er wie ein Vertreter, der sich bemüht, einem Obdachlosen die Vorzüge einer Hausratversicherung nahezubringen.

»Schauen Sie, ich kann das ja alles verstehen. Sie waren schlimmen Belastungen ausgesetzt. Ihr Mann hat Sie geschlagen. Er hat Sie mit Frau Hattinger betrogen, einer Frau, zu der auch Ihr eigenes Verhältnis ein, nun ja, sicherlich enges ist.

Und nun wohnen Sie auch noch alle zusammen. Der Druck, der auf Ihnen lastet, muß ja ungeheuer sein.« Befriedigt lehnte er sich zurück. »Deswegen waren Sie ja auch beim Anwalt, nicht wahr? Um sich scheiden zu lassen. Aber Ihr Mann wollte keine Scheidung. Er wollte alles so lassen, wie es war. Mit Ihnen als Gattin, und mit Frau Hattinger als seiner Geliebten. Und unter einem Dach.«

Erleichtert nahm Doris zur Kenntnis, daß ihre Betäubung allmählich dem Zorn wich.

Es war wundervoll. Es war ein wirklich wundervoller, effektiver Zorn, heiß wie die Julisonne. Der Nebel in ihrem Kopf begann sich endlich aufzulösen.

»Frau Bering«, sagte Heimann, nunmehr mit einiger Schärfe. »Ich weiß genau, was passiert ist! Es war doch so: Sie wollten Ihren Mann für sich, Frau Hattinger wollte ihn aber auch, und er konnte sich nicht entscheiden. Er hat sich von keiner von Ihnen bedrängen lassen. Und da haben Sie beschlossen, sich zusammenzutun. Sie haben ein Komplott geschmiedet. Ein Komplott! War es nicht so?«

Doris war zu verblüfft, um zu antworten.

»Frau Bering, ich verstehe Ihre Lage vollkommen«, sagte Kommissar Heimann. »Lea Hattinger hat sich in Ihre Ehe gedrängt. Am Anfang waren Sie wütend auf sie, aber dann stellte es sich heraus, daß sie ja in einer ähnlich unglücklichen Lage war wie Sie selbst. Sie haben begonnen, einander zu trösten. Sie haben sich zusammengetan, gegen Ihren Mann, und dann wollten Sie wenigstens Lea Hattinger ganz für sich allein haben! Und Ihr Mann war Ihnen dabei genauso im Weg wie vorher die Hetzereien der Frau Schöpflein! Sie und Ihr Mann, Sie waren doch eifersüchtig aufeinander wegen der Frau Hattinger! – Gestehen Sie, Frau Bering, dann kann ich doch noch was für Sie tun!«

Doris hob langsam den Kopf, wie ein nicht ungefährlicher großer Hund. Sie witterte. Ja, den Geruch kannte sie. Sie kannte ihn aus ihrer Kindheit, aus ihrer Ehe, es war ein zutiefst vertrauter Geruch: der nach Scheiße. Und zwar einer Scheiße, die man ihr in die Schuhe schieben wollte.

»Was sind Sie nur für ein heller Kopf«, sagte sie. »Ich habe sie also beide auf dem Gewissen? Das haben Sie sich ja toll ausgedacht.« Sie beugte sich so plötzlich nach vorn, daß Heimann unwillkürlich zurückfuhr. Beinahe hätte sie aufgelacht. Kommissar Heimann! Ein zweitesmal schüchterte der sie nicht ein. Der Kerl hatte Nerven. Was war denn einer wie der, wenn man mit Henriette aufgewachsen, mit Bertram verheiratet gewesen war? Nichts war er! Ein Happen Brot!

»Sagen Sie mal, wie stellen Sie sich das Leben eigentlich vor?« zischte sie ihn an. »Verruchte Gattin klaut dem Herrn seine Lieblings-Muschi und kippt ihn dann in den Ententeich? Er säuft ab, die Damen werden autark, und dann kommen Sie und bringen die Welt wieder in Ordnung? Wissen Sie was? Sie sind ein typischer Mann. Realitätsfern im Denken, miserabel in der Gesprächsführung und paranoid, sobald es um jemand mit Titten geht!«

Der Kommissar hatte sich gut im Griff. Er blieb völlig ruhig. Kein Wunder, er glaubte schließlich, die Oberhand zu haben. Doris hätte ihm am liebsten eine geknallt.

»Ihre Freundin Lea Hattinger sagt im Nebenzimmer wahrscheinlich gerade die Wahrheit«, sagte der Kommissar. »Persönlich bin ich der Meinung, daß sie Ihnen bei der Tat geholfen hat. Vielleicht stammte die ganze Idee überhaupt von ihr? Es ist Ihnen hoffentlich klar, in welcher Situation Sie sich befinden. Wenn Lea Hattinger gegen Sie aussagt, und Sie zeigen sich weiterhin so verstockt, dann werden Sie mit Sicherheit wegen Mordversuchs angeklagt. Und Lea Hattinger lacht sich ins Fäustchen, der passiert nämlich gar nichts. Das wäre doch gemein, oder nicht? Sie können sich nur retten, wenn Sie die Wahrheit sagen, Frau Bering! Wenn Sie zugeben, daß die Frau Hattinger Sie angestiftet hat! Dann kann ich Ihnen doch wenigstens noch helfen!«

Doris schnaubte verächtlich.

»Helfen«, sagte sie. »Sie mir helfen? Ich bin entzückt. Finden Sie doch erst mal den Mörder von der Schöpflein, bevor Sie irgendwem helfen wollen! Aber wissen Sie was? Den finden Sie nicht. Den finden Sie ebenso wenig wie den, der versucht hat, Bertram umzubringen. Sie sehen ja gar nicht mehr klar. Sie sind einfach zu sehr damit beschäftigt, sich irgendwelche abstrusen Szenarien auszumalen! Lesbenliebe, flotte Dreier, Gattenmord und was weiß ich noch alles, und Sie merken noch nicht mal, wie total unlogisch das alles ist! Eifersucht, was Besseres fällt Ihnen als Motiv gar nicht ein! Und auf wen war ich denn nun eifersüchtig, bitte sehr? Auf Lea oder auf Bertram? Sie können doch nicht gleichzeitig behaupten, daß –« Mitten im Satz brach Doris ab.

Eifersucht.

Jemand war eifersüchtig auf Bertram.

Aber da hatte er ja sogar recht, der Kommissar. Er hatte natürlich recht. Nur in der Person lag er falsch. Eifersüchtig waren nicht Lea oder sie selbst, sondern Hans Birchenbacher.

»Birchenbacher«, sagte sie laut. »Hans A. Birchenbacher. Es ist nicht zu fassen.« Sie beugte sich vor. »Hans A. Birchenbacher!« sagte sie zum Kommissar. »Der angeblich meinen Mann gerettet hat! Herr Heimann, hören Sie: Es war Hans. Hans Birchenbacher. Er ist ja rettungslos verliebt in Lea, er stellt ihr ständig nach, und erst neulich hat er Bertram eine Eifersuchtsszene gemacht! Weil er sich einbildete, Bertram hätte bei Lea übernachtet, na egal, Sie glauben diesen Mist ja selber. Aber jedenfalls, Birchenbacher ist tatsächlich eifersüchtig, er hat also ein Motiv, und Adolf Kunzl hat ihn sozusagen auf frischer Tat ertappt! Am Teichufer, mit Bertram! Natürlich wollte er Bertram gar nicht retten. Er wollte ihn ertränken! Wahrscheinlich wollte er ihn zuerst erschlagen, aber es sollte aussehen wie ein Unfall, also mußte der erste Hieb tödlich sein, schließlich fällt einem nicht mehrmals derselbe Ast auf den Kopf. Aber Bertram war nicht tot, und da hat Hans versucht, ihn zu ertränken – und er hatte auch

Zugriff zu meinem Schlüssel. Dem Schlüssel zu Leas Haus, den ich an dem Tag vermißt habe, als Frau Schöpflein umgebracht wurde. Ich habe meine Tasche mit dem Schlüssel den ganzen Abend bei ihm in der Diele stehen lassen, während dieses Gartenfestes! Und Frau Schöpflein hätte ihn natürlich auch ins Haus gebeten, wenn er geklingelt hätte, oder selbst wenn er durch die Gartentür gekommen wäre – du lieber Himmel! Hans Birchenbacher!«

Der Kommissar hatte ihr mit großem Interesse zugehört. Jetzt kniff er die Augen zusammen.

»Herr Birchenbacher hatte aber ein Alibi«, sagte er. »Für den Schöpfleinmord. Bestätigt von -zig Zeugen.«

»Na und?« sagte Doris. »Ich auch, für heute. Agnes Birchenbacher und Lea und ich waren ja zusammen beim Yoga. Aber uns glauben Sie nicht.«

Heimann schüttelte den Kopf.

»Frau Hattinger ist ohne Zweifel eine attraktive Frau«, sagte er. »Aber so attraktiv, daß ihr die Männer gleich reihenweise zu Füßen liegen, ist sie nun auch wieder nicht. Sie hat ja schon zweimal wegen irgendwelcher Kerle Anzeige erstattet, angeblich hat mal einer in ihrem Bett gelegen, als sie nicht da war, dann soll ihr Unterwäsche gestohlen worden sein. Nachts sieht sie Männer in ihrem Garten, und sie hat uns gleich eine ganze Liste möglicher Verdächtiger gegeben, ihren Exmann, Herrn Birchenbacher … Scheinbar denkt sie, jeder Kerl, der sie ansieht, müßte sich sofort in sie verknallen! Das klingt ja schon bald ein wenig nach Wahnvorstellung. In ihrem Alter, ich meine, sie ist schließlich keine achtzehn mehr oder so!«

Doris antwortete nicht. Sie war zu beschäftigt damit zu überlegen. Sie war zu aufgeregt.

»Die andere Möglichkeit ist natürlich«, sagte der Kommissar, »daß Sie die Tat von Anfang an einem Mann in die Schuhe schieben wollten. Den Mord an der Schöpflein, und jetzt, nachdem der Versuch, einen Unfall vorzutäuschen, schiefgegangen ist, auch den Tötungsversuch am Hahnen-teich. Das ist es. Sie wollen die ganze Geschichte Herrn Birchenbacher anlasten!« Der Kommissar stand auf.

»Ich werde jetzt mal einen Moment nach nebenan gehen«, sagte er. »Ich will doch mal sehen, was Ihre Freundin schon so erzählt hat. Die war vielleicht vernünftiger als Sie. Die hat uns vielleicht schon ein ganzes Stück weitergeholfen. Das würde Sie natürlich in eine sehr ungünstige Lage bringen, Frau Bering. «

Er wartete noch einen Moment, ob Frau Bering jetzt endlich alles zugeben wollte, aber das wollte Frau Bering nicht.

Frau Bering, zu diesem Schluß war sie für sich gekommen, mußte nachdenken, ganz allein. Denn was den Kommissar betraf, da hatte sie aufgegeben.

6. Kapitel

Geburtstag

Natürlich hatten weder Lea noch Agnes die von Kommissar Heimann erhoffte Geständnisbereitschaft gezeigt, und so hatte man sie schließlich alle nach Hause gehen lassen müssen.

Agnes war außer sich gewesen. Man hatte ihr unterstellt, sie sei eine Lügnerin, man hatte ihr unterstellt, sie sei an einem Komplott beteiligt gewesen, einem Mordkomplott ihrer Freundinnen, oder decke es doch zumindest, man hatte sie behandelt wie eine Verdächtige! Auf dem Heimweg hatte sie geheult.

Lea hatte versucht, sie zu trösten, aber Doris hatte sie nicht einmal ansehen können. Agnes Birchenbacher! Hans A.s Frau. Was zum Teufel sollte jetzt bloß passieren?

Als sie endlich zu Hause ankamen, spülte Doris eine Schlaftablette mit einem Cognac hinunter und ging ins Bett. Sie fühlte sich außerstande, noch irgend etwas zu denken oder mit irgend jemandem zu reden. Nicht einmal mit Lea.

Geweckt wurde sie von einem Anruf ihrer Mutter.

Natürlich hütete sie sich davor, Henriette von dem Mordverdacht zu berichten, den Kommissar Heimann gegen sie hegte, aber es war auch so schon schlimm genug. Henriette sprach beinahe vollkommen kursiv, und Doris konnte sie nur mit Mühe von einem Besuch abhalten.

»Aber du hältst mich auf dem *laufenden*, Kind!« schrie sie mindestens siebzehnmal, »auf dem *laufenden*, hörst du? Über den Stand der polizeilichen *Ermittlungen*!«

Doris versprach es. Dann ging sie mit schmerzendem Kopf in die Küche, wo Lea Kaffee kochte. Die Zeitung lag aufgeschlagen auf dem Tisch.

»Der Finkenstraßenmörder schlägt wieder zu!« stand in Versalien auf der Titelseite zu lesen. »Neuendorfer Tierarzt das nächste Opfer!« Daneben war das Ufer des Hahnenteichs abgebildet, der Tatort.

»Schau doch bloß«, sagte Lea und deutete auf das Photo. »Das ist doch genau die Lichtung, wo wir immer Picknick gemacht haben...«

Dann lasen sie schweigend.

Der Täter, soviel war offensichtlich inzwischen klar, war am Vortag des Verbrechens mittels einer Leiter einen Baum am Teichufer hinaufgeklettert, hatte dortselbst einen Ast abgeschlagen – ebenden Ast, der Bertram am Kopf getroffen hatte – und sich dann höchst dilettantisch bemüht, die Bruchstelle natürlich aussehen zu lassen. Natürlich war ihm das nicht gelungen. Die Leute von der Spurensicherung hatten sofort die Messerspuren erkannt, und darüber hinaus war das Holz noch grün und lebendig, der Ast konnte also mitnichten von allein abgebrochen sein.

Dr. vet. Bertram Bering seinerseits hatte Glück im Unglück gehabt. Zwar hatte er schwere Platzwunden davongetragen, mehrere Gesichtsknochen gebrochen und eine schwere Gehirnerschütterung erlitten, der Schädel selbst war jedoch nicht ernstlich verletzt, und es bestand keine direkte Lebensgefahr. Das Bein hatte er sich wahrscheinlich gebrochen, als er versucht hatte zu fliehen. Er mußte mit dem Fuß in einer Wurzel oder etwas Ähnlichem hängengeblieben und gestürzt sein. Dabei hatte er wohl auch das Bewußtsein verloren, und der Täter hatte ihn zum Teich geschleppt, um ihn zu ertränken. Und dann waren glücklicherweise Hans A. Birchenbacher und Adolf Kunzl zu seiner Rettung herbeigeeilt.

Aber wo war der Mörder geblieben? Wie hatte er sich so

schnell aus dem Staub machen können? Die Stiefel der Jäger hatten den weichen Waldboden und alles darauf gründlich plattgetrampelt, Fußabdrücke waren nicht mehr auszumachen. Die Kripo ermittelte weiter.

»Wenigstens steht nicht drin, daß wir es getan haben sollen«, sagte Lea.

»Nein«, sagte Doris. »Noch nicht, aber es wird auch so bald jeder wissen. Verlaß dich drauf. Dies ist Neuendorf.« Sie schob die Zeitung weg und legte das Gesicht in die Hände. Schlaftabletten waren etwas Widerliches. Sie fühlte sich wie gerädert.

»Tja«, sagte Lea. »Na, mehr als schneiden können sie uns nicht. Und da haben wir ja jetzt schon einige Erfahrung... Komm, iß was.«

»Ja«, sagte Doris und fing an, die Schale von einem Ei abzupulen.

Lea stellte ihr Kaffee hin, dann machte sie Laura ein Brot.

»Also«, sagte sie nach einer Weile. »Der Harry... daß der es war, kann diesmal nicht mal ich mir vorstellen. Ehrlich gesagt.«

»Nein«, sagte Doris. »Ich glaube auch nicht, daß es Harry war.«

»Obwohl, vielleicht hat er auch gehört, ich hätte ein Verhältnis mit Bertram...«

Doris schüttelte den Kopf.

»*Vergiß* Harry«, sagte sie.

Lea schob die abgeschnittenen Rinden von Lauras Brot auf ihrem Teller hin und her.

Doris nahm sich das zweite Ei vor.

»Du hast ja das erste noch gar nicht gegessen«, sagte Lea.

Doris antwortete nicht. Sie pulte.

»Du, Doris«, sagte Lea plötzlich. »Warum... warum wird mir wohl langsam immer komischer, wenn ich... an den Birchenbacher denke?«

»Birchenbacher«, sagte Doris. Sie nickte, legte das Ei weg

und sah Lea an. »Birchenbacher. Weil der es war, Lea. Darum.«

Sie sahen einander an.

»Er hat Bertram nicht retten, sondern ertränken wollen«, sagte Doris.

»Ja, aber«, sagte Lea. »Warum ... die sind doch Freunde, die beiden ...«

Doris erhob sich mit einem Ruck und begann, den Tisch abzuräumen.

»Nein, sind sie nicht. Das waren sie vielleicht mal. Aber Hans hat bestimmt keinen Freund, von dem er glaubt, er schliefe mit dir.«

»Ja«, sagte Lea. »Aber ein Mordversuch ...«

»Lea, der Kerl ist verrückt nach dir, das weißt du doch selber. Am Anfang, als er frisch verliebt war, da war er vielleicht bloß ein armer Verwirrter. Aber inzwischen? Er hat sich doch total verändert! Wie er da neulich vor seinem Laden stand, du weißt schon, als ich zum Anwalt ging, da war er mir direkt unheimlich. Und Bertram hat das auch gesagt. Nach dieser Lurch-Nacht, als er Hans A. vor deinem Haus begegnet ist. Hans hat ihm ja eine richtige Szene gemacht. Eine Eifersuchtsszene!« Doris klappte die Spülmaschine mit einem Knall zu und richtete sich auf. »Und das schlimmste ist, ich habe das dem Heimann gesagt, und er glaubt mir nicht. Er glaubt mir nicht, er nimmt mich nicht ernst, die Polizei hat uns von Anfang an nicht ernst genommen. Aber Heimann kennt Hans eben auch nicht wie wir. Er weiß nicht, daß Hans sich ganz anders verhält als früher. – Schau dir doch bloß an, wie er aussieht. Wie er abgenommen hat! Er ist am Durchdrehen, glaube ich.«

»Aber«, sagte Lea. »Warum gerade jetzt? Warum will er Bertram gerade jetzt umbringen? Ich meine, dieses Gerücht ... daß Bertram und ich was miteinander haben, das ist doch nicht neu.«

»Nein. Aber jetzt war ich beim Anwalt. Und Hans weiß

das. Vielleicht denkt er, Bertram und ich lassen uns scheiden, und dann heiratet Bertram dich. Und wenn du heiratest, dann bist du für ihn verloren. Dann bist du weg, gerade so, als hätte die Schöpflein dich rausgeekelt. Er will aber nicht, daß du weg bist, Lea. Also: Erst die Schöpflein. Dann Bertram.«

»Aber das gibt es doch nicht!« schrie Lea nach einem Moment auf. »Laß uns nicht albern sein, Doris, ich meine ... ich wäre dann ja an allem schuld!«

Doris schüttelte den Kopf.

»Red keinen Quatsch, Lea«, sagte sie. »Das wärst du nicht. Hans würde einfach eine Menge tun, um dich zu kriegen. Ich denke sogar, er würde alles tun. Er hat sich da hineingesteigert. Du kannst dir sowas vielleicht nicht vorstellen – aber das ist so: Wenn man so richtig durch und durch unglücklich ist und gleichzeitig fest davon überzeugt, es gäbe sowieso keinen Ausweg, dann kann man sich mit dem Unglück arrangieren, so komisch das klingt. Man findet sich ab. Und nach einer Weile merkt man dann kaum noch, daß man unglücklich ist. Man weiß es nicht mehr wirklich. Bis dann plötzlich ein Hoffnungsstrahl kommt. Wenn ein Hoffnungsstrahl kommt, dann weiß man es auf einmal wieder. Dann fühlt man das alles, und man denkt, man hält diese ganze Misere keine einzige Minute mehr aus. Und wenn dann diese neue Hoffnung wieder bedroht wird, dann läßt man sich das nicht so einfach gefallen, das kann ich dir sagen. Ja, und dann kann man sich eben in etwas hineinsteigern.«

»Doris«, sagte Lea erstaunt. »Du hast ja Ahnung von Psychologie!«

»Ist das Psychologie?« sagte Doris. »Ich denke, das ist einfach Erfahrung. Ich kenne mich aus mit Unglück. Ich kenne mich supergut aus mit Unglück, das man nicht mehr spürt.« Doris rieb sich das Gesicht mit den Handflächen ab, als hätte sie sich die Wangen schmutzig gemacht. »Aber das ist jetzt egal. Was ich meine, ist dies: Du bist so ein Hoffnungsstrahl, Lea. Für mich, für Agnes, für Hans, vielleicht sogar auch für Bertram – nein, hör auf, das ist ja gar kein Kompliment. Das ist ein Problem! Schau dir doch nur die Sache mit Harry an. Was hat der wohl in dir gesehen? Auch einen Hoffnungsstrahl, da möchte ich wetten, genau wie Hans A. Das ist letztlich fürchterlich gefährlich für dich!«

Lea ging zum Fenster und sah hinaus auf die Straße.

»Nein«, sagte sie nach einer Weile. »Selbst wenn du recht hast... ist es jedenfalls nicht gefährlich für mich. Bisher ist es gefährlich nur für die anderen. Für die um mich rum... Verdammt, was mache ich bloß?«

Doris antwortete nicht.

»Für dich!« sagte Lea. »Für Laura womöglich... Oh Gott, Doris, und da kommt die Heidenreich. Die will zu uns, glaube ich. Jetzt ist sie im Vorgarten...«

Dann klingelte es.

Vor der Tür stand Frau Edda Heidenreich, von der angesehenen Neuendorfer Bäckerei Sonne.

»Ja also, guten Morgen, Frau Bering«, sagte sie.

Sie sah Doris nicht direkt an, sondern kramte in ihrem Einkaufskorb. Ihre Wangen waren noch etwas röter als sonst.

»Guten Morgen«, sagte Doris. »Möchten Sie nicht hereinkommen?«

»Ja«, sagte Frau Heidenreich, »gerne, ich hab Ihnen ja auch was mitgebracht, Ihnen und der Frau Hattinger, ein paar Brötchen, ganz frisch, und für das Kind eine Schnecke...«

Doris folgte ihr in der Küche.

»Also«, sagte Frau Heidenreich und nickte. »Guten Morgen, Frau Hattinger. Hallo Laura.«

Lea nickte zurück. Laura sah Frau Heidenreich an und kaute ungerührt weiter. Doris schenkte Kaffee ein.

»Setzen Sie sich doch«, sagte sie.

Frau Heidenreich ließ sich auf einen Stuhl plumpsen. »Also. Frau Bering, ich komm ja vor allem, weil ich sagen wollte, wie leid mir das tut, das mit Ihrem Mann. Weil, ich weiß es von der Polizei. Die Polizei war ja gestern noch hier! Drüben. Bei uns, meine ich.«

»Ja«, sagte Doris und kippte die frischen Brötchen in den Brotkorb. Laura ließ ihr Vollkornbrot fallen und angelte nach der Schnecke.

»Es ist ja so schrecklich!« sagte Frau Heidenreich. »Daß sowas hier bei uns passieren kann, erst die Schöpflein und jetzt Ihr Mann, das hätt doch keiner für möglich gehalten, hier bei uns!«

»Ja«, sagte Doris wieder. Mehr mußte sie auch nicht sagen. Ein Laut der Zustimmung genügte vollkommen, um Frau Heidenreich am Reden zu halten.

»Die Agnes, die hat zum Glück gestern nacht noch bei uns angerufen und uns gewarnt«, fuhr Frau Heidenreich fort. »Daß nämlich die Polizei bestimmt auch noch zu uns kommt, und so war's ja dann auch. – Die haben Sie alle verhört, hat die Agnes gesagt?« Edda Heidenreich legte den Kopf schief und wartete auf einen detaillierten Bericht. Doris gab vor, nichts zu bemerken.

»Ja, also«, sagte Frau Heidenreich schließlich. »Was ich sagen wollte. Die Agnes hat uns alles erzählt. Wie unmöglich diese Polizisten mit Ihnen waren! Also, ich sag Ihnen, ich bin empört. Wir sind alle empört! Die Geußens auch, und die Frau Frühauf, und, naja – also mein Mann natürlich, der hat so seine eigenen Meinungen – aber wie der Heimann mit Ihnen umgesprungen ist, mit einer Frau, die so einen Schlag erlitten hat –«

»Mein Mann«, konnte Doris sich nicht verkneifen zu erwidern. »Es war mein Mann, der den Schlag erlitten hat. Nicht ich.«

»Wie?« sagte Frau Heidenreich, nur vorübergehend aus der Fassung gebracht. »Was? Ach so. Ja natürlich. Aber sagen Sie doch, Frau Bering, es geht mich ja nichts an, aber – hat der Heimann Sie denn wirklich gefragt, ob Sie – also, ob Frau Hattinger und Sie –«

Sie war beim Kernpunkt des Besuches angelangt.

Doris goß sich noch einen Kaffee ein, dann lehnte sie sich zurück und genoß den Widerstreit auf Frau Heidenreichs Zügen. Der innere Kampf zwischen Neugier und Prüderie drohte ihre Seele beinahe zu zerreißen. Doris erwog, ihn noch ein wenig andauern zu lassen, dann aber siegte ihre Freude an der Provokation.

»Ob Lea und ich miteinander schlafen?« sagte sie. »Ja, das hat ihn schon interessiert. Er war sogar davon überzeugt. Er denkt, wir hätten Bertram gemeinsam umbringen wollen, Frau Heidenreich. Und die Schöpflein auch. Was halten Sie davon?«

Die Bäckerin schnaufte. Sie war eine Abordnung, hergeschickt, um Informationen zu beschaffen, und als solche war sie natürlich zufrieden. Aber sie war auch ein Mensch. Und als Mensch empörte sie sich. Das tat sie gern, und obendrein verlangte es auch die Situation.

»Ehrlich gesagt«, sagte sie, »ich glaub's nicht, nie und nimmer. Sie und eine Mörderin, Frau Bering? Und lesbisch? Nein, also das ist doch Quatsch. Ich bitt dich, hab ich zu meinem Mann gesagt, die Doris Bering, die ist doch für so was viel zu bieder. Also, Entschuldigung, Frau Bering, aber bieder ist ja nichts Schlechtes, und selbst meinem Mann ging diese Vermutung zu weit, da hat sich der Heimann übernommen, sagt er. Ich meine, hier weiß doch jeder das mit Ihrem Kind, und Kinder kriegt man nun mal von Männern. Na und wie schlimm das für Sie war damals! Daß Sie sich da mit der Laura angefreundet haben, ist doch kein Wunder. Ich hab das ja immer gedacht, bloß eben die Diethild Geuß, die war am Anfang noch anderer Meinung, ich meine, die Diethild, die kennen Sie ja –« Frau Heidenreich hielt inne, um Luft zu schöpfen.

»Aber was, wenn es nun stimmen würde?« konnte Doris sich nicht enthalten zu fragen. »Wenn es wahr wäre, das mit Lea und mir? Daß wir lesbisch sind?«

Frau Heidenreich stutzte einen Moment.

»Ja, aber«, sagte sie dann. »Das ist ja Quatsch. Das ist ja egal! Das ist doch unsere Sache, wie die Leut hier bei uns in Neuendorf leben, und mit den Verbrechen, da hat das gar nichts zu tun! Ich persönlich«, Frau Heidenreich hob beschwörend die Hände, »ich hab sowieso nie schlecht von Ihnen gedacht. Klar, so in der ersten Hitz, direkt nach dem Verbrechen, gell – aber dann schon gleich nicht mehr. Und ich wollt deswegen auch sagen, wir haben nichts gegen irgendwen, auch nicht gegen die Frau Hattinger. Ehrlich! Also die Frau Hattinger, hab ich zur Diethild gesagt, die kommt halt nicht von hier, und woanders sind die Leut manchmal anders! Und Hauptsache ist jetzt doch, wenn die Frau Bering jemand hat, auf den sie sich verlassen kann!« Beschwörend sah Edda Heidenreich die beiden anderen an. Doris nickte ermutigend.

»Durchaus«, sagte sie.

»Ja«, sagte Frau Heidenreich erleichtert. »Eben, gell. Und das wollt ich auch noch sagen. Daß Sie sich nämlich auf uns alle hier verlassen können, Frau Bering. Wenn Sie was brauchen, wenn wir irgendwie helfen können – weil, dem Heimann sagen wir sowieso nichts mehr. Gut, mein Mann, der würde vielleicht, aber der weiß ja bloß, was ich ihm erzähl.« Frau Heidenreich wischte sich die Stirn mit Doris' Papierserviette. »Gott, diese Aufregungen!« sagte sie. »Gibts denn seit gestern schon was Neues?« Ihr Blick wurde gierig.

»Nicht, daß ich wüßte«, sagte Doris.

»So«, sagte Frau Heidenreich, sichtlich enttäuscht. »Aha. Schade. Na, ich muß dann wohl zurück an meine Theke.« Doris nickte. Frau Heidenreich blieb sitzen. »Aber sagen Sie mal, dem Herrn Bering – dem geht's wohl sehr schlecht?«

»Er ist noch immer nicht ganz bei Bewußtsein«, sagte Doris. »Aber ich wollte sowieso gerade ins Krankenhaus zu ihm fahren.«

»Ach so«, sagte Frau Heidenreich. »Ja. Da halt ich Sie also womöglich auf?«

Doris lächelte so unverbindlich wie möglich. Frau Heidenreich wandte sich endlich zum Gehen.

Bertram war wieder bei Bewußtsein, das hieß, seine Augen
öffneten und schlossen sich manchmal. Aber der Blick darin
war fremd, leer und dringlich zugleich, und er redete nicht.
Eine Weile saß Doris bei ihm am Bett, hielt seine Hand und
betrachtete das weiße Gesicht. Sie dachte eigentlich an nichts,
und sie war froh, daß sie auch nicht viel fühlte, außer einer
etwas ungewissen, schwer bestimmbaren Angst und einer
Spur Zorn... Bertram – du dummer Kerl. Birchenbacher!
Hans A. Birchenbacher! War das nötig, Bertram? Mußtest du
uns das auch noch antun lassen?
    Dann kam der Chefarzt. Er stellte sich als Professor Dr.
Barthler vor, tätschelte Bertrams Hand und bat Doris auf
einen Moment in den Flur. Doris konnte durch eine schnelle
Drehung gerade noch verhindern, daß er sie am Ellenbogen
hinausführte.
    Während er mit beruhigenden Worten umschrieb, daß es
Bertram ja schon viel besser gehe – ausgezeichnet sogar, unter
den Umständen, daß Bertram Glück gehabt habe, Glück im
Unglück natürlich, denn der Schädel sei nicht verletzt, das
Gehirn nicht wirklich schwer in Mitleidenschaft gezogen,
soweit man das beurteilen konnte –, versuchte Doris vergeb-
lich herauszufinden, was ihr an ihm eigentlich so widerlich
war.
    Der Professor kam zum Ende und verstummte.
    Doris räusperte sich.
    »Glauben Sie, daß Bertram den Täter gesehen haben
könnte?« fragte sie schließlich. »Glauben Sie, er weiß, wer es
war?«
    Der Chefarzt sah überrascht aus. Augenscheinlich hatte er
mit einer anderen Frage gerechnet. Aber er antwortete jedenfalls.
    »Höchstwahrscheinlich hat er ihn gesehen. Aber es ist

möglich, daß er sich nicht an ihn erinnert. Ja. Und, das muß ich Ihnen gleich sagen, er wird eventuell auch andere Sachen nicht mehr gleich, äh – präsent haben. Ich will Ihnen da nichts vormachen.« Er lächelte routiniert und tätschelte nun doch ihren Arm. Es war sein professorales Feld-, Wald- und Wiesentätscheln. Er tätschelte, wie manche Leute im Theater klatschen: mechanisch, beinahe lautlos und mit den Gedanken schon bei der Schlange an der Garderobe. »Sie müssen Geduld haben«, sagte er. »Das habe ich ja der Polizei auch schon gesagt. Ein Rechtsmediziner aus Erlangen war heute morgen da und hat sich Ihren Gatten angesehen, Ihr Einverständnis habe ich da natürlich vorausgesetzt. Wir sind auch die Röntgenbilder und alles weitere durchgegangen. Der Herr Kollege war ganz meiner Meinung.«

Als Doris wenig später das Krankenhaus verließ und zum Wagen ging, wußte sie es mit einemmal.

Das widerliche am Chefarzt war, daß er sie an Hans A. Birchenbacher erinnerte. Dasselbe glatte Gesicht, dasselbe *Modische* an diesen Männern, und das Gierige, Leere in den Augen, die ständig nach innen blickten, auf sich selbst, und dort nicht viel fanden. Aber sich losreißen und und woanders hingucken konnten sie auch nicht.

Lea eilte Doris bereits durch den Vorgarten entgegen.

Doris, so schien es, war kaum aus dem Haus gewesen, da hatte es erneut geklingelt. Vor der Tür hatte Heimann gestanden, mit einem Schwarm Beamter. Und mit einem Hausdurchsuchungsbefehl. Oder genauer, mit zwei Befehlen, einem für Leas und einem für Doris' Haus.

»Wir haben schon versucht, ein bißchen aufzuräumen, Agnes und ich«, sagte Lea und gestikulierte in Richtung Diele, »aber du siehst ja...«

Doris sah. Überall herrschte das Chaos. Sie ließ Mantel und Tasche einfach in einen Haufen Schals fallen, die auf dem Dielenboden lagen, und ging in die Küche. Es regte sie nicht besonders auf. In gewisser Weise hatte die Unordnung sogar etwas Anheimelndes. Eigentlich sah es aus wie früher, vor Lauras Auftauchen.

Agnes Birchenbacher eilte ihr mit ausgebreiteten Armen entgegen. Doris umarmte zurück, einigermaßen steif, dann machte sie sich los.

»Es ist ja so furchtbar«, plapperte Agnes los, »Doris, es tut mir so leid, was dir alles passiert, kümmere dich um nichts, wir räumen dir alles auf, am besten setzt du dich erstmal, wie geht es denn Bertram? Sag nur schnell, dann mach ich mich hier an die Arbeit, und dann geh ich wieder rüber, du willst sicher ein bißchen deine Ruhe haben, ich bin eigentlich auch nur gekommen, weil ich so nervös bin –«

Doris winkte ab.

»Setz dich einfach wieder hin, Agnes«, sagte sie. »Ja, danke, Lea, ich nehme auch einen Cognac. Das mit der Unordnung ist doch nicht so wichtig. Haben sie denn was gefunden?«

»Was hätten sie denn finden sollen!« sagte Lea. »Ich bitte dich! – Wie kannst du überhaupt nur so ruhig sein!«

»Keine Ahnung«, sagte Doris. »Vielleicht rege ich mich ja später noch auf.«

»Eine Hausdurchsuchung!« sagte Agnes. »Eine Hausdurchsuchung, wenn einem der Mann beinahe umgebracht wird! Womöglich kommen sie zu mir auch noch! Sie haben den Hans gestern nacht ja richtiggehend verhört – den Hans! Wo der doch Bertram gerettet hat! Die hätten sich doch eher bei ihm bedanken müssen oder so!«

»Du meinst«, sagte Doris langsam, »sie haben mein Haus durchsucht, und Leas, aber deins nicht?«

Lea stand auf und begann die Geschirrspülmaschine einzuräumen. Sie räumte mit solcher Hingabe, als sei die korrekte Ausrichtung von Untertassen ein Lebenszweck in sich.

»Nein«, sagte Agnes. »Warum sollten sie auch?«

»Was haben sie Hans denn so gefragt?« sagte Doris.

»Ach«, sagte Agnes. »Naja. Wegen der Lea und so.« Sie lachte auf.

»Und was hat er geantwortet?« fragte Doris.

»Na, daß das mit der Lea doch längst vorbei ist... das stimmt doch, Lea? Und, naja, daß er – also daß er wegen einem Weib doch nicht seinen besten Freund umbringen würde, wir wären hier doch nicht bei den Zigeunern oder in Sizilien. Na, ich weiß schon, das wird euch wieder nur darin bestärken, daß mein Mann ein ekliger Macho ist, aber so ist er nun mal, er denkt wirklich so, also kann er es auch nicht gewesen sein.«

Doris antwortete nicht. Lea richtete die Tassen aus, alle Henkel nach links.

»Ich jedenfalls glaub ihm, er ist ja schließlich auch mein Mann«, sagte Agnes, etwas schrill. »Und die Polizei glaubt ihm auch. Sie können ihm auch gar nichts nachweisen. Sie müssen ihm einfach glauben.«

Noch immer sagte keiner ein Wort.

Agnes stand auf.

»Schon gut«, sagte sie. »Ich weiß, ihr mögt Hans sowieso nicht. Ihr glaubt sowieso nur Schlechtes von ihm. Ich geh dann jetzt nach Hause.«

»Agnes«, sagte Doris. »Ich muß es doch richtig finden, wenn die einem Verdacht nachgehen. Gut, es ist dein Mann, den die Polizei kurzfristig unter Mordverdacht gehabt hat. Aber es ist mein Mann, der im Krankenhaus liegt, und mein Haus, das die durchsucht haben!«

»Dein Mann – jetzt tu doch nicht so«, sagte Agnes gehässig. »Plötzlich ist es dein Mann, dabei, eigentlich magst du Bertram doch schon lange nicht mehr.«

Doris kniff die Augen zusammen.

»Magst du Hans?« sagte sie.

Agnes machte den Mund auf und wieder zu. Dann setzte sie sich wieder hin.

»O Gott«, sagte sie. »Es ist furchtbar. Es tut mir furchtbar leid. Ich wollte gar nicht gemein sein, es ist mit mir durchgegangen, ich hab mich einfach so aufgeregt!« Sie beugte sich vor und starrte Lea an. »Lea«, sagte sie. »Doris. Ehrlich jetzt. Glaubt ihr am Ende auch – glaubt ihr womöglich im stillen, Hans könnte das alles gewesen sein?«

Lea ließ den Rest des Geschirrs Geschirr sein und kam zu Agnes hinüber.

»Nein«, sagte sie fest und schoß Doris einen Blick zu. »Natürlich glauben wir das keine Minute, Agnes, wie kommst du nur darauf.«

»Warum hast du ihr nicht die Wahrheit gesagt?« sagte Doris zornig, kaum daß die Tür hinter Agnes ins Schloß gefallen war. »Wieso hast du sie belogen?«

»Weil wir nicht wissen, was die Wahrheit ist«, sagte Lea, die einen Topf mit Pellkartoffeln aufsetzte. »Doris... wir haben nur einen Verdacht. Und Hans hat ein Alibi, für den Schöpfleinmord wenigstens. Stell dir doch bitte nur mal vor, was passiert, wenn wir falsch liegen. Wir ruinieren doch glatt Agnes' Ehe!«

»Na«, sagte Doris. »Ich dachte, das hättest du längst schon besorgt.«

Lea kniff die Lippen zusammen.

»Noch nicht ganz«, sagte sie ruhig. »Ich habe die Hoffnung für die Birchenbachers noch nicht aufgegeben.«

»Entschuldige«, sagte Doris zerknirscht. »Entschuldige, Lea, verdammt noch mal, warum sage ich immer solche Sachen?«

»Keine Ahnung«, sagte Lea. »Es ist nicht sehr nett... aber das ist ja die ganze Sache nicht, und ich habs wahrscheinlich verdient. So unrecht hast du ja auch gar nicht.«

»Doch habe ich unrecht«, sagte Doris. »Du kannst überhaupt nichts für all den Mist, der passiert ist.«

Lea zuckte die Schultern und schwieg.

»Aber es ist genau, wie ich es mir gedacht habe«, sagte

Doris. »Hans hat einen auf Männerfreundschaft gemacht. Es ist nicht zu fassen. Die Polizei hat jeden Verdacht gegen ihn fallen lassen, bloß weil ihnen das so wunderbar runtergegangen ist, das mit den Weibern und den wahren Gefühlen unter Männern, und daß wir doch nicht bei den Zigeunern sind – widerlich. Gott, ist der Kerl widerlich. Aber geschickt hat er das angestellt, wirklich, das muß man ihm lassen. Ich wünschte, ich wüßte, wie er sich das Alibi für die Schöpfleinsache besorgt hat. Wie hat er das bloß hingetrickst? Hat er sie alle hypnotisiert?«

»Aber wie kannst du so sicher sein, daß er es überhaupt war?«

»Wie kannst du nicht sicher sein? Du glaubst einfach nicht an das Böse in Leuten! Du glaubst nicht, daß einer einfach richtig mies sein kann. Alle sind immer nur arme Opfer.«

»Nein«, sagte Lea. »Das glaub ich sehr wohl, daß einer mies ist, ich bin doch nicht doof. Aber Hans A.... richtig mies?«

»Denk an den Hammer«, sagte Doris. »Hast du dir das schon mal überlegt? Hans konnte den Hammer leicht mitnehmen, selbst wenn er den Schlüssel nicht aus meiner Tasche geklaut hat. Und vielleicht wußte Hans sogar, daß das Bertrams Hammer ist. Der Mordverdacht an der Schöpflein – er wäre auf Bertram gefallen, das hätte einen Rivalen weniger bedeutet. Da hätte er sich glatt den zweiten Mordversuch gespart. So hatte er das vielleicht überhaupt geplant!«

Lea begann Kartoffeln zu pellen, verbrannte sich den Finger und fluchte unterdrückt.

»Hans A.!« murmelte sie. »Und Harry? Was ist dann mit Harry?... Ich hab mich doch die ganze Zeit von Harry bedroht gefühlt!«

»Und ich mich neuerdings von Bertram«, sagte Doris, »na und? Aber Hans muß ja auch nicht alles gewesen sein. Harry hat bei dir gefensterlt, Bertram bei mir in der Puppenstube den Geist gespielt, und Birchenbacher hat rumgemordet. Ist doch schön verteilt.«

»Bißchen unwahrscheinlich trotzdem, nicht?« sagte Lea. Doris zuckte die Achseln.

»Aber die Agnes«, sagte Lea. »Die Agnes die wär ja dann mit einem Mörder verheiratet.«

»Ja«, sagte Doris. Und konnte sich nicht verkneifen hinzuzufügen: »Mit einem, der wegen einer anderen Frau mordet.«

»Wegen ihrer eigenen Therapeutin«, sagte Lea. »Ist das eine Scheiße... Aber wenn du recht hast, dann müssen wir doch was unternehmen?«

»Ja«, sagte Doris. »Und was? Zur Polizei gehen vielleicht? Zu Heimann. Dem ich das alles schon serviert habe. Lea, du glaubst doch nicht immer noch im Ernst, daß der jemals den ersten Oberbekleider des Landkreises verhaftet, nur weil eine schrille Münchner Tussi und seine persönliche liebste Hauptverdächtige auf Ideen gekommen sind.«

»Ja«, sagte Lea, »da hast du wahrscheinlich recht... Was machen wir denn, wenn Heimann uns verhaften kommt?«

»Widerstand leisten und türmen«, sagte Doris. »Wie Thelma und Louise.«

»Ja«, sagte Lea. »Aber die landen gemeinerweise im Abgrund.«

»Ist es nicht verrückt?« sagte Doris. »Wir dürfen gleich doppelt Angst haben. Vor dem Mörder, und vor der Polizei.«

Lea stellte die Kartoffeln und den Quark auf den Tisch.

»Hast du denn Angst?« fragte sie.

»Ja«, sagte Doris.

»Ich auch«, sagte Lea. »Verdammt.«

Laura ergriff ihre Hand.

»*Keine* Angst, Mami«, sagte sie in dem Singsang, mit dem Doris und Lea sie nach schlechten Träumen beruhigten. »Laura ist *da*, Mama muß *keine Angst* haben.«

»Da hab ich aber Glück«, sagte Lea. »Daß du mich beschützt...«

Doris seufzte.

»Bei Lichte betrachtet ist es vielleicht ganz gut, wenn Agnes nichts von unserem Verdacht gegen Hans weiß«, sagte sie. »Womöglich würde sie es ihm weitersagen, und er rastet völlig aus. Nein, das hast du eigentlich ganz richtig gemacht. Hans darf keinesfalls erfahren, daß wir ihn verdächtigen.«

Lea nickte.

»Wonach«, sagte sie, »mag dieser Heimann denn nur bei uns gesucht haben?«

Die Antwort auf diese Frage konnte man am nächsten Morgen der Zeitung entnehmen, ebenso wie das Ergebnis der Suche: Über drei Spalten hinweg wurde berichtet, daß es nichts zu berichten gab. Die Leiter, mit der der bewußte Baum erklommen worden war, war bisher noch nicht gefunden worden. Das Messer, mit dem der Ast abgehackt worden war, war noch nicht gefunden. Ein Zusammenhang zwischen den Morden an Frau Schöpflein und Bertram ließ sich nicht nachweisen. Die Teilnehmer der Jagdgesellschaft waren nochmals gründlich verhört worden, aber ohne Ergebnis.

Beim morgendlichen Einkauf traf Lea Agnes und fragte ganz angelegentlich, ob Hans denn noch irgend etwas über die Vorkommnisse am Hahnenteich gesagt habe, was Agnes verneinte. Nachmittags fuhr Doris ins Krankenhaus und sah dort gerade noch einen Zipfel von Kommissar Heimanns Trenchcoat um die Ecke verschwinden. Bertrams Zustand war unverändert.

Am Mittwoch nahm der eher linksgerichtete »Anzeiger« den Vorfall am Hahnenteich zum willkommenen Anlaß, die Jägerei als solche zu verteufeln. Als Doris aus dem Krankenhaus zurückkam, paßte Hans A. Birchenbacher sie an der Gartentür ab, um sich nach Bertrams Befinden zu erkundigen, wobei er keinen Blick vom Beringschen Haus ließ. Doris beschied ihn mit kurzen Worten, alles sei unverändert, dann ging sie eilig hinein. Als sie etwas später durchs Dielenfenster hinaussah, stand er noch immer da und starrte sehnsüchtig herüber: zu dem Haus, in dem Lea war.

Am Donnerstag machte das CSU-freundliche »Morgenblatt« die SPD-Politiker, die zum allgemeinen Erstaunen bei den letzten Kommunalwahlen gesiegt hatten, persönlich für die gewaltsame Dezimierung der Finkenstraßen-Anwohner verantwortlich. Doris, die ins Krankenhaus fuhr, sah Hans A. hinter der gerafften Scheibengardine der Birchenbacherschen Küche stehen. Er stand auch noch da, als sie wieder zurückkam. Aber da ließ sich nichts machen. Er wohnte nun mal da drüben.

Am Freitag kehrte der Polizeibericht der Lokalblätter zurück zur Tagesordnung und erwähnte einen Mofa-Diebstahl in Frohnlach, einen in letzter Minute vereitelten Überfall auf einen Zigarettenautomaten im Froschgrundweg und die Machenschaften einiger krimineller Elemente, die einen Stein auf ein Fabrikgelände bei Dörfles-Esbach geschleudert und dabei ein Stück Wellblech eingedellt hatten.

Am Samstag kam Hans A. herüber und lud Doris und Lea für den nächsten Tag zum Essen ein.

»Weil ihr doch bestimmt keine Lust zum Kochen habt«, sagte er und sah Lea an.

»Ja«, sagte Lea. »Aber zum Essen auch nicht, danke. Vielleicht ein andermal.«

»Ja«, sagte Hans. »Ein andermal. Jederzeit. Kommt einfach jederzeit. Ich meine, wir sind doch Nachbarn ... Und der Bertram, Doris? Ist er denn, ich meine, ist er denn endlich wieder bei Bewußtsein? Erinnert er sich jetzt an – an den Vorfall?«

»Nein«, sagte Doris. »Nein. Bis jetzt noch nicht.«

Sie versuchte, Spuren von Erleichterung in Hans A.s Gesicht zu erkennen, aber der sah schon wieder Lea an, mit einem hungrigen und irgendwie kaputten Blick, der Doris angst machte und zugleich ihr Mitleid erregte. Er schien ihre

Antwort gar nicht richtig gehört zu haben. Lea stand auf und ging mit Laura aus dem Zimmer.

»Ja dann«, sagte Hans A. und stand auf. Seine Bewegungen waren so ungelenk wie bei einem Halbwüchsigen. Es sah aus, als käme er mit dem abgemagerten Körper, den er neuerdings bewohnte, nicht mehr zurecht.

Am Sonntag regnete es, und Doris blieb den halben Tag im Bett. Nicht einmal zum Spielen mit Laura hatte sie Lust.

Am Montag ging es Bertram endlich deutlich besser. Er saß zum erstenmal halb aufrecht, an das Kopfteil des Bettes gelehnt. Doris packte die Trauben aus, die sie mitgebracht hatte, dann setzte sie sich neben Bertrams Bett auf einen Stuhl.

»Der Kommissar war heute wieder da. Er hat mich gefragt, wie unsere Ehe ist«, sagte Bertram unsicher. Seine Stimme war schwach und eigentümlich rauh, aber es war erkennbar die seine, und auch seine Augen waren beinahe wieder wie vorher. Das seltsam Unbeschützte, Nackte war aus ihnen verschwunden. »Ich hab gesagt, normal. Eine ganz gute Ehe. – Das stimmt doch, Doris, oder?«

»Ja«, sagte Doris beruhigend. »Natürlich.«

Bertram lächelte ein bißchen. Dann runzelte er die Stirn.

»Ich weiß immer noch nicht, was passiert ist«, sagte er. »Ich begreife gar nichts. Ich erinnere mich an so wenig...«

»Ein Unfall«, sagte Doris. »Du hattest einen Unfall. Die Erinnerung wird schon wiederkommen. Weißt du denn überhaupt nichts mehr?«

Bertrams Blick wurde unbestimmt.

»Nein«, sagte er. »Gar nichts. Aber wenn es ein Unfall war, warum kommt dann immer der Kommissar her und fragt mich aus?«

Doris schluckte. Dann beschloß sie, ehrlich zu sein. Ihr Mund und die Tür öffneten sich beinahe zeitgleich.

Doris machte den Mund wieder zu. Durch die Tür rauschte Professor Dr. Barthler inmitten seiner Entourage von Schwestern und Ärzten.

»Na«, sagte er mit berufsüblicher Forschheit, »guten Tag! Und die Gattin ist auch schon da. Jetzt geht es doch schon viel besser, nicht wahr, Herr Bering?« Er rieb sich die Hände wie ein Gastwirt beim Empfang eines Stammkunden. »Warten Sie nur, bald sind Sie wieder zu Hause und verarzten Ihr Vieh!« Er lachte, und die Entourage lachte mit. Bertram lachte nicht.

»Wenn ich Sie dann für einen Moment bitten dürfte –« sagte die Oberschwester zu Doris, und Doris ging gehorsam hinaus auf den Flur.

Als sie wieder hineindurfte, war Bertram müde und wollte schlafen. Doris fuhr nach Hause.

In der Küche lag ein Zettel: *Sind einkaufen gegangen. L.*

Doris setzte sich an den Tisch. Das Haus war sehr still. Sie dachte an Bertram und fühlte sich überanstrengt. Sie hatte das Gefühl, weinen zu müssen, aber eigentlich wollte sie gar nicht. Sie wollte auch nicht an Bertram denken. Eigentlich waren es nur ihre Augen, die tränten, vielleicht war ihr etwas von der Wimperntusche hineingeraten, die Agnes ihr geschenkt hatte.

Sie wischte sich erst mit dem Ärmel, dann mit dem Blusenkragen die Augen. Die Wimperntusche hinterließ schwarze Flecken.

Doris stand auf und ging in die Diele.

Drüben, bei Birchenbachers, waren alle Vorhänge vorgezogen.

Langsam stieg sie die Treppe zu ihrer Werkstatt hinauf.

Abgerissene Vorhänge. Zerfetzte Tapeten. Schubladen herausgerissen, ihr Inhalt zerbrochen, umgestürzte Möbel, der Wintergarten ein Blütengestöber bemalten Metalls. Von den Küchenwänden tropfte der Ruß, hier hatte es gebrannt, und dann war das Feuer mit Wasser gelöscht worden.

Doris stand mitten im Zimmer und starrte. Sie machte zwei

Schritte und blieb wieder stehen. Sie hob die Hand und ließ sie wieder sinken.

Nicht ein Raum war unzerstört geblieben.

Wann war sie zuletzt hier oben gewesen?

Vor zwei Tagen. Das wußte sie genau. Sie hatte eine Schere und Klebstoff gesucht, um mit Laura ein Fensterbild zu basteln. Vor zwei Tagen war alles noch in Ordnung gewesen. Und jetzt war alles kaputt. Die Arbeit, die liebevolle Arbeit von Jahren, all die vielen Stunden hier oben, und gar nicht zu reden von all dem Geld, das sie in die Villa gesteckt hatte –

Und es war nicht Bertram gewesen. Vor zwei Tagen hatte Bertram schon längst im Krankenhaus gelegen, lag ja immer noch schwer verletzt im Krankenhaus, er hatte nie ihre Puppen umgestellt, sie hatte es aber behauptet. Sie hatte es ihm zugetraut. Erneut kamen Doris die Tränen.

Dann kam die Wut.

Gut, jetzt war sie also mal wieder im Unrecht! Sie hatte Bertram zu Unrecht verdächtigt. Aber daß sie ihm, ihrem Mann, eine dermaßen große Hinterlistigkeit überhaupt zugetraut hatte, einen solchen Haß gegen sie, Doris, hatte er sich das etwa nicht selbst zuzuschreiben?

Und wo waren denn überhaupt die Puppen?

Sie standen im Schuppen. Der Lord, die Kinder, das Personal. Sie umstanden die Lady. Die Lady baumelte am Ende eines Seils von der Schuppendecke herab. Doris schrie. Es war ein einzelner, erstickter Schrei, den sie mit beiden Händen stoppte. Dann preßte sie die Hände vor die Augen. Dann nahm sie die Hände wieder weg und sah die Cousine der Lady auf einem Holzstoß liegen. In ihrer Brust steckte ein Messer.

Ermordet. Zerstört. Sie selbst, Lea, die Puppe, die Lea ihr einst geschenkt hatte, die Mutter der kleinen Bella, die – die *Puppe*.

Verdammt noch mal!

Eine Puppe!

Doris stand auf.

Ein Mord war geschehen. Ein zweiter war versucht worden, an ihrem Mann. Keiner wußte, wer wem etwas angetan hatte und warum. Keiner wußte mehr, wer der andere war. Alles wankte. Und sie stand hier und heulte, wegen – war sie denn von Gott und allen guten Geistern verlassen? – wegen der Puppen!

Hobbykram!

Doris versetzte dem Puppenhaus einen Tritt. Es wackelte nicht sonderlich, aber die Lady an ihrem Seil geriet leicht ins Schwanken.

Na und? Sollte sie baumeln! Sie war nichts anderes als Bertrams Goldfische und Wasserflöhe, wirklich, nichts anderes als seine Kuhmösen und ausgestopften Waldeulen und leberkranken Stallhasen.

Warum hatte ihr das noch keiner gesagt?

Jemand stahl sich in ihr Haus, jemand kroch darin herum, als sei es sein eigenes, kam und ging, wie er wollte, und fühlte sich dabei so sicher, daß er sich Zeit ließ – Stunden und Stunden Zeit! –, um solche Szenarien herzustellen! Um in aller Ruhe zu zerstören. Und sie? Sie litt um ihre Puppen. Sie verdächtigte Bertram. Sie verdächtigte sich selbst! Sie mußte verrückt sein. In welcher Welt hatte sie denn gelebt?

Jemand schlich durch Leas Garten. Jemand schlich durch Doris' Haus. Und wer immer es war, er tat es schon lange. Also würde er jetzt wohl kaum damit aufhören. Er würde wiederkommen, vielleicht, um ihnen etwas viel Schlimmeres anzutun. Vielleicht würde er bald kommen. Vielleicht heute nacht schon.

Wie war es möglich, daß sie sich bisher nicht zu Tode gefürchtet hatte?

Oben auf dem Dachboden, auf der Wiese vor der Villa, lagen die ermordeten Puppen. Unten im Wohnzimmer saßen Lea und Doris. Alle Außentüren waren verrammelt. Alle Innentüren standen weit offen. Sie lauschten dem spätabendlichen

Oktobersturm, der an den heruntergelassenen Jalousien rüttelte, und versuchten, nicht jedesmal hochzufahren, wenn in der Küche der Kühlschrank ansprang.

Doris machte den Fernseher an. Lea schaltete eine Weile zwischen den Kanälen hin und her, dann legte sie die Fernbedienung weg. Sie sahen Werbung für einen Tropendrink, ein Waschmittel, einen Müsliriegel und die Deutsche Telekom.

Doris schaltete den Fernseher wieder ab.

Die Jalousien klapperten im Wind. Keiner ging ins Bett.

»Wir müssen irgend etwas tun, Lea«, sagte Doris. »Wegen Birchenbacher. So kann man doch auf die Dauer nicht leben!«

»Aber was?« sagte Lea. »Wir haben auch schon Harry verdächtigt und Bertram, und du sogar dich selbst. Liest du nie Krimis? Der Mörder ist doch immer der, von dem man es am wenigsten annimmt.«

»Also Christine Frühauf«, sagte Doris. »Oder Frau Geuß. Falls wir es hier nicht mit einer dieser Unterformen des Krimis zu tun haben, bei denen es in Wirklichkeit eigentlich um Täterpsychologie geht, oder um Beziehungskisten, oder um reine Satire. In diesen Fällen könnte nämlich doch Hans A. der Mörder sein.«

Sie schwiegen eine Weile.

»Du, Lea«, sagte Doris dann. »Ich weiß, es ist blöd von mir. Wenn es hart auf hart ginge, könntest du mir ja auch nicht helfen. Aber ich mag nicht mehr ganz allein dort oben schlafen.«

»Ja«, sagte Lea. »Ich weiß, was du meinst...«

In dieser Nacht schlief Lea oben bei den anderen, auf der Couch in Bertrams Arbeitszimmer.

Am nächsten Tag wanderten Bertrams Aktenordner, seine Steinadlermumien und sein Schreibtisch hinunter ins Gästezimmer, und eines der beiden Betten, der Sessel und die Kommode wurden von unten hinaufgeschleppt.

»Das Erdgeschoß ist sowieso viel praktischer für Bertram«, sagte Doris zu Lea, »wegen dem Gipsbein.«

Sie arrangierten gerade Leas magische Steine auf dem leergeräumten Regal, als Agnes Birchenbacher herüberkam.

Sie war in heller Aufregung.

»Wir sind aus dem Schneider!« rief sie, kaum daß sie in die Küche gestürmt war. »Der Heimann kann uns gar nichts mehr, wir haben ein Alibi! Die Signora Ponti, die Frau vom Arzt, die hat uns nämlich am Sonntag gesehen!«

Lea sah Doris an. Doris sah Lea an.

»Die achten ja nie aufs Lokale, die Pontis«, sagte Agnes, »aber gestern war die Heidenreich bei ihm in Behandlung. Und prompt klingelt es heute morgen bei mir, und es ist die Ponti! Sie hat sich sofort auf den Weg gemacht, sagt sie, weil Lea doch ihren Sohn von den Schlafstörungen kuriert hat. Sie hat auch zuerst bei dir geklingelt, Lea. Sie wußte noch nicht mal, daß du jetzt bei Doris wohnst! Jedenfalls geht sie heute noch zu Heimann und gibt alles zu Protokoll: daß sie nämlich den Feldweg hinter Leas Haus benützt hat, um in die Kirche zu gehen, und dann hat sie runtergeschaut durch die herbstlich gelichtete Hecke, und da hat sie uns gesehen, bei Lea, im Lotossitz, mehr oder minder. Und auf dem Rückweg hat sie uns wieder gesehen. Was für ein Glück, nicht wahr?«

Doris wartete auf ein Gefühl der Erleichterung. Es wollte sich nicht einstellen.

Gut, sie waren Kommissar Heimann los. Aber was half ihnen das? Kommissar Heimann schließlich war bislang immer ganz legal durch die Vordertür hereingekommen.

»Seht ihr«, sagte Agnes zufrieden, »manchmal hat es durchaus auch was Beruhigendes, wenn immer alle alles übereinander wissen.«

Sie hatten an allen Außentüren die Schlösser ausgetauscht. Sie hatten Tränengas gekauft, sie zogen die Jalousien schon in der Dämmerung herab, und sie ließen Tag und Nacht alle

Lampen brennen, auch die Außenbeleuchtung. Aber es half alles nichts: Das Beringsche Haus erschien ihnen als der ungeschützteste Ort der Welt.

Das Schlimmste waren die Kontrollgänge, die sie mehrmals täglich unternahmen. Da war der Moment, wenn man sich bückte, um unter ein Bett zu schauen, und dabei halb und halb damit rechnete, daß jemand zurückschauen würde. Oder der Moment, wenn man eine Schranktür aufstieß.

Und dann das Öffnen der Kellertür, der Weg die Kellertreppe hinab – und wenn da unten nun tatsächlich jemand wartete? Hinter dem alten Vorhang zum Beispiel, wo die Gartenmöbel aufbewahrt wurden. Doris riß den Vorhang mit einem Ruck auf. An der Wand lehnten die Liegestühle, ordentlich zusammengeklappt. Der Schweiß brach ihr aus vor Erleichterung. Ihre Knie wurden weich.

Von da an ließen sie den Vorhang offen. Aber nun befürchteten sie jedesmal, ihn bei einem ihrer Rundgänge womöglich wieder zugezogen vorzufinden.

Doris wußte zwar theoretisch, wie Bertrams Jagdgewehre funktionierten, also schleppte sie immer eines davon mit sich durchs Haus. Aber sie bezweifelte stark, daß sie in der Lage gewesen wäre, so ein Ding auch wirklich auf einen Menschen abzufeuern. Und Lea hatte von Waffen überhaupt keine Ahnung.

Wenn sie ihren letzten Rundgang beendet hatten, saßen sie bis in die Nacht hinein vor dem Fernseher, tranken Cognac, lauschten auf die Herbststürme und auf das, was zu hören sie fürchteten: einen einzelnen Schritt auf der Treppe vielleicht. Eine leise sich schließende Tür im oberen Stock. Jemandes Atem.

Es half auch nichts, unter Menschen zu gehen. Sie hatten es versucht. Ein paarmal hatten sie sich bis in die späten Abendstunden hinein in den Cafés der Kreisstadt herumgedrückt, aber davon war nur das Kind quengelig geworden. Und erspart hatten sie sich mit den nächtlichen Ausflügen ohnehin nichts. Die Angst ballte sich lediglich auf den Moment der Heimkehr zusammen.

Sobald sie aus dem Auto ausgestiegen waren, umgab sie völlige Stille. Das Haus gegenüber, wo Lea gewohnt hatte, war verlassen, nebenan lag das Haus der Schöpfleins mit seinen immer toten Fenstern. Und auf der anderen Seite verbarg sich der Birchenbachersche Garten in der Dunkelheit.

Hatte sich dort drüben nicht gerade die Küchengardine bewegt?

Sie eilten durch den Vorgarten, ohne noch einmal hinzusehen. Dann steckte Doris den Schlüssel ins Schloß, und sie betraten das Haus. Das leere Haus, das aber womöglich so leer gar nicht war: Denn was mochte hier nicht alles geschehen sein in ihrer Abwesenheit, wer mochte hiergewesen sein, womöglich noch da sein, sich in einem Wandschrank, im Keller, auf dem Speicher verbergen, einen Ast oder einen Hammer in der erhobenen Hand –

Dann war der allabendliche Kontrollgang zu überstehen.

Und dann nahte Leas Geburtstag.

»Weißt du was, Lea?« sagte Agnes. »Ich schenk dir ein Fest. Ein Riesenfest. Wir sollten sowieso endlich mal wieder richtigen Spaß haben.«

Lea stand am Herd und buk Pfannkuchen. Sie ließ die Pfanne los und sah Doris an. Doris blickte zurück.

»Ich weiß schon, ich versteh das, der Mordversuch und alles«, sagte Agnes. »Aber ihr helft Bertram schließlich nicht damit, daß ihr hier trübsinnig rumsitzt. Und es geht ihm ja auch schon viel besser, nicht wahr, Doris?«

»Ich weiß nicht«, sagte Lea. »Es ist ja nicht wegen Bertram –« Doris hustete. Lea verstummte, gerade noch rechtzeitig.

»Klar, es ist eine Menge Arbeit«, fuhr Agnes in seliger Ahnungslosigkeit fort. »Aber ich koche ja! Ihr müßt gar nichts machen, ich meine – es ist doch immerhin dein Geburtstag, Lea!« Ihre Augen glänzten.

Laura, die auf dem Boden saß und ihre Puppe kämmte, sah auf.

»Mama hat Geputtstag?« fragte sie interessiert.

»Ja«, sagte Lea. »Aber wir feiern nicht.«

Laura musterte ihre Mutter einen Moment lang, dann wandte sie sich wieder ihrer Puppe zu.

»Amanda schön kämmen«, sagte sie. »Schön kämmen. Das ist eine schicke Amanda. Amanda kann schon ausgehen. Zum Geputtstag.«

Zweifelnd sah Lea ihre Tochter an.

»Ich meine«, sagte Agnes, »ich hab eben noch nie ein Fest bei dir erlebt, Lea. Mit all den tollen Leuten von auswärts, die du so kennst – aber freilich, wenn du keine Lust hast –«

Laura kämmte unverdrossen weiter.

»Lea«, sagte da Doris. »Überleg mal. – Vielleicht ist das Ganze gar keine so dumme Idee?«

Ihr war gerade in den Sinn gekommen, daß ein Fest immerhin bedeutete, einen ganzen Abend lang keine Angst haben zu müssen.

Am nächsten Morgen begannen sie mit den Vorbereitungen.

Sie hatten beschlossen, in Doris' und Leas Haus zu feiern und die Nicht-Neuendorfer im »Alten Haus« einzuquartieren, wie sie die Finkenstraße Nummer 6 jetzt nannten. Das Fest sollte bereits am Spätnachmittag beginnen, wenn die ersten Auswärtigen eintreffen würden, und am nächsten Morgen würde es sogar noch Frühstück geben.

Doris und Agnes erstellten Speisepläne und Einkaufszettel. Lea kauerte auf dem Dielenboden vor dem Telefon und lud ein. Von Zeit zu Zeit schrie sie den anderen neue Namen für die Gästeliste zu.

»Also ... Doris? Sonja und Chrissy haben zugesagt ... du wcißt schon, die aus München, von meinem Katastrophen-workshop ...«

»Doris? Tony kommt auch, der Balifan, du weißt schon...«

»Und die Heulsuse aus deiner Diele damals?« rief Doris zurück.

»Trixi! Ah ja, gute Idee... Trixi, mal sehen, wo hab ich die Nummer...«

»Und wer kommt von hier aus der Gegend?« wollte Agnes wissen.

Lea erschien in der Tür.

»Die Frühauf, hab ich gedacht, die Christine... und dann natürlich das Trüpplein der sieben Aufrechten. Und die Leute von der Yogaschule... Laura, verdammt noch mal, jetzt gib mir endlich mein Adreßbuch zurück...«

»Und mein alter Hans? Kann ich den auch mitbringen? Und sag jetzt bloß nicht nein! Sonst ist er wieder tagelang sauer mit mir.«

Lea wedelte mit den Armen.

»Herrgott, Agnes«, sagte sie, »das ist doch klar... dein Mann ist natürlich bei uns willkommen.«

»Wir müssen was tun«, sagte Doris an diesem Abend, nachdem sie sich wie üblich in ihrem Haus verschanzt hatten und bei Wein und Pizza in der Küche saßen. »Nicht nur, weil er zu deinem Geburtstag kommen will, sondern überhaupt. Ich meine, willst du dich den Rest deines Lebens jeden Abend hier verbarrikadieren, ohne zu wissen, wovor du dich eigentlich genau fürchtest?«

»Den Rest meines Lebens...« sagte Lea düster. »Na, wohl kaum... Ich weiß halt nur noch nicht, wo ich hin soll. Und ich laß dich hier nicht allein. Aber Bertram wird ja irgendwann wieder gesund, und dann...«

»Ich denke«, sagte Doris ungeduldig, »daß es nichts nützt, wenn du weggehst. Begreif das doch endlich! Das hast du doch schon in München versucht, oder? Deswegen bist du doch hier! Und was hast du davon gehabt? Harry ist dir einfach nachgekommen, oder zumindest glaubst du das, und wenn du jetzt gehst, dann hast du Hans *und* Harry auf den Fersen, verlaß dich darauf. Ich weiß ja wirklich nicht, was du mit den Kerlen machst, Lea! – Aber das ist jetzt auch egal. Was nicht egal ist, ist die Sache mit Hans. Wir müssen versuchen, ihn irgendwie zu überführen. Oder die Polizei auf ihn zu hetzen, aber so, daß sie uns glauben und er nicht merkt, wer es war.«

»Vielleicht mit einem anonymen Brief?« sagte Lea.

Doris stöhnte.

»Ein anonymer Brief! Also wirklich. Wenn ich zu wenige Krimis gelesen habe, dann du zu viele!«

Lea legte den Rand ihrer Pizza zurück auf den Teller und richtete sich auf.

»Also, Doris, paß auf«, sagte sie. »Ich mach dir jetzt einen Vorschlag. Ich schlag vor, wir warten mit allem bis nach dem Fest. Okay? Wir warten einfach noch ein kleines bißchen ab. Wer weiß, was passiert, vielleicht verrät er sich ja von allein ... Wir halten Augen und Ohren offen. Und nach dem Fest sehen wir weiter.«

Nach dem Fest sehen wir weiter, Doris. Das kann warten bis nach dem Fest, Lea. In den folgenden Tagen wurde der Satz zu einem persönlichen Mantra, einem Abwehrzauber: Je öfter sie ihn verwendeten, desto mehr schien es ihnen, als könnte vor Leas Geburtstag tatsächlich nichts mehr passieren.

Zum erstenmal seit langem atmeten sie auf. Zum erstenmal gingen sie wieder ohne Jagdgewehr in den Keller, ließen das Tränengas oben in den Schlafzimmern stehen und sprangen nicht mehr entnervt auf, nur weil eine Stubenfliege zu laut an der Küchenwand landete.

Da Agnes Birchenbacher beinahe ständig im Haus war, konnten sie auch nicht mehr über Harry oder Hans A. reden. Und ohnehin hielten die Vorbereitungen für das Fest sie bald

dermaßen in Atem, daß alles andere dahinter zurücktrat:
Schließlich hatten sie über vierzig Leute eingeladen.

»Das ist doch ganz was anderes, als so ein normales 08/15-
Fest vorzubereiten«, sagte Agnes, während sie enthusiasmiert
im Kuchenteig rührte, »so eins mit Vorsuppe Hauptgericht
Nachtisch für vier Langweiler und ihre nur zufällig vorhandenen Damen, wo man alles ganz allein plant und ganz allein in
der Küche steht und nichts davon für sich selber tut. Wißt ihr,
irgendwie ist das hier wie früher, als ich ein junges Mädchen
war und mit Freundinnen irgendwelche Feste geplant hab.
Oder sogar wie noch früher. So, wie man sich als Kind das
Kochen und Backen vorgestellt hat. Wie ein Spiel.«

»Ja, ein schönes Spiel«, stimmte Laura zu, die gerade Kuchenteig um den Griff des Unterschranks wickelte. »Alle sind
in der Küche, bißchen Kuchenbacken.« Vorsichtig goß sie
Doris' Olivenöl erst über den Teig und dann über ihre Schuhe.
»Schön glitschig geworden«, sagte sie zufrieden. »Iiiih.«

Natürlich tranken sie meistens ein bißchen Sekt bei der
Arbeit, oder Wein, und einmal ulkig-bunte, mehr oder weniger raffinierte Cocktails, die sie aus Bertrams Beständen zu-
sammenpanschten, mit Maraschino-Kirschen und Oliven ver-
zierten und in Leas alte Gläser füllten.

»Es ist wie im Studium«, sagte Doris. »Ich meine, am
Anfang, bevor man sich mit irgendeinem Typen fest liiert.«

»Es ist wie in einer Wohngemeinschaft«, sagte Lea. »Wie
früher... wie immer, bevor ich hierher kam... vor Harry,
meine ich.«

Laura, die sich auch ein paar Kirschen geholt und heimlich
den Bodensatz aus dem Shaker getrunken hatte, rollte sich auf
der Küchen-Eckbank zusammen und schlief.

»Sag mal, Lea, was ziehst du denn übermorgen an?« Agnes sah
unzufrieden an sich herunter. Sie trug eine alte Baumwollhose
und einen Pullover aus Naturgarn. »An deinem Geburtstag,
meine ich«, setzte sie überflüssigerweise hinzu.

»Hab ich noch nicht drüber nachgedacht«, sagte Lea. »Ihr wißt doch selbst, wie ich immer rumlaufe... warum?«

»Weil ich nicht weiß, was ich anziehen soll, darum. Ich hab meinen Schrank durchgesehen. Aber meine Sachen sind so langweilig, alles so teure Kleider und Kostüme, oder dann Zeug wie das, was ich immer anhabe, Hosen und Pullover eben. Sag, Lea, magst du nicht mitkommen in die Stadt, und wir schauen zusammen? Ich allein, ich kauf am Ende doch sowieso immer das gleiche.«

»Ich hab eine andere Idee«, sagte Lea. »Wir gucken mal bei mir im Schrank.«

Zusammen stiegen sie die Treppe zu Leas Zimmer hinauf und öffneten den Schrank, der einstmals Bertrams Akten beherbergt hatte. Mehr oder weniger ordentlich zusammengefaltet lagen jetzt Leas bunte Kleider da, ihre Röcke und Schals und Hemden. Mit Schwung fegte Lea den ganzen Kram auf den Boden.

»Dann wollen wir mal«, sagte sie.

»Was ist denn das?« Doris fummelte eine pinkfarbene Federboa aus dem Chaos heraus. »Also, Lea, die hast selbst du noch niemals getragen! Ist die von einer Erbtante?«

»Nein, von der Bühne... eine Menge von dem Zeug hier sind eigentlich Kostüme... Wo ist denn ein Spiegel?«

»In der Diele!« sagte Doris.

»Komm, wir schleppen alles raus!« rief Agnes.

»Wartet mal, ich hol noch schnell den Sekt«, sagte Lea und rannte die Treppe hinunter.

Agnes zog ein brandrotes Taftkleid an. Es war ihr etwas zu eng. Sie raffte es über dem Knie und wiegte die Hüften, dann schüttete sie den Sekt in einem Zug hinunter. »Musik!« schrie sie.

Doris stellte Bertrams Radio an. Sade sang einen Oldie. Agnes' Wiegen wurde lasziv. Bewundernd starrte sie sich im Spiegel an. Doris fischte ein violettes Korsett mit schwarzen Schnüren aus dem Haufen.

»Probier doch mal das!« rief sie Agnes zu.

»Probier selber, Süße«, gurrte Agnes zurück, dann warf sie die Schuhe ab. Doris zog Pullover, Bluse und Rock aus und streifte das sündige Teil über. Lea zerrte an den Schnüren. Es paßte. Es war eher ein wenig zu weit.

»Ich habe abgenommen!« sagte Doris. »Ich muß eine ganze Menge abgenommen haben! Komisch, ich habe gar nicht darauf geachtet.«

»Hast du denn keine Waage?«

Doris schüttelte den Kopf.

»Wozu? Ich habe mich doch nie groß um mein Gewicht gekümmert! Es war einfach immer da, und es war immer zuviel.« Sie goß Sekt nach, dann trat sie an den Spiegel heran und betrachtete sich genau. Dann lachte sie. Mindestens vier Kilo. Ihr Gesicht war eigentlich richtig schmal geworden.

»Hier, zieh das dazu an«, sagte Lea und warf ihr einen langen engen Rock hin, der bis zu den Knöcheln ging. Doris gehorchte. Der Reißverschluß ging zu, ohne zu klemmen. Sie konnte sogar noch atmen.

»Subber!« jubelte Agnes. »Einfach subber! – Du, ich weiß, was wir machen, Lea, wir verkleiden uns! Wir gehen in deinen Sachen, und du in unseren!«

»Was ist denn das?« sagte Doris. »Ach! Ein alter Bekannter!« Sie trank, dann zog sie unter einem Cape aus unechtem Pelz eine Samtjacke hervor. »Der Feudel des ersten Abends«, sagte sie beinahe andächtig. »Das Florentinerteil, das Henriette so gefiel. Ich glaube, seitdem hast du das nie wieder angehabt, Lea, was?«

»Gib her! Gib her, das ist wundervoll!« Agnes packte den Ärmel der Jacke, zog daran und hatte ihn in der Hand.

»Agnes Birchenbacher«, sprach Doris streng, »mäßige dich! Du bist ja betrunken!«

Agnes widersprach nicht. Sie starrte den Ärmel an, dann Doris, dann wieder den Ärmel, dann fing sie an zu lachen. Dann fiel sie Lea um den Hals.

Das Radio spielte Bob Marley.

»Komm, du auch, Doris«, sagte Agnes.

Doris ließ sich umarmen, links von Lea, rechts von Agnes. Zwischen ihr und der Welt lagen Sektschwaden, weich und silbern wie Frühherbstnebel. Agnes roch gut, nach irgendeinem Parfüm und nach Kuchenteig. »No woman, no cry!« sangen Doris und Lea mit. »Laaa-lalala-laa«, sang Agnes. Sie reggae-schunkelten. Hin und wieder schwappte etwas aus Agnes' Glas in Doris' Kragen, aber das machte nichts. Laura, vom Lärm geweckt, kam mit roten Backen aus ihrem Zimmer und versuchte, Doris' Beine hochzuklettern. Lea warf ihre Haare, und Doris bekam sie in den Mund. Sie mußte husten, hörte auf und bückte sich nach dem Kind. Bob Marley kam zum Ende. Agnes ließ sich in den Kleiderhaufen fallen.

»Ohne das mit der Schöpflein«, sagte sie, »wär es, glaub ich, nie so weit gekommen mit uns.«

»Stimmt«, sagte Doris, beinahe träumerisch. »Es ist die Morderei. Die macht alles anders.«

Lea nickte weise.

»Wie in den Zeiten der Pest«, sagte sie. »Da haben die Leute auch lauter wilde Dinge getrieben ... aus lauter Todesangst. Zum Beispiel plötzlich ganz frei gevögelt ... Na, wo ist mein Sektglas?«

»Keine Ahnung«, sagte Agnes. »Da, nimm die Flasche. Du bist gut, Lea. Dafür mußt du erstmal einen haben, für die freie Vögelei. Ich für mein Teil hab aber keinen. Ich hab bloß Hans A., den Amerikafan, mit seiner Zahnseide und seinen Stars-and-Stripes-Unterhosen und seinen Potenzproblemen. Also, manchmal denke ich, wenn plötzlich einer käme, ein neuer Mann oder so, dann wüßte ich gar nicht mehr, wie das mit dem Sex überhaupt funktioniert!«

»Sowas vergißt man nicht«, sagte Lea tröstend.

»Und wenn«, sagte Doris, »dann fragst du mich.« Sie prostete Agnes zu. »Frag einfach mich, die Gattin des größten oberfränkischen Mehlwurmzüchters. Ich halte dir gern einen

Vortrag. Über die Kopulationspraktiken der Galapagosechsen zum Beispiel.« Sie trank ihren restlichen Sekt. »Gern!« sagte sie und schwenkte ihr Glas. »Jederzeit!«

»Galapagos-Echsen?« sagte Agnes. »Also, jetzt ehrlich mal, Doris – kopulieren die wirklich?«

»Nein! Absolut nicht! Galapagos-Echsen kopulieren nicht. Schon deswegen nicht, weil es keine mehr gibt! Es gibt noch ein einziges altes Männchen auf einer einsamen Insel, aber selbst wenn das jetzt noch mit dem Kopulieren anfangen wollte, wäre es schon zu spät.« Doris nickte. »Hundert Jahre zu spät!« sagte sie. »Hundert einsame Jahre! Aber so ist das, Agnes, das ist die Tragik.«

Das Radio spielte jetzt irgendwas mit einem entsetzlich schnellen Beat. War das vielleicht Techno? Eine Frau sang, ziemlich laut und unrein, englisch und offenbar schmutzig. Es ging natürlich um Sex.

Wenn Doris richtig begriff, ging es um oralen Sex.

Und sie begriff richtig.

Nicht schlecht.

Sie mußte lachen, während sie die neue Flasche öffnete, die von irgendwo aufgetaucht war. Was wohl Engländer für Gesichter machten, wenn sowas gespielt wurde? Leute, die nicht so tun konnten, als verstünden sie die Sprache nicht. Angelas Freunde, zum Beispiel. Auf einer schrecklich glatten Vernissage, mit lauter reichen und spießigen Sponsoren... wahrscheinlich würden die das aber sogar noch schick finden. *Cool*. Sagte man das eigentlich noch? Cool?

Lea, Laura und Agnes tanzten.

Doris nahm einen Schluck aus der Flasche.

Warum eigentlich nicht *cool*? Und Angela gab schließlich gar keine Vernissagen mehr. Das, zum Beispiel, war eine Tatsache.

Doris stand auf, drehte sich vor dem Spiegel und strich sich mit den Händen über die Hüften. Der Rock, irgendein glattes unnatürliches Material, schmiegte sich bereitwillig an ihre

Schenkel an. Doris ließ ihr leeres Glas auf einen Haufen Pullover fallen, legte den Kopf schief und fuhr sich mit allen zehn Fingern durch die Haare.

»Jetzt guckt doch nur mal«, sagte sie. »Jetzt hört doch auf zu hüpfen und guckt nur mal!«

Sie guckten.

Aus dem Spiegel blickten drei ziemlich erhitzte Frauen mit zerwühlten Haaren, wogenden Busen, alkoholschweren Lidern und verbotenen Outfits. Drei Frauen und ein Kind, das in die Hände klatschte und schrie: »Tanzen! *Mehr* tanzen! Ganz *viel* tanzen!«

Sie glühten. Sie lachten. Sie waren großartig. Doris stieß eine Art Geheul aus.

»Ich schneide mir die Haare!« sagte sie. »Morgen! Ich gehe zum Friseur und schneide alles ab!«

Agnes starrte sie an.

»Au ja«, sagte sie dann, beinahe feierlich, und umarmte Doris noch einmal. »Ich auch. Und ich weiß auch schon, zu wem.«

Der Friseursalon hieß »Messerschnitt«. Da er erst vor zwei Wochen eröffnet hatte und darüber hinaus zwischen einem Laden für teure Küchengeräte, Druckgrafik und Innendesign und einer Enoteca mit Essigsorten für hundert Mark und mundgeblasenen Schnapsflaschen lag, genoß er den Ruf eines Avantgardeladens. Doris blickte verblüfft an den Fassaden entlang. Es war also wahr: Unaufhaltsam drang die Welt in die Kleinstädte vor und nivellierte dortselbst alle lokalen Besonderheiten.

Allerdings drang sie nur etwa fünfzig Zentimeter tief ein. Die fränkische Wirklichkeit hinter den Fassaden nämlich ließ sich von dergleichen Sperenzchen überhaupt nichts vormachen.

»Ja subber! Ja des is doch die Aachnes, die Aachnes Birchenbacher, gell?« empfing der Meister sie schon an der Tür.

»Ja, da freu ich mich aber! Sie werden mich ja vielleicht nicht mehr kennen, aber mein kleiner Bruder, das ist doch der Christian, der Christian Messerschnitt, der bei Ihrem Mann im Geschäft gelernt hat –«

»Ach!« schrie Agnes auf, »aber natürlich! Der Christian, ja natürlich! Also Sie sind das – Messerschnitt, klar! Und ich hab gedacht, das ist doch bestimmt einfach wieder so ein verrückter Name für den Salon, und Sie sind noch immer beim Friseur Harrer am Bahnhof, und –«

Da war sie, die alte Agnes. Die Prä-Lea-Agnes, Krankenschwester und Ehefrau und perfekte Verkörperung aller Neuendorfer Weiblichkeit. Agnes blieb Agnes, wie die Kreisstadt immer die Kreisstadt blieb – Olivenöl aus dem Faß hin, Futonladen her.

Aus irgendeinem Grunde war das kein ausschließlich beruhigender Gedanke.

Doris ging zur Garderobe und zog ihren Mantel aus. Dann sah sie sich um. Pastelltöne, runde Formen, bis auf die drei gefährlich spitzen Metallobjekte in einer Ecke, die aussahen, als kämen sie von einem Friedhof für Raketenteile, und deren Sinn sich Doris weder auf Anhieb noch nach längerem Nachdenken erschloß. Arbeitete ein weiterer Bruder des Chef-Coiffeurs vielleicht in einer Schmiede? In der anderen Ecke stand eine antike Trockenhaube wie aus einem Doris-Day-Film. Und auch an die gräßlichen Tütenlampen erinnerte Doris sich lebhaft aus ihrer Kindheit. Sie fühlte sich plötzlich alt, und das ärgerte sie. Warum konnten Designer nicht mal daran denken, daß die Stile der fünfziger, respektive der sechziger und siebziger Jahre für eine Menge Menschen auf dieser Welt mitnichten den frischen Charme der Neuheit besaßen?

Ein Mädchen namens Claudia band Doris einen gelben Umhang um, plazierte sie in einen hellblauen Sessel und fragte nach ihren Getränkewünschen.

»Ja, äh«, sagte Doris schlechtgelaunt. »Einen Kaffee?«

300

Zusammen mit dem Kaffee erschien Agnes, geleitet von Herrn Messerschnitt persönlich, und nahm im Sessel neben Doris Platz.

»Nein soetwas«, sagte sie gedankenverloren. »Der Messerschnitt... Was es nicht alles gibt!«

»Jetzt hör aber auf«, sagte Doris. »Was ist daran denn komisch! Dreieinhalb Friseure in diesem Nest mit ein paar tausend Leuten, und du kennst einen davon? Dicker Grund zur Verblüffung!«

Agnes starrte sie erstaunt an. Doris biß sich auf die Lippen.

»Entschuldige bitte«, sagte sie. »Aber ich bin wohl nervös.«

Sofort nickte Agnes, besänftigt.

»Da«, sagte sie und reichte ihr eins der Frisurenhefte herüber. »Dann sind wir wenigstens nicht ganz unvorbereitet!«

Doris nahm das Heft, aber sie schlug es nicht auf. Die Stimmung des Vortages hatte sich endgültig verflüchtigt. Am liebsten wäre sie wieder gegangen. Andererseits, nun, wo sie einmal hier saß... Kritisch betrachtete sie ihre Unfrisur. Zu extrem würde sie es jedenfalls doch nicht treiben. Vielleicht ein bißchen hier und da was ab, und eine Tönung.

»Also«, hörte sie Agnes in diesem Moment neben sich sagen. »Weiß. Weiße Strähnchen, wie ausgebleicht. Aber nicht die altmodischen feinen im Naturlook. Was Knalligeres. Breiter. Diese, wie heißen sie gleich, Blocksträhnen. Und schneiden. Anders. Vielleicht so fransig, wie hier auf dem Bild, und mit langem Nacken?« Sie nickte Doris zu.

Doris nickte zurück.

Das entschied es. Sie konnte nicht weniger Courage beweisen als Agnes Birchenbacher. Das ging auf keinen Fall.

»Ganz kurz«, sagte sie entschlossen zu Claudia, die herangetreten war und nun eher skeptisch die Finger durch ihre mausigen Strähnen gleiten ließ. »Schneiden. Ganz kurz. So kurz wie – ja. Wie bei Ihnen.« Ihre Blicke trafen sich. Claudias Gesicht hellte sich auf. Sie selbst hatte einen Igelkopf, rotgefärbt.

»Au, toll«, sagte sie enthusiastisch. »Genau. Wo ich doch so gern schneid! Und das sieht an Ihnen garantiert subber aus. Mit Ihren tollen Backenknochen! – Und, machen wir auch Farbe?«

Doris überlegte. Agnes' Haare wurden gerade strähnenweise durch eine Plastikhaube gezogen, der Geruch des Blondiermittel zog ätzend herüber.

»Klar«, sagte Doris, »schwarz, denke ich.«

Claudia jubelte.

Doris betrachtete ihre Wangenknochen im Handspiegel. Sie saß auf dem Sofa im Wohnzimmer, und den Handspiegel hatte sie mitgebracht, um sich an sich zu gewöhnen.

Es stimmte, sie hatte Wangenknochen. Das hatte sie natürlich immer gewußt, aber sie waren ihr hart erschienen, und wenn sie sich jemals Mühe mit ihrem Äußeren gegeben hatte, dann hatte sie immer versucht, weicher zu wirken, das Kantige zu kaschieren. Der neue Schnitt kaschierte nichts. Kein Haar lenkte von den Wangenknochen ab. Nur oben, über der Stirn, hatte Claudia drei, vier ganz feine Strähnen länger gelassen, die ihr jetzt fast bis auf die Brauen fielen.

Tatsächlich waren ihre Haare eher tief dunkelbraun geworden als vollkommen schwarz, und vor diesem Hintergrund sah ihre blasse Haut plötzlich viel eher interessant aus als fahl. Vor allem, nachdem ihr Lea den hellen Puder gegeben hatte, und den Eyeliner.

Doris klappte den Spiegel zu und gleich wieder auf, um zu sehen, wie sie aussah, wenn sie lachte. Sie sah großartig aus. Sie hatte noch nie so gut ausgesehen. Und sie trug eines der Kleider von Lea. Das Kleid war gelb und eng.

Sie stand auf und ging hinaus zum großen Wandspiegel in der Diele.

»Zu den Haaren wäre weiß toll«, hatte Lea gesagt. »Oder

302

rot. Oder schwarz. Schneewittchenfarben. Mann, Doris ... so hättest du dein ganzes Leben lang rumlaufen sollen!«

»Ich weiß«, hatte Doris geantwortet. »Ich habe ja auch mal – also, ich hatte mal ein gelbes Kleid, ein ganz enges.«

»Gelb«, hatte Lea gesagt. »Hab ich. Gelb und eng? ... Laß uns nachsehen.«

Jetzt saß Lea in der Küche und nähte den Ärmel wieder an ihren lila Samtfeudel. Sie hatte auch einen Lippenstift ausgegraben, im selben Lilaton. Agnes war wild entschlossen, morgen beides zu tragen, zusammen mit schwarzer Hose, schwarzem Body und den hochhackigsten Pumps, die sie besaß.

Doris schlang die Arme um ihre gelben Schultern und drückte sich selbst. Es war ja alles unglaublich albern. Wahrscheinlich würden sie morgen allesamt aussehen wie im Karneval, während die anderen in Jeans und T-shirt kamen oder in ihren besten Klamotten.

Wahrscheinlich würde man sie lächerlich finden.

Na und wenn schon.

Ein halbes Leben lang war sie in angeschmuddelten Jogginganzügen und Tweedröcken herumgelaufen, ohne sich darum zu kümmern, ob sie sich selbst oder anderen gefiel. Warum also sollte sie gerade jetzt damit anfangen?

»Also, Bier und Wein und Prosecco sind eingekühlt. Saft und Wasser stehen da drüben, Kaffee und Tee kommen hier in die Kannen rein ... und Milch. Milch steht auch im Kühlschrank.«

»Hoffentlich schmeißt nicht gleich einer am Anfang die Gläser runter. Vor allem nicht die von Agnes, Hans würde ausflippen. Ich sage euch, wir hätten doch besser Pappbecher nehmen sollen. Aber Lea und ihr Umweltfimmel!«

»Komm, Doris, aber es ist doch auch eklig, Wein aus Pappe oder Plastik zu trinken.«

»Mag sein, ihr habt recht. Aber Pappe kann man wegschmeißen, und ich bin nun mal eine Schlampe, was das Aufräumen angeht. Fragt meine Mutter.«

»Also, weiter jetzt.«

»Marinierte Hähnchenteile, eingelegte Gemüse, Reis mit Konbu-Algen –«

»Das Brot! Das Brot wollte doch Steffi mitbringen, von diesem tollen Bäcker aus Zeickhorn –«

Es klingelte. Lea stürzte zur Tür und kurz darauf hörte Doris einen Entzückenschrei.

»Sonja! Chrissy! Daß ihr schon da seid – und die ersten! Phantastisch! Kommt rein!«

Die beiden Frauen, die vor, wie es Doris schien, einem Menschenalter den Katastrophen-Workshop bekocht hatten, betraten hintereinander die Küche. Sie trugen Jeans und Pullover. Einen Moment lang wünschte sich Doris nichts mehr, als ihre normale Frisur wiederzuhaben und ihren alten Tweedrock. Dann ging sie den beiden entgegen und streckte die Hand aus.

»Hallo«, sagte sie, »erinnert ihr euch? Ich habe ja die Haare jetzt anders, aber –«

»Klar doch – Doris, nicht wahr!« rief Sonja und drückte sie an sich, als kennten sie sich seit Jahren. »Sieht ja echt heiß aus, die neue Frisur! Wo hast du das nur machen lassen, etwa hier? Ehrlich, auf dem Land? Sag bloß! Schau mal her, wir haben was mitgebracht, Chrissy und ich –« Und sie präsentierte einen Korb, aus dem unübersehbar drei Weinflaschenhälse ragten. »Köpf doch gleich eine«, sagte sie. »Sie sollten eigentlich schön kalt sein, wir hatten sie auf der ganzen Fahrt im Cooler.« Doris lachte und griff nach der Flasche.

Das Fest begann.

Zu fortgeschrittener Stunde lehnte Doris mit ihrem Glas in der Hand an der Wohnzimmertür, ließ ihren Blick über die Gäste schweifen und wunderte sich über die Veränderungen in ihrem Leben.

Sie war hier die Gastgeberin. Sie hatte dies alles organisiert. Sie trug ihr gelbes enges Kleid, ihre neue Frisur, und sie amüsierte sich prächtig: Im Laufe des Abends hatte sie sich mit beinahe jedem ihrer Gäste unterhalten, sie hatte sich mehrmals auf beide Wangen küssen lassen, und sie hatte sogar getanzt – sie, die chronisch mißgestimmte Veterinärsgattin, die fade Ex-Bibliothekarin, Angelas unglamouröse ältere Schwester, die vor nicht allzulanger Zeit in Leas Küche nicht einmal gewußt hatte, was sie zu Sonja und Chrissy überhaupt sagen sollte!

Tony, der langhaarige Bali-Fan aus Nürnberg, hatte vorhin zu ihr gesagt, solche Frauen wie sie, die fände er eigentlich unheimlich gut.

Was genau hatte er wohl damit gemeint? Sie sah zu ihm hinüber. Seine zusammengebundenen Haare hüpften auf seinen mageren Schultern auf und ab wie Kuhschwänze bei einer Fliegenplage. Er tanzte mit Christine Frühauf, die pünktlich erschienen war, angetan mit ihrem Besten, einem hellbraunen Kostüm mit passender Seidenbluse. Sie hatte Lea Blumen mitgebracht und außerdem zwei Flaschen Cognac: Ungeachtet ihres Kostüms hatte sie eine Ahnung davon, was man in der Finkenstraße 9 wirklich benötigte.

Inzwischen hatte sie ihre Jacke abgelegt. Ihre Seidenbluse sah etwas verschwitzt aus, aber ihr Hüftschwung, das mußte man sagen, wurde zunehmend ansehnlicher. Hin und wieder wurde ihr Tanz unterbrochen, wenn Trixi, die Workshop-Heulsuse, vorbeikam, um Tony zu küssen, mit dem sie zur allgemeinen Überraschung angereist war. Trixi küßte Tony in regelmäßigen Abständen, aber dann wirbelte sie weiter. Sie strahlte. Sie konnte nicht stillsitzen. Sie umarmte immerzu alle, auch Doris und Christine Frühauf und gelegentlich auch ihren Exfreund Jerry, der mit seiner neuen Freundin auf dem Sofa saß. Die Freundin war etwas übergewichtig, mürrisch und lilahaarig, dabei erschreckend wohlerzogen. »Wo ist denn bitte die Toilette?« hatte sie Doris bei ihrer Ankunft gefragt, und dann später: »Könnte ich wohl bitte noch ein Mineralwasser haben? Tut mir leid, daß ich Sie jetzt störe, aber der Kasten in der Küche ist leer ...« Ihr rotes Palästinensertuch biß sich mit ihrer Haarfarbe, und sie nippte an ihrem Glas so vorsichtig, als sei purer Wodka darin. Sie sah noch schlechtgelaunter aus als bei ihrer Ankunft. Jerry, der ihre Hand hielt wie etwas, das man gedankenlos aufgehoben und dann vergessen hat, wieder wegzulegen, ließ Trixi nicht aus den Augen.

Nur Hans A. war noch nicht erschienen. Was ihn davon abhielt, in Leas Nähe zu sein, konnte Doris sich beim besten Willen nicht vorstellen. Aber sichtlich vermißt wurde er nicht, auch nicht von Agnes: Das letztemal, als Doris ihr über den Weg gelaufen war, hatte Agnes mit Sonja über vegetarische Küche gesprochen und dabei mit Appetit eine Bulette gegessen. Das war allerdings schon eine Weile her. Wo sie im Moment wohl stecken mochte? Und wo war Lea?

Aus der Küchentür knatterte eine Lachsalve. Haschischwölkchen dampften hinaus in die Diele, und über allem erhob sich die Stimme von Günther Teuschert, dem entschiedensten Parteigänger Leas außerhalb der Finkenstraße. Seine kurze Konfrontation mit Kommissar Heimann hatte er Lea nie übelgenommen, im Gegenteil: Lea und die Ungerechtigkeit, mit der man sie behandelt hatte, waren so etwas wie ein Steckenpferd für ihn geworden, eine gute Sache, wert des allgemeinen Engagements. Nicht nur kam er selbst weiterhin regelmäßig zum Meditieren, sondern er schleppte auch Freunde zu Lea mit, die ebenfalls meditieren und natürlich dafür bezahlen mußten, wenn sie sein Wohlwollen nicht verlieren wollten.

Und keiner wollte Günthers Wohlwollen verlieren. Leas Übungen nämlich hatten das ausgesprochen überschäumende Naturell Günther Teuscherts bisher nicht erkennbar beruhigen können. Wo Günther war, war für gewöhnlich was los, und eine solche Verbindung setzte zwischen Ober-

wasungen und Hafenpreppach, Marktgraitz und Wüstensel-
bitz, Wölbattendorf und Schnappenhammer niemand unter
dreißig leichtfertig aufs Spiel. Doris überlegte gerade, ob sie
Trixi in die Küche folgen sollte, als hinter ihr eine Männer-
stimme bemerkte: »Det is ja echt 'n richtich jutet Fest hier –
echt. Hätt ick ja nich jedacht, hier auffm Land.«

Doris drehte sich um und gewahrte den einen der beiden
Berliner. Sie lächelte. Er streckte ihr eine etwas zu lasche Hand
hin.

»Michael heiß ick«, sagte er. »Im Volksmund auch Moppel
jenannt.«

»Doris«, sagte Doris und betrachtete Moppel. Er war etwa
im selben Alter wie sie selbst, mager, dünnlippig, dünnhaarig
und von Beruf Fotograf. Moppel, so stellte sich heraus, kannte
Lea seit über zwanzig Jahren. Er kannte sie noch aus Berlin,
noch aus ihrer Schauspielerinnenzeit dort. Doris war erstaunt.
Sie hatte nicht gewußt, daß Lea auch einmal in Berlin gelebt
hatte.

Oh, aber ja! sagte Moppel. Und wie! Aber dann hatte sie sich
ja unbedingt in so einen Verrückten verlieben müssen, in einen
exilierten Weißrussen oder so was, und mit dem war sie dann
in eine Kommune im Wendland gezogen ... Aber Doris lebte
hier wohl ganz allein? Ohne Leute, ohne Mann, hier auf dem
Land? Das mußte doch schwierig sein, für jemand wie sie, sie
gehörte doch eigentlich nicht hierher, das merkte man doch!

Doris berührte rasch ihre Haare, strich sich mit den Händen
das Kleid glatt und straffte die Haltung. Einen Moment lang
erwog sie, Moppel mitzuteilen, daß ihr Mann nach einem
Mordversuch im Kreiskrankenhaus liege, unterließ es dann
aber.

»Wir leben zur Zeit getrennt, mein Mann und ich«, hörte sie
sich statt dessen sagen. »Wir verstehen uns einfach nicht mehr
so gut ...«

Moppel nickte weise. Er selber war zweimal geschieden und
jedesmal selbst daran schuld gewesen.

»Inn Jrunde jenommn«, sagte er melancholisch, »bin ick eben immer 'n Chauvi jewesn – wat willste machen?« Dann gingen sie tanzen.

Dann bekam Moppel Hunger.

Doris, nach einem mitleidigen Blick auf seine dünnen Ärmchen, die aus seinem pinkfarbenen Poloshirt ragten wie die Stiele aus einem Himbeereis, ermutigte ihn zum Zufassen. Dankbar entschwand er in Richtung Küche, und Doris begab sich auf die Suche nach Lea.

Sie fand sie im Eßzimmer. Zusammen mit Chrissy, Sonja und ein paar anderen hockte sie an dem großen runden Tisch, die Beine angezogen, eine ihrer seltenen Zigaretten im Mund, in den Ohren die prachtvollen Silberohrringe, die Doris ihr zum Geburtstag geschenkt hatte. Laura, müde getanzt und randvoll mit Nudelsalat und Kuchen, hatte sich auf einem Sessel zusammengerollt und schlief, friedlich wie eine Schmetterlingslarve.

Gerade als Doris hereinkam, fuhr Lea hoch.

»Im Ausland?« sagte sie und beugte sich zu Sonja vor. »Aber wo denn im Ausland!« Doris ließ sich auf den nächsten Stuhl fallen. Lea stippte ihre Zigarette aus und packte Sonja am Handgelenk. Sie bemerkte Doris gar nicht. »Bist du ganz sicher?« sagte sie. »Und vor allem, seit wann? Seit wann ist er weg? Sonja, das ist wichtig... seit wann?«

»Keine Ahnung«, sagte Sonja, »ich meine, so genau weiß ich das nicht. Ich hab nur was gehört, vom Benno. Der war doch früher Harrys Partner, bei dieser einen Kneipengeschichte. Und der sagt, Harry wär jetzt schon eine Weile nicht mehr in München, sondern irgendwo im Süden, Portugal wahrscheinlich, aber genau wüßte er es auch nicht, weil der Harry, der wollte es keinem sagen.«

»Immer dasselbe«, sagte Lea. »Hauptsache, keiner weiß was von ihm.« Sie ließ Sonjas Handgelenk los. Ihr Mund zuckte.

»Naja«, sagte Sonja. »Man kann's andererseits auch verstehen. Der Harry, der wollte halt neu anfangen irgendwo. In München hat er ja kein Bein mehr auf den Boden gebracht, nachdem alle Leute das von ihm wußten –« Sonja warf einen Blick zum Sessel hinüber und senkte die Stimme. »Nachdem alle das mit den kleinen Mädchen wußten und daß er angeblich auch mit seiner eigenen Tochter – also, es ist schon ulkig. Die meisten haben ja noch nicht mal geglaubt, daß da was dran ist. Die konnten sich das von Harry einfach nicht vorstellen. Aber geschnitten haben sie ihn doch! Und so, mit so einem Ruf, kann man halt schlecht wieder eine Kneipe aufmachen.«

Lea warf sich in ihren Stuhl zurück und fuhr sich mit beiden Händen in die Haare.

»Du liebe Scheiße«, sagte sie. »Und ich bin schuld.«

Chrissy berührte sie flüchtig am Arm.

»Hör mal, Lea«, sagte sie. »Dafür kannst du doch aber nichts. Ich meine, bei dem Sorgerechtsprozeß, was hättest du denn da anderes machen sollen als auszusagen, was du ausgesagt hast. So, wie die Dinge standen.«

Lea nickte zerstreut.

»Ja«, sagte sie. »Aber wenn er vielleicht schon die ganze Zeit im Ausland ist ... also, wenn ich ihn womöglich immer wieder zu Unrecht verdächtigt hab ...«

Doris beugte sich zu ihr vor.

»Klar, es ist eklig, wenn man jemand zu Unrecht beschuldigt«, sagte sie. »Das weiß ich auch, Lea. Aber im Ernst, sind die Kerle nicht selber daran schuld? Wenn sie sich anständig benehmen würden, dann käme man doch gar nicht auf solche Ideen!«

Einen Moment lang schwiegen alle.

Dann sagte Chrissy mit Inbrunst:

»Das ist wahr. Egal, ob sie viel quatschen oder wenig, das wirklich Wichtige mußt du ihnen immer erst aus der Nase ziehen. Man könnte doch immer denken, sie hätten was zu verbergen!«

Doris spürte, wie eine Welle der Zuneigung zu ausnahmslos

allen Anwesenden über ihr zusammenschlug. Sie sah weg, um sich nichts anmerken zu lassen.

»Siehst du, Lea«, sagte Sonja zufrieden. »Die Männer müssen die Konsequenzen aus ihren Handlungen tragen, genau wie alle anderen Leute.«

Lea schien gar nicht richtig zugehört zu haben.

»Also«, sagte sie zu Sonja. »Seit wann genau ist der Kerl denn nun weg?«

»Genau weiß ich es nicht«, sagte Sonja. »Aber da ist so einer, Paul heißt der, den kennt der Benno. Und der Paul, der hat so einen Portugiesischkurs gemacht, und in dem Kurs war auch der Harry. Und der Harry kennt den Paul nicht, aber der Paul kennt den Harry, weil er früher öfter mal bei ihm in der Kneipe war. Also hat der Paul den Harry gefragt, warum er Portugiesisch lernt.«

»Und?« sagte Lea.

»Er hat's ihm auch nicht erzählt«, sagte Sonja.

Alle am Tisch wimmerten auf.

»Aber er hätte doch können!« verteidigte sich Sonja. »Wo er doch den Paul gar nicht kannte! Und außerdem ist es doch sowieso klar. Wenn einer Portugiesisch lernt, will er nach Brasilien oder Portugal, und beides ist ziemlich weit weg. – Sei froh! Weil, Mann, Lea! Hatte der Harry eine Scheißwut auf dich!«

»Aber wann genau war denn nun der Kurs?« fragte Lea.

Sonja zog die Brauen zusammen.

»Das war«, sagte sie langsam, »als ich gerade diese Geschichte mit diesem Bosnier hatte – oder nein, da hab ich Benno getroffen, es war also früher –«

»Ein Bosnier?« sagte die Unbekannte. »Mensch Sonja, sag bloß. Wie war denn das?«

»Ja, eigentlich super«, sagte Sonja, »zumindest am Anfang, bloß –«

»Sonja!« sagte Chrissy.

Sonja riß sich am Riemen.

»Im Mai«, sagte sie. »Im Mai war der Sprachkurs. Und seit Juni hat Harry keiner mehr gesehen.«

»Das würde heißen«, sagte Lea langsam, »das würde bedeuten —«

»Hallo Kinder!« erscholl es in diesem Moment von der Tür. Es war Agnes, mit Moppel im Schlepptau. Wenn sie sich bewegte, klang es, als fielen Linsen in einen Topf. Offensichtlich war einer der Fäden von Leas perlenbestickter Jacke gerissen.

»Was sitzt ihr denn hier so traurig rum?« krähte sie. »Kommt lieber rüber, da liest die Iris allen aus der Hand, zum Totlachen, sage ich euch!« In der einen Hand hielt sie eine Tofuschnitte, in der anderen ein Glas mit Frau Frühaufs Cognac. Die Schuhe hatte sie ausgezogen, sah Doris, wahrscheinlich um ihr Standvermögen zu erhöhen.

»Welche Iris denn?« fragte Sonja.

Agnes wedelte mit der Tofuschnitte. Perlchen umrieselten sie wie Sommerregen.

»Keine Ahnung«, sagte sie.

Draußen an der Tür klingelte es.

Es war Hans A. Birchenbacher.

»Lea«, sagte er. »Es tut mir so leid, daß ich so spät komme —« Er brachte einen Schwall eisiger Nachtluft mit herein, eine Flasche Champagner und um die fünfzig rote Rosen. Er sah noch gräßlicher und mitgenommener aus als sonst. Im Eßzimmer verstummte jedes Gespräch.

Lea stand auf.

»Ich hab mich vorhin nicht so gut gefühlt«, sagte Hans A. »Ich weiß auch nicht, was das war ... Ich hab was eingenommen und muß dann wohl eingeschlafen sein.« Er lachte beschämt auf.

Lea ging um den Tisch herum, nahm ihm die Rosen und den Champagner ab und stellte beides auf den Tisch. Die Rosen bedeckten die gesamte Tischplatte.

»Danke, Hans«, sagte Lea.

»Lea«, sagte Hans. »Zum Geburtstag alles Liebe. Alles, alles Liebe –« Dann umarmte er sie. Zu Agnes hatte er noch kein Wort gesagt. Vielleicht hatte er gar nicht gemerkt, daß sie da war. Nach einem Moment löste sich Lea vorsichtig aus seinen Armen.

»Setz dich doch«, sagte sie. »Was möchtest du denn trinken? Und in der Küche ist ein Büffett... soll ich dir was holen?«

»Ich weiß nicht«, sagte Hans. »Nein... vielleicht nehm ich ein Bier?«

Lea nickte und ging hinaus.

»Ja also«, sagte Sonja und erhob sich ebenfalls. »Ich denk, ich schau mal nach dieser Iris! Handlinienlesen, da steh ich drauf!«

»Ich komme mit«, sagte Chrissy. »Was ist mit euch anderen?«

Einen Moment später war das Eßzimmer leergefegt, bis auf Agnes, Doris, Hans A. und Moppel, der nichts begriff.

»Lea und du, ihr duzt euch?« sagte Agnes. »Seit wann denn das?«

»Schon immer«, sagte Hans A. abwesend.

»Ach!« sagte Agnes. »Aber das stimmt doch gar nicht! – Und welchen Blumenladen hast du denn beraubt?«

»Halt den Mund«, sagte Hans A. »Halt doch einfach den Mund.« Dann stützte er das Gesicht in die Hände und stöhnte.

»Einen Dreck werde ich«, sagte Agnes. Unter ihrem Make-up war sie weiß geworden. »Einen Dreck! Ich hab nämlich viel zu lange den Mund gehalten. Deswegen denkst du ja, ich bin blöd! Meinst du, ich weiß nicht, was hier los ist? Daß du hinter Lea her bist wie ein Kater hinter Baldrian? Du mieser Kerl!«

»Halt den Mund«, sagte Hans A. »Halt verdammt noch mal dein Maul.«

Ohne ein weiteres Wort ging Agnes auf ihren Mann los. Ihre Fäuste trafen ihn auf den Kopf und die Brust, dann holte Hans A. aus und versetzte ihr einen Schlag ins Gesicht. Agnes taumelte zurück gegen die Wand. Sie keuchte. Dann stürzte sie sich wieder auf ihn.

»Au weia«, sagte Moppel und wich zurück zur Tür. Doris stand wie erstarrt. Dann kam Lea zurück und schrie. Die Bierflasche fiel auf den Boden, intensiver Kneipengeruch verbreitete sich, und Lea warf sich mit ausgebreiteten Armen zwischen Hans und Agnes.

»Moppel!« schrie sie. »Doris! Los, macht was! Seid ihr denn alle verrückt?«

Doris erwachte aus der Betäubung und packte die aufheulende Agnes um die Taille. Sie sackte in ihren Armen zusammen, dann ließ sie sich widerstandslos auf einen Stuhl setzen. Lea drehte sich zu Hans A. um.

»Du Scheißkerl«, sagte sie. »Du verdammter Scheißkerl.«

»Lea«, flüsterte Hans. »Nicht.«

»Hau ab«, sagte Lea. »Pack dich. Und komm bloß nicht mehr her.« Die Strähnen ihres roten Haars schienen zu züngeln.

»Lea«, sagte Hans. »Ich habe doch nichts – du siehst doch selbst, was ich ertragen muß mit dieser Frau – in so einem kurzen Leben, einem einzigen Leben – Lea! Ich flehe dich an, geh weg mit mir! Irgendwohin, wohin immer du willst, es ist doch – Lea, es ist doch entsetzlich hier! Gott! Lea! Wenn du wüßtest, was ich wegen dir durchmach!«

»Du? Wegen mir?« sagte Lea. »Du machst was durch? Das ist ja wohl das Letzte. Gerade du! Wer schleicht mir denn nach, auf Schritt und Tritt, und versetzt mich in Angst und Schrecken? Wer verfolgt mich und quält mich, seit ich hier angekommen bin? Und das ist noch das wenigste! Was ist mit der armen Frau Schöpflein?«

»Lea«, sagte Doris entsetzt.

»Wo warst du denn, als die Schöpflein erschlagen wurde?

Im Geschäft, ja? Mittagessen!« Lea lachte wütend. »Telefonieren!«

»Lea, um Himmels willen«, sagte Doris und packte die Freundin am Arm. Lea schüttelte sie ab.

»Mach mir doch nichts vor«, sagte sie zu Hans. »Wer hat denn wohl in meinem Bett gelegen? Harry ist ja gar nicht mehr in Deutschland! Und was ist mit Bertram? Den hast du so brav gerettet, gell? Ja, du bist immer zur Stelle, nicht wahr? Du bist immer zur Stelle, wenn es was zu erledigen gibt!«

»Lea«, sagte Hans. »Ich kann doch gar nichts dafür, ich würde doch alles für dich tun, Lea, alles – alles. Lea, sprich doch nicht so mit mir, ich bitte dich ...« Und dann sank der Herrenoberbekleider Hans A. Birchenbacher vor Lea Hattinger auf die Knie.

Agnes schlug die Hände vors Gesicht und weinte laut auf. Dann stürzte sie aus dem Zimmer, eine melodisch klickende, glitzernde Spur kleiner Perlen und bunter Pailletten hinter sich lassend wie Hänsel und Gretel Brotkrumen im Wald.

7. Kapitel

Vaterliebe

Die letzten Gäste waren endlich gegangen. Draußen dämmerte es bereits. Laura spielte im Wohnzimmer mit den Legosteinen, die ihr Chrissy und Sonja mitgebracht hatten. Doris und Lea saßen in der Küche und aßen die Reste ihres Büffetts auf.

Doris fühlte sich miserabel. Sie hatte bereits Aspirin genommen, aber geholfen hatte das nichts. Sie hätte überhaupt nichts dagegen gehabt, wenn jetzt sofort ein Ascheregen das Beringsche Heim für immer unter sich begraben hätte.

»Dies«, sagte Dr. Dig und wies mit seiner Schaufel auf ihren Küchenstuhl, »ist der Fundort von Mumie A, heute im Humangeschichtlichen Museum der Frühzeit auf Alpha Centauri zu sehen. Es handelt sich um die Überreste einer Frau mittleren Alters mit gefärbten Haaren, noch immer bekleidet mit den Fetzen eines bemerkenswert schlechtsitzenden Jogginganzugs. Ihr Blutalkoholgehalt zum Zeitpunkt des Ablebens muß von geradezu phänomenaler Höhe gewesen sein – ein Umstand, dem wir im übrigen ihre hervorragende Konservierung verdanken …«

Der Novemberregen prasselte in Böen gegen die Scheiben. Es klang, als würden Reiskörner gegen das Fenster geworfen.

»Agnes hat deine Jacke kaputtgemacht«, sagte Doris zu Lea. »Die Perlen sind alle abgerissen.«

Lea zuckte die Achseln, dann streute sie Pfeffer auf ein hartes Ei. Ihr Appetit, fand Doris, war in Anbetracht der Umstände bewundernswert.

Denn vielleicht mußte man gar keinen Aschenregen mehr

abwarten. Vielleicht würde Hans A. Birchenbacher in wenigen Stunden über sie herfallen, mit einer Axt oder einem Vorschlaghammer bewaffnet. Schließlich hatte Lea ihm gestern ja einigermaßen deutlich mitgeteilt, daß sie ihn für einen Mörder hielt.

Und was hatte sie auf Doris' Vorwürfe geantwortet? »Der Hans«, hatte sie ohne sichtbare Zeichen der Zerknirschung gesagt, »der war doch gestern gar nicht aufnahmefähig.«

Dann hatte sie sich seelenruhig noch einen Hering genommen.

»Was hast du überhaupt mit seinen Rosen gemacht?« fragte Doris.

Lea blickte erstaunt auf.

»Weggeschmissen, was sonst«, sagte sie. »Sie waren ja ganz zerdrückt und zertrampelt... Aber den Schampus hab ich aufgehoben. Willst du ein Glas?«

»Um Gottes willen, nein«, sagte Doris.

Lea zuckte die Schultern und kaute weiter.

»Wenigstens sind wir jetzt sicher, daß er es war«, sagte sie nach einer Weile. »Ich meine, nicht mal verteidigt hat er sich! Und dann hat er gesagt, er würde alles für mich tun, genau wie du, Doris. Wie du gesagt hast, meine ich natürlich: Der Hans, hast du gesagt, der würde alles für dich tun... willst du vielleicht ein Bier, gegen den Kater?«

Doris schüttelte angewidert den Kopf.

Lea ging zum Kühlschrank.

»Mach dir nicht solche Sorgen, Doris«, sagte sie. »Ich meine, *uns* tut er doch garantiert nichts... jedenfalls nicht, solange er hofft, mich doch noch zu kriegen. Der liebt mich schließlich, okay?«

»Liebe«, sagte Doris. »Liebe ist eines der häufigsten Mordmotive überhaupt, soweit ich weiß.«

Lea legte die Stirn in Falten.

»Stimmt«, sagte sie. »Und natürlich bin ich dem Hans im Prinzip völlig egal, so sehr er mich auch lieben mag... Ich meine, sonst hätte er mir wohl kaum meinen Geburtstag ruiniert, was?«

Doris nickte. Sie selbst war nach Hans Birchenbachers Auftritt jedenfalls nicht mehr in Partylaune gewesen. Nachdem sie die aufgelöste Agnes mittels einer Schlaftablette auf Lauras Sofa zur Ruhe gebettet hatte, wäre sie am liebsten ebenfalls in ihrem Zimmer verschwunden. Aber andererseits wähnte sie Lea schutzlos Hans Birchenbacher ausgeliefert, und also war sie doch noch einmal hinuntergegangen.

In der Diele saß Jerry mit Trixis Jacke im Arm und heulte. Im Wohnzimmer lagen Tony und Trixi engumschlungen auf einem abgerissenen Vorhang. Jerrys neue Freundin war im Laufe des Abends von Mineralwasser auf Frau Frühaufs Cognac umgestiegen, um Jerry zu strafen, jetzt schlief sie friedlich vor den dröhnenden Lautsprechern der Stereoanlage. Lea allerdings war nirgends zu sehen: Während Doris durch das verwüstete Haus irrte, das einst Bertram Bering senior für seine Familie erbaut hatte, saß sie in Birchenbachers Wohnzimmer und redete auf den schluchzenden Herrenoberbekleider ein.

Doris tat noch einen letzten Blick in die Küche, wo gerade Günther Teuschert Frau Frühauf einen Joint anbot, dann floh sie die Treppe hinauf, gefolgt von Moppel, dem Fotografen.

Die halbe Nacht lang hatte der Kerl vor ihrer Schlafzimmertür gestanden und unter immer fadenscheinigeren Vorwänden um Einlaß gefleht. Sie hatte ihn selbstverständlich nicht hereingelassen ...

Doris schüttelte den Kopf. Dann griff sie über den Tisch nach Leas Bierflasche und nahm einen kräftigen Schluck. Das Bier war so kalt, daß es in der Kehle brannte. Sie mußte zugeben, es schmeckte wundervoll.

»Er wird mir sicher nichts tun, solange er denkt, er könnte mich doch noch kriegen«, sagte Lea. Sie kratzte sich an der Nase. »Oder?«

Doris kehrte in die Gegenwart zurück.

»Hör mal«, sagte sie und stellte das Bier wieder ab. »Es ist doch so. Nicht mal Hans Birchenbacher kann glauben, daß du dich wissentlich in einen Mörder verliebst, oder? Wenn er also gestern mitgekriegt hat, was du gesagt hast, dann weiß er auch, daß du für ihn endgültig verloren bist. Die Frage ist bloß, was er dann tut.«

»Du meinst«, sagte Lea nach einer Pause, »wenn ich für ihn endgültig verloren bin, dann bringt er mich um.«

»Jedenfalls«, sagte Doris, »wird er dir sicher nicht zu deiner Kombinationsgabe gratulieren. Oder dir mit einer Träne im Auge alles Gute wünschen, für die Zukunft mit einem anderen. Denk mal an Bertram.«

»Scheiße«, sagte Lea. »Du hast wahrscheinlich recht.«

»Ja«, sagte Doris.

»Er wird uns womöglich beide umbringen. Weil er sich ja denken kann, daß du ihn genauso verdächtigst wie ich.«

Doris nickte.

»Ja«, sagte sie. »Genau das meine ich die ganze Zeit.«

»Scheiße«, sagte Lea noch einmal.

Im Wohnzimmer sang Laura vor sich hin.

»Zwei große bunte Steine«, sang sie. »Drei fünf neun zehn große bunte Steine ...«

»Weißt du, was mich schrecklich bedrückt?« sagte Lea. »Das mit Harry. Die ganze Zeit war er im Ausland! Ich habe ihn also völlig zu Unrecht beschuldigt ... Und was, wenn ich ihn nun immer zu Unrecht beschuldigt hab? Wenn er nie einem Kind was getan hat, und ich habe seine Existenz in München kaputtgemacht? Und Laura ihres Vaters beraubt ...«

»Aber der schwarze Münchner Honda?« sagte Doris. »Und die Geschichte mit dem Mohrchen, und mit dem Mann am Laden?«

»Das können Zufälle gewesen sein«, sagte Lea. »Du hast zuerst selbst alles für dummen Zufall gehalten. Was hab ich bloß angerichtet ...«

»Hör auf, Lea«, sagte Doris. »Das bringt nichts. Jedenfalls nicht im Moment.«

Lea nickte.

»Ja. Okay. Es bringt nichts. Aber was bringt schon was? Ich hätte gegenüber Hans A. das Maul halten sollen, das ist der Punkt... aber was soll ich jetzt noch machen? Ich kann mich ja schlecht bei ihm dafür entschuldigen, daß ich ihn für einen Mörder halte.«

»Vielleicht sorgen wir uns ganz umsonst«, sagte Doris nicht allzu zuversichtlich. »Wir wissen doch noch gar nicht, wie viele von deinen Anschuldigungen bei ihm hängengeblieben sind. Wir müssen einfach abwarten.«

»Ach Doris«, sagte Lea. »Manchmal wünschte ich, ich wär anders. Wenn ich normaler wär... vernünftig, praktisch, nüchtern... dann wär das alles vielleicht gar nicht passiert. Dann wäre mein ganzes Leben anders gewesen. Erfolgreicher, vielleicht, besser...«

»Hm«, sagte Doris.

Sie dachte an ihren praktischen Tweedrock und ihren vernünftigen Beruf und ihre normale Ehe und ihr Leben vor Lea.

Sie hatte nichts davon als sonderlich erfolgreich in Erinnerung.

Am nächsten Morgen verstauten sie die Geschenke.

Da waren zwei Meditationsschemelchen, ein Ayurveda-Kochbuch, eine Windharfe, die ungefähr klang wie fünf Konservenbüchsen in einer Mülltüte, eine liebevoll bilderte Abhandlung über das Besprechen von Warzen, eine balinesische Batik (von Tony), Schaffellsocken für Wintertage auf dem Land und das detailreich ausgeführte Portrait eines mordenden indischen Dämons.

»Christine Frühauf«, sagte Doris, »hat Cognac mitgebracht. Der ist aber leider getrunken worden.«

»Tjaja«, sagte Lea. »Trotzdem ein Geschenk, bei dem sie sich was Sinnvolles gedacht hat.«

Doris nickte.

»Ach übrigens«, sagte Lea. »Die Iris hat mir angeboten, dieses Wochenende bei ihrem Workshop mitzumachen. Es geht um Tarotkarten. Ich bekäme kaum Geld, aber ich könnte Kontakte knüpfen, das ist nämlich in Augsburg... Ich hab natürlich abgesagt. Du wärst ja mit dem Kind ganz allein hier.«

Doris seufzte.

»Fahr mal ruhig«, sagte sie. »Zur Not kann ich Agnes einladen.«

»Nein«, sagte Lea. »Ich fahr keinesfalls.«

Doris nickte. Es war ihr auch lieber so.

Sie ging hinunter in die Diele, zog ihren alten Mantel über, schlüpfte in ihre Turnschuhe und trat hinaus in den Regen. Leas Fest war vorbei.

»Hallo, Doris«, sagte Bertram, als sie ins Krankenzimmer trat. »Schreckliches Wetter, nicht wahr?«

Doris küßte ihn auf die Stirn.

»Hast du mir neuen Saft mitgebracht?« fragte Bertram. »Der Professor sagt, ich darf noch immer nicht nach Hause. Ich weiß auch nicht, warum es so lange dauert. Vielleicht wollen die nur ihre Betten belegt halten.«

»Na ja«, sagte Doris. »Sie wollen wohl warten, bis wenigstens die Brüche im Gesicht wieder geheilt sind. Und dann dein Kopf...«

Bertram nickte. Rundherum begannen die Haare nachzuwachsen, stoppelkurz und grau, wie bei einem Sträfling. Doris setzte sich auf die Bettkante und nahm seine Hand. Bertram erzählte von den Krankenschwestern: welche freundlich waren, welche nicht. Er erzählte von Adolf Kunzls Besuch gestern, und daß Hans A. Birchenbacher, sein bester Freund in Neuendorf, in der ganzen Zeit nur zweimal bei ihm gewesen sei.

»Dabei bin ich ihm ja so dankbar«, sagte Bertram. »Denk

dir nur, wenn er nicht gewesen wäre. Dann wäre ich tot.« Er sah sie an, mit verstörtem Gesicht. »Doris«, murmelte er, »wer wollte mich denn nur umbringen? Wem hab ich denn sowas Schlimmes getan, daß er mich umbringen will?«

Doris hielt seine Hand fester und fluchte innerlich auf Kommissar Heimann.

»Der Heimann, der hat immer nach unserer Ehe gefragt, Doris«, sagte Bertram. »Warum nur?«

»Vielleicht denkt er, ich habe dich umzubringen versucht«, sagte Doris müde.

Bertram gab einen Laut von sich, der irgendwo zwischen einem Auflachen und einem Schluchzen lag.

»Der Depp«, sagte er leise. »Aber Doris, das weißt du, gell? Sowas würde ich niemals von dir denken.«

Doris nickte.

»Natürlich nicht«, sagte sie.

Bertram lächelte, dann machte er die Augen zu. Doris blieb neben ihm sitzen. Sie sah aus dem Fenster hinaus in den Regen, der auf das Dach des Flachbaus gegenüber prasselte, und streichelte von Zeit zu Zeit die Hand ihres Mannes.

Dann war Bertram eingeschlafen, und Doris fuhr zurück nach Neuendorf.

In der Bäckerei Sonne traf sie Agnes Birchenbacher.

Agnes war blaß und ungeschminkt. Über der Lippe, wo Hans sie geschlagen hatte, war eine blaue Stelle. Die Lippe war geschwollen. Und Hans war weg. Er war weggefahren, auf irgendeine Messe, für eine ganze Woche.

»Ja, man muß mal raus, gell«, plapperte Frau Heidenreich, »mein Mann und ich, wir wollen auch übers Wochenende weg, mit dem Bus nach Berlin –«

Doris folgte Agnes hinaus auf die Straße.

»Er hat noch nicht mal eine Telefonnummer hinterlassen«, sagte Agnes.

Doris ging zu ihrem Auto.

»Komm, ich nehme dich mit vor«, sagte sie.

»Es ist mir auch scheißegal«, sagte Agnes. »Wirklich, scheißegal.« Dann fing sie an zu heulen. Doris öffnete die Beifahrertür und schob Agnes in den Wagen.

»Ich kann mich einfach nicht gegen ihn wehren!« sagte Agnes. »Ich denke nicht, daß er mir noch was bedeutet, aber ich kann mich einfach nicht gegen ihn wehren!«

Sie saßen über dem dritten Grog.

»Er war den ganzen Tag weg«, sagte Agnes, »was weiß ich, wo. Und dann hat er auf dem Sofa unten geschlafen. Und heute früh ist er abgereist. Einfach so.«

Lea wiegte den Kopf.

»Professionelle Hilfe«, sagte sie. »Das ist es, was ihr braucht. Jemand, der euch hilft, wieder miteinander zu sprechen«, sie sah Doris an, »es würde so viele Probleme lösen...«

»Professionelle Hilfe, ja?« sagte Agnes. »Hör auf, Lea, um Himmels willen. Das kenn ich inzwischen doch alles. Man soll den anderen annehmen, mit allen seinen Fehlern. Nicht wahr? Man soll ihn ausreden lassen. Man soll ihn ansehen, wenn er spricht, man soll Kritik in die tief betroffene Ich-fühle-mich-so-traurig-Form verpacken, anstatt sie ihm vorwurfsvoll als Du-hast-schon-wieder entgegenzuschleudern, und zwischendurch soll man rekapitulieren, was er gesagt hat, der Scheißkerl, um auch ganz sicherzugehen, daß man ihn richtig verstanden hat. Man soll, man soll, es ist wie die zehn Gebote, und die hat auch ein Mann erlassen. Geh mir weg, Lea. Der liebt nicht mich, sondern dich, und mehr ist dazu nicht zu sagen.«

»Aber das ist doch nur eine Flause von ihm«, sagte Lea. »Ich meine, ihr seid so lange zusammen... wenn ihr jetzt eure Beziehung irgendwie hinbiegen könntet, dann wär das vorbei, das mit mir, wenn ihr euch wieder einander annähern könntet, gefühlsmäßig...«

»Hör auf«, sagte Agnes noch einmal. »Diesen ganzen Mist

hast du mir schon hundertmal gesagt, ich kann es singen! Dem Partner die eigenen Gefühle vermitteln. Seine Gefühle akzeptieren. Soll ich akzeptieren, daß er vor dir auf den Knien rutscht und mich wie ein Stück Scheiße behandelt? Und bitte, wozu sollen wir einander erklären, was wir fühlen? Wenn ich heulend rausrenne, und Hans kommt mir nicht nach, um mich zu trösten, sondern brüllt noch was hinter mir her, dann weiß er doch ganz genau, was ich fühle! Es interessiert ihn lediglich einen Dreck. Und was *er* fühlt, ist klar. Dich liebt er, und mich hat er über. Ich bin ihm lästig. Lästig!« Agnes ballte die Fäuste. »Du tust immer so, als wären Nähe und Verständigung was Erstrebenswertes in einer Ehe, Lea. Aber laß dir was sagen: Das sind sie nicht. Frag doch mal Doris! Frag irgendeine normale Frau oder einen normalen Mann, die länger als zwei Jahre zusammen sind, ob sie den geringsten Bock darauf haben, einander zu verstehen. Verstehen! Durchsetzen will ich mich endlich mal gegen ihn!«

»Ist dir schon mal in den Kopf gekommen«, sagte Lea, »daß der Hans vielleicht krank sein könnte? Ich meine, daß er irgendwas tun könnte... was Schlimmes...«

Doris begann warnend zu husten.

»Ich meine«, sagte Lea eilig, »seine Seele, weißt du. Daß seine Seele Hilfe braucht, und –«

»Seele«, sagte Agnes. »Der Hans hat eine Seele, und die braucht Hilfe. Jawohl. Ich sag dir mal was: Wenn der wählen kann zwischen einem Leben wie Gott in Frankreich bei mir oder einem als Fußabtreter bei dir, dann weiß ich, was der wählt, und du weißt es auch. Seele, ja? Kalter Kaffee! Willst du mal wissen, wo bei dem die Seele sitzt? In der Hose. Und genau da ist bei ihm ja nicht mehr viel los. Genau da ist ja alles mausetot. Also läßt es sich doch mit Fug und Recht bezweifeln, daß der über sowas wie ein Seelenleben überhaupt verfügt! Seit Amerika ist das so, seit diesem verdammten Urlaub, das hab ich dir doch schon alles erzählt. Wie er immer komischer wurde, je länger wir unterwegs waren... Und dann hat

er ja versucht, mit einer anzubändeln, in Florida am Strand.«
Agnes schnaubte verächtlich. »Die war ein Model, bildschön,
von denen wimmelt's da ja. Gott, die muß sich halbtot gelacht haben über den alten Sack. Morgens hat er geturnt, Sit-
ups gemacht, als könnte er auf die schnelle noch einen
Waschbrettbauch bekommen, und anschließend ist er um sie
rumgeschlichen, überall, am Strand, auf dem Parkplatz, in
der Bar von ihrem Hotel, bis sie ihn hat rauswerfen lassen.
Und da hat er dann wohl so eine vage Ahnung entwickelt, daß
das Leben als Herrenoberbekleidungsfachmann vielleicht
doch eines gewissen Glamours entbehrt. Aber gleichzeitig ist
er eben ein feiger Hund, der Hans. Er würd sich ja nie trauen,
alles hinzuschmeißen und ganz allein was Neues anzufangen.
Er wüßte gar nicht, was oder wie er das machen sollte.
Glamourös! Der wird nie glamourös sein, der Hans, aber er
denkt, wenn die Richtige käme, die könnt ihn verwandeln,
ihn und sein ganzes beschissenes Dasein. Dazu braucht er
eben dich, Lea! Du sollst ihn verwandeln.« Sie brach erneut in
Tränen aus. »Wieso kann ich nur nicht richtig wütend auf
dich sein, verdammt?« sagte sie zu Lea. »Ich wär so gern
richtig wütend auf dich!«

Lea nickte schwermütig. Doris stand auf und holte die
Rolle mit dem Küchenpapier.

Agnes schneuzte sich.

»Und hinterher«, sagte sie, »als wir wieder hier waren, da
ist er dann endgültig durchgedreht. Zum Beispiel – immer
wenn ich ihm zugestimmt hab, hat er mich angebrüllt. Kann
man sich das vorstellen? Wo er doch niemals wollte, daß ich
mal was anderes sage als er! Klar, das hat er nie zugegeben, er
hat ja immer gesagt, eine Frau sollte ruhig ihre eigene Meinung haben, aber gemeint hat er damit, sie soll sie behalten,
für sich nämlich. Und plötzlich heißt es, ›Hör auf mit deinem
ewigen *ja, Hans, nein, Hans,* ich kann's nicht mehr hören!‹«
Sie starrte einen Moment lang nachdenklich vor sich hin.
»Ich hab dann auch versucht, ihm zu widersprechen, klar.

Aber das war ihm auch wieder nicht recht. Irgendwie habe ich immer *falsch* widersprochen... Das war übrigens kurz bevor du hier aufgetaucht bist, Lea. Da wollte er auf einmal eine unabhängige Frau. Eine selbständige Frau. Gemeint hat er natürlich ganz was anderes damit, aber Himmelherrgott, bis ich das gemerkt hab! Daß er mit seinem ganzen Gesülze in Wahrheit nur wollte, ich sollte ihm vom Pelz bleiben! Aber ich wollte ihm ja nicht vom Pelz bleiben, damals. Ich wollte ihm nah sein, so blöd war ich. Nähe! Am liebsten wär ich die Nähe vollkommen los! Am liebsten wäre es mir, wenn er mir weder nahe kommen könnte noch nahegehen würde, wenn ich weg wäre und unerreichbar für ihn – Doris! Weißt du, was ich meine?«

Doris nickte. Agnes nickte zurück. Sie nahm sich noch einen Kaffee. Lea goß ihr einen Schuß Cognac hinein.

»Ja, und eine Zeitlang hat er dann auch noch Ratgeberbücher gelesen«, sagte Agnes. »Über Beziehungen. Da war er natürlich schrecklich stolz drauf, aber in Wirklichkeit hat er bloß ein Buch gesucht, das ihm verrät, wie man Frauen ein für allemal glücklich macht. Damit sie dann ein für allemal den Mund halten. Wie man mit einem Minimum an Zeitaufwand und Energie für ein Maximum an absoluter Ruhe sorgt. So was wie ein Fachbuch über Haustierpflege, oder über das Warten von Motorrädern, nur für Frauen eben. Ölen Sie hier, ölen Sie da, und das alte Teil schnurrt über Jahre vor sich hin, zuverlässig, billig, problemlos und fast ohne Motorengeräusche.« Sie betrachtete versonnen ihre Tasse. »Wie ein deutscher Schäferhund«, sagte sie. »Ich war sowas wie ein deutscher Schäferhund. Immer irgendwo im Hause vorhanden, ohne große Forderungen zu stellen. – Na, vielleicht war ich etwas teurer in der Haltung. Aber dafür bin ich sogar allein Gassi gegangen.«

Lea fuhr am frühen Samstagnachmittag nach Augsburg zu ihrem Workshop. Warum auch nicht? Hans A. Birchenbacher war in Hannover auf der Messe. Die Finkenstraße war eine ganze Woche lang sicher vor ihm.

Doris und Laura sahen Lea vom Dielenfenster aus nach, dann gingen sie zurück ins Wohnzimmer.

Sie sahen einander an. Seit Wochen waren sie zum erstenmal wieder für längere Zeit miteinander allein.

»Also«, sagte Doris, ein wenig entschlußlos. »Und jetzt?«

»Ich will ein Eis essen«, sagte Laura.

»Habe ich nicht«, sagte Doris.

Laura zog ein Gesicht. Wenn Trubel im Haus war, konnte sie sich stundenlang mit sich selbst beschäftigen, aber Stille langweilte sie. Und es war sehr still, oder zumindest kam es Doris so vor. Leer und ungeschützt lag das Haus, in tiefer Stille. Doris würde sich etwas einfallen lassen müssen.

»Wir könnten Pfannkuchen backen«, schlug sie vor.

Laura war sofort Feuer und Flamme.

»Ja!« schrie sie und rannte in die Küche voraus. »Das ist gut, Doris! Bravo, bravo!«

Den ersten Teig, den sie anrührten, kippte Laura im Eifer auf den Küchenboden. Der zweite gelang, aber da merkten sie, daß sie kein Pflaumenmus mehr hatten. Also mußten sie noch einmal aus dem Haus gehen, hinüber zu Frau Frühaufs Laden, wo Laura dann doch noch ihr Eis bekam und Doris eine ganze Weile lang mit Christine über das Fest redete.

Als sie schließlich mit ihren Pfannkuchen fertig waren, war der Nachmittag vorbei. Draußen war es bereits stockdunkel. Kein Wunder, es war schließlich November. Der Monat der Toten. Unwillkürlich sah Doris zum Fenster hinüber, wo inmitten des langsam verwildernden Gartens das Haus der ermordeten Dachdeckerswitwe lag. Aber die Scheibe spiegelte nur sie selbst wider: Doris, die mit den Tellern an der Spüle wartete, Laura, die auf einen Stuhl geklettert war und sich die Marmelade von den Händen wusch. Doris war wirklich sehr froh, daß Hans Birchenbacher nicht in Neuendorf weilte.

Hans Birchenbacher war nicht in Neuendorf.

Heidenreichs auch nicht, sie waren übers Wochenende nach Berlin gefahren. Lea Hattinger war in Augsburg. Hella Schöpflein war tot. Nur Geußens waren hiergeblieben. Geußens, weit weg in ihrem Haus am anderen Ende der Straße, hinter ihrer hohen immergrünen Hecke.

Und Doris mit Laura.

Doris fröstelte.

»Jetzt ist einer über dein Grab gelaufen«, pflegte Henriette zu sagen, wenn es jemanden in einem gut geheizten Raum so plötzlich schüttelte.

»Genug«, sagte Doris laut zu sich selbst. »Der Kerl nebenan ist doch wenigstens auch nicht da, und nur darum geht es! Also! Nichts zu befürchten.«

Erstaunt sah Laura zu ihr auf.

»Welcher Kerl nicht da ist?« fragte sie.

»Niemand«, sagte Doris. »Niemand ist da, nur wir. Paß auf, daß du da nicht runterfällst von deinem Stuhl.« Dann ließ sie rasch die Jalousien herab und sah auf die Uhr.

»Halb sieben schon«, sagte sie zu Laura. »Stell dir das vor. Na, dann gehen wir am besten ins Bad, nicht wahr? Wenn du dich beeilst, kannst du noch das Sandmännchen im Fernsehen angucken.«

Laura kletterte auf ihren Badezimmerhocker vor dem Waschbecken und begann, geschäftig eine Batterie winziger Wassereimer zu füllen und wieder zu leeren, während Doris ihr die Zähne putzte.

»Die Bürste hat Durst«, sagte Laura und goß. »Die Seife hat Durst, alle haben Durst, die Doris hat *solchen* Durst.« Mit Schwung leerte sie einen ihrer Eimer über Doris' Ärmel.

»Puh«, sagte Doris. »Genug.«

Sie zog dem Kind seinen Schlafanzug an, dann öffnete sie noch rasch das Fenster des Kinderzimmers und schüttelte das Bett auf. Auf die Bettdecke waren Bilder von Kätzchen und Hunden appliziert. Auf dem Regal saßen Stofftiere und Pup pen, in einer Ecke lag ein Berg bunter Kissen. Nichts in diesem gemütlichen, hellen Raum erinnerte noch an die ehemalige Pathologie.

Doris folgte Laura hinunter ins Wohnzimmer, schaltete den Fernseher ein und setzte sich neben sie auf das Sofa. Laura saß kerzengerade auf der Kante und ließ keinen Blick vom Bildschirm. Das »Sandmännchen« war das einzige Fernsehprogramm, das ihr erlaubt war.

»Lauter«, sagte sie, als die Titelmelodie ertönte.

Gehorsam drückte Doris auf den Knopf der Fernbedienung.

»Noch ein Kitzelwasser?« fragte sie.

Laura nickte. Doris ging zurück in die Küche. Sie nahm ein Glas aus dem Schrank und suchte im Kasten nach einer Mineralwasserflasche mit Inhalt.

»... wir seee-hen noch den A-ha-bendgruß, ehe jedes Kind ins Bettchen muß...« klang es aus dem Wohnzimmer herüber. Es war wirklich ziemlich laut. Warum Kinder nur so gerne Krach mochten!

Doris füllte das Glas, dann bekam sie Appetit auf ein Bier. Sie öffnete den Kühlschrank. Die Kinderstimmen der Fernsehfiguren begannen zu plappern.

»Hallo, Moppi«, hörte Doris. Der Fotograf auf dem Fest fiel ihr ein, der Möchtegern-Berliner. Sie mußte grinsen. Sie zog eine Flasche Edelherb aus der Ablage, dann öffnete sie eine Schublade und suchte nach dem Öffner.

»Hallo —« sagte jetzt Lauras Stimme.

Etwas am Tonfall des Kindes ließ Doris aufhorchen. Natürlich redete Laura oft mit den Figuren, die sie im Fernsehen sah, aber das klang anders. Nicht so zögernd, so unsicher –

»Nein...« sagte Laura, im selben, beinahe fragenden Tonfall.

Kälte kroch über Doris' Rücken. Sie packte den Fleischhammer zum Schnitzelklopfen, der vor ihr in der Schublade lag.

»Doris…« sagte Laura.

Der Hammer glitt in Doris' Schürzentasche.

Laura schrie.

Doris rannte los.

Es dauerte eine Ewigkeit, bis sie die Küchentür erreicht hatte. Lange flog der Dielenboden unter ihr weg, endlos wie eine Flugzeuglandebahn. Der Torbogen der Wohnzimmertür ragte vor ihr empor. Sie stürmte hindurch, in die Weite des Wohnzimmers. Im Lauf krümmten sich ihre Finger wie Klauen.

Laura klemmte zwischen seinen Beinen. Sie wehrte sich mit aller Kraft. Der Bademantel war bis zu den Schultern hinaufgeschoben, hing über ihren Kopf nach unten. Sie trug keine Hose mehr. Ihr Rücken war nackt. Ihre Schreie waren ein Schrillen in Doris' eigenem Körper, etwas, das nichts mit dem Hörsinn zu tun hatte.

»Halt!« brüllte der Mann Doris entgegen. »Bleib stehen, oder!«

In seiner Hand blinkte etwas. Er griff unter den Bademantel und riß Lauras Kopf an den Haaren nach oben. Doris stand still. Das Blinkende in der Männerhand war eine Nadel. Eine Spritze. Die Nadel deutete auf Lauras Hals. Laura wehrte sich immer noch, aber sie schrie nicht mehr. Sie kämpfte lautlos, wie eine Erwachsene.

»Ich bring sie um, wenn du dich muckst«, sagte der Mann. Er atmete schwer. Doris muckste sich nicht.

Lauras Widerstand begann zu erlahmen. An ihrem Po lief eine dünne Blutspur entlang. Der Mann hatte die Oberlippe hochgezogen, Doris sah seine nackten Zähne.

Laura kämpfte jetzt nicht mehr. Sie gab ein kleines Geräusch von sich, fast wie ein Schluckauf.

»Papa –« sagte sie.

Dann war sie still.

Der Mann packte sie und warf sie sich über die Schulter. Dann stand er auf. Ihr Kopf baumelte vorn über seine Brust hinunter, ein erlegtes Wild. Eine Jagdtrophäe. Tot. Vielleicht war sie ja tot. Aber mit der Rechten zielte er weiter auf ihren Hals, mit der geballten Faust, aus der unten die Spritze ragte.

»Häßliche Wunde, so eine Nadel quer durch den Hals«, sagte der Mann. »Kann eine Menge zerstören, innen.«

Doris spürte ihren Körper überhaupt nicht. Sie dachte nicht. Sie sah nur.

»Ihr habt gedacht, ihr könnt sie behalten, was?« sagte der Mann. »Mein Kind behalten. Von wegen. Jetzt komm ich es mir holen, mein Kind.«

Harry. Der Mann war Harry. Er war ganz und gar schwarz angezogen, sah Doris. Er war der Schwarze Mann. Er war der Tod.

»Ich lieb den Fratz nämlich«, sagte der Tod. »Deswegen hol ich sie ja. Sag das der Lea ruhig, damit sie Bescheid weiß.«

Eine dicke Nadel. Das war also das Blut an Lauras Po, das war der erste Schrei gewesen, der Mann hatte Laura etwas gespritzt.

»Lea wird gleich wiederkommen«, hörte Doris sich sagen, zu ihrer Überraschung. Sie hatte nicht damit gerechnet, sprechen zu können. »Sie wird reinkommen und schreien, und dann kriegen sie dich.«

Der Mann bleckte wieder die Zähne.

»Quatsch«, sagte er. »Wer soll euch denn hören, ist doch meilenweit keiner daheim. Und die Lea ist weg. Die ist doch bei Nürnberg auf die Autobahn gefahren, denkst du, ich bin blöd? Ich hab euch ausgekundschaftet, von A bis Z, ich weiß alles über euch. Los jetzt, zur Tür. Du voraus.«

Doris gehorchte. Ihre Füße gehorchten. Sie ging voraus. Er ging hinterher. Sie gingen durchs Wohnzimmer. Sie gingen in die Diele.

»Was hast du Laura gegeben?« sagte Doris. »Lebt sie noch?«

»Halt die Fresse«, sagte der Mann. »Glaubst du, ich bin blöd und klau eine Leiche?«

Auf der Treppe lag eine schwarze Skimütze.

Er war über die Treppe gekommen.

Das Fenster.

Er mußte durch das offene Fenster der Pathologie gestiegen sein.

Mit einer Leiter.

Wenn jemand die Leiter sah!

Keiner würde die Leiter sehen. Es war neblig. Es war dunkel. Das Fenster der Pathologie ging zum Schöpfleinhaus hinüber.

»Ihr seht die Laura nie wieder«, sagte der Mann. »Richt das deiner Lea ruhig aus, damit sie es weiß.«

Sie kamen zur Haustür.

»Willst du Laura nicht wenigstens erst was anziehen«, sagte Doris. »Es ist doch so kalt –«

Die Faust kam blitzschnell. Doris spürte das unglaubliche Gewicht des Schlages, den Fall, dann das Blut, das aus der Nase schoß, aber keinerlei Schmerz.

»Steh auf«, sagte der Mann. »Denk nicht, ich laß dich davonkommen. Denk nicht, ich laß das Kind davonkommen, wenn du jetzt Scheiße machst! Jetzt liegt alles an dir!«

Doris kam hoch. Die Nadel war auf Lauras Hals gerichtet wie vorher. Er mußte die Faust zum Schlag umgedreht haben, denn die Nadel war unversehrt, aber die Kanüle war offensichtlich zerbrochen. Blut sickerte in seinen Ärmel. Er hatte sich geschnitten.

»Du gehst jetzt bis zum Gartentor«, sagte der Mann. »Du schaust nach, ob alles klar ist. Wenn ja, winkst du. Wenn nicht, kommst du wieder, sofort, kapiert? Und keine Schwachheiten! Ich mach keinen Spaß!«

Doris nickte.

Die Kanüle war kaputt. Ob die Nadel jetzt überhaupt noch als Waffe funktionierte?

»Los jetzt«, sagte der Mann.

Doris öffnete die Tür.

»Halt«, sagte der Mann.

Sie drehte sich um, halb und halb gefaßt auf einen neuen Schlag.

»Wenn alles klar ist, winkst du«, sagte er.

Sie nickte.

»Und dann komm ich raus«, sagte er.

Sie nickte wieder.

»Und dann«, sagte er, »steigst du mit mir ins Auto. Und keinen Quatsch! Du weißt, ich bin zu allem fähig. – Denk an die da drüben!« Mit dem Kopf wies er zum Schöpfleinschen Haus. »Denk an... an deinen Mann!«

»Ja«, sagte Doris.

»Gut«, sagte Harry. »Raus jetzt.«

Doris ging durch ihren Vorgarten. Die Straße lag im Nebel. Sie war leer. Natürlich. In der ganzen Finkenstraße wohnte an diesem Wochenende kein Mensch.

Doris öffnete die Gartenpforte. Er stieß sie vor sich her. Sie rannte. Er folgte. Das Auto stand weiter unten, an der Ecke des Birchenbacherschen Grundstücks, schemenhaft im Nebel, aber Hans Birchenbacher war weg. Verflucht, verflucht, warum war der Kerl weg. Der Wagen war schwarz, ein BMW, schrecklich schnell, fiel ihr ein, aber ohnehin würde sie keiner verfolgen. Auf der Rückbank war ein Kindersitz.

»Du schnallst sie an«, sagte der Mann.

»Die Tür ist zu«, sagte Doris. Der Mann unterdrückte einen Fluch.

»Hol den Schlüssel«, sagte er. »Er steckt im Zündschloß. Los! Und keinen Quatsch, ich hab die Kleine!«

Doris zog den Schlüssel ab und kam wieder um das Auto herum.

»Los, mach hinten auf, mach schon.«

Doris gehorchte. Er ließ das Kind von der Schulter gleiten, in ihre Arme. Laura atmete. Doris' Herz machte einen Satz. Einen Moment lang war Laura nicht in seiner Gewalt.

Sie würde rennen.

Sie würde das Kind in den Armen halten und schreien und rennen und –

Er würde sie töten, beide. Sie war ganz sicher.

Sie preßte ihr Kind an sich. Es wieder zurücknehmen, in sich hinein, in Sicherheit, in den eigenen Leib –

»Beeil dich, verdammt!« sagte der hinter ihr. »Verdammt!« Er stieß sie. Er war nervös. Also Vorsicht jetzt! Vorsicht. Doris hob das Kind in den Sitz.

»Jetzt mach doch!«

Doris stellte den Gurt fest. Er verlor die Beherrschung, sie hörte es. Sie versuchte, sich aufzurichten, aber etwas in ihrer Schürze hatte sich am Gurt verfangen –

»Los! Den Schlüssel her! Verdammt noch mal! Und du, auf den Beifahrersitz, los jetzt!«

Es war der Stiel des Fleischhammers. Doris tastete danach.

Sein Faustschlag traf sie am Rücken und schleuderte sie vorwärts, über das Kind. Er packte sie hinten und riß sie aus dem Auto. Klirrend fiel der Schlüssel aufs Pflaster. Er schlug sie flach ins Gesicht. Doris taumelte, stieß den Schlüssel weiter unter das Auto. Er schlug sie noch einmal und schleuderte sie zurück gegen das Autoheck.

Und bückte sich.

Doris schlug zu.

Der Hammer auf dem Kopf machte einen dumpfen, widerlichen Laut. Der Mann schrie. Sein Arm schnappte nach ihren Beinen, packte zu, sie traf ihn am Hinterkopf. Er ließ los, fing sich ab, seitlich mit dem Arm, der nächste Schlag traf seine Schläfe. Etwas ekelhaft Bitteres stieg ihr in den Mund. Er sackte zusammen, wollte wieder hoch. Beim nächsten Schlag kam eine Menge Blut. Sein Kopf schlug aufs Pflaster. Dann lag er einfach da.

Doris stand still. Ihr war kotzübel. Sie preßte die Hand vor den Mund.

Sie würde auf ihn treten müssen.

Das Kind war im Auto, aber er lag davor. Er versperrte den Weg. Vielleicht konnte sie ihn wegziehen? Aber dann mußte sie ihn anfassen. Sie konnte ihn nicht anfassen. Vielleicht würde er aufwachen, wenn sie ihn anfaßte.

Vielleicht würde er so oder so aufwachen. Vielleicht genau dann, wenn sie halb im Inneren des Autos steckte und sich nicht wehren könnte.

Vielleicht war er aber auch tot.

Sie beugte sich über ihn und lauschte. Er atmete noch. Er atmete. Und dann ächzte er, leise.

Seine Hand zuckte.

Doris wimmerte auf vor Entsetzen. Der Hammer traf ihn am Hinterkopf. Der Hammer war blutig. Der Mann war still.

Aber er atmete.

Er konnte sich jederzeit wieder bewegen. Er konnte sich bewegen, während sie das Kind aus dem Wagen holte, sich plötzlich hinter ihr erheben, mit blutigem verdreckten Gesicht, von hinten an sie herantreten –

Etwas beulte seine Jackentasche aus. Eine Schachtel. Sie faßte in seine Jacke. Etwas in ihrem Hals machte kleine schreckliche Geräusche, aber sie achtete nicht darauf. Sie zog die Hand aus der Tasche, unversehrt.

Ampullen. *Dormicum 5*.

Das Betäubungsmittel, das er Laura gegeben hatte.

Alles war jetzt glasklar. Natürlich mußte sie ihn anfassen, um ihm die Spritze zu geben, aber das machte jetzt nichts mehr. Sie gab sie ihm in den Arm, gleich zwei davon, um sicherzugehen. Als sie fertig war, zerrte sie ihn ein Stück zur Seite, stieg dann über ihn hinweg, achtlos. Der Gurt schnappte auf. Sie umfaßte Laura und zog sie aus dem Sitz. Das Kind sackte schwer gegen ihren Arm. Dann hörte sie Schritte.

Schritte auf Kies.

Das Kind an sich gepreßt fuhr sie herum. Durch den

Birchenbacherschen Garten kam etwas auf sie zu, eine dunkle Gestalt.

Die Gestalt blieb stehen.

»Hallo?« fragte sie. »Doris? Bist du das, Doris? Was ist denn los?«

Es war Agnes Birchenbacher.

Doris tat einen tiefen Atemzug. Sie stieg über das Bündel auf dem Boden, dann rannte sie ihrer Freundin entgegen.

»Ist das Laura?« sagte Agnes. »Gott, Doris, dein Gesicht! Um Himmels willen, was ist denn passiert!«

»Nachher«, sagte Doris. »Das Kind, Agnes, erst das Kind, er hat ihr was gespritzt –«

Agnes starrte an Doris vorbei in die Dunkelheit.

»Was ist denn das«, flüsterte sie. »Was liegt denn da, am Auto.«

»Laß den jetzt,« sagte Doris ungeduldig, »der macht jetzt nichts mehr. Agnes, das Kind, du mußt das Kind untersuchen, du bist doch Kinderkrankenschwester.«

Agnes holte einmal tief Luft.

»Ja«, sagte sie. »Ich bin Kinderkrankenschwester. Gib sie mir.«

Sie legten Laura aufs Sofa, dann wischte Agnes sich ihr blondiertes Haar aus dem Gesicht und sah das Kind aufmerksam an. Sie wirkte jetzt vollkommen beherrscht.

»Was hat er ihr gegeben?« fragte sie.

»Das«, sagte Doris.

Ohne aufzusehen, nahm Agnes ihr die Ampullenpackung aus der Hand. »Wann?«

Doris sah auf die Uhr. Es war kurz vor halb acht.

»Vor einer halben Stunde«, sagte sie. »Noch nicht einmal eine halbe Stunde, unglaublich –«

»Wieviel hat sie bekommen?«

»Ich weiß es nicht genau, aber ich denke, eine Ampulle... Gott, Agnes, ist das zu viel gewesen?«

Agnes antwortete nicht. Sie sah das Kind an.

Laura war bleich. Bläuliche Schatten lagen unter den Augen und in den Augenwinkeln. Ihr Atem ging langsam, aber ruhig. Agnes zog vorsichtig die Lider hoch. Dann fühlte sie Lauras Puls.

»Der Notarzt«, sagte Doris. »Natürlich. Wir müssen den Notarzt rufen.«

Agnes richtete sich auf.

»Sie wird gleich aufwachen, Doris«, sagte sie. »Das Zeug hier, das ist ein ganz normales Betäubungsmittel, für leichtere Operationen. Es wirkt etwa eine halbe Stunde. Klar, es kann immer mal Nebenwirkungen geben, bei Asthmatikern oder Leuten mit Herzschwäche, aber die treten dann für gewöhnlich früher ein.«

»Du meinst, sie ist okay?« sagte Doris.

Agnes nickte.

»Ganz okay, Doris, wirklich.«

Doris' Knie begannen zu zittern.

»Ich glaube, ich muß kotzen«, sagte sie.

»Setz dich da hin«, sagte Agnes. »Leg die Füße hoch, auf die Sessellehne... und den Kopf tief, ja, genau so. Warte. Ich hol dir einen Schnaps. So, wie du aussiehst, bräuchtest eher du einen Notarzt.«

Doris schloß die Augen. Sie hörte Agnes nur undeutlich. Das Klirren und Gluckern und Knacken von Schranktüren, Gläsern, Flaschen schwoll an und ab, als drehe jemand an der Tonstärkeregulierung des Fernsehers. Agnes stellte eine Flasche hin. Es hallte in Doris' Kopf wie ein Schuß. Dann roch es nach Schnaps. Doris setzte sich auf und trank.

»So, schon bissel besser, gell«, sagte Agnes. »Jetzt dreh mal den Kopf – ja. Genau kann ich's natürlich nicht sagen, ohne zu röntgen, aber ich denk, die Nase ist gebrochen. Das war der Kerl da draußen, was? Und wer ist das nun also?«

Doris betrachtete zum ersten Mal an diesem Abend bewußt ihre Nachbarin.

Agnes, so stellte sie mit Erstaunen fest, war nicht im geringsten außer Fassung. Sie war allein mit zwei Verletzten, auf der Straße vor ihrem Haus lag ein bewußtloser blutender Mann im Dreck, und sie wußte überhaupt nicht, was passiert war. Aber Agnes Birchenbacher, die schwächliche Gattin des Herrenoberbekleiders Hans A., blieb bei alledem so kalt wie eine Hundeschnauze.

Sie war gelassener als Doris, wenn man es genau nahm.

Und dann wachte Laura auf. Sie öffnete einfach die Augen. Sie sah Doris an. Dann streckte sie sich, wie nach einem Schlaf.

»Durst«, sagte sie.

Doris nahm Lauras Hände. Sie legte ihr Gesicht auf Lauras Bauch. Sie streichelte das rote Haar. Sie heulte.

Agnes holte etwas zu trinken. Laura trank zwei Gläser Mineralwasser, dann legte sie sich wieder hin und machte die Augen zu. Einen Moment später schlief sie.

»Das passiert oft nach einer Betäubung«, sagte Agnes. »Daß die Kinder einfach wieder einschlafen. Wahrscheinlich wird sie bis morgen früh durchschlafen, und das ist auch das beste. Wir können dann immer noch mit ihr zum Arzt gehen, wenn du willst. Und jetzt erzählst du mir vielleicht endlich, was überhaupt passiert ist?«

»Ja«, sagte Doris. »Jetzt ja. Himmel, bin ich froh. Ach Agnes. Ich bin so froh. Daß der Kerl sie nicht ernstlich verletzt hat – Lauras Vater. Es war Lauras Vater. Er hat ihr das Zeug da gespritzt. Er wollte Laura holen. Entführen. Er ist in mein Haus gekommen. Ich konnte gar nichts machen, weil er ja Laura bedroht hat. Aber dann habe ich ihm natürlich mit dem Hammer eins auf den Kopf gegeben. Sobald ich eben konnte.« Sie fing wieder an zu heulen.

»Mit einem *Hammer*?« sagte Agnes. Ihre Beherrschung zeigte haarfeine Risse.

»Ja«, sagte Doris schniefend, »ja, natürlich mit einem Hammer. – Ach so. – Nein, ich habe die Schöpflein nicht erschlagen, Agnes, das war doch er! Der Kerl da draußen, der vor dem Auto liegt, Lauras Vater! Er hat es selber gesagt. Das mit dem Hammer, das war ja der reine Zufall, das war der Hammer für die Schnitzel, die Dinger scheinen irgendwie immer griffbereit herumzuliegen. Und ich habe ihn auch nicht totgeschlagen. Er hat ja noch geatmet. Deswegen habe ich ihm vorsichtshalber noch was gespritzt, von den Ampullen –« Sie hielt inne. »Verdammt«, sagte sie. »Aber dann muß er ja auch jeden Moment aufwachen. Die halbe Stunde ist doch bestimmt schon um. Womöglich ist er schon wach – oder vielleicht auch nicht, ich habe ihm ja gleich zwei Spritzen gegeben –«

Agnes ging in die Diele.

»Wir müssen die Polizei anrufen«, sagte Doris.

»Er liegt noch da, glaube ich«, sagte Agnes. »Man sieht nicht viel vom Fenster hier. Aber wenn er aufwacht...« Sie überlegte einen Moment, dann ging sie zur Tür. »Laß uns mal eben nachsehen«, sagte sie.

»Bist du verrückt?« sagte Doris.

»Wieso? Bis die Polizei hier ist, das dauert doch ewig. Willst du, daß der Kerl uns inzwischen aufwacht und abhaut und dann womöglich dasselbe noch mal versucht?«

Nein, das wollte Doris nicht.

»Also, dann müssen wir ihn schnappen«, sagte Agnes. »Warte mal. Vorsichtshalber werden wir eine von Hans' Waffen mitnehmen.« Sie ließ Doris stehen und rannte die Treppe hinauf. Kurz darauf kehrte sie mit einem Jagdgewehr zurück.

»Da«, sagte sie zu Doris. »Das nimmst du. Und ich nehm die Schals hier mit, die trag ich sowieso nicht mehr. Damit können wir ihn subber fesseln.«

Draußen hatte der Nebel sich verdichtet. Der Wagen stand dunkel am Straßenrand, mit offener Tür. Der Mann war noch da. Er lag auf der Seite, genau wie Doris ihn verlassen hatte.

»Gut«, sagte Agnes. »Schnell jetzt.« Sie packte ihn an den Schultern und drehte ihn auf den Bauch. Dann band sie seine Handgelenke mit einem ihrer Seidentücher zusammen. Doris kannte das Tuch. Hermès, irre teuer. Früher hatte Agnes es oft getragen, zu ihrem dunkelblauen Kostüm. Früher, als Agnes noch Kostüme zu tragen pflegte. Jetzt zog sie sorgsam den Knoten fest, faßte den Mann mit geübtem Krankenschwesterngriff unter die Schultern und rollte ihn auf den Rücken.

»Jetzt die Beine«, sagte sie – und stutzte. Sie beugte sich tiefer über den Bewußtlosen. Dann kippte sie ihn seitlich und griff nach seinen gefesselten Handgelenken.

»Was ist denn«, sagte Doris. »Was machst du da?«

»Ich such nach dem Puls. Aber da ist nichts.«

Sie ließ ihn wieder zurückrollen und zog seine Lider hoch.

»Scheiße«, sagte sie. »Zu dunkel. Komm, wir bringen ihn rein.«

»Bist du verrückt?« schrie Doris auf. »Ins Haus?«

»Ich will kein Verfahren kriegen wegen unterlassener Hilfeleistung«, sagte Agnes. »Los, hilf mal.«

Der Mann war furchtbar schwer. Doris faßte ihn unter den Armen, Agnes nahm seine Beine, aber sie bekamen ihn nicht einmal vom Boden hoch.

»Ich versuch's mal auf deiner Seite«, sagte Agnes, »und du auf meiner. Aber ich glaub wirklich, der ist tot.«

»Verdammt«, sagte Doris. »Au verdammt, verdammt, verdammt.«

»Nochmal«, sagte Agnes. »Hauruck. Los.«

Sie schafften zwei Meter, dann ließ Doris die Beine fallen.

»Ich habe einfach keine Kraft«, sagte sie. »Tut mir leid. Ich schaffe es nicht, Agnes.«

»Es hat so auch gar keinen Zweck«, sagte Agnes. »Leg ihn ruhig erst mal wieder da hin. Vielleicht hat er ja eine Taschenlampe.«

Sie griff ins Wageninnere, öffnete die Beifahrertür und begann das Handschuhfach zu durchwühlen.

»Na also«, sagte sie nach einem Moment.

Der dünne Lichtstrahl einer Stablampe fiel auf das Gesicht des Mannes. Es war blutverschmiert. Agnes betrachtete ihn, dann zog sie erneut die Lider hoch. Sie ließ sich auf die Knie nieder und legte das Ohr gegen sein Herz. Dann richtete sie sich auf.

»Tja«, sagte sie. »Der ist tatsächlich tot, Doris, da läßt sich nichts machen. Der ist mausetot.«

»Verdammt«, sagte Doris. »O verdammt. Und ich habe ihn umgebracht.« Sie verknotete ihre Hände ineinander, bis die Gelenke knackten, dann biß sie auf die Fingerknöchel.

»Naja, so schlimm ist es auch wieder nicht«, sagte Agnes. »Ich meine, es blieb dir ja nichts anderes übrig, oder? Unter den Umständen!«

»Ich hätte ihm die Spritzen nicht wirklich geben müssen! Der Hammer und die Spritzen, das war zuviel, verdammt, verdammt, verdammt, ich habe ihn umgebracht, was mache ich denn jetzt?«

Sie schlug die Hände vors Gesicht und ließ sie mit einem Stöhnen sinken. Ihr gebrochene Nase vertrug keine theatralischen Gesten.

»Ich sag dir was«, sagte Agnes. »Erstmal muß der Kerl hier von der Straße weg, dann überlegen wir ganz in Ruhe. Aber jetzt, hier – wenn jetzt einer kommt und uns sieht, dann ist das eine ganz blöde Situation. Am besten bringen wir ihn in unsere Doppelgarage. Da ist Platz, Hans hat ja sein Auto mitgenommen. Laß mich mal überlegen. Wir bräuchten was... am besten wär eine Schubkarre oder so. Heidenreichs haben eine. Die werden wir holen.«

Doris starrte Agnes verständnislos an.

»Also, Doris, du weißt doch, was ich meine. Die Schubkarre eben! Die antike Schubkarre, das alte Ding mitten im Garten, wo Heidenreichs im Sommer immer ihre Geranien drinhaben. Jetzt steht sie natürlich im Schuppen. Aber das macht nichts. Ich hab den Schlüssel.«

»Du?« sagte Doris.

»Ja, klar. Ich hab auch den Schlüssel zum Haus. Weil ich doch direkt gegenüber wohn und alles beobachten kann, und da seh ich halt nach dem Rechten, wenn sie nicht da sind. Also. Du gehst jetzt rein zu Laura, und ich hol die Karre.«

Laura hatte sich umgedreht. Sie lag jetzt auf der Seite, ihr Atem ging ruhig. Doris wagte nicht, sie zu berühren. Sie berührte nur die Luft über ihrem Kopf. Laura schlief. Sie schlief wirklich. Ein wenig Farbe war in ihre Wangen zurückgekehrt, wenn sie erwachte, würde sie rote Kinderschlafbäckchen haben, wie immer. Doris fing an zu weinen. Dann hörte sie wieder mit dem Weinen auf. Sie ging in die Diele und besah sich im Spiegel. Das linke Auge war fast zugeschwollen, die Haut von Braue und Nase geplatzt. Das ganze Gesicht war blutverklebt, vor allem um den Mund herum, wo ihr Blut aus der Nase gelaufen war.

Man würde eine Geschichte erfinden müssen.

Sie würde nämlich nicht die Polizei rufen. Laura würde nicht zum Tod ihres eigenen Vaters befragt werden, dafür würde sie sorgen. Sie würde nicht zum Objekt des Neuendorfer Klatsches werden, sie würde überhaupt von dieser Geschichte verschont bleiben. Das war das mindeste, was sie für das Kind tun konnte.

Die Verletzungen begannen zu schmerzen. Aber das war kein Grund, um endgültig wegzukippen. Wegkippen konnte sie später. Jetzt mußte sie sich zusammenreißen. Sich ein Beispiel an Agnes nehmen.

An Agnes, ausgerechnet!

Deren Mann kein Mörder war.

Zum erstenmal fiel ihr das jetzt ein. Hans war kein Mörder. Sie hatten ihn zu Unrecht verdächtigt. Der Kerl da draußen hatte alles auf dem Gewissen, der Kerl, den sie umgebracht hatte. Lea hatte es gleich gesagt.

Agnes kam zurück, mit der Schubkarre.

Diesmal schafften sie es, den Mann aufzuheben.

»Es ist so gräßlich, ihn anzufassen«, sagte Doris. »Es ist wie mit einer toten Spinne oder sowas. Ich ekle mich. Ich denke immerzu, ich muß kotzen.«

Sie wuchteten ihn in die Schubkarre. Seine Arme und Beine hingen über die Seiten wie etwas aus einem Film. Einem Film über die Pest vielleicht. Sein Kopf schlenkerte hin und her, als Agnes ihn in die Garage fuhr. Doris schloß das Tor hinter ihnen.

Agnes fuhr mit der Hand in seine Jacke.

»Was machst du denn da?« sagte Doris.

»Seine Taschen durchsuchen natürlich«, sagte Agnes. »Da, siehst du? Die Brieftasche. Und was ist das? Flugtickets! Das ist ja ein Ding. Komm, wir sehen uns das drinnen mal an. Es ist zu kalt hier. Vielleicht ist das ja aber ganz gut, dann riecht er nicht gleich —«

Sie setzten sich an den Küchentisch.

»Brasilien«, sagte Doris, die die Flugtickets untersuchte. »Rio de Janeiro, Linie, einfach, Abflug von Frankfurt. Morgen mittag. Stell dir mal vor. — Aber der Name ist anders. Die Namen. Stefan Werner, steht hier. Und Laura Miriam Werner.«

»Ja«, sagte Agnes und starrte auf die Ausweise. »Hier auch. Ein Paß und ein Kinderausweis dazu. — Sag mal, bist du ganz sicher, daß der da draußen Harry ist?«

Doris nickte.

»Er hat es ja gesagt. Er hat gesagt, Laura wäre seine Tochter. Und Lea hat mir mal ein Bild gezeigt. Er ist es. — Aber warum? Warum hat er sie nicht ganz heimlich versucht zu entführen, das frage ich mich? Warum hat er mir sogar noch gesagt, wer er ist?«

»Vielleicht wollte er, daß Lea weiß, wer es getan hat. Vielleicht wollte er sich an ihr rächen, weil sie ihn verlassen hat. Vielleicht wollte er, daß sie leidet.«

Natürlich. *Vielleicht ist Laura für ihn nur ein Ding, das mir gehört und an dem ich mehr hänge als an allem anderem.* Das hatte Lea einmal gesagt. Doris schauderte.

»Es tut mir nicht leid«, sagte sie zu Agnes. »Es tut mir überhaupt nicht leid.«

Agnes schaute von der Brieftasche auf.

»Wie?« sagte sie. »Ach so. Natürlich nicht, warum sollte es dir leid tun?«

»Wir sehen Laura nie wieder, hat er gesagt«, sagte Doris. »Das sollte ich Lea ausrichten. Aber er wollte mich doch umbringen! »

»Vielleicht nicht. Vielleicht wollte er dich bloß narkotisieren und irgendwo in den Wald setzen. Du hättest keine Ahnung gehabt, wo er ist, oder unter welchem Namen er reist. Du hättest gar nichts verraten können. Und bis man dich entdeckt hätte, wäre er längst in Sicherheit gewesen. »

Doris nickte langsam.

»Er hat gesagt, er hat die Schöpflein umgebracht«, sagte sie. »Und das mit Bertram war er auch. Kein Wunder, daß Heimann den Täter niemals entdeckt hat. Agnes, mein Auge tut gemein weh. Auch meine Nase. Hast du vielleicht einen Eisbeutel oder sowas?«

Agnes legte den Kopf schief und betrachtete Doris einen Moment.

»Das hängt jetzt davon ab, ob du die Polizei rufen willst oder nicht«, sagte sie. »Denn wenn du sie rufst, sollten sie dich ruhig erstmal so sehen.«

»Die Polizei«, sagte Doris. »Wenn ich die Polizei rufe, dann kommt Heimann. Stell dir das mal vor. Selbst du hast einen Schreck gekriegt, als ich gesagt habe, ich hätte den Kerl da draußen mit einem Hammer geschlagen! Heimann hatte mich doch sowieso im Verdacht, wegen der Schöpflein und wegen Bertram – und jetzt gehe ich mit einem Hammer auf jemanden los, ausgerechnet mit einem Hammer, und ausgerechnet auf Leas Mann! Und dann hätten wir ihn natürlich gleich rufen müssen. Wir hätten den Kerl nicht in deine

Garage karren dürfen, wie wollen wir das denn erklären!«
Doris schüttelte langsam den Kopf. »Und ich kann nichts
beweisen«, sagte sie. »Daß er die Schöpflein umgebracht hat,
daß er das Kind entführen wollte – nichts.«

»Ja«, sagte Agnes. »Das stimmt allerdings.«

»Und davon abgesehen«, sagte Doris. »Stell dir mal vor,
was Lea dazu sagen wird. Wenn der gesamte Landkreis weiß,
daß Lauras Vater ein Mörder und Sittlichkeitsverbrecher
war.«

»Genug«, sagte Agnes entschieden. »Du hast völlig recht.
Keine Polizei.« Sie stand auf. Doris stand ebenfalls auf.

»Das Auto«, sagte sie. »Sein Auto muß weg. Und die
Leiter. Er ist ja durch Lauras Zimmer gekommen, mit einer
Leiter. Die lehnt doch bestimmt noch an der Hauswand.
Hoffentlich. Der Kerl hat ja die Haustür hinter sich zuge-
schlagen.«

»Also«, sagte Agnes. »Dann mal los.«

»Das ist unsere eigene Leiter«, sagte Doris zu Agnes.

Sie standen im Garten. Es hatte begonnen zu regnen. Agnes
kletterte hinauf und stieg durchs Fenster in die ehemalige
Pathologie, dann schleppten sie die Leiter zurück in den
Schuppen. Es goß mittlerweile in Strömen.

»Das Auto«, sagte·Agnes. »Das Auto muß weg.«

»Ich kann es ja irgendwohin fahren«, sagte Doris, »vielleicht auf den Parkplatz –«

Agnes schüttelte den Kopf.

»Mit deinem Gesicht? Unsinn. Du gehst am allerbesten ins
Bett, Doris. Und ich fahre das Auto in die Stadt.« Ihre Augen
blitzten. »Ins Parkhaus, oben an der Post. Das ist immer fast
voll, da fällt es erstmal nicht auf. Und dann nehme ich ein
Taxi zurück.«

»Ist das nicht viel zu gefährlich? Wenn dich einer sieht!«

»Hast du eine bessere Idee?« fragte Agnes.

Doris schüttelte den Kopf. Sie hatte überhaupt keine Idee

mehr. Mit dem linken Auge konnte sie inzwischen fast nichts mehr sehen, und ihr Kopf hämmerte wie verrückt.

Sie wickelten das Kind in Decken, Agnes spannte einen Schirm auf, dann trugen sie Laura durch die Gärten zurück ins Haus. An der Tür verabschiedete Agnes sich.

»Ich ruf dich kurz an, wenn ich wieder da bin«, sagte sie. »Damit du weißt, daß alles glattgegangen ist. Ich zieh mich nur noch schnell um, dann fahre ich los. Mach dir keine Sorgen, Doris. Du wirst sehen, es kommt alles in Ordnung.«

»Ja«, sagte Doris.

»Und leg Eisbeutel auf!«

Doris nickte.

Auf der Treppe drehte Agnes sich noch einmal um. Das blonde Haar lag ihr in nassen Strähnen ums Gesicht. Sie grinste.

»Ist es nicht gut, daß es regnet?« sagte sie. »Das wäscht das ganze Blut weg, von der Straße!«

Dann winkte Agnes Birchenbacher noch einmal und verschwand in der Dunkelheit zwischen den Büschen. Minuten später hörte man das Anspringen eines Automotors. Ein schwarzer BMW mit Wiesbadener Kennzeichen stieß rückwärts in die Ausfahrt der Birchenbachers, wendete und brauste auf der Umgehungsstraße davon.

Doris legte Laura in ihr eigenes Zimmer, in Bertrams Bett. Sie dämpfte das Licht der Nachttischlampe mit einem Handtuch, dann säuberte sie ihr Gesicht, so gut sie konnte, und legte sich dazu. Sie war entschlossen, keine Minute zu schlafen, bevor nicht Agnes zurückkam.

Sie mußte aber doch eingeschlafen sein. Als endlich das Telefon schrillte, war es nach Mitternacht. Doris brauchte einen Moment, um sich zurechtzufinden. Dann setzte ihr fast das Herz aus. Agnes konnte doch unmöglich erst jetzt zurückgekehrt sein!

Aber da irrte Doris.

»Es ist alles glatt gegangen«, sagte Agnes am Telefon. »Du kannst ganz beruhigt sein. Tut mir leid, daß es so spät geworden ist, aber ich hab einen reizenden jungen Mann kennengelernt, aus Ghana –«

»Du hast was?« sagte Doris entgeistert. »Das ist nicht dein Ernst.«

»Doch, wieso?« sagte Agnes. Sie klang animiert. »Er studiert in Nürnberg. Er war nur übers Wochenende hier. Eigentlich wollte er eine Freundin treffen, aber die hat ihn versetzt. Meinst du, er hat mich wegen der neuen Frisur angesprochen? Oder vielleicht erinnere ich ihn an seine Mutter ...«

»Du warst in einer Kneipe«, sagte Doris. Sie rang um Fassung.

»Ich mußte doch auf das Taxi warten«, sagte Agnes. »Da bin ich eben ins Vertikal gegangen. Das kenn ich, weil ich Udo da früher manchmal abgeholt hab.« Das Vertikal war eine Jugendkneipe. Doris kannte nur die Eingangstür, von außen. Die Tür war lila. Doris gab auf.

»Ich hab jedenfalls noch das Auto durchsucht«, sagte Agnes. »Es war aber nichts weiter drin, nur Kleider, für ihn und für Laura. Die für Laura hab ich mitgenommen. Es sind natürlich lauter Sommersachen, aber sie sind ziemlich groß, also passen sie nächstes Jahr noch. Das ist doch schön für Lea. Da spart sie Geld.«

»Was machen wir denn jetzt mit – mit ihm?« sagte Doris am nächsten Morgen. Sie saßen in Agnes' Küche und frühstückten. Oder besser gesagt, Agnes frühstückte. Doris hatte keinen Appetit. Über ihrem Veilchen trug sie eine Augenklappe, die Nase war blaurot und geschwollen, und über die linke Wange zogen sich dicke Striemen. Sie konnte sich nicht erinnern, schon einmal dermaßen müde gewesen zu sein.

Auch Laura hatte keinen Hunger. Ihr Brot lag unberührt und mit dem Milchglas spielte sie nur, gefährlich nah an der Tischkante.

»Laura, Liebling«, sage Doris sanft, »paß bitte mit dem Glas auf, es fällt gleich runter.«

Laura schob das Glas sofort in die Tischmitte, warf Doris einen schnellen Blick zu, dann legte sie ihre Hände rechts und links neben sich auf den Stuhl. Agnes und Doris sahen sich an. Laura war schon den ganzen Morgen so folgsam. Es war beängstigend.

»Sie ist gesund und munter, körperlich«, sagte Agnes zu Doris. »Sieh es doch erst mal so.«

Doris nickte zögernd. Sie schwiegen. Vom Küchenfenster aus sah man den Teich, ehemals der Stolz Hans A. Birchenbachers.

»Den habt ihr ja noch gar nicht winterfest gemacht«, sagte Doris, nur um irgend etwas zu sagen.

Agnes zuckte die Schultern.

»Der Hans kümmert sich eben um nichts mehr«, sagte sie. »Alles bleibt an mir hängen. Ich hätte echt Lust, das verdammte Ding einfach zuzuschütten –« Sie brach ab. Sie kniff die Augen zusammen und starrte durchs Fenster hinaus auf den Teich.

»Zuschütten«, sagte sie langsam. »Mann, Doris. Das wär doch die Lösung. Einfach zuschütten. Verstehst du?«

»Du meinst«, sagte Doris, »wir sollten ihn in den Teich –?«

Agnes nickte. Dann lächelte sie.

»Und es würde Hans *ärgern*!«« sagte sie.

Sie hatten das Wasser abgelassen, die Teichfolie entfernt und starrten hinab in die Grube.

»Ich glaub, wir müssen das Loch noch tiefer machen«, sagte Agnes. »Wegen dem Geruch. Und wegen den Hunden und Maulwürfen und so –«

»Agnes«, sagte Doris, »hör mal. Irgendwann müssen wir Lea von gestern erzählen, das ist klar. Aber es wäre mir eigentlich lieber, wenn es nicht jetzt gleich sein müßte.«

»Von mir aus«, sagte Agnes. »Aber dann überleg dir mal

schnell eine plausible Geschichte, wie du zu deinem Veilchen gekommen bist.«

»Ja«, sagte Doris. »Zum Glück hab ich noch Zeit bis morgen.«

Im Laufe des Tages schien es ein wenig besser mit Laura zu werden. Sie buddelte und knetete und sang vor sich hin, und bald war sie über und über mit Schlamm beschmiert.

Als gegen Nachmittag Lea zurückkam, schien sie schon beinahe wieder die alte.

»Was macht ihr denn hier draußen bei dieser Kälte?« rief Lea und knallte die Autotür zu. Sie war offensichtlich blendend gelaunt.

Doris fluchte unterdrückt und schlug den Jackenkragen hoch.

»Mir hat's gereicht mit dem Workshop«, rief Lea, während sie über die Wiese heranstapfte, »ich war so unruhig die ganze Zeit, ich weiß auch nicht... Der Teich ist ja leer! Wo sind denn die Frösche?«

Keiner antwortete.

Lea blieb stehen. Dann sah sie Doris' Gesicht. Sie schnappte nach Luft. Gottergeben kroch Doris unter ihrem Kragen hervor.

»Schau nicht so«, sagte sie. »Das war ein kleiner Unfall. Oder so ähnlich. Wir reden vielleicht besser nachher darüber.«

Lea antwortete ihr nicht gleich.

»Wo ist mein Kind«, sagte sie dann.

Laura stand hinter einem Baum. Sie hatte sich vor ihrer Mutter versteckt. Sie stand stocksteif, den Blick zu Boden gerichtet.

»Laura«, sagte Lea.

Laura reagierte nicht.

»Lea, warte mal«, sagte Doris. »Also, wir hatten gestern Besuch. Von Harry. Er, äh. Er ist in der Garage.«

»In der Garage?« sagte Lea.

»Ja«, sagte Doris. »Er ist – in einer Schubkarre, weißt du.«

Lea ließ kein Auge von Laura. Aber ihr Mund war ganz weiß geworden.

»Okay«, sagte sie. »Nachher.«

Dann ging sie langsam auf ihre Tochter zu. Laura starrte noch immer zu Boden. Sie muckste sich nicht. Lea näherte sich ihr so vorsichtig wie einem wilden Kaninchen.

»Laura«, sagte sie. »Laura.«

Laura begann zu rennen. Sie rannte mit gesenktem Kopf und geschlossenen Augen, stolperte, prallte mit voller Wucht gegen Leas Beine und vergrub sich zwischen ihren Schenkeln.

Lea hob ihr Kind hoch. Sie bettete es auf ihren Arm wie ein Baby. Wie ein Neugeborenes, das seinen Kopf noch nicht allein halten kann. Sie grub ihr Gesicht in die roten Kinderlocken. Lauras Arme schlossen sich um ihren Hals. Dann begann Laura zu weinen, in langen mühevollen Schluchzern. Es war ein schrecklich erwachsenes Weinen.

Lea ging mit ihr davon, ohne die anderen noch zu beachten.

»Ich hab ihn ja nie geliebt! Das ist doch das Schlimmste, daß ich ihn von vornherein nicht geliebt hab. Wie konnte ich denn den Mistkerl überhaupt heiraten! Bequemlichkeit, Angst, die billigsten Motive, und dann ermordet er eine alte Dame, und er schlägt auf Bertram ein ... er schlägt dich! Und er versetzt mein Kind in Angst und Schrecken. Er tut meiner Tochter das an! Der Mistkerl! Und er bürdet uns seinen Tod auf ... dir, Doris ...«

Doris streckte den Arm aus und tastete im Dunkeln nach Leas Hand. Es war drei Uhr früh. Laura schlief, in Agnes' Obhut. Doris und Lea saßen auf einer alten Luftmatratze im Birchenbacherschen Garten und bewachten Harry vor streunenden Hunden. Harry lag in einer tiefen Grube im Boden des Teiches, unter einer Schicht Teichfolie. Sie waren todmüde.

»Es war das Asthma«, sagte Lea. »Er hatte ja manchmal

Asthmaanfälle... Aber das konntest du schließlich nicht wissen, als du ihm die Spritze gegeben hast! Daß man mit Asthma dieses Zeug nicht verträgt!«

»Selbst wenn ich es gewußt hätte«, sagte Doris, »hätte ich wohl kaum den Zettel mit den Kontraindikationen gelesen.«

Lea zog den Mantel fester um sich. Es war bitterkalt. Aber wenigstens war die Erde noch nicht gefroren.

»Was meinst du, Lea«, sagte Doris, »wird Laura womöglich mal irgendwem was erzählen?«

Lea schüttelte den Kopf.

»Was sollte sie denn sagen? Daß ihr Vater sie entführen wollte? Solche Worte kennt sie doch gar nicht, sie hat gar kein Vokabular für so eine Geschichte. Das ist ja das Problem. Wie wird man mit etwas fertig, für das man keine Worte hat...«

Doris nickte.

Sie schwiegen.

»Ich bin froh, wenn wir das alles hinter uns haben«, sagte Lea dann.

»Ich auch«, sagte Doris. »Das kannst du mir glauben. Es geht an die Nerven, und es ist auch eine verdammte Plackerei. Dieses Graben! Ich bin doch nicht Dr. Dig!«

»Wer?« sagte Lea entgeistert.

Doris winkte ab.

»Ach nichts«, sagte sie. »Nur Science fiction.«

Sie brauchten noch den ganzen nächsten Tag, um den Teich vollständig zu füllen. Die Erde dafür karrten sie mit der Schubkarre aus dem Neubaugebiet heran, wo die Dreckberge von den Baugruben der Doppelhäuser noch nicht alle abgetragen worden waren. Sie trampelten sie fest, dann ging Agnes in ihren Keller und kam kurz darauf mit einem Eimer Blumenzwiebeln zurück.

»Es ist schon etwas spät im Jahr«, sagte sie, während sie Tulpenzwiebeln, Schneeglöckchen und Narzissen in die frische Erde drückte. »Aber wenn sie trotzdem kommen, sieht es sicher sehr hübsch aus, so ein Frühlingsbeet hier in der Mitte. Und sonst leg ich eben einen Steingarten an. Das wollte ich schon lange mal probieren.«

In der kalten, nassen Novemberdämmerung sahen sie einander an.

»Können wir jetzt reingehen und was Heißes trinken?« sagte Doris.

»Klar«, sagte Agnes. »Grog.«

»Halt«, sagte Lea. »Ich hab ganz vergessen … Das Auto. Wir müssen doch noch das Auto wegschaffen.«

»Wieso?« sagte Agnes. »Laß es doch im Parkhaus stehen. Es ist auf einen falschen Namen gemietet, selbst wenn sie es irgendwann finden, haben wir nichts damit zu tun.«

»Aber die Fingerabdrücke«, sagte Lea. »Harrys Fingerabdrücke sind dran. Die erkennen sie gleich. – Und dann sind sie auch gleich bei mir.«

»Scheiße«, sagte Doris. »Du hast recht.«

»Wieso?« sagte Agnes. »Wieso erkennen die Harrys Abdrücke?«

»Weil«, sagte Lea, »mein verstorbener Exgatte ein Kinderschänder war.«

»Oh«, sagte Agnes. »Ja dann –«

Doris hatte angeboten, den Wagen selbst zu beseitigen, aber Lea hatte abgewinkt. »Du hast echt schon genug getan, Doris«, hatte sie gesagt. »Schließlich, du hast ja die Hauptarbeit gemacht, nicht wahr?«

Agnes war derselben Meinung gewesen, und Doris hatte nicht ungern nachgegeben. Sie hatte das Kind ins Bett gebracht und sich vor den Fernseher gesetzt: Das ARD wiederholte gerade Agatha Christies Miss-Marple-Filme, und die hatte sie immer ganz unterhaltsam gefunden. Sie schaltete den Apparat an und stellte den Ton leise, damit sie weiterhin alle Geräusche im Haus wahrnehmen konnte.

Dann begriff sie mit einem Schlag. Dergleichen Vorsichtsmaßnahmen waren ja gar nicht mehr nötig! Der Mörder war tot. Er lag metertief unter der Erde in Birchenbachers Garten, unter Bauschutt und Erde und Teichfolie und mehreren Lagen Blumenzwiebeln. Sie waren frei. Der Spuk war vorüber.

Gemessen am Grad ihrer Erleichterung mußte der Stein, der auf ihr gelastet hatte, die Ausmaße eines mittleren Findlings besessen haben. Sie fühlte sich unsäglich müde. An Fernsehen war gar nicht mehr zu denken, nicht einmal an Waschen und Zähneputzen. Sie war so müde, daß sie es kaum noch die Treppe hinauf schaffte. Sie streifte die Schuhe ab, dann ließ sie sich auf ihr Bett fallen, und sie war eingeschlafen, bevor noch ihr Kopf das Kissen berührt hatte.

In derselben Nacht fuhr Agnes Birchenbacher den schwarzen BMW ein zweites Mal. Gefolgt von Leas Kombi, erklomm er die Hänge des Thüringer Waldes, bog von der Hauptstraße in immer kleinere Nebenstraßen ein, holperte zuletzt einen Waldpfad entlang und kam schließlich am Ufer eines ebenso idyllischen wie unberührten Bergsees zum Stehen.

Das Wasser war dunkel. Es war tief. Es trug schon eine dünne Eisdecke. Bald würde es zufrieren, zuschneien und all die langen Wintermonate hier oben schneebedeckt bleiben.

Sie stiegen aus.

»Im Sommer kommt hier kaum einer her«, sagte Agnes. »Und im Winter schon gar nicht.«

Der BMW war ein Automatikwagen. Alles verlief einfach und völlig problemlos. Sie warteten, bis er völlig verschwunden war und die stille Oberfläche nur noch die Wintersterne widerspiegelte, dann stiegen sie in Leas alten Kombi.

»Eine Schweinerei von uns«, sagte Lea. »Wegen der Umwelt, meine ich jetzt.«

»Ja«, sagte Agnes. »Aber ein Glück, daß die Grenze weg ist, nicht wahr? Hast du zufällig einen Flachmann dabei?«

»Im Handschuhfach«, sagte Lea. Dann machten sie sich wohlgemut auf den Heimweg.

Doris und Lea lachten.

Sie lachten schon den ganzen Morgen, über gar nichts und alles, aus reiner Erleichterung. Sie saßen mit Agnes und Laura in Doris' Küche bei einem späten Frühstück und aßen mit Appetit. Nicht einmal während der Partyvorbereitungen waren sie dermaßen unbeschwert gewesen.

Die gute Laune übertrug sich auch auf Agnes und Laura. Laura war regelrecht aufgekratzt, vor allem aber hatte sie heute morgen schon mehrmals versucht, ihren Kopf unter allen Umständen durchzusetzen, was unter den gegebenen Umständen zweifelsohne als Zeichen innerer Genesung gewertet werden konnte.

»Also«, sagte Lea, »wenn ich mir das vorstelle! Über Jahre hinweg hat mich der Kerl terrorisiert! Und dann die letzten Monate, der Mord an der Schöpflein, und Bertram, und unsere Angst... und jetzt ist mit einemmal Schluß. Einfach Schluß! Ich kann es noch kaum fassen! Wirklich, das habt ihr alles sehr vernünftig gemacht.«

»Stimmt«, sagte Agnes. »Das finde ich auch.«

»Garantiert hat Harry auch dein Puppenhaus kaputt gemacht«, sagte Lea. »Ich trau ihm jetzt alles zu, er zerstört eben gern, das ist es ja. Oder das war es. Das war es, jawohl.«

»Du jedenfalls«, sagte Doris zu Agnes, »du hast dich einfach super gehalten. Ehrlich, Agnes, das hätte ich dir nie zugetraut.«

Agnes stand auf und begann, das Geschirr abzuräumen.

»Ich auch nicht«, sagte sie. »Aber irgendwie – also, ich muß sagen, irgendwie – wenn sowas passiert, das verändert einen. Also, wenn das alles nicht passiert wäre, dann wäre ich auch nicht so gewesen. Also, ich hätte dann natürlich auch nicht so sein müssen, aber ich hätte auch nie gewußt, daß ich so sein kann, wenn etwas passiert –« Verwirrt hielt sie inne. »Ich kann es nicht erklären«, sagte sie zu Doris. »Aber denk nur, wir beide, ganz allein! Wir haben es alles ganz allein hinter uns gebracht, ohne einen Mann, ohne die Polizei!«

»Das hätten wir gleich versuchen sollen«, sagte Lea, »anstatt auf diesen Heimann zu bauen... ich meine, warum den Staat einschalten, wenn sich die Dinge des Lebens soviel leichter und bequemer ohne ihn erledigen lassen? Du hast es gleich gesagt, Doris, und du hast recht gehabt. Wir hätten schon viel früher handeln sollen.«

»Ja, aber dann hätten wir den Falschen erwischt«, sagte Doris. »Wir dachten ja, es wäre –«

Sie verstummte.

»Na Mahlzeit«, sagte Lea. Agnes sah von einer zur anderen.

»Also, wer denn?« sagte sie mit Schärfe. »Wer war es denn, eurer Meinung nach? Los, raus mit der Sprache.«

Lea seufzte.

»Na, dein Mann doch«, sagte sie. »Der Hans natürlich... wer denn sonst.«

Mitten in das Schweigen hinein klingelte es an der Haustür. Doris stand auf, um zu öffnen.

Vor der Tür stand Angela Fahrensdorff. Ihre Schwester.

»Wie siehst du denn aus?« sagte Angela statt einer Begrüßung. »Hat dich ein Preisboxer in der Mangel gehabt?«

8. Kapitel

Eheglück

»Sehr witzig, wie immer«, sagte Doris. »Ich bin die Keller-
treppe runtergestürzt, für den unwahrscheinlichen Fall, daß
es dich tatsächlich interessiert. – Lea, Agnes, das ist meine
Schwester Angela. Angela, das ist Lea Hattinger. Und ihre
Tochter Laura. Sie wohnen zur Zeit hier. Und das ist Agnes
Birchenbacher, meine Nachbarin.«

»Hallo«, sagte Angela. »Und danke für den warmen Will-
kommensgruß. Könnte ich einen Kaffee haben, bevor du
mich rauswirfst, Schwesterherz? Ich bin nämlich völlig im
Eimer. Ich bin ja schon seit fünf Uhr früh unterwegs.«

Der Kaffee war alle. Doris füllte die Maschine mit Wasser,
wechselte den Filter und holte eine Tasse. Zumindest mußte
sie so lange nichts sagen.

»Ich habe das ganze Wochenende versucht, dich anzurufen«, sagte Angela. »Mindestens fünfmal habe ich auf deinen
Anrufbeantworter gequatscht. Hörst du das blöde Ding eigentlich nie ab, oder hattest du keine Lust, mich zurückzuru-
fen? Wo hast du denn gesteckt?«

Wo sollte sie schon gesteckt haben? Hier auf dem Land
passierte doch nicht viel. Sie hatte lediglich einen Mann erschlagen und seine Leiche im Gartenteich vergraben, aber
sonst war nichts Besonderes losgewesen.

Doris drehte sich um und betrachtete ihre Schwester. Angela sah mal wieder blendend aus. Sie war ganz in Schwarz,
schwarze schmale Hose, schwarzes Leinenhemd, schwarze
Turnschuhe mit dicken Sohlen. Und sie hatte eine neue Frisur. Einen blonden Fransenschnitt, topaktuell. In den Siebzi-

gern hatte man dergleichen Löwenmähne genannt. Doris wandte sich wieder ab.

»Warum hätte ich dich anrufen sollen?« sagte sie. »Du hast dich doch kein einziges Mal bei mir gemeldet, seit du in Hamburg bist. Erst jetzt, wo du was willst, hört man plötzlich von dir. Aber das ist eben typisch für dich. Einfach aufzukreuzen, selbst auf die Gefahr hin, unerwünscht zu sein. Was hättest du denn gemacht, wenn ich nicht dagewesen wäre?«

»Ich wäre in ein Hotel gegangen natürlich«, sagte Angela erstaunt. »Und dann hätte ich gewartet, bis du wiedergekommen wärst. Aber ich habe mir gedacht, du bist bestimmt da. Wo Bertram doch noch immer im Krankenhaus liegt.« Sie unterdrückte ein Gähnen, dann streckte sie sich. »Es dauert ehrlich eine Ewigkeit, bis man mit dem Zug bei euch ist«, sagte sie. »Was sagt denn die Dorfwelt zu deinem neuen Haarschnitt? Sieht gar nicht nach dir aus. Gefällt mir aber, echt. Auch das Schwarz. Hatte ich ja auch mal, früher.«

Das stimmte. Das hatte Doris gar nicht bedacht. Sie ärgerte sich.

»Da bin ich aber froh, daß mein Styling dein Wohlwollen findet«, sagte sie.

Angela verdrehte die Augen.

»Sauertöpfisch wie immer«, sagte sie. »Na, keine Sorge, liebe Schwester, ich bleibe nicht lange. Ich würde dir auch nicht auf die Nerven fallen, wenn ich wüßte, wo ich sonst hin soll. Aber mir wird schon zügig was einfallen. Bei Henriette und Richard halte ich es nicht länger aus.«

»Findest du das nicht undankbar?« sagte Doris. »Immerhin hast du den ganzen Sommer und Herbst da gewohnt. Und ich bin sicher, Henriette hat sich für dich quergelegt, jede Minute. Für *Angela*! Ihren *Liebling*!«

»Ich wäre wirklich froh, wenn du mal endlich mit diesem alten Genöle aufhören könntest«, sagte Angela, eher gelangweilt als ärgerlich. »Dann war ich eben Mamas Liebling, ja und? Ich bin ihr nie in den Hintern gekrochen, um ihr Liebling zu sein. Du warst diejenige, die sich alles hat bieten lassen.«

An diesem Punkt der Entwicklungen erhob sich Agnes Birchenbacher. Sie nickte einmal kurz in die Runde, dann war sie weg. Lea und Doris wechselten einen Blick, dann stand Lea auf.

»Laß«, sagte Doris. »Klärungsversuche machen die Sache womöglich noch schlimmer. Was gesagt ist, ist gesagt.«

»Soll ich vielleicht lieber rausgehen?« sagte Angela. »Ich will mich weiß Gott nicht in eure Geheimnisse einmischen.«

Sie stand auf und ging zum Fenster. Dann kam sie wieder zurück zum Tisch. Dann setzte sie sich auf ihren Stuhl und stützte den Kopf auf die Hände. Ihr Mund zuckte. Fast hätte man meinen können, sie sei den Tränen nah.

Aber das war natürlich Unsinn. Natürlich heulte Angela nie. Sie war schon immer zäh gewesen wie ein alter Lederhandschuh. Zäh und schön und glanzvoll und begabt.

Und ihre Fingernägel waren abgebissen bis aufs Fleisch.

Doris mußte plötzlich gegen einen Kloß in ihrer Kehle anschlucken. Angela hatte schon als Kind Nägel gekaut. Eine Zeitlang hatte Henriette ihr jeden Morgen und Abend dieses übelriechende bittere Zeug auf die Finger gepinselt, um sie daran zu hindern, aber das hatte natürlich gar nichts genützt. Angela hatte erst recht weitergekaut, mit ekelverzerrtem, trotzigem Gesicht, den Blick starr auf ihre Mutter gerichtet.

In den letzten Jahren war sie natürlich immer perfekt maniküırt gewesen.

Unauffällig betrachtete Doris ihre Schwester noch einmal, während sie Schlüssel und Geldbörse in ihre Tasche stopfte. Jetzt konnte sie es sehen, trotz der neuen Frisur von Tony & Guy und der schicken Klamotten: Angelas Glanz war weg. Der Lack war ab, in mehr als einer Beziehung. Es war, als läge eine dünne Staubschicht auf ihr.

Doris ging in die Diele und zerrte den Wintermantel von der Garderobe.

»Ich muß zum Arzt«, sagte sie. »Und zu Bertram ins Krankenhaus.«

»Grüß ihn von mir«, sagte Angela. »Sag ihm, morgen komme ich mit.«

Doris nickte. Eine Weile stand sie in der offenen Haustür und überlegte, ob sie den Schirm mitnehmen sollte. Dann ging sie noch einmal in die Küche zurück.

»Vielleicht«, sagte sie zu ihrer Schwester, »solltest du dich erstmal ein bißchen hinlegen. Und wenn ich zurückkomme, trinken wir Tee.«

Die Nase war tatsächlich gebrochen. Der Arzt zeigte Doris die Stelle auf dem Röntgenbild. Beim Anblick der kleinen schwarzen Lücke zwischen dem Weiß der Knochen, die sich leicht übereinanderschoben, wurde ihr einen Moment lang ganz flau im Magen. Dann schossen ihr unwillkürlich Tränen in die Augen.

»Sagen Sie mal«, sagte der Arzt betont angelegentlich, »die Striemen da auf Ihrer Wange, und dann das Röntgenbild hier – das mit dem Sturz, das stimmt doch nicht? Da hat Sie doch einer geschlagen?«

Doris erschrak bis ins Mark.

»Wie kommen Sie denn nur auf so was!« sagte sie, mit ganz und gar uncharakteristischer Stimme. »Wer sollte mich denn geschlagen haben, ich bitte Sie! Sagen Sie mir lieber, was jetzt passiert? Werde ich vergipst? Geschient? Oder muß ich mein Leben lang mit Boxernase rumlaufen?« Sie hielt inne, von sich selbst angewidert. Sie *zwitscherte* regelrecht, das war ja wohl wirklich das Letzte.

Der Arzt betrachtete sie mißtrauisch.

»Keineswegs«, sagte er schließlich. »Von Boxernase kann keine Rede sein. Der Bruch ist nicht gravierend genug, um Ihr Aussehen nachhaltig zu beeinträchtigen. Voraussichtlich wird alles glatt abheilen. Ich denke sogar, wir werden überhaupt nichts unternehmen.« Er räusperte sich. »Sie haben

Glück gehabt. Überlegen Sie sich aber bitte, daß es das nächste Mal vielleicht weniger glimpflich ausgehen könnte. Wenn Sie also irgendwann die Röntgenaufnahmen doch noch mal brauchen sollten, vielleicht für eine Anzeige –«

»Haben Sie vielen Dank«, zwitscherte Doris und streckte ihm die Hand über den Tisch entgegen. »Ich bin dann für heute wohl fertig, nicht wahr? Ich hab's nämlich eilig, mein Mann liegt im Krankenhaus, wissen Sie –«

Der Arzt hob abrupt den Kopf. »Ach!« sagte er.

Doris merkte, daß sie rot wurde.

»Nein«, beeilte sie sich zu erklären, »das hat mit meiner Nase gar nichts zu tun, verstehen Sie, sondern mein Mann, dem wollte jemand mit einem Ast – ich meine, er hatte diesen Jagdunfall – also – ich gehe dann erstmal, nicht wahr, und schönen Dank auch!« Fluchtartig und mit glühenden Wangen verließ sie die Praxis.

»Der Professor«, sagte Bertram, »will mich zum Wochenende nach Hause lassen. Wenn es dir nicht zu beschwerlich ist mit mir –?«

»Unsinn«, sagte Doris. »Ich richte dir das Gästezimmer her, ja? Weil du dann keine Treppen zu steigen brauchst, mit dem Gips.«

»Ja«, sagte Bertram. »Das wäre bestimmt am besten.«

»Ich freue mich, daß du heimkannst«, sagte Doris.

»Ja«, sagte Bertram.

Eine Weile schwiegen sie.

»Angela ist heute gekommen«, sagte Doris. »Zu Besuch, überraschend. Sie läßt dich grüßen. Ich weiß nicht, wie lange sie bleibt...«

»Mich stört sie nicht«, sagte Bertram. »Wenn es dir nicht zu voll wird im Haus? Früher wolltest du doch immer deine Ruhe.«

»Ja«, sagte Doris. »Das stimmt wohl. Wir wollten beide unsere Ruhe.«

»Ja«, sagte Bertram.

»Sag mal«, sagte Doris später. »Was ich dich schon länger fragen wollte. Damals, als du oben in der Werkstatt warst. Als ich dachte, du hättest was an meinem Puppenhaus gemacht. Was wolltest du da eigentlich wirklich?«

»Nachsehen, ob noch Platz ist für die Sachen aus der Pathologie«, sagte Bertram. »Für die Sachen von meinem Vater.«

»Ah«, sagte Doris.

»Ja«, sagte Bertram.

Er sah aus dem Fenster.

Doris sah auch aus dem Fenster.

»Aber warum hast du mir das nicht gleich gesagt?« fragte Doris.

»Du hast nicht gefragt«, sagte Bertram. »Und es hätte doch auch nichts geändert.«

»Ja«, sagte Doris. »Es tut mir leid, weißt du.«

»Schon in Ordnung«, sagte Bertram.

Doris stand auf, um die Äpfel zu waschen, die sie mitgebracht hatte.

»Da oben ist Platz«, sagte sie dann. »Auf dem Dachboden, meine ich. Da ist jede Menge Platz, für alles, was du vielleicht aufheben willst.«

»Schon gut«, sagte Bertram. »Es ist ja nicht so wichtig.«

Wenig später ging Doris nach Hause.

Zum Abendessen machten Lea und Angela einen italienischen Risotto. Laura war schon im Bett. Doris öffnete den Wein.

»Zum Glück habe ich wenigstens meine Wohnung vermieten können«, sagte Angela. »An einen Amerikaner. Aber nur bis Januar, blöderweise, danach muß ich weitersehen.«

»Wohnung!« sagte Doris zu Lea. »In Wirklichkeit handelt es sich um ein entzückendes Haus in den Londoner Mews. *Very artistic.*« Sie sprach ohne besondere Schärfe, fast automatisch. Es war eine Art Gewohnheit. So sprach sie nun mal mit Angela, schon seit Jahren.

Angela war ja auch nicht anders.

Lea schüttelte den Kopf.

»Es geht mich nichts an«, sagte sie, »aber ihr solltet froh sein, daß ihr einander habt. Ich bin ein Einzelkind, und ich fand das immer ganz traurig... Ich wollte immer lieber einen großen Bruder haben, allerdings. Der mich vor allen verteidigt hätte...«

Der Risotto war gut. Alle aßen eine Menge.

»Verteidigt hat Doris mich schon«, sagte Angela. »Zumindest, als wir noch klein waren. Weißt du noch, Doris, wie Jens mich damals geschubst hat? Ich hab mir den Vorderzahn angeschlagen. Ich war höchstens sieben, und Jens war älter als du, aber Mann, hast du den verdroschen!«

»Stimmt«, sagte Doris. »Und einen Verweis habe ich mir damit eingehandelt. Henriette mußte ihn unterschreiben, aber sie hat kein Wort darüber verloren. Naja. Schließlich ging es um dich, da war das in Ordnung.«

»Ach sei nicht so, Doris«, sagte Lea gutmütig. »Henriette... im Prinzip ist sie halt auch keine glückliche Frau.«

»Das hast du schon mal gesagt«, sagte Doris. »Aber vom Wiederholen wird es auch nicht wahrer. Du kennst Henriette nicht so wie wir.«

Angela nickte.

»Das stimmt«, sagte sie. »Weißt du, Lea, es fällt immer ein bißchen schwer, überhaupt an Henriettes Gefühle zu denken. Sie denkt so selten an die anderer Leute. Obwohl, glücklich ist sie wahrscheinlich wirklich nicht. Mit einem Mann, der sie wie ein lästiges Übel in Kauf nimmt, und ansonsten bloß ihren ewigen Vereinen –«

»Sie hat es sich eben so eingerichtet«, sagte Doris. »Und überhaupt. Wer ist schon glücklich?«

»Sag mal, malst du eigentlich selber?« fragte Lea Angela noch eine Flasche Wein später.

»Nicht mehr«, sagte Angela. »Schon eine Weile nicht mehr.«

»Mit meiner Staffelei«, sagte Doris. »Mit der hat es angefangen. Weißt du das noch, Angela? Wie ich zu Weihnachten die Staffelei geschenkt bekam, mit Ölfarben und allem?«

Angela nickte.

»Und am ersten Feiertag kam dann dieser Assistent von der Uni«, sagte Doris. »Ein Bekannter von Papa, der sollte uns ein bißchen was erklären. Oder er sollte es mir erklären, aber du hast eben auch zugehört. Am zweiten Feiertag hast du dann gefragt, ob du dir die Staffelei und die Farben mal leihen darfst.«

»Ja«, sagte Angela. »Das weiß ich noch genau. Ich habe ein Bild von Pussel gemacht. Von der Nachbarskatze. Man konnte überhaupt nichts erkennen.«

»Das Bild war großartig«, sagte Doris. »Ich war damals fünfzehn, und du warst neun. Du warst sechs Jahre jünger, aber es war großartig. Du hast es mit in die Schule genommen. Sie haben es in der Schule aufgehängt.«

Lea zündete sich eine ihrer Zigaretten an, in Doris' Küche. Das tat sie sehr selten. Sie machte einen Zug, dann lehnte sie sich zurück und sah zu, wie der Rauch emporstieg und die Decke gelb färbte.

»Ich habe die Staffelei nie wieder gekriegt, weißt du das eigentlich?« sagte Doris zu Angela. »Ich habe sie dir geliehen, und ein paar Tage später stand sie dann schon in deinem Zimmer. So, als hättest du sie zu Weihnachten bekommen, nicht ich. Und es hat nicht mal einer gemerkt. Außer mir, natürlich.«

Angela sah ihre Schwester entgeistert an.

»Aber«, sagte sie schließlich. »Doris. Du hast sie mir selbst in mein Zimmer gestellt! Ich habe ein Bild gemacht, nur ein einziges Bild, und dann wollte ich sie dir zurückgeben. Da hast du gesagt, ich sollte sie ruhig behalten! Warum hast du das denn gemacht? Warum hast du mir die Staffelei geschenkt, wenn du sie doch selber wolltest?«

»Keine Ahnung«, sagte Doris. »Weil sie sowieso früher oder später bei dir gelandet wäre. Was weiß ich. Vielleicht, weil dein Bild so gut war. Es war doch sowieso viel besser als alles, was ich jemals hätte machen können.«

»Ich wollte dir mein Fahrrad schenken«, sagte Angela. »Für die Staffelei. Aber du hast gesagt, das wäre Quatsch. Es wäre doch viel zu klein für dich. Außerdem hattest du natürlich ein Fahrrad.«

»Wer weiß«, sagte Lea träumerisch, »ob du sonst je mit dem Malen angefangen hättest... ohne diese Staffelei, meine ich.« Durch den Rauch hindurch blinzelte sie Angela an.

»Ich hätte sie wohl nicht annehmen dürfen«, sagte Angela. »Ich hätte sie dir einfach wieder zurückgeben müssen.«

»Du warst ein Kind«, sagte Doris. »Du warst erst neun, und du hast sie natürlich genommen. Aber Henriette hätte sich einschalten müssen.«

»Ach?« sagte Lea und drückte die Zigarette aus. »Wenn ich euch bisher recht verstanden habe, dann hat die sich doch sowieso immer viel zuviel eingeschaltet?«

»Henriette«, sagte Angela mit der übertriebenen Sorgfalt eines Menschen, der entschlossen ist, nicht zu lallen, »Henriette hat einen Narren an mir gefressen. Das ist wahr, Doris – aber. Aber hast du dich mal gefragt, was mir das Tolles eingebracht haben soll?«

Sie rauchte jetzt auch. Die Küche stand voller Qualm. Doris stand auf, kippte das Fenster und leerte den Aschenbecher aus. Sie kippte ziemlich viel Asche daneben. Die Asche fiel auf die leeren Weinflaschen, die rund um den Mülleimer standen.

»Genau«, sagte Angela und wedelte schwermütig in Doris' Richtung. »Wie der Apostel sagt. Siehe, es ist alles Asche geworden.«

»Jetzt hör auf, dir leid zu tun«, sagte Doris. »Gut, so ein Scheißkerl hat dich übers Ohr gehauen. Aber vorher hat dir dein Leben doch immer toll gefallen. Du hast jede Menge Spaß gehabt, du hast eine Menge Geld verdient. Du hast ein Haus in London. Und ein Bankkonto. Oder etwa nicht?«

»Ja«, sagte Angela. »Naja, wie man's nimmt. – Ich will dir mal was sagen, Schwesterherz. Ich bin nicht schuld daran, daß du dein Leben damit verbracht hast, Kinder kriegen zu wollen, die nicht kamen. Ich verstehe dich nicht, wirklich! Sei doch froh, daß du schlunzen durftest! Weil nämlich ich alle Erwartungen zu erfüllen hatte. Künstlerin, Bohèmienne, Geschäftsfrau, Rebellin, Supertochter, Powerfrau. Und jetzt sitzt du hier in der Pampa und bist nicht glücklich. Aber weißt du was? Du bist selber schuld. Genau wie ich. Ich bin auch nicht glücklich und selber schuld.«

»Warst du eigentlich schon mal in Therapie?« fragte Lea.

»Wie?« sagte Angela. »Nein. Und ich gehe auch nicht. Früher wollte ich sowas immer mal ausprobieren, aber jetzt ist das gar nicht mehr nötig. Das hat ja alles mein Betrüger erledigt! Ich meine, ich wollte immer um meiner selbst willen geliebt werden, das war mein Problem. Um meiner selbst willen, nicht für meine Leistungen. Na, jetzt ist der Weg doch frei! Die Bude ist ausgeräumt. Nichts mehr zu holen. Ich bin blamiert, von Leistung keine Spur mehr.«

»Das ist sowieso zum Kotzen«, sagte Doris ärgerlich. »Daß dir das passieren konnte, mit diesem Typen. Dir, wo dich immer alle bewundert haben! Es ist einfach nicht fair – ich meine, mein ganzes Leben lang habe ich dich bewundert und beneidet und gefürchtet, jawohl, gefürchtet auch, und nun –«

»Ich weiß schon«, unterbrach Angela sie. »Wenn er mich erschlagen hätte, wäre es noch gegangen. Raubmord, das hat doch wenigstens Dramatik. Aber Heiratsschwindelei! Über die Möse an den Geldbeutel! Das ist das Letzte. Henriette hat mir das auch schon erklärt. In Hamburg hat sie die ganze Zeit geheult und mir Vorwürfe gemacht. Tröste dich also, Schwester, du siehst, wir haben alle beide versagt. Du hast die erwarteten Enkel nicht produziert, und ich habe mich von einem lausigen Betrüger ausziehen lassen. Bis auf die Sokken.« Sie hob ihr Glas.

»Und dann«, sagte Doris, »fährst du zu deiner Schwester, und die benimmt sich, als würde sie dich am liebsten rausschmeißen.« Sie fühlte sich auf einmal ausgesprochen bedrückt.

Sie fühlte sich schlecht.

Angela beugte sich vor und nahm Doris' Hand.

»Stimmt«, sagte sie. »Aber ich nehme dir das nicht übel, Doris. Deine scharfe Zunge, meine ich ... Wir nehmen uns das beide nicht übel, oder? Das funktioniert doch ganz automatisch bei uns. Verbale Selbstverteidigung, so ähnlich wie Karate. Kommunikations-Karate. Es hat ja auch sein Gutes. Wir Fahrensdorff-Frauen, wir können uns immer wehren. Henriette hat uns trainiert.«

Doris nickte. Dann mußte sie schlucken. Tränen stiegen ihr in die Kehle, sie schmeckten intensiv nach Alkohol.

Angela drückte ihre Hand und schniefte.

Doris drückte heftig zurück.

Doris lag im Bett und hörte dem Novemberregen zu, der gegen die Scheiben prasselte. Sie hatte die Jalousien nicht heruntergelassen. Herrlich, sich nicht fürchten zu müssen! Genüßlich streckte sie ihre Beine diagonal übers ganze Bett aus. Das Bett schwankte leicht. Aber sie hatte Platz. Herrlich, so viel Platz in seinem Bett zu haben. Sie zog die Beine wieder an, kuschelte sich tiefer in ihre Daunendecken und dachte an Angela.

Angela war hergekommen, weil es ihr miserabel ging. Sie war zu Doris gekommen.

Und eins mußte man sagen: Obwohl es Angela miserabel ging, hielt sie sich bewundernswert gut. Genau wie damals, als Jens ihr den Vorderzahn ausgeschlagen hatte. Da hatte sie auch nicht geheult, nur das Blut war ihr aus dem Mund gelaufen. Das hatte Doris ja so wütend gemacht. Wenn Angela geheult hätte, hätte Doris den Kerl womöglich gar nicht verprügelt.

Doris drehte sich in ihrem Bett um. Draußen pfiff der Wind ums Haus. Zum Wochenende war Frost gemeldet. Vielleicht würde es schneien. Das wäre schön. Dann würde sie mit Laura einen Schneemann bauen oder eine Eisbärenhöhle.

Aber wenn es nicht schneite, machte das auch nichts. Und was sie zu Angela über das Glück gesagt hatte, das stimmte übrigens ganz und gar nicht. Es stimmte nicht, daß niemand so richtig glücklich war. Sie, Doris Bering geborene Fahrensdorff, mit den stachligen schwarzen Haaren und der scharfen Zunge, war nämlich glücklich.

Sie hatte keine Ahnung, wie ihr Leben weitergehen würde. Sie war endlich frei von Angst. Und im Moment war sie außerdem ziemlich betrunken. Sie hatte mindestens drei wunderbare Gründe für Glück.

Am nächsten Morgen hatten sie alle einen Kater. Trotzdem erklärten Angela und Lea sich dazu bereit, mit Doris zusammen das Puppenhaus auszuräumen.

»Aber wer hat denn hier alles kaputtgemacht!« Angela war fassungslos. »Doris, dein schönes Puppenhaus! Davon hast du mir ja gar nichts gesagt!«

»Nein«, sagte Doris trocken. »Und das will ich jetzt auch nicht. Ein andermal, Angela, wirklich. Das ist eine zu lange Geschichte für drei Leute mit Kopfschmerzen.«

»Eigentlich«, sagte Lea, »ist gar nicht so viel kaputt... nicht so viel, wie wir zuerst dachten, meine ich. Schau mal, Doris, hier zum Beispiel, die Kommode. Die Beine sind abgebrochen, und die Schubladen sind alle rausgerissen, aber das läßt sich doch im Nu wieder reparieren.«

»Und hier, das Bett«, sagte Angela. »Die Decke ist gar

nicht zerrissen, nur an den Nähten aufgetrennt. Das ließe sich schnell wieder herrichten.«

»Eigentlich«, sagte Lea, »sieht es fast aus, als hätte der Täter nur so tun wollen, als wäre alles kaputt. Als hätte es ihm im Innersten um die schönen Sächelchen leid getan. Der Wintergarten, schau doch... der sieht ja völlig ruiniert aus, aber die meisten Pflanzen sind bloß umgefallen. Ist das nicht seltsam?«

Angela hielt das rothaarige Püppchen in der Hand, das Doris früher Marlene genannt hatte.

»Es müßte direkt Spaß machen«, sagte sie träumerisch, »das alles wieder herzurichten.«

Doris schüttelte energisch den Kopf.

»Mir nicht«, sagte sie. »Ich habe genug von dem ganzen. Kommt, reißt euch los und helft einpacken.«

»So echt«, sagte Angela. »Es sieht alles so echt aus...«

Mitten auf dem Rasen vor dem Schuppen lag etwas, weiß-rot und zusammengerollt.

Ein Fötus. Ein abgetriebenes Kind –

Ein Stück Wachs. Doris streckte die Hand aus, zerdrückte es mit den Fingern und stopfte die letzte Schachtel mit Kleinkram in die große Kiste. Den Rest des Vormittags verbrachte sie damit, Bertrams ausgestopfte Vögel und Kistchen und Fotobände und all seine anderen Memorabilia auf den Dachboden zu tragen und in die Regale zu stellen. Sie gab sich viel Mühe. Schließlich wollte sie hier keine zweite Pathologie schaffen, sondern einen aufgeräumten, übersichtlichen Lagerraum für Vergangenes.

Als sie fertig war, sah sie, daß eine dünne Novembersonne sich mit einigem Erfolg darum bemühte, Bauer Kleins nackte Felder zu bescheinen.

»Kommt«, sagte sie zu den anderen. »Laßt uns einen Spaziergang machen. Das hilft jedenfalls gegen den Kater.«

Sie gingen die Finkenstraße hinunter und bogen dann ins Neubaugebiet ein. Laura rannte sofort hinüber zu den Schaukeln. Die Doppelhäuser, sah Doris, standen bis auf eines noch immer leer. Christine Frühauf hatte gesagt, sie wären viel zu teuer für diese Gegend – fünfhunderttausend, für die popligen Dinger, und dann in Neuendorf! Und wo die Leute doch so wenig Geld hatten und inzwischen überall genügend Wohnungen dawaren ...

Laura brauchte niemanden mehr, der sie anschubste. Lea, Doris und Angela wickelten sich fester in ihre Wintermäntel und setzten sich auf eine der Bänke in die Sonne.

»Wir haben uns eigentlich sehr viele Jahre lang nicht mehr gesehen«, sagte Doris zu Angela. »Nicht mehr so richtig, meine ich. So wie jetzt.« Angela nickte.

Zurück gingen sie über den Feldweg, der hinter Leas Haus entlangführte. Den Pontiweg, wie Lea und Doris ihn zu nennen begonnen hatten. Die Sonne hatte sich wieder verkrochen, und es war jetzt sehr kalt.

In der grauen Dämmerung wirkte Leas Haus unbewohnt und traurig. Auch die Gärten von Geußens und Heidenreichs sahen leergeräumt aus. Sie gingen so schnell, wie Lauras unerschöpfliches Interesse an der Umgebung es zuließ.

»England ist genauso scheußlich im November«, sagte Angela. »Am liebsten würde ich dann immer irgendwo hinfahren, wo es warm ist. In die Karibik vielleicht ...«

»Ja«, sagte Lea und blieb stehen, um auf Laura zu warten, die in einem Laubhaufen stocherte. »Nach Trinidad! Ich wollte immer mal nach Trinidad ... Trinidad wäre toll. Was meinst du, Doris?«

»Ja, sicher. Warum nicht.«

»Kariben«, sagte Lea, » gibt's natürlich auch in London ... Man soll ja nicht unbescheiden sein ...«

Doris lachte und hakte sich bei Lea ein. Laura bückte sich und zog an irgend etwas, das sich unter dem Laub verbarg.

»Schau mal, Doris!« schrie sie aufgeregt. »Schau doch mal!«

Das Ding, das Laura gefunden hatte, war eine Kröte. Die Kröte war tot. Sie war riesengroß, pockennarbig und glitschig vom Regen. Sie konnte noch nicht sehr lange tot sein. Laura hielt sie an einem ihrer Beine hoch und schwenkte sie begeistert hin und her. Dann riß das Bein ab, und der Rest der Kröte platschte auf Doris' Schuh.

Doris schrie auf und erbrach sich.

Natürlich konnte sie später auch nicht zu Abend essen. Sie trank Pfefferminztee und sah den anderen schlechtgelaunt zu, wie sie Angelas Linguine mit Rote-Linsen-Soße verdrückten. Und dann kam auch noch Agnes, und sie hatte schon wieder mit ihrem Mann gestritten.

»Was meint ihr wohl, was Hans heute zu mir gesagt hat?« heulte sie los, noch bevor sie richtig am Tisch saß.

Doris zuckte die Schultern. Jetzt, wo von dem Kerl keine Gefahr mehr ausging, begann das Thema Hans sie nachgerade zu langweilen.

»Ich sag's euch«, heulte Agnes. »Ich hab geweint, weil er wieder den ganzen Tag so gemein war – und er? Tröstet er mich, nimmt er mich in den Arm? Kein Stück! Statt dessen sagt er doch glatt, ›Na toll! Endlich hast du mal wieder einen Grund, dich in ›deinem Gejaule zu suhlen!‹ Na? Wie findet ihr das? Ist das nicht das Allerletzte?«

»Erklär mir doch bitte mal bei Gelegenheit, warum du bei dem Kerl bleibst?« sagte Doris genervt.

»Wieso bleibst du bei deinem?« schnappte Agnes zurück und hörte zu heulen auf. »Man hat eben so seine Gründe, nicht wahr, das weißt du selber! – Aber was ich sagen wollte: Diesmal hab ich es ihm wenigstens so richtig gegeben.« Sie schniefte ein letztes Mal, dann fuhr sie sich mit den Fäusten in die Augen, um die Tränen wegzubekommen. »Ich hab es ihm so richtig gegeben! ›Weißt du was?‹ hab ich zu ihm gesagt, ›du bist abstoßend. Du bist der abstoßendste Mensch, den ich kenne. Und Doris und Lea finden dich auch abstoßend. Sie finden dich dermaßen abstoßend, daß sie dir sogar einen Mord zutrauen. Jawohl, hab ich zu ihm gesagt, deine angebetete Lea hält dich für einen gemeinen Mörder! So ekelhaft bist du ihr! Da hat er aber nichts mehr gesagt. Da ist er ganz still aus dem Zimmer gegangen.« Triumphierend sah sie Lea an.

Lea schwieg. Sie war etwas blaß geworden.

»Ihr werdet mir das wohl kaum übelnehmen, oder?« sagte Agnes honigsüß. »Schließlich habt ihr es ja nie für nötig gehalten, mir mal was mitzuteilen. Ihr habt mich seelenruhig mit einem Mörder zusammenleben lassen!«

»Aber«, sagte Lea. »Er ist er ja gar kein Mörder. Der Mörder liegt doch in seinem Teich...«

»Na und?« sagte Agnes Birchenbacher. »Was hat das denn damit zu tun?«

Es war eine peinliche Situation. Bertrams bester Freund. Sein Retter. Und jetzt wußte er, daß sie ihn für einen Mörder gehalten hatten! Aber da ließ sich nichts mehr machen. Der wirkliche Täter jedenfalls lag unter der Erde, und das war schließlich die Hauptsache.

Und am Freitag sollte Bertram nach Hause kommen.

Am Donnerstag räumte Doris seine Sachen ins Gästezimmer. Sie hängte seine Bilder an die Wände, sortierte seine Wäsche in die Schränke und bereitete sein Lieblingsessen vor.

»Wonach riecht es denn?« fragte Lea, als sie mit Angela von einem Ausflug in die Kreisstadt zurückkam.

»Braten«, sage Doris. »Für Bertram.«

Angela nahm den Deckel vom Topf.

»Hasenbraten«, sagte sie zu Lea. »*Hasen*braten. Lea, ist das ihr Ernst?«

Doris öffnete den Mund, um etwas Schnippisches zu entgegnen, dann fiel es ihr ein. Der Mordversuch. Bei der Hasenjagd. Sie ließ den Löffel sinken und setzte sich auf einen Stuhl.

»Au *verdammt noch mal*«, sagte sie.
Dann mußte sie lachen.

Bertram für sein Teil konnte an Hasenbraten nichts Merkwürdiges finden. Er freute sich über das Heimkommen, über sein Zimmer, über das allgemeine Willkommen, das ihm entgegenschlug.

»Angela und du, ihr scheint euch ja besser zu verstehen als früher, nicht wahr?« sagte er, als Doris ihm später am Abend eine gute Nacht wünschte.

Doris war milde erstaunt, daß ihm dergleichen überhaupt auffiel.

»Ja«, sagte sie. »Ich weiß auch nicht, warum. Angela sagt, an den Mißverständnissen zwischen uns wäre in erster Linie Henriette schuld. Daß wir uns so entfremdet haben, weil wir immer versucht haben zu werden, wie sie uns sehen wollte – ich bin das Hausmütterchen geworden, sie die Karrierefrau, unbewußt, verstehst du –«

Sie hielt inne. Was sollte das? Bertram verstand natürlich nicht. Er haßte dergleichen Gespräche. Er interessierte sich nicht für Motive und psychologische Hintergründe, das wußte sie doch.

»Henriette«, sagte Bertram prompt. »Naja. Mit den Eltern sollte man in unserem Alter langsam abgeschlossen haben, finde ich.«

Flüchtig dachte Doris an all die ausgestopften Raubvögel und durchgesessenen Stühle und mumifizierten Beutetiere von Bertrams Vater, die nicht weggeworfen werden durften. Sie dachte an die Praxis, die Bertram gegen Doris' Willen von seinem Vater übernommen hatte, und an Bertrams Elternhaus, in dem sie wohnten. Aber vor allem war sie erleichtert. Sie hatte es ja gewußt. Bertram hatte sich absolut nicht verändert. Er war und blieb der berechenbarste Mensch, den sie kannte, und das hatte für sich genommen etwas wunderbar Beruhigendes.

Womöglich hatte sie sich gerade deswegen damals in ihn verliebt?

»Ich wollte dich«, sagte Bertram, »jetzt aber nicht verletzen.«

Doris nickte.

»Schon gut«, sagte sie. »Ich bin auch nicht verletzt. Und übrigens, ich habe den Dachboden für dich aufgeräumt. All die Sachen von deinem Vater sind oben. Ganz ordentlich, auf Regalen. Warte nur, bis der Gips ab ist und du hochklettern kannst.«

»Das ist aber lieb von dir«, sagte Bertram. »Ist denn noch genug Platz da für deine Werkstatt?«

»Ja«, sagte Doris. »Mehr Platz, als ich brauche.«

Laut Wetterbericht hätte es eigentlich am Wochenende schneien sollen, aber bis zum Sonntagabend war noch nicht eine Flocke gefallen. Deshalb schlug Angela vor, lieber ins Kino als über den Weihnachtsmarkt zu gehen: Schließlich, wo war die weihnachtliche Idylle, wenn die Stadt im Eisregen lag?

Das Problem war Laura. Bertram war noch viel zu schwach, um als Lauras Babysitter in Frage zu kommen, er konnte sich noch kaum auf seinen Krücken fortbewegen geschweige denn Treppen steigen.

»Aber das ist doch keine Sache«, hatte da Agnes gesagt. »Das kann der Hans doch machen, der ist schließlich selber Vater. Und den Bertram freuts vielleicht auch, wenn er Gesellschaft hat.«

Lea hatte gezögert.

»Oder«, hatte Agnes gesagt und die Brauen hochgezogen, »traust du Hans vielleicht nicht, aus *irgendwelchen Gründen*?«

Das hatte die Sache entschieden.

Sie ließen Bertram und Hans im Wohnzimmer zurück. Hans hatte Bertram herübergetragen, dabei sah er selber nicht sonderlich kräftig aus. Er war gelb im Gesicht, und Zähne und Nase schienen für die dünnen Wangen zu groß.

Der Film hieß »Vier Hochzeiten und ein Todesfall«. Das beste an ihm waren das Popcorn, das sie im Foyer gekauft hatten, und natürlich Lea, die auf der Heimfahrt Hugh Grant und sein dümmliches Grinsen imitierte, bis sie sich alle vor Lachen bogen. Bertram und Hans dagegen sahen nicht aus, als hätten sie sich sonderlich gut amüsiert. Sie saßen noch vor den Resten des Mahls, das Doris für sie bereitet hatte. Sie schienen kaum etwas davon gegessen zu haben, aber sie hatten offensichtlich eine ziemliche Menge getrunken.

»Was war mit Laura?« fragte Lea. »War alles ruhig?«

»Kein Mucks«, sagte Bertram.

»Wollt ihr auch Wein oder lieber was anderes?« sagte Doris.

Alle wollten Wein. Doris und Lea gingen in die Küche, um Gläser und Käse zu holen.

»Soll ich helfen?« rief Hans hinterher.

»Aber wirklich nicht, mein Lieber«, wehrte Doris ab und fragte sich, warum sie ihn so genannt hatte. Mein Lieber! Nun, das schlechte Gewissen vermutlich. Schließlich war sie es gewesen, die den ungerechten Verdacht gegen ihn aufgebracht hatte.

Als sie mit den Gläsern zurückkamen, herrschte im Wohnzimmer Schweigen. Angela blätterte in einer Zeitung. Agnes bewunderte den Christstern, den Lea vor ein paar Tagen mitgebracht hatte. Bertram sah erschöpft aus. Er hatte den Kopf gegen die Sofalehne gelegt und die Augen halb geschlossen. Hans war in sich zusammengesunken. Als Lea hereinkam, richtete er sich unwillkürlich auf, wie an Fäden emporgezogen. Er sah sie an wie ein frühchristlicher Märtyrer die zu seiner Rettung herniederrauschenden himmlischen Heerscharen.

Nun, daran war auch nicht viel Neues.

»Würde es euch was ausmachen, wenn ich mich jetzt ein bißchen hinlege?« sagte Bertram. »Ihr müßt entschuldigen, aber ich bin einfach noch nicht ganz wieder auf der Höhe –«

Hans und Doris halfen Bertram hinüber ins Gästeklo, dann in sein Zimmer.

»Vielen Dank auch«, sagte Bertram zu seinem Freund und sah ihm in die Augen. »Und, Hans – du gibst nicht auf, ja? Noch nicht?«

Hans A.'s Wangen begannen zu zucken. Er drückte Bertram die Hand, ohne ihn anzusehen, dann ging er eilig hinaus.

»Was sollte denn das jetzt heißen?« fragte Doris erstaunt. »Was soll der denn nicht aufgeben? – Du machst ihm doch nicht etwa Mut wegen Lea?«

»Lea?« sagte Bertram. »Nein, absolut nicht, wie käme ich dazu... Ich denke, ich kann es dir ruhig sagen, Doris. Es wird sich ja ohnehin nichts mehr lange verheimlichen lassen... Hans hat Krebs. Krebs, Doris! Im Krankenhaus haben sie ihm gesagt, daß sie nicht mehr für ihn tun könnten, aber er hatte trotzdem noch Hoffnung. Bis er jetzt in dieser Spezialklinik war und die die Diagnose bestätigt haben. Es ist zu spät, haben sie ihm gesagt. Es ist tatsächlich zu spät.«

Doris ließ sich auf Bertrams Bettkante fallen.

»In der Leber«, sagte Bertram. »Auch noch im Magen, und im Darm, und in einem Lymphknoten, aber vor allem halt in der Leber. Und Agnes weiß noch gar nichts. Er hat ihr gesagt, er fährt nach Hannover auf die Messe, und in Wirklichkeit ist er in die Klinik gegangen!«

»Deswegen also«, sagte Doris nachdenklich. »Deswegen hat er sich so verändert. Deswegen sieht er so schlecht aus, hat so viel abgenommen... meine Güte, und ich habe gedacht...«

Bertram hatte die Augen voll Tränen.

»Mein bester Freund«, sagte er. »Mein bester Freund.«

Doris beugte sich über ihn.

»Du warst ihm ein guter Freund, Bertram«, sagte sie leise, »all die Jahre.«

»Nein«, sagte Bertram. »Zuletzt doch nicht mehr. Wegen der ganzen Sache mit Lea. Da war plötzlich alles anders zwischen uns, dabei – er hat mich doch gerettet, am Hahnenteich! Und jetzt kann ich überhaupt nichts für ihn tun.« Die Tränen liefen über seine Wangen, und er wandte den Kopf ab.

»Aber ihr habt euch ausgesprochen«, sagte Doris hilflos. »Ihr habt euch heute abend doch sicher ausgesprochen.«

Bertram antwortete nicht. In der Stille konnte man die gedämpften Stimmen der anderen hören.

»Wir«, sagte Bertram dann, »wir beide können wohl nicht wieder miteinander leben, oder? Richtig miteinander leben.« Er sah sie nicht an.

»Nein«, sagte Doris. Sie schluckte, um nicht ebenfalls zu weinen. »Ich werde bald weggehen, Bertram.«

Sie hatte nicht gewußt, daß sie das sagen würde. Unschlüssig sah sie zu Bertram hinunter. Sie hätte gern noch etwas hinzugefügt, etwas Versöhnliches. Aber sie wußte beim besten Willen nicht, was.

Im Wohnzimmer schwollen die Stimmen mit einemmal an.

»Lüg nicht!« hörte Doris Hans brüllen. »Die Agnes hat mir doch gesagt, was du wirklich über mich denkst!«

»Bertram«, sagte Doris und legte ihm die Hand auf die Schulter.

»Schon gut«, sagte Bertram, ohne sich umzudrehen. »Geh du mal besser wieder ins Wohnzimmer. Bevor es richtig Streit gibt.«

In der Diele brannte kein Licht. Agnes sprach.

»Hans, hör doch auf damit, ich bitte dich, das ist doch alter Kram, das ist doch –«

»Halt den Mund!« schrie Hans.

Doris blieb stehen. Sie empfand einen enormen Widerwillen dagegen, das Wohnzimmer zu betreten. Es war etwas in Hans' Stimme… Wahrscheinlich hatte sie diese Szenen einfach durch und durch satt. »Lea«, sagte Hans. Seine Stimme klang wirklich gräßlich, wütend und winselnd zugleich. Gott, was war der Kerl widerwärtig! Krebs hin oder her. Und sie selbst hatte bei Lichte betrachtet noch nicht mal etwas mit ihm zu tun!

Sie hatte wirklich große Lust, einfach den Mantel zu holen und zu verschwinden. Und dann? Nun, sie konnte einen nächtlichen Spaziergang machen. Sie konnte bei Christine Frühauf hereinplatzen. Sie konnte in die Kreisstadt fahren und sich im Vertikal an die Theke stellen. Sie mußte dies hier nicht ein weiteres Mal über sich ergehen lassen.

»Lea«, sagte Hans wieder. »Hast du das wirklich gedacht? Von mir?«

»Nein«, sagte Lea. »Nein, Hans. Natürlich nicht.«

Auf Zehenspitzen schlich Doris durch ihre Diele in Richtung Garderobe. Sie jedenfalls würde jetzt abhauen. Sie würde sich dünnemachen. Mochten die anderen sehen, wie sie mit ihrem Herrenoberbekleider zu Rande kamen! Fast hätte sie laut aufgelacht. Sie griff nach ihrem Schal.

»Du lügst«, sagte Hans noch einmal.

Doris drehte sich um. Sie konnte Hans jetzt sehen. Er stand im Profil zu ihr. Er hatte den Kopf gesenkt und sah Lea von unten an, lauernd. Er ist ja betrunken! schoß es Doris durch den Kopf. Aus irgendeinem Grunde jagte ihr dieser Gedanke einen Heidenschreck ein.

»Du hast gedacht, ich wäre ein *Mörder*«, sagte Hans A. zu Lea.

Dieser Ton! Doris überlief eine Gänsehaut.

Hans sprach jetzt sehr leise.

»Du hast es selber gesagt. An deinem Fest. Da hab ich es nur noch nicht richtig begriffen.«

»Hör doch jetzt auf!« schrie Agnes. »Verdammt noch mal,

ich hab das doch alles erfunden, Hans, ich wollte dich kränken, ich –«

»Was hast du mit meinen Rosen gemacht«, sagte Hans Birchenbacher zu Lea. »Hundertfünfzig Rosen. Wenn du auch nur das Geringste für mich empfinden würdest, hättest du sie aufgehoben. Du hättest sie getrocknet. Meinst du, daß ich nicht einmal das weiß? Meinst du, ich hab keine Ahnung von Frauen?«

Er ist verrückt, dachte Doris. Er ist endgültig übergeschnappt. Man muß etwas tun, aber was? Hans Birchenbacher packte Lea am Arm.

»Krebs«, sagte er, »ich hab Krebs, Lea. Verstehst du?«

Agnes machte ein seltsames kleines Geräusch. Lea sagte nichts.

»Krebs, kapierst du?« sagte Hans A. und packte sie fester. Lea wehrte sich nicht.

»Lea!« sagte Hans. »Lea, es ist meine letzte Chance – die letzte, kapierst du? In ein paar Monaten bin ich tot, und was war dann, nichts, dieses Geschäft am Markt, dieses Kuhnest, diese Vereine, nichts –«

»Hans«, sagte Agnes. Sie weinte jetzt. »Hans, ich bitte dich, wenn du krank bist, wir beide –«

»Die da!« sagte Hans A. angewidert und zeigte auf Agnes. »Die da, und das war dann alles! Lea, ich habe – ich meine, ich hab doch auch noch ein Recht auf Glück, es muß ja nicht Amerika sein, wir könnten nach Rio, nach Marrakesch, nach Fidji, wohin du willst! Ich wollte ein Leben haben, jeder will doch ein Leben haben, und dann ist es rum, und – Lea, ich bin doch ein Mann! Verdammt noch mal, ich bin doch auch nur ein Mensch –« Er heulte.

»Hör auf«, sagte Lea. »Bitte, Hans, hör doch auf…«

Doris hörte, daß auch in ihrer Stimme Tränen schwangen. Aber das war doch unfaßbar. Lea nahm Hans doch nicht tatsächlich ernst! Sie konnte sich doch nicht rühren lassen von seinem selbstmitleidigen, sentimentalen Geschwafel –

Und dann fiel Doris wieder ein, wer Lea war. Lea war Schauspielerin, und jetzt spielte sie die, die Hans in ihr sehen wollte. Das aber konnte nur eines bedeuten: Lea mußte plötzlich Angst vor Hans bekommen haben.

Ziemlich große Angst sogar.

Doris schluckte. Und jetzt?

»Du mußt mir helfen«, sagte Hans. »Du willst doch immer anderen helfen, das ist doch dein Beruf –«

»Natürlich, Hans«, sagte Lea. »Natürlich werde ich dir helfen. Ich gehe mit dir mit, Hans. Wohin du willst.«

Doris konnte die Polizei rufen. Heimann. Brauchten sie die Polizei? Es sah fast so aus. Aber sie konnte die Polizei nicht rufen. Hans würde es hören, und dann –

Hans beugte sich vor, ganz nah an Leas Gesicht. Dann lachte er auf.

»Du denkst, ich bin blöd«, sagte er kopfschüttelnd. »Du denkst echt, ich bin nur ein schwachsinniger Kleinstadtkaufmann, ein totaler Depp. Aber da täuschst du dich. Ich weiß Bescheid. Ich weiß besser Bescheid, als du dir träumen läßt! Ich hab ja im Müll nachgesehen, und da lagen sie drin, meine Rosen. Du hast sie in den Müll geschmissen! Du hast sie noch nicht mal in eine Vase gestellt.«

»Du ... es tut mir leid«, flüsterte Lea. »Es tut mir so furchtbar leid ... daß du krank bist, daß ich, daß du ...«

»Spar dir deinen Quatsch!« herrschte Hans A. sie an. »Ich weiß Bescheid! – Über dich! Über deinen Therapieschwachsinn, von wegen helfen, von wegen heilen, alles erlogen! Kannst du mir etwa helfen? Kannst du mich heilen?« Er begann sie zu schütteln. »Es war alles erlogen! Du hast mich belogen! – Aber schließlich denkst du auch, ich bin ein Mörder. Ich bin ein Mörder, und einen Mörder wird man doch wohl belügen dürfen, was? – Los, gib's wenigstens zu! Gib zu, daß du Schiß hast vor mir!«

»Ja«, sagte Lea. »Ja, das geb ich zu.«

»Daß du mich verachtest!« brüllte Hans A. »Gib zu, daß

du mich verachtest! Aber was bist du denn dann für eine? Läßt dich begrapschen von einem, den du verachtest? Eine Nutte bist du, das ist doch alles! Eine Scheißnutte, oder nicht?«

Lea schwieg.

»Dein Anzug«, sagte da Agnes. Sie sprach langsam, beinahe träumerisch. Und während sie sprach, schien um jedes ihrer Worte eine tiefe Stille zu wachsen. »Dein grüner Anzug, Hans«, sagte sie. »Der war auf einmal weg. Ich war mir nicht sicher ... aber ich dachte, du wärst mit dem grünen Anzug ins Geschäft gegangen. Bloß, du bist mit einem anderen heimgekommen. Ich wollte den Anzug in die Reinigung mitnehmen. Aber er war weg. Er ist ja immer noch weg, dein grüner Anzug.«

Lange, endlos lange regte sich niemand. Doris spürte das eisige Prickeln ihrer Kopfhaut, zugleich lief ihr der Schweiß aus den Achseln. Dann stand Angela auf.

Sie würdigte Hans keines Blicks. Sie ging um den Tisch herum, an ihm vorbei. Ohne Warnung schlug Hans zu. Angela stürzte hintenüber aufs Sofa. Ihre Lippe blutete.

Das Allzweckmesser, dachte Doris. Natürlich. Das Allzweckmesser.

Vorsichtig begann sie sich auf die Küchentür zuzubewegen. Die Küchentür war offen. Die Küche war aufgeräumt.

Wie gut, daß die Küche aufgeräumt war. Wie gut, daß alles an seinem Platz lag und man auch im Dunkeln mit einem Handgriff finden konnte, was man brauchte: das große Allzweckmesser. Nicht zu groß, handlich. Und scharf. Skalpellscharf, Doris hatte es ja erst vor zwei Tagen schleifen lassen, für Bertram! Weil Bertram stumpfe Messer haßte. Wohin damit? In die Schürzentasche, wie das letzte Mal. Sie band eine Schürze um und ließ das Messer hineingleiten. Dann schlich sie sich in die Diele zurück. Sie spähte ins Wohnzimmer.

Vor Entsetzen blieb ihr die Luft weg.

Hans hatte einen Revolver in der Hand. Der Revolver zielte auf Lea.

»Ja glaubt ihr denn, ich laß euch einfach so davonkommen?« schrie er. »Meint ihr das?«

»Hans«, sagte Agnes, »Hans...« Tränen liefen ihr übers Gesicht. Dann stand sie auf. Sie ging auf ihn zu. Sie sah ihm voll ins Gesicht, ihrem Mann, und dann legte sie die Hand auf seinen Arm.

Der Arm flog so schnell hoch, daß Doris die Bewegung gar nicht richtig wahrnahm. Agnes stürzte und schrie auf vor Schmerz, dann umklammerte sie ihren Knöchel mit beiden Händen.

»Wegen dir«, sagte Hans. Er sah Lea an. Sein Gesicht war verzerrt. Der Revolver zielte auf Leas Bauch. »Da siehst du's, alles wegen dir. Du hast mein Leben zerstört. Du hast alles zerstört. Meine eigene Frau eine Furie! Mein bester Freund ein Betrüger, mit dem du mich hintergehst! Aber jetzt ist es genug.« Er brüllte. »Jetzt werden keine Faxen mehr gemacht! Showdown! Ihr glaubt doch nicht im Ernst, ich verbring die letzten Monate meines Lebens im Gefängnis?«

»Hans«, sagte Lea. »Sag mir doch. Wo willst du sie denn verbringen, die letzten Monate? Wie denn? Sags mir, und wir gehen zusammen weg...« Doris' Bewunderung für sie war überwältigend.

»Egal«, sagte Hans. Er fing an zu schwanken. »Scheißegal, wirklich... weil du mich benutzt hast... belogen! Betrogen, verarscht, und ich, ich hab meine ganze Hoffnung auf dich gesetzt! Alles! Alles hab ich auf dich gesetzt...« Er fing an zu weinen.

Lea streichelte seine Schulter. Er lehnte sich an sie, gegen sie. Die Revolvermündung preßte sich in ihren Bauch.

»Ich komme ja mit, Hans«, sagte Lea. Vor Angst sah ihr Gesicht ganz winzig aus. »Ich komme mit, alles wird gut. Ich habe ja gar nicht gewußt... wie sehr du mich liebst. Das ändert doch alles... daß ich es weiß...«

Hans hörte sie nicht. Er weinte.

Nimm ihm die Waffe ab, betete Doris. Jetzt! Nimm sie ihm ab, du kannst es! Du kannst sie ihm abnehmen, jetzt, und dann –

Ihre Hand umkrampfte das Messer. Jeder Muskel in ihrem Körper war angespannt. Gleich, dachte sie. Gleich!

»Und dann«, flüsterte Hans, vom Schluchzen geschüttelt, »dann hat es noch nicht einmal was gebracht. Der Scheißhammer war noch nicht einmal deiner! Der Verdacht ist noch nicht mal auf dich gefallen. Du hättest jederzeit abhauen können, ohne mich. Sogar mit dem Hammer hast du mich beschissen!«

Lea fuhr zurück.

»Du meinst... du wolltest, daß der Verdacht auf mich fällt?« fragte sie. Sie war fassungslos.

Doris unterdrückte mit Mühe einen Fluch.

Hans' Augen wurden schmale kleine Schlitze.

»Verdacht! Scheiße. Ich hätte dich doch gerettet. Ich wäre mit dir weggegangen! Wir wären zusammen geflohen. Nach Afrika, Argentinien, sonst wohin, es war alles vorbereitet. Du hättest mich ja gebraucht. Wir hätten einander gebraucht... du hättest ja mitgehen müssen!« Er nickte, wie zu etwas, das nur er hören konnte. Dann wischte er sich das Gesicht ab und richtete sich auf. »Und jetzt mußt du auch mit. So oder so.«

Er hob den Revolver.

In diesem Moment sah Angela auf und erblickte Doris.

Doris erstarrte vor Schreck.

Aber Angela begriff augenblicklich. Sie sah wieder weg und tat ein paar tiefe Atemzüge. Dann plapperte sie los.

»Hans«, kam es durch ihre blutenden Lippen, »Hans, hör doch mal, ich meine, es muß doch eine vernünftige Regelung geben. Lea liebt dich, sie hat es gesagt, ich meine, das ist doch das Wichtigste. Über alles andere kann man dann doch jetzt vernünftig reden, zwischen zwei erwachsenen Leuten –«

Sie war großartig. Sie redete ohne Punkt und Komma, sie

gestikulierte. Sie machte Anstalten aufzustehen. Sie benahm sich genauso wie als Kind, wenn sie Henriette von etwas ablenken wollte. Sie sah nicht ein einziges Mal zu Doris hin.

Hans wandte sich ihr zu, er konnte gar nicht anders. Trübe starrte er sie einen Moment lang an, ohne sie wirklich wahrzunehmen. Seine Hand sank herab. Der Revolverlauf zielte jetzt auf den Teppich, wenn er ihn anhob, würde er auf das Fenster zielen –

Aber daran dachte Doris nicht. Sie dachte überhaupt nicht. Sie erlaubte nur ihren angespannten Muskeln, sie endlich vorwärtszuschnellen.

Hans drehte sich um.

Das Messer traf ihn in den Oberarm. Die Kugel schlug ein, Glas splitterte, Doris kämpfte um ihr Gleichgewicht. Messer und Revolver fielen zu Boden. Hans bückte sich nach der Waffe, rechts lief ihm das Blut über den Ärmel, er griff mit der Linken zu, da knickte sein Bein ein. Er stürzte. Er schrie.

»Lauft!« schrie Agnes und schwenkte das Messer, »lauft, lauft!«

Lea und Doris rannten. Hinter ihnen schlugen Kugeln im Türrahmen ein.

»Hör auf, Hans,« brüllte Doris, »ich ruf die Bullen! Es ist zu spät, Hans! Selbst wenn du uns alle umbringen könntest!«

»Lea!« Hans kreischte. »Komm zurück!«

Lea wählte bereits.

»Lea!« schrie Hans. »Das kannst du nicht tun! Nicht! Lea, ich liebe dich!«

Der Telefonhörer knallte auf den Boden.

»Hör auf!« schrie Lea. Ihre Stimme überschlug sich hysterisch. »Hör auf und halts Maul! Du – du Mörder! Du Mörder! Lieber die Pest! Lieber die Pest als dich! Als eure Scheißliebe! Aus! Schluß!« Sie schlug die Hände vors Gesicht. »Stirb doch einfach, du entsetzlicher Kerl!« schrie sie.

Einen Moment war es still. Dann fiel im Zimmer noch ein Schuß. Ein einziger.

Doris ging ins Wohnzimmer. Hans A. Birchenbacher lag auf dem Teppich. Neben ihm kauerte Agnes. Sie hatte noch das Messer in der Hand, mit dem sie ihm die Achillessehne durchtrennt hatte.

Als Doris hereinkam, sah sie auf.

»Ich hab mir den Knöchel verrenkt, glaub ich«, sagte sie, mit merkwürdig hoher Stimme. Dann kippte sie nach hinten um. Doris starrte auf den Teppich, die Hand auf den Mund gepreßt. Hans war tot, daran konnte es keinen Zweifel geben. Er hatte sich in den Kopf geschossen.

Und von draußen drang jetzt das Gejaul von Streifenwagen herein, die die Finkenstraße herabgejagt kamen.

»Aber«, sagte Doris zu niemandem im besonderen, »wer hat die denn angerufen?«

»Ich«, antwortete Bertram.

Doris blickte sich um und entdeckte ihn auf dem Fußboden, verborgen zwischen den Mänteln und Jacken der Garderobe. Sein Gesicht war schmerzverzerrt und kalkweiß. Vorsichtig half sie ihm, sich aufzurichten. Er klammerte sich an ihren Rock.

»Ich hab was gehört«, sagte er mühsam. »Den Ton... Ich hab ihn wiedererkannt, den Ton...«

»Reg dich nicht auf, Bertram«, sagte Doris, »es ist ja vorbei.«

»Da hab ich die Polizei gerufen«, sagte Bertram. »Ihr wart ja so laut. Ihr habt mich gar nicht gehört.« Er begann zu weinen. »Es war der Ton«, sagte er. »Der Ton in seiner Stimme, da habe ich mich wieder erinnert. An den Hahnenteich, an alles – an ihn –«

Doris legte die Arme um Bertram. Im Hintergrund hörte sie Lea weinen. Angela öffnete die Haustür.

Über Bertrams Kopf hinweg sah Doris, wie Kommissar Heimann und seine Leute sich mühsam durch das Schneegestöber kämpften, das nun die Häuser und Gärten der Finkenstraße fast völlig verhüllte.

9. Kapitel

Frühstück

Die Tische vor dem Café am Sloane Square hatten Morgensonne. Für Juni war es ziemlich warm, beinahe hochsommerlich heiß, und Doris hatte statt Cappuccino lieber frischgepreßten Orangensaft bestellt. Er stand schon auf dem Tisch, als sie vom Telefonieren zurückkam.

Sie hatte Angela angerufen. Angela war in Neuendorf. Sie wohnte in der ehemaligen Pathologie und renovierte die Puppenvilla. Doris wohnte in London. In Angelas kleinem Haus in den Londoner Mews. Mit Lea, Laura und Agnes, mietfrei.

Wobei Angela natürlich in ihrem Haus auch mietfrei wohnte. Und mit dem Puppenhaus hatte sie einen Superdeal gekriegt. Wenn Doris es ein bißchen repariert und mit nach England genommen hätte... Aber sie wollte nicht ungerecht sein. Alles in allem hatte sich ihre Familie wahrlich nicht lumpen lassen.

»Kind, wie *wunderbar*!« hatte Henriette geschrien, als Doris ihr mitgeteilt hatte, daß sie mit Lea und Agnes nach London gehen würde, »du fängst ja ein ganz neues Leben an! Und in Angelas Haus? Ich bin ja so froh, ihr *seid* schließlich Schwestern! – Also zur Sache, wieviel brauchst du im Monat?«

Doris war die Spucke weggeblieben.

»Red keinen *Unsinn*«, hatte Henriette am anderen Ende der Leitung in das Schweigen hinein gesagt. »Angela hat ihren Teil doch auch längst bekommen, damals, als sie die Galerie eröffnet hat. Willst du etwa auf dein *Erbe* warten? Nimm das Geld jetzt, solange du *jung* bist!«

Doris war noch immer jedesmal überrascht, wenn sie am Monatsanfang zur Bank ging und feststellte, daß Henriettes Überweisung wieder eingegangen war. Und auch Bertram zahlte pünktlich zu jedem Ersten. Wirklich, sie konnten recht anständig leben, Lea, Laura und sie. Sie brauchten ja auch nicht viel Geld, nur für das Nötigste. Für den Luxus nämlich kam Agnes auf. Am Anfang hatten Doris und Lea dagegen zu protestieren versucht, aber Agnes hatte sie ausgelacht. »Pfui, wie spießig von euch«, hatte sie gespöttelt. »Wegen einer Pulle Schampus oder ein paar Opernkarten so ein Theater zu machen! Schließlich verdank ich euch doch alles, da ist es nur fair, wenn ihr miterbt. – Außerdem bin ich nun mal von uns allen am reichsten.«

Das stimmte. Agnes hatte das Geschäft geschlossen und sodann das große Haus am Markt an eine Bekleidungskette vermietet. Es war eine brillante Idee gewesen. Die Mieteinnahmen waren wesentlich höher als der Gewinn, den der jüngsthin verstorbene Hans A. Birchenbacher in letzter Zeit hatte erwirtschaften können.

Doris nahm einen Schluck von ihrem Saft und streckte die Arme über ihre raspelkurze, neuerdings schneeweiße Frisur. Autos fuhren. Ein roter Doppeldeckerbus kam vorbei und übertönte vorübergehend das Tellergeklapper aus dem Café. Ein kleiner Terrier pinkelte gegen den Blumenkübel neben ihrem Stuhl, dann schnupperte er an ihrem Schuh. Am Blumenstand vor der U-Bahnstation schäumten die Pfingstrosen. Lea kritzelte mit Laura in einem Malbuch. Agnes las in der neuesten Ausgabe von »Time Out«.

»Ach«, sagte Doris. »Da fällt mir ein. Angela hat erzählt, daß ein Auto aus einem gewissen Teich in Thüringen gefischt worden ist. Ein BMW. Der Fahrer wird vermißt. Sein Steckbrief ging durch die örtliche Presse, aber sein richtiger Name ist unbekannt. Der, den er der Autovermietung angegeben hatte, war nämlich falsch...« Sie sahen einander an.

»Tjaja«, sagte Agnes. »Wie sich doch alles so wiederfindet.«

Agnes nämlich hatte ebenfalls eine interessante Entdeckung gemacht. Beim Ausräumen des Geschäfts war sie ganz hinten in Hans A.s Büroschrank auf einen Müllsack gestoßen. Darin befanden sich ein grüner Anzug, aus dem die Blutflecken mühevoll und höchst unvollständig herausgewaschen worden waren, eine Bordürenkrawatte, deren Muster vage an die Verzierungen orientalischer Palastfassaden erinnert hätte, wäre sie weniger blutverschmiert gewesen, ein Set schwarzer Spitzenunterwäsche Größe 38, das einstmals frischgewaschen auf Leas Leine gehangen hatte und nun deutlich nach Fisch roch, und eine Tonbandkassette. Die Kassette trug keine Aufschrift. Sie schalteten sie ein.

»Ja, guten Morgen, hier Birchenbacher.« Des verblichenen Hans A.s Geschäftsstimme füllte das Birchenbachersche Wohnzimmer. »Ich hätte gern mal Ihren Chef gesprochen... ja, Birchenbacher hier, ja, ich warte. Ach, hallo, Klaus, also hör zu, wegen des Anzugs, den du hast ändern lassen...«

Entgeistert sahen Lea, Agnes und Doris einander an. Dann schlug sich Agnes mit der Hand an die Stirn.

»Er telefoniert!« sagte sie. »Ich werd verrückt. Sein Alibi für den Schöpfleinmord! Die Angestellten haben doch ausgesagt, er wäre den ganzen Mittag lang im Büro gewesen, sie hätten gehört, wie er telefonierte!«

»Aber Heimann hat das doch überprüft«, sagte Doris, »er hat bei Hans' Telefonpartnern nachgefragt, und alle haben gesagt, er hätte tatsächlich angerufen.«

»Klar«, sagte Lea, »mit einem Handy. Der konnte von überall telefonieren, die ganze Zeit! Im Büro lief das Band, und sein Handy hatte er dabei. Noch dreißig Sekunden, bevor er zu der Schöpflein reinging, konnte er aus ihrem Garten irgendwen anrufen... Aber das Risiko! Stellt euch vor, wenn einer in sein Büro reingekommen wäre!«

»Tja«, sagte Agnes trocken. »Es ist aber keiner reingekommen. Er hat sich einfach mal wieder jede Störung verboten. Das hat er öfter getan, und die Leute haben sich dran gehalten, das sage ich euch. Da wäre nie einer unerlaubt reingekommen. Nicht mal geklopft hätten sie, es sei denn, das Haus hätte gebrannt. Oder vielleicht dann erst recht nicht.«

Agnes hatte Champagner bestellt.

Doris lehnte sich zurück und genoß die Sonne. London im Juni war wirklich wunderbar. Und wenn der Herbst kam, würden sie nach Italien gehen. Nach Rom vielleicht, in das Haus der Pontis, das den Winter über leerstand. Und dann?

Lea war wild entschlossen, irgendwo seßhaft zu werden. Sie trug sich mit dem Gedanken, eine Kneipe zu eröffnen.

»Mit Kinderbetreuung!« hatte Doris vorgeschlagen. »Eine Kneipe am Meer, für deutsche Touristen, die in Ruhe essen wollen. Und, naja... also, ich würde gern Schauspielunterricht nehmen.«

»Und ich«, sagte Agnes, »würde am liebsten nochmal studieren. Psychologie. Aber nebenher könnte ich euch im Kindergarten helfen, ich bin schließlich Kinderkrankenschwester.«

»Hah!« sagte Lea. »Wir machen ein richtiges Zentrum auf. Das hat Zulauf! Vegetarische Kneipe, ökologische Zimmer, Kinderbetreuung... und dann laden wir Fachkräfte ein, die Unterricht geben. Da könnten wir alles lernen, was wir wollen, und gleichzeitig Geld verdienen. Gestalttherapie, Improvisationstheater, Bachblütenworkshops, Töpfern, meditatives Malen... meditatives Malen, das würde dir guttun, Doris. Dann würdest du ruhiger schlafen.«

»Wieso?« sagte Doris. »Was meinst du?«

»Na, heute nacht, da bist du aus dem Bett aufgestanden«, sagte Lea. »Also, du bist nicht direkt geschlafwandelt... du bist aufgestanden und zum Fenster gegangen und dann zum Schrank, und du hast eine Jacke rausgenommen und wieder reingehängt, und dann bist du zurück ins Bett... Ich hab dich angesprochen, aber du hast gar nicht gehört.«

»Ach komm«, sagte Doris. »Das glaube ich nicht.«

Lea zuckte die Achseln.

»Vielleicht hab ich das ja auch bloß geträumt«, sagte sie. »Ist auch nicht so wichtig...«

Der Champagner kam.

»Triffst du heute abend eigentlich diesen Typen?« sagte Lea zu Doris. »Diesen, wie hieß er gleich, den amerikanischen Anwalt, den du gestern am Leicester Square kennengelernt hast?«

»Ich denke, ja«, sagte Doris lässig. »Aber sehen wir mal. Cheers.«

Sie hob ihr Glas. Sie stießen an.

Agnes blinzelte in die Sonne.

»Sag mal, Lea«, sagte sie, »was ich dich die ganze Zeit schon fragen wollte... Hast du nun eigentlich mal mit Hans geschlafen oder nicht?«

Lea warf Agnes einen Blick zu.

»Also«, sagte sie. Sie räusperte sich. »Wie kommst du denn jetzt darauf? Naja, wenn du so fragst... klar. Nicht sehr oft, allerdings, vielleicht zwei-, dreimal... Als du zu mir in die Therapie kamst, war Schluß.«

Doris blieb der Mund offenstehen.

»Ehrlich?« sagte sie, »Echt? Du hast mit Hans A.... und mit Bertram? Hast du mit dem vielleicht auch mal?«

Lea seufzte.

»Ja, hab ich auch mal«, sagte sie. »Aber das war nun wirklich ganz und gar am Anfang. Das war noch, bevor Laura kam. Bevor wir beide uns richtig kannten. Danach nämlich«, sagte Lea, »wenn ich eine Frau kenne, da mach ich das nicht mehr. Da sind mir die Frauen doch bisher noch allemal wichtiger gewesen als die Kerle.«

Einen Moment lang schwiegen sie alle.

»Also«, sagte Doris dann, »Hans und Bertram. Wer noch?«

»Fast keiner mehr«, sagte Lea. »Naja, der Sohn vom Brauner, vom Kneipen-Brauner, einmal, der war wenigstens jung. Und dann wollte der Heidenreich natürlich, der wollte unbedingt, aber den hab ich abblitzen lassen. Ich nehm schließlich nicht jeden.«

Doris und Agnes sahen einander an. Dann sahen sie Lea an. Dann brachen sie in Gelächter aus.

»Der Heidenreich?« schrie Agnes. »Der von der Bäckerei Sonne? Und du hast ihn abblitzen lassen!«

»Kein Wunder, daß der so eine Wut auf dich hatte!« sagte Doris.

»Ach«, sagte Lea, »er hat mir ja leid getan. Am liebsten wär es mir gewesen, ich hätte es gekonnt. Er war so unglücklich ... gestörter Energiefluß, und da kann Sex richtig verwandelnd wirken ...«

»Bei Hans«, sagte Agnes ein wenig schneidend, »da stimmte das auf jeden Fall. Der war tatsächlich wie verwandelt nach dem Sex mit dir. Das muß man schon sagen.«

»Laß gut sein«, sagte Doris und trank ihr Glas aus. »Wenn Lea es nicht gewesen wäre, wäre es eine andere gewesen, so oder so. Kommt, wir gehen.«

Die Luft war heiß und roch nach Großstadt. Sie gingen zur U-Bahn. Aus der Nähe dufteten die Pfingstrosen am Blumenstand betäubend. Doris kaufte vier Stück, alle voll aufgeblüht. In einer Reklametafel überprüfte sie flüchtig ihr Profil. Ihre gebrochene Nase war kaum merklich gekrümmt, aber das, fand Doris, gab ihrem Gesicht etwas Verwegenes, etwas, das ihr durchaus stand.

Sie hatten eben ein außergewöhnliches Jahr hinter sich. Ein verrücktes Jahr, ein Jahr, das Spuren hinterlassen hatte, und das Beste daran war, daß sich zum Schluß doch noch alles aufs angenehmste geklärt hatte.

Alles bis auf eins.

»Eins hätte ich doch zu gern noch gewußt«, sagte Doris, während sie in ihrem neuen vanillefarbenen Kelly-bag nach ihrer Travelcard kramte. »Nämlich, wer immer mein Puppenhaus umgestellt hat. Und vor allem, warum?«

»Das«, sagte Lea, »werden wir nun wohl nie mehr herausfinden.«

Dank

Herrn Wachter, dem Kommissariatsleiter des K1 Coburg, verdanke ich eine Menge Wissenswertes über die Arbeit der Kriminalpolizei, unter anderem jene Informationen, mit denen sich Bäckermeister Heidenreich bei den Ermittlungen zum Schöpfleinmord so lobenswert hervortun konnte.

Herr Luft von der Löwenapotheke hat Doris eine Menge Ärger und schmutzige Arbeit erspart: Er empfahl zur Betäubung der kleinen Laura Dormicum 5 – und hatte dann die Idee, Harry praktischerweise auch gleich noch an den Risiken und Nebenwirkungen dieses Medikaments zugrunde gehen zu lassen.

Wie Adolf Kunzl so richtig bemerkt, haben Frauen ja sehr häufig keinerlei Ahnung von der Hasenjagd. Ich auch nicht. Thomas Eckerlein hat mir in diesem Punkt auf die Sprünge geholfen.

Ein englischer Autor hat mal gesagt, Schreiben sei der größte Spaß, den irgendwer allein mit sich haben könne. Das stimmt. Ich jedenfalls hatte eine Menge Spaß beim Schreiben dieses Buches, und ich hatte Glück, denn meine Eltern haben für das dazu nun mal nötige Alleinsein gesorgt: Sie waren (und sind) meiner kleinen Tochter unermüdliche Babysitter, Spielgefährten und Freunde – und uns beiden Ratgeber, Gastgeber, Weinlieferanten, Milchholer ganz kurz vor Ladenschluß, Kloßfabrikanten an kalten Wintersonntagen, Hersteller reinwollener Kinderpullover ... *Grand Parents*, kurz gesagt.

PIPER

Susanne Mischke
Mordskind

Roman. 360 Seiten. Geb.

Susanne Mischke hat mit »Mordskind« einen beklemmen-
den Psychokrimi geschrieben, der zugleich sarkastische
Schlaglichter auf einen grassierenden Mutterschaftswahn
wirft und das Dilemma zwischen Kind und Karriere, in
dem sich so viele Frauen heute befinden, mit Ironie und
Einfühlungsvermögen zur Sprache bringt. Ihre Heldin
Paula wandert auf einem immer schmaler werdenden
Grat, denn hinter der bröckelnden Fassade mütterlicher
Fürsorge tun sich ungeahnte Abgründe auf, und der
Schrecken des Lesers wächst von Seite zu Seite.

»›Mordskind‹ ist ein Kriminalroman der Extraklasse,
lebensnah und spannungsvoll... Die distanzierende Ironie
kommt nicht zu kurz dabei.«
Der Tagesspiegel

PIPER

Karin Fossum
Evas Auge

Roman. Aus dem Norwegischen von Gabriele Haefs.
368 Seiten. Geb.

Eine packende Kriminalgeschichte mit einem raffinierten
psychologischen Hintergrund: Karin Fossum läßt eine
junge Frau in den Mahlstrom eines Verbrechens geraten,
bei dem sie aus reiner Neugier Zeugin geworden ist.
Nachdem Eva einmal der Versuchung des schnellen Reich-
tums nachgegeben hat, gibt es für sie kein Entrinnen mehr.

In ihrem ersten Kriminalroman ist der norwegischen Auto-
rin Karin Fossum ein ungemein spannendes, psychologisch
äußerst dichtes Drama um eine junge Frau gelungen, die
durch bloße Neugier in ein Verbrechen verwickelt wird.
Durch eine raffinierte, nur ganz langsam die wahren
Begebenheiten aufdeckende Erzählweise, die an Patricia
Highsmith erinnert, entsteht eine magische Landschaft des
Geheimnisses. Karin Fossum ist eine weitere aufregende
literarische Neuentdeckung aus Skandinavien.

Anita Shreve
Das Gewicht des Wassers

Roman. Aus dem Amerikanischen von Mechtild Sandberg.
292 Seiten. Geb.

Die aufwühlende Schönheit der Küste von Neuengland
bildet die Kulisse für diesen meisterhaft komponierten
Roman, der auf überraschende Weise die Gegenwart mit
der Vergangenheit verschränkt.
Die Fotoreporterin Jean hat sich aufgemacht, um die
mysteriösen Hintergründe eines über hundert Jahre
zurückliegenden Verbrechens zu erforschen: den grausigen
Mord an zwei jungen Norwegerinnen, der in einer
Märznacht des Jahres 1873 stattgefunden hat. Diesen
Auftrag verbindet sie mit einem mehrtägigen Segelausflug,
zu dem sie ihren Mann Thomas und ihre fünfjährige
Tochter mitnimmt; außerdem begleiten sie Thomas'
Bruder Rich und dessen attraktive Freundin Adaline.
Während Jean auf ihren Recherchen immer tiefer in die
Mordgeschichte und die Schicksale der beiden
Norwegerinnen eintaucht, entwickelt sich auf dem
beklemmend engen Segelboot ein Netz aus Leidenschaft,
Eifersucht und erotischen Spannungen, die unweigerlich
in eine Katastrophe münden werden...

MALIK

Dean Fuller
Tod in Paris

Roman. Aus dem Englischen von Inge Leipold. Geb.

Als in der Abenddämmerung eines Novembertages im Parc
Monceau die Leiche des Diplomaten, Weinhändlers und Ritters
der Ehrenlegion Andrew Wilson gefunden wird, scheint alles
zunächst auf einen Raubmord zu weisen. Inspektor Grismolet
und sein Assistent Varnas aber bleiben skeptisch ...
Dean Fuller hat mit »Tod in Paris« eine neue Rezeptur des
Kriminalromans geschaffen: eine raffinierte Geschichte, zwei
charmante Polizisten und dazu das nötige Maß an Humor,
damit die Schatten des Verbrechens nicht übermächtig werden.

»Dieses Buch ist wundervoll. Sein Stil ist elegant und die Dar-
stellung von Paris so lebendig, daß man meint, der Geschichte
von einem Straßencafé aus zuschauen zu können. Dean Fuller
hat die Fähigkeit, Gestalten zu erschaffen, die man schon ein
ganzes Leben lang zu kennen glaubt. Und Inspektor Varnas ist
der liebenswürdigste Spürhund seit Smiley!«
Martha Grimes

MALIK

Sandro Onofri
Eines andern Schuld

Roman. Aus dem Italienischen von Peter Klöss.
239 Seiten. Geb.

Die Liebe zwischen Paolo und der Tänzerin Laura beginnt
in einem Nachtclub in Las Vegas. Dorthin hat es die
beiden verschlagen, weil sie in Italien weder Arbeit noch
Zukunft fanden. Aber auch in der Stadt der Glücksritter
bleiben sie Verlierer und beschließen deshalb, nach Italien
zurückzukehren, um dort noch einmal ein neues Leben zu
beginnen. Doch das Glück bleibt dem jungen Paar, das
sich in der Suburbia von Rom niedergelassen hat, nicht
lange wohlgesonnen: Kurz nach der Geburt ihres Sohnes
entfremdet sich Laura von Paolo. Sie beginnt eine Affäre
mit einem wesentlich älteren Mann. Als Paolo hinter dieses Verhältnis kommt, eskaliert die Auseinandersetzung:
Paolo, blind vor Wut, wird handgreiflich und schlägt bru-
tal zu. Am folgenden Tag wird Lauras Leiche gefunden,
und Paolo glaubt zunächst, er sei schuld an ihrem Tod.
Doch kurz darauf macht er eine schreckliche
Entdeckung...

MALIK

John Burdett
Die letzten Tage von Hongkong

Roman. Aus dem Englischen von Sonja Hauser.
487 Seiten. Geb.

Hongkong im April 1997: Eine gigantische Digitaluhr zählt die
Sekunden bis zur Übergabe der Macht an China. Als Chef-
inspektor Chan zufällig auf die Anzeige sieht, fehlen noch
genau 6.000.000 Sekunden bis zur historischen Mitternacht
des 30. Juni 1997, in der der Sechs-Millionen-Stadtstaat an die
Machthaber in Peking zurückfallen wird. Die Zeit tickt gegen
Chan. In der flirrenden, nervösen Atmosphäre Hongkongs vor
der magischen »Stunde Null« muß er einen brutalen Dreifach-
mord aufklären, in den sowohl die alten wie auch die neuen
Machthaber verwickelt sind. Die Fäden eines Milliardendeals
führen nach Peking, New York und London ...
Ein packender Thriller aus den letzten Tagen der britischen
Kronkolonie, in dem noch einmal auflebt, wofür Hongkong
bis heute steht: Macht, Geld, Sex, Drogen und ungezügelter
Lebenswille.

MALIK

Catherine Lim
Das Amulett aus Jade

Roman. Aus dem Englischen von Reiner Pfleiderer.
396 Seiten. Geb.

Das einzige, was die Mutter ihrer Tochter mitgeben kann
und was sie später an ihre Herkunft erinnern wird, ist ein
kleines Amulett aus Jade. Han ist störrisch und aufsässig
und gliedert sich in ihr neues Leben erst ein, nachdem sie
sich mit dem Sohn des Hauses angefreundet hat. Solange
die beiden Kinder sind, wird die Freundschaft von den
Eltern Wu noch toleriert, doch als der inzwischen heran-
gewachsene Master Wu mit Li-Li – der jungen Tochter einer
reichen Familie – standesgemäß verlobt wird, nimmt die
Liebesbeziehung zwischen Han, der unwürdigen Dienerin,
und Master Wu, dem vielversprechenden Sohn aus gutem
Hause, eine dramatische Wendung …
Diese Liebesgeschichte aus den fünfziger Jahren unseres
Jahrhunderts entfaltet sich vor dem Hintergrund eines
asiatischen Herrschaftshauses mit seinen faszinierenden,
aber auch grausamen Sitten und Bräuchen. Erst nach Jahren
wird es Han gelingen, aus der abgeschlossenen Welt, in der
ganz eigene Regeln, Rituale und Geheimnisse herrschen,
auszubrechen; ihr Sohn jedoch wird der neue Stammhalter
Wu.